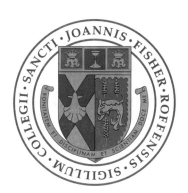

Lavery Library

St. John Fisher College

Rochester, New York

Florence WEINBERG

LONGS DÉSIRS

Louise Labé, Lyonnaise

Traduit par
Myriam McGinnis

EDITIONS LYONNAISES   D'ART ET D'HISTOIRE

© EDITIONS LYONNAISES D'ART ET D'HISTOIRE
2, quai Claude-Bernard - 69007 LYON
e-mail : editions.lyonnaises@wanadoo.fr
Tél. 04 78 72 49 00 - Fax 04 78 69 00 48
ISBN : 2-84147-123-3

Prologue

Le soleil d'automne scintille sur le Rhône et la Saône, ces deux grands cours d'eau qui, en se rejoignant, découpent une péninsule, une langue de terre courbe et pointue. Cette presqu'île et la rive occidentale du fleuve le plus calme, à savoir la Saône, ont toujours été peuplées depuis la préhistoire jusqu'à la date où commence cette histoire, c'est-à-dire au mois d'octobre 1535. Les Romains, probablement les plus célèbres de ces colonisateurs, ont édifié des temples, un amphithéâtre et des villas pour leur majestueuse cité de Lugdunum. Leur temple de Jupiter ornait jadis le sommet de la colline qui porte aujourd'hui le nom de Fourvière. Quinze siècles plus tard, la gracieuse ville de Lyon compte parmi les plus beaux joyaux de ce que les générations futures appelleront la France de la Renaissance. Lyon, carrefour commercial, est un pôle d'attraction pour nombre de marchands, et de voyageurs venus d'Italie, de Suisse et d'Allemagne, ainsi que de négociants montés des rives de la Méditerranée et même de cette Espagne qui nous est à cette date si hostile. Dans cette ville prospère, on construit des maisons et des palais dans le dernier style florentin. Les activités bancaires et commerciales, principalement aux mains des Italiens et des Allemands, croissent et embellissent. Les foires franches fleurissent, les industries de la soie et de la tapisserie se développent, employant de plus en plus d'ouvriers, tandis que des imprimeurs de renom s'installent le long de la rue Mercière pour innover et s'essayer à la technique récente des caractères mobiles.

C'est une époque de rois et de princes héroïques. François 1er, le bien-aimé, premier souverain de la dynastie des Valois, est alors roi de France. On lui doit une grande part de cette prospérité et l'introduction d'idées nouvelles glanées en Italie. La guerre de Cent ans n'est terminée que depuis soixante-quinze ans ; c'est la guerre qui a connu le triomphe tragique de Jeanne d'Arc. Ce pays porte encore les cicatrices des ravages que ce conflit a infligés à la France. Et ceux qui ont été épargnés par les pillages et les incendies ne l'ont pas été par la peste noire. La population a été décimée.

À cause de ces nombreux désastres, le développement culturel a stagné, demeurant jusque vers 1470 dans les ténèbres moyenâgeuses.

François 1er a encouragé la propagation en France des idées et de la culture de la Renaissance italienne après avoir fait entrer ses troupes en Italie pour s'emparer de territoires qu'il avait reçus en héritage. Mais si l'Italie n'a jamais constitué une menace pour la paix et la sécurité de la France, en revanche, ce n'est pas le cas de l'Espagne, où règne Charles Quint, de la maison des Habsbourg. Charles vient de gagner la lutte qui l'a dressé contre François 1er pour le titre d'empereur du Saint Empire romain germanique, ce qui lui a conféré un énorme avantage politique. Lui qui a l'intention de conquérir toute l'Europe de l'Ouest règne déjà par droit héréditaire sur l'Espagne, les Pays-Bas et l'Autriche. Il va bientôt annexer l'Allemagne, envahir l'Italie, Rome et la cité du Vatican. Les seuls pays qui résistent encore à son pouvoir sont l'Angleterre et la France.

Il possède déjà une enclave dans un territoire que nous considérons habituellement comme faisant partie de la France. Il s'agit de Perpignan, d'où partit le conflit avec l'Espagne, lieu de tous les dangers. Près de la Méditerranée, du côté français des Pyrénées, cette ville reste, avec le petit territoire qui l'entoure, aux mains des Espagnols. Base pour les espions, c'est aussi un relais pour une armée qui voudrait envahir la France, et une entrave à la libre circulation des voyageurs. Le Dauphin, le prince Henri, mène son armée contre Perpignan en 1542. Il l'assiège, mais il ne réussit pas à la prendre.

A cette époque de changements tumultueux, la prospérité de Lyon attire quelques-uns des esprits les plus subtils et les plus créateurs de France. Le docteur François Rabelais occupe une position importante comme médecin au grand hôpital de l'Hôtel Dieu, alors même qu'il écrit son Pantagruel et son Gargantua. Un grand nombre de poètes brillants, comme Pontus de Tyard, et de femmes poètes telles que Louise Labé et Pernette du Guillet, se réunissent pour former un groupe appelé l'Ecole de Lyon, dont le véritable chef, même s'il n'en a pas le titre, est Maurice Scève. Pour la plupart, ces poètes sont aussi des musiciens de très grand talent. La ville attire également des écrivains de premier plan comme Marguerite, reine de Navarre, sœur du roi de France, et son protégé, Clément Marot. Peintres, sculpteurs et architectes y viennent de toute la France, d'Allemagne et d'Italie.

L'unité religieuse, à Lyon, est mise à rude épreuve par la proximité de l'Allemagne et l'influence de Martin Luther. Les idées de la Réforme ont un retentissement profond sur la pensée de bon nombre de gens parmi les mieux éduqués, et même certains membres du clergé. Marguerite de Navarre a lu Erasme et Luther d'un œil approbateur, allant jusqu'à propager bon nombre de leurs idées. L'Église catholique de France, l'Eglise gallicane, a besoin de réformes importantes, tout comme l'Eglise romaine. Le clergé est laxiste et inculte ; il néglige l'instruction des novices et encore plus celle des fidèles. Nombreux sont les ecclésiastiques qui brisent leurs vœux de façon éhontée et certains d'entre eux vont jusqu'à accumuler les richesses. Le jeune Jean Calvin va bientôt s'établir à Genève, qui n'est qu'à quelques lieues de Lyon. Ses fervents missionnaires commencent à sillonner l'est de la France et en particulier Lyon, le tempérament souple des Lyonnais offrant un terrain fertile pour leurs doctrines réformatrices. Une guerre ouverte éclate alors entre les esprits conservateurs catholiques et les réformateurs. Dans des atrocités sanglantes et meurtrières, l'armée calviniste s'empare de la ville. Puis la peste noire réapparaît.

Sur ce vaste fond historique vit un homme, modeste artisan, père de famille : Pierre Charly, dit Labé. Il a épousé la veuve Labé en 1492, et a pris son nom en même temps que la corderie de son défunt mari, située rue de l'Arbre-Sec. Il a transformé cette petite fabrique en une entreprise florissante, devenant ainsi relativement riche. Il investit son argent avec sagacité en le confiant à des banquiers allemands et suisses attirés par la prospérité commerciale de Lyon, et réalise d'astucieux placements immobiliers à Lyon même ou dans les environs. Marié trois fois, Louise et François sont les enfants de sa deuxième femme, Etiennette.

Bien qu'illettré, Pierre est un homme pourvu d'intuitions très pénétrantes qui a su, à sa manière, garder de l'ordre dans ses comptes. Mais il est irrité par son manque d'instruction qui l'empêche de s'élever au-dessus de sa classe d'artisan. Conscient de l'importance du savoir pour accéder à la noblesse d'âme, à défaut de la noblesse de sang, il a décidé d'aider ceux de ses enfants qui se montreraient suffisamment prometteurs à acquérir une bonne éducation pour prendre pied dans la riche bourgeoisie lyonnaise. La plupart d'entre eux sont vifs d'esprit, mais pas exceptionnels. Les deux meilleurs sont François et Louise. François ne s'intéresse guère à des occupations aussi sédentaires que la lecture et l'écriture, mais ses dons athlétiques, son plus grand talent, lui permettent de devenir maître d'armes. C'est lui qui fait de sa sœur sa première et sa meilleure élève : il lui enseigne l'art de manier l'épée et de se battre comme un chevalier.

Louise, tout juste âgée de quatre ans, montre déjà une grande curiosité pour les registres laborieusement tenus par son père. C'est donc sur elle, plutôt que sur ses fils, que Pierre va concentrer son attention. Il engage des précepteurs de danse et de musique et, avec l'aide d'érudits locaux, il devient l'un des fondateurs et un soutien financier important du Collège mixte de la Trinité. C'est là que Louise acquiert une grande partie de son vaste savoir et de son entregent. Grâce à son éducation et à ses contacts avec des érudits locaux, elle devient une humaniste, une poétesse éminente et l'animatrice respectée d'un salon littéraire et artistique. Mais une telle distinction en tant de domaines ne pouvait pas durer. Jalousée, elle est calomniée et démolie. Le tracé de sa vie fait écho au destin de sa ville qui, avec la renaissance du commerce, est devenue un des grands centres européens de la banque, des arts et de la culture, avant de tomber sous les coups d'un conflit religieux transformé en guerre, de la ruine financière et économique, et finalement de la peste.

Ces pages évoqueront la vie de Louise Labé à travers les voix de ceux qui l'ont connue et qu'elle a touchés par son amitié ou son amour, voire par son inimitié. Leurs voix, leurs souvenirs, ajoutés à ceux de Louise Labé, constituent un mémorial du destin même de Lyon.

* * * *

Un voyageur de cette époque, en allant du Pont-du-Rhône jusqu'à l'abbaye d'Ainay, à l'extrémité de la péninsule lyonnaise, aurait vu deux jeunes gens s'entraîner chaque matin aux arts martiaux dans un grand champ connu sous le nom de Bellecour. Parfois ils ferraillent à l'épée, et le voyageur admire la grâce et l'ardeur de leur combat, reconnaissant en eux des adversaires redoutables s'il avait la mauvaise idée de provoquer l'un ou l'autre. Aujourd'hui, le plus jeune des deux monte Bayardo, son grand destrier, et s'exerce à la joute dans une lice de fortune tandis que l'autre s'emploie à préparer les cibles : des anneaux que le cavalier doit arracher avec sa lance, ainsi que l'effigie en bois d'un chevalier sarrasin que la lance doit atteindre après avoir transpercé la tête de Gorgone peinte sur son bouclier.

CHAPITRE I

François,
son frère.
Réminiscences (1533-1542)

J'ai plaidé avec Lou, je le lui ai expliqué mille fois plutôt qu'une : « Si tu le fais tourner trop court, Bayardo va se cabrer. Eh bien, tu ne lui as pas donné assez de bride, il s'en faut de beaucoup ! » C'est un grand coursier ; comme je le lui ai dit, il mesure dix-sept paumes. Il ne faut pas tirer ainsi brusquement pour lui faire prendre un virage serré. Et bien sûr, le voilà qui se dresse sur ses jambes et qui laboure l'air comme les chevaux des scènes de bataille gravées dans l'un des nouveaux livres que Lou vient d'apporter à la maison. Elle est toujours en train de fouiner dans les ateliers d'imprimerie pour découvrir la dernière nouveauté. Elle me dit que nos imprimeurs, ici à Lyon, sont les premiers à produire des livres avec des images (des gravures sur bois et sur cuivre, principalement) pour illustrer le récit. Même à Venise, on ne l'a pas encore fait. Mais quelque part en Allemagne, il me semble. Je crois me souvenir du nom de Gutenberg et de quelque chose qui a rapport à la Bible. Je me dis parfois que j'aimerais apprendre à lire, mais comme je suis un soldat, ça ne me servirait pas à grand-chose.

En tout cas, ce bon vieux Bayardo se retourne, retombe sur ses quatre pattes et se lance de toute la force de son énorme arrière-train. Le voilà qui fonce sur moi le long de la lice, ventre à terre, avec ce garnement sur son dos qui le cingle de grands coups de cravache pour qu'il aille encore plus vite. Heureusement que nous sommes seuls. Je ne voudrais pas que mes compagnons voient leur maître d'armes détaler comme ça devant une simple gamine.

Lou et moi sommes à Bellecour : c'est un grand terrain vague, au bout de la presqu'île entre le Rhône et la Saône, où nous avons commencé, il y a peu, nos jeux et nos exercices militaires. Malgré le beau soleil, le fond de l'air est réellement frais en cette mi-octobre. Bellecour pourrait faire un beau champ d'entraînement et de parade, mais il appartient toujours à des particuliers qui le disputent aux agriculteurs souhaitant le cultiver. Louise fait courir Bayardo dans une lice dressée parallèlement à la rue du Plat. Fourvière, la colline escarpée de l'autre côté de la Saône, fournit une belle toile de fond à nos exercices et à la ville qui se blottit contre elle. Au sommet de la colline, j'arrive à peine à distinguer les flèches de l'église Saint-Just.

Je regarde Louise lancée au galop dans la lice. Le soleil du matin resplendit sur son armure toute neuve, le battement des sabots de Bayardo fait trembler le sol. Vas-y ! La lance en position, la hampe bien serrée sous le bras, la pointe dirigée vers le premier anneau. En plein dedans ! Puis le deuxième anneau : encore en plein milieu ! Mais la troisième fois, le grand cheval bai fait un écart, et si Lou parvient à frapper l'anneau qui se met à tanguer dans tous les sens, elle n'arrive pas à l'enlever. Bon, il y a quand même deux anneaux suspendus à sa lance, et Lou arrête Bayardo. Non pas en lui sciant la bouche, non pas en usant de force brute, mais, comme il se doit, avec son corps, ses jambes, son équilibre.

Nous avons bien de la chance d'avoir ce beau cheval. Si papa ne se débrouillait pas si bien financièrement, nous n'aurions pas pu l'acheter. Bon nombre d'officiers, dans l'armée, n'ont même pas de monture décente, aussi je me félicite que Lou ne le maltraite jamais. Mais il ne lui suffit pas d'avoir réussi un bon parcours. Elle me crie de mettre en place la quintaine, la cible en bois à l'effigie du chevalier sarrasin, celui qui a un écu avec la tête de Gorgone peinte au milieu. Si on frappe le bouclier en plein centre, il s'écarte et laisse passer le cavalier. Si on le frappe mal, la quintaine pivote sur elle-même et l'autre bras, tendu, vient cogner le cavalier aussi fort qu'il a heurté la cible.

De nouveau, à peine ai-je eu le temps de mettre la cible en place que Lou et Bayardo dévalent la lice avec un bruit d'enfer, m'obligeant à détaler pour sauver ma peau. Cette fois, il n'y a ni faux pas ni hésitation. La lance transperce l'écu ; la quintaine tremble sous le choc et un beau morceau de bois est arraché à la tête de Gorgone.

« Ça va ? » je lui crie, car je crains que la violence du coup ne lui ait démis l'épaule. Elle fait de nouveau tourner le cheval, doucement cette fois, et répond en riant : « Tout va bien, Franc ! Tu m'as bien appris à tenir la lance. Je ne me blesserai pas. »

Oui, je lui ai bien appris tout ce que je sais en tant que militaire, en tant que chevalier de l'armée du roi François. C'est moi qui l'ai élevée, vous savez, ma petite sœur, Louise. Elle peut monter n'importe quel cheval à cru, qu'il ait une simple corde dans la bouche ou tout le harnachement de la guerre. Elle peut dompter n'importe quel poulain, elle n'a pas peur, et je parierais mille livres qu'elle peut battre la plupart des soldats du roi aux exercices équestres. Puis il y a l'estoc, cette épée assez longue pour atteindre le cavalier qui charge en sens inverse. Lou est grande pour une femme. Elle mesure environ deux pouces de moins que moi, qui suis considéré dans la région pour un homme de haute taille avec mes cinq pieds huit pouces. C'est une vraie tigresse, elle peut se battre avec plus de force et de ténacité que n'importe quel homme de sa taille et que beaucoup d'autres plus grands. Elle sait brandir cette lourde épée et charger avec une détermination qui fait froid dans le dos. Elle me pourfendrait pour de bon, si j'étais un chevalier de l'armée de Charles Quint. Et n'oublions pas l'épée courte et légère dont se servent les chevaliers à pied. Elle la manie à la vitesse de l'éclair, et son jeu de pieds égale presque le mien. Dans un duel sur deux, elle arrive à me percer. Certes, nous mouchetons toutes nos armes, nous mettons notamment des capuchons en plomb à la pointe des épées, faute de quoi je serais déjà mort cent fois.

* * * *

Je me souviens de la fureur d'Antoinette quand elle a découvert que j'habillais Louise avec certains de mes vieux vêtements et que je l'emmenais au champ d'exercice pour lui enseigner l'art du combat. J'avais toujours voulu un petit frère, mais le petit garçon d'Antoinette est trop jeune pour que je l'attende, et mon grand frère Mathieu est trop sérieux et trop occupé. Antoinette n'est pas notre mère ; c'est la troisième épouse de papa. Il a eu trois enfants de son premier mariage avec Guillaumette, et Mathieu a été le seul à survivre. Étiennette, notre mère, l'a sorti de son veuvage. Il ne me reste d'elle que des souvenirs brumeux. Je me souviens de son doux visage, de sa tendre main sur mon front, et de son beau sourire. Je la suivais partout, la main agrippée à ses jupes. Elle est morte à peine deux ans après la naissance de Louise, ma cadette de quatre ans et quelque. Elle non plus n'a donc jamais vraiment connu notre mère. Papa s'est précipité dans son troisième mariage aussi vite qu'il a pu. Il ne voulait pas nous élever seul et, d'ailleurs, il avait trop de travail avec son atelier de corde. Après une année de deuil il a épousé Antoinette, la fille du maître boucher. Elle ne s'est jamais occupée de nous, les aînés. Nous nous sommes donc élevés les uns les autres, pour ainsi dire. Mathieu m'a enseigné tout ce qu'il savait des chevaux et quelques rudiments des jeux de la guerre, et j'ai transmis, à mon tour, ce que j'en ai retenu à notre sœur.

Elle avait presque treize ans et déjà pratiquement atteint sa taille d'adulte lorsque j'ai commencé à la faire sortir en cachette, habillée de mes anciens vêtements, devenus trop justes pour moi, mais lui allant parfaitement. Nous nous glissions par la fenêtre de derrière, au premier étage, et de là nous passions sur le toit du hangar. Nous devions avancer d'un pas léger, faute de quoi nous aurions glissé et brisé quelques tuiles. Nous nous pendions à la gouttière et nous descendions le long de l'angle en pierre. J'avais dix-sept ans. Nous entrions en plastronnant dans le « Sanglier hérissé », une taverne sombre de la rue de la Poulaillerie. Une ou deux bougies posées sur les longues tables à tréteaux ajoutaient quelque peu à la lumière du jour perçant par deux petites fenêtres. Le sol était recouvert de sciure, destinée à absorber les liquides renversés et les crachats, voire pire. Les tables en chêne étaient noircies par les ans, la fumée et la crasse, striées d'encoches dues aux couteaux de clients oisifs, ou même entaillées à la suite de combats à l'épée ou au poignard. L'air était chargé de fumée, la grande cheminée n'étant que rarement ramonée et sans doute bouchée en partie par des cigognes. Ça sentait vraiment bon, cependant : l'aubergiste faisait rôtir un cochon pour le souper.

Beaucoup de gens ici nous connaissaient, mon père et moi, en particulier les membres d'un groupe attablé près de nous. Ils nous avaient vite repérés, nous qui jouions les adultes, mais c'était surtout Lou qui attirait leurs regards : ils la prenaient pour un joli garçon. Même dans ses vieux vêtements, elle était superbe, mince et sûre d'elle.

Claude, un soldat qui traînait là depuis longtemps, nous a scrutés de son seul œil valide. Âgé d'environ quarante ans, son visage strié de mauvaises balafres récoltées lors de plusieurs campagnes, il avait perdu son œil gauche au cours d'un combat à l'épée, disait-il. Ça aurait aussi pu lui arriver dans une bagarre de taverne, épisode moins glorieux mais plus vraisemblable. Claude s'est raclé la gorge, a craché par terre et, du pied, a recouvert ses expectorations d'un peu de sciure, puis a demandé poliment : « Qui est ce jeune branleur ? »

— Oh ! C'est mon cousin Louis, de Parcieu.

« — En ville pour se dégourdir le vit, c'est ça ? Il semble un peu jeune pour ça, mais il est assez mignon ! Les filles vont tomber à la renverse ! Hé ! Je pourrais bien me le farcir moi-même », a-t-il ajouté avec un sourire tordu avant de se mettre à rire. Ses voisins ont gloussé avec lui de cette fine remarque. « Qu'est-ce que t'en dis, mon garçon ? » De la main, il a quelque peu repoussé le chapeau de Lou avant qu'elle puisse esquiver le geste. Elle eut juste le temps de le rajuster avant que les autres ne remarquent ses longs cheveux. « T'as les cheveux jaunes de la famille. Tu ressembles drôlement à notre ami François. On dirait son frère. T'es son cousin, alors ? T'es sûr que ta mère n'a pas été se frotter d'un peu trop près au père Labé ? »

Louise a mis ses pouces dans sa ceinture, et a toisé l'assemblée : « Hé ! Ça suffit, ces âneries. Un peu de politesse ! Arrêtez de dégoiser sur ma famille et versez-moi du vin. Du blanc de table, ce sera parfait, merci. Racontez-nous ce qu'il y a de neuf en ville. »

Le calme dont elle fit preuve pour affronter cette situation, tout à fait nouvelle pour elle, m'a impressionné. Je n'aurais certainement pas pu en faire autant à son âge. Elle montrait là un talent qu'elle allait perfectionner par la suite. Quoi qu'il en soit, tout le monde s'est apaisé et Claude a cogné sa chope d'étain contre la table pour demander du vin. Nous n'étions pas particulièrement difficiles, mais je l'ai trouvé bon. Il devait venir des coteaux du Rhône, et était tout à fait acceptable. Quelques clients, à d'autres tables, ont commandé des crus spéciaux de Bourgogne, de la région de Bordeaux ou de Touraine. Certains voulaient des vins italiens, et un autre, un des conseillers de la ville, a prétendu préférer les vins blancs allemands, douceâtres et sans corps. J'avais juste assez d'argent pour une tournée pour nous deux, aussi buvions-nous lentement en écoutant les conversations.

On parlait beaucoup de la prochaine foire. Il s'en tient deux, quelquefois trois par an à Lyon. Tout marchand de quelque renom se fait un devoir d'y venir. De toute la France, bien sûr, mais aussi d'Italie, d'Allemagne et de Suisse, parfois des Pays-Bas et même d'Espagne. On y vend tout ce qu'on peut imaginer. Nous, les Labé, nous nous intéressons surtout aux marchands de chanvre, de lin, de coton et de soie. Nous tissons des cordes avec des fils de toutes les qualités : depuis les énormes haussières des navires, des cordages aussi gros que la cuisse, jusqu'aux cordons de soie les plus fins pour les rideaux de lit ou les minces passements de satin des uniformes. Mathieu est celui qui s'intéresse à tout cela bien plus que moi. Je suis un soldat qui attend l'occasion de défendre son roi.

La renommée de ces foires est due à leur totale détaxation par privilège royal. Par d'habiles négociations, nos banquiers ont obtenu ce privilège de foires franches en échange d'énormes prêts consentis à la couronne pour ses campagnes et remboursables par versements échelonnés. Ainsi, on peut acheter ici meilleur marché qu'ailleurs, et les marchands font encore plus de bénéfices, même s'ils vendent à bas prix. Le carrefour de l'Europe, c'est ici !

C'est fantastique de déambuler parmi les étals installés au moment de la foire. On voit de tout : de beaux textiles d'Italie, des brocarts et des soieries, des écheveaux de fil de soie (de toutes les couleurs, depuis le violet foncé jusqu'au vert émeraude scintillant et à l'écarlate flamboyant) importés d'Orient via l'Espagne ou Marseille. Et puis il y a ces épices à l'odeur merveilleuse, venues par les mêmes routes. Nous fabriquons du papier, ici, à Lyon, mais certains marchands vendent un papier de chiffon extraordinairement lisse, blanc comme de la neige. Il vient soit du sud, soit d'Allemagne ou des Pays-Bas, le plus souvent d'Amsterdam. Et les livres ! Chaque nouvel auteur veut vendre son dernier ouvrage ici. Même notre bon docteur Rabelais a démarré dans une de nos foires, il y a quelques années, en 1532. Nos imprimeurs font vraiment les fiers. Leurs meilleurs livres sont aussi beaux que ceux de Venise, avec leur reliure rouge en cuir repoussé et leurs pages bordées d'or bruni ; ils sont en tout cas mieux que ceux qui sortent des presses du nord ! Et puis il y a les articles en cuir, les armes et les armures d'Italie et d'Espagne. J'aimerais tant avoir une de ces épées d'acier de Tolède, et peut-être aussi un couteau. Elles ont un tranchant particulièrement fin et résistant, et les dessins de la poignée sont exquis, en émail noir incrusté d'un réseau de veines dorées. Des dessins mauresques, m'a-t-on dit. Eh bien, tout bon chrétien que je sois, je meurs d'envie d'avoir une de ces armes à motifs païens !

Nos compagnons de table ont de nouveau demandé du vin, et quand ils m'ont vu repousser le garçon d'un geste en disant que je n'avais plus de sous, ils nous ont offert une autre tournée. Certains se sont mis à chanter « Auprès de ma blonde » avec les paroles les plus paillardes que j'aie jamais entendues. Louise a vécu toute sa vie avec des hommes et les comprend assez bien, mais ces paroles m'ont fait dresser les cheveux sur la tête. Ils les chantaient pour voir s'ils pouvaient faire rougir ce garçon de la campagne, et ils ont hurlé de rire quand ils ont atteint leur but. Louis/Louise était rouge vif, elle fixait ses mains en essayant de rester aussi impassible qu'elle le pouvait.

Ils lui donnaient des petits coups dans les côtes. « T'es encore puceau, alors ? T'es sûr que tu vas pas finir chez les franciscains de Saint-Bonaventure ? »

— Nous, rustres de la campagne, on n'a pas l'occasion d'entendre des chansons de ville aussi fines tous les jours. Mais on voit pas mal de choses, dans les champs..., leur répondit-elle en grimaçant un sourire plutôt penaud. Et, sans terminer sa phrase, elle leur a lancé un long regard en coin. La bande a rugi : « Tu te débrouilleras, jeunet. T'es pas encore prêt pour le monastère ! »

Il était temps de la faire sortir de là avant que quelqu'un ne découvre qui elle était en réalité. Après avoir avalé ce qui restait dans nos chopes, nous sommes donc partis sans oublier de distribuer au passage de grandes claques sur le dos, à Claude et plusieurs autres bons gars, en les remerciant. Il nous ont crié de revenir bien vite : ils avaient d'autres bonnes chansons à enseigner au jeune Louis ! Je savais que c'était vrai. J'en avais entendu un bon nombre, mais celle qu'ils venaient de nous servir allait me suffire pour quelque temps.

* * * *

Louise a commencé à fréquenter la nouvelle école que papa a contribué à fonder. Ce côté de la vie ne m'a jamais tellement intéressé, mais ma sœur avait un vrai don pour ces choses-là. Elle a appris à se conduire comme une dame et est aussi à l'aise en jupe qu'en haut-de-chausses. Elle a appris à chanter et à jouer du luth et, en bonne épéiste qu'elle est, tel un chat, elle sait équilibrer son corps de manière à être légère sur ses pieds quand elle danse. Elle comprend plusieurs langues, et a lu tous les livres sur lesquels elle a pu mettre la main. Prenez l'Arioste, par exemple, ce nouvel auteur italien. Il a écrit un livre passionnant, Orlando Furioso, qu'on peut traduire par « *Le Roland furieux* ». Ça ne fait pas longtemps qu'il est paru à Lyon, mais déjà nos imprimeurs ont dû le rééditer à deux reprises. Il parle de Roland, le neveu de Charlemagne, et de sa cousine Bradamante. Cette

Bradamante, c'est l'idéal de Louise : une guerrière qui vient à l'aide de Roger, son amant en péril, à maintes reprises. Elle peut affronter n'importe quel homme. Exactement comme Louise.

Louise me parle de sa vie au collège. La plupart de ses camarades de classe l'évitent parce que nous sommes issus d'une famille d'artisans. Toutefois trois d'entre eux font exception. En premier lieu, Pernette, riche bourgeoise, qui a pris Louise pour confidente. Puis Geneviève de Bourges, issue de la vieille noblesse de Lyon. Geneviève n'est pas une amie intime de Louise, mais elle s'est jointe à elle et à Pernette pour former un trio musical qui met en musique et chante des poèmes français et italiens. Il y a aussi un garçon qui apparemment se destine à être prêtre, Pontus de Tyard. Il vient du côté de Mâcon : sa famille a un château, Louise a souvent parlé de lui. Elle a dû énormément travailler pour qu'il ne la dépasse pas. Puis, un jour, il a disparu. Il a beaucoup manqué à Louise, jusqu'au bal masqué.

Lyon est une ville qui ne se contente pas de se considérer comme proche de l'Italie par la langue ; elle adopte aussi tous les passe-temps à l'italienne : les parades, les charades mimées, les pièces de théâtre. Non seulement, nous lisons et nous imitons les poètes italiens, mais nous organisons aussi des bals masqués. Nous dépensons des fortunes en costumes très recherchés pour nous déguiser en personnages de *l'Enéide* de Virgile ou du *Roland furieux*, ou encore en dieux et déesses de l'Antiquité. Ces divertissements abondent, et leur opulence augmente encore lorsque des membres de la cour du roi arrivent en ville.

Un soir – je dirais un soir fatal si le mot n'était pas si galvaudé –, Marguerite, la sœur du roi étant ici, la ville s'apprêtait à se montrer sous son plus beau jour. Tous ceux qui connaissent la sœur du roi savent qu'elle ne raffole pas de spectacles extravagants, mais peu importe : c'était un prétexte pour que nous, les Lyonnais, fassions la fête. Le bal devait durer toute la nuit, avec des feux d'artifice lancés de péniches au milieu de la Saône. Les jardins de la ville étaient illuminés de lampions de toutes les couleurs tandis que tous, hommes et femmes, se pavanaient dans leurs costumes de soie, certains superbes, d'autres grotesques.

Louise avait passé toute une semaine à coudre sa robe de soie fine et légère : elle devait représenter la déesse Diane. Ce soir-là, elle avait couronné ses cheveux blonds, ramenés sur le haut de la tête en tresses épaisses, d'un croissant de lune. La robe était pudique (Diane est une déesse chasseresse vierge) mais provocante. Une épaule était dénudée comme par accident, la soie vert pâle, presque transparente, flottait dans la brise, et la ceinture était très haute, juste sous la poitrine, avec un côté de la jupe fendu pour révéler un mollet séduisant et une cheville où s'enroulaient adroitement les rubans de velours vert foncé des sandales. Ses yeux marrons, aussi frappants qu'expressifs, étaient cachés par un masque de velours vert. Elle portait, bien entendu, son arc avec un carquois de flèches.

Maître d'armes, j'étais assez considéré pour être invité. Je m'étais donc déguisé en Actéon (la victime de Diane) : je portais des bas de soie pourpre, des bottes en daim souple et un haut-de-chausses, cette culotte bouffante qu'on met au-dessus des bas, en soie rayée pourpre et crème. J'avais aussi une chemise blanche et un somptueux pourpoint de velours bordeaux. Sur ma tête, des petits bois de cerf dont on aurait dit qu'ils venaient juste de percer, mais comme je ne suis pas marié, personne n'avait là de motif pour ricaner derrière mon dos ! Mes yeux bleus étaient également cachés par un masque de velours bordeaux.

Sur la musique, les pavanes ont commencé et Louise s'y est distinguée par son maintien et par sa grâce. Bien des regards la suivaient, et nombreuses ont été les têtes des courtisans qui se retournèrent pour l'observer, et pour demander son nom à leur voisin. J'ai remarqué en particulier un jeune homme déguisé en Hector ou en Énée. Il portait des sandales et une tunique de style grec, en soie blanche, qui lui descendait jusqu'aux genoux, et dont la bordure était ornée d'une grecque dorée. Il portait sur la poitrine une cuirasse d'argent poli et des épaulettes dorées. Sur sa tête blonde reposait une couronne, un demi-cercle de feuilles de laurier en or, autour duquel s'entortillait une vraie branche de laurier. Ce qui était normal, car Hector et Énée étaient des héros de sang royal. Bien des années plus tard, lorsqu'elle a publié ses œuvres, Louise a parlé du moment où elle est tombée amoureuse. Son dixième sonnet commence ainsi : « Quand j'aperçoy ton blond chef couronné / D'un laurier vert… » Bien des gens ont cru deviner que le « blond chef couronné » était celui du Dauphin, mais moi je savais qu'il n'en était rien.

Les yeux de cet homme, que j'ai aperçus lorsqu'il a un instant ôté son masque doré, étaient grands et bruns, bordés de longs cils. Il était de plus haute taille que moi, et je dois dire que par sa grâce et son maintien, il était bien assorti à Louise. Je n'ai pu m'empêcher de remarquer à quel point elle admirait sa silhouette athlétique : elle n'arrêtait pas de le regarder du coin de l'œil.

La quatrième danse s'est terminée, la cinquième a commencé, et j'y ai pris part une fois de plus. Mais, ni Louise ni le héros troyen ne dansaient. Tout en exécutant les mouvements du branle, les pas en avant, en arrière, les révérences, les pirouettes, les nombreuses rondes, je les imaginais dehors, dans le jardin, à chuchoter dans l'obscurité des arbres, à échanger leurs noms, un baiser cérémonieux de salut, et puis peut-être un autre baiser moins cérémonieux... Ces choses-là peuvent aller si vite. Quand la danse prit fin, je me renseignai auprès de mes connaissances sur ce jeune Hector, et apprit qu'il faisait partie de l'escorte militaire de la reine, le Sieur Philibert du Peyrat, un nom de la région, probablement de Lyon. Je me suis glissé à travers la foule des spectateurs costumés, et je suis sorti de la salle de bal surchauffée pour respirer l'air frais de la nuit. La lune était dans son troisième quartier, et, tout comme les lampions colorés, elle jetait une lueur vacillante sur les vastes jardins, pour l'instant déserts et silencieux, à part le clapotement de la fontaine centrale. J'ai déambulé un moment, marchant sans bruit sur ces sentiers herbeux, et puis je les ai vus, de l'autre côté de la fontaine. Philibert était assis deux marches plus bas que Louise et levait les yeux vers elle. Il avait ôté son masque, et son visage était baigné par la lumière blanche de la lune. Elle s'est penchée vers lui pour lui toucher l'épaule. Il a serré la main de Louise et l'a portée à ses lèvres. Ils semblaient être en grande conversation. Je suis parti sur la pointe des pieds, luttant contre des sentiments inattendus et déplaisants. Mon corps tremblait et mon visage était brûlant. J'en voulais autant à Louise qu'à Philibert. Ce sentiment de nostalgie était aussi intense qu'incompréhensible. Certes, j'aimais profondément ma sœur, et jusqu'alors je n'avais jamais imaginé autre chose qu'une affection fraternelle. Mais à présent qu'elle venait si ouvertement de me préférer un étranger, je me sentais rejeté, amoindri et très seul. Lorsque j'ai pris conscience qu'un jour elle me laisserait pour un autre homme, peut-être même celui-ci, je me suis étranglé et ai dû m'essuyer les yeux. Après avoir marché dans les rues près d'une heure en m'efforçant de comprendre la situation et de l'accepter, je me suis senti un peu mieux, mais je continuais à bouillir intérieurement. Je les ai aperçus de nouveau plus tard, lorsque je suis revenu au jardin à minuit pour les feux d'artifice. Je n'avais d'yeux que pour ces deux-là, et ignorais cet éblouissant divertissement. Ils étaient debout sous un tilleul, la tête penchée l'un vers l'autre, parlant et s'émerveillant du spectacle. Leurs mains se touchaient à peine. J'avais du mal à respirer.

Cette nuit-là, Louise est rentrée très tard. Je ne m'étais pas couché pour lui ouvrir la porte et éviter qu'Antoinette apprenne quoi que ce soit. Assis sur le tabouret du portier, je regardais la flamme d'une seule bougie vaciller sous les légers courants d'air nocturnes. La cire fondait autour de la mèche, la flaque de liquide transparent augmentant jusqu'au moment où s'ouvrit une brèche, la laissant couler le long de la bougie en se solidifiant. A travers la fente de mes yeux, j'observais l'enceinte de cire brune qui montait, montait avant d'être invariablement percée et vaincue. Cette fois, le filet de cire fondue coula jusqu'au pied de la bougie et s'y rassembla en une sorte de crème qui se figea rapidement.

Je continuais à me battre avec les sentiments mêlés qui m'avaient envahi au bal. Je voulais protéger Louise, la garder à jamais près de moi, comme avant. Je serrais les poings chaque fois que je pensais à ce soi-disant héros troyen. Je sursautais au moindre bruit dans la rue. Bientôt, je perçus son pas léger. Mon unique bougie donnait assez de lumière pour que je voie qu'elle était en proie à une excitation intense, et même à une jubilation. Elle avait tenté maladroitement de se recoiffer, de toute évidence sans miroir, avec précipitation, et ses vêtements n'étaient pas tout à fait en ordre : sa ceinture n'était pas bien nouée. Avec une sensation de déchirure et d'abattement, je compris que ma petite sœur venait de vivre sa première expérience amoureuse.

Elle n'était pas ravie de constater que j'étais resté à l'attendre. « François ! Pourquoi n'es-tu pas couché ? Je suis quand même assez grande pour m'occuper de moi-même ! » Elle parlait trop fort.

Je lui fis baisser la voix. « Chut ! Pas de bruit, sinon Antoinette et toute la maison vont t'entendre ! » Puis, passant mon bras autour de sa taille, je l'ai entraînée dans le jardin. « Tu t'es bien amusée, Louise ? » ai-je demandé en sachant que je n'obtiendrai pas de vraie réponse.

« C'était magnifique, François, inoubliable. Maintenant, allons nous coucher. Je te raconterai peut-être, une autre fois. » Son visage paraissait transformé et rêveur, là sous le clair de lune. Elle m'a doucement effleuré le visage du bout des doigts, puis elle s'est détournée. Je n'ai pas insisté et j'ai regagné ma chambre. Mon trouble intérieur menaçait de déborder. Assis sur mon lit j'ai enfoui mon visage dans mes mains, essayant de maîtriser mes sentiments, tandis que je l'imaginais dans le plaisir de sa première expérience. Un poème de l'Arétin qu'elle m'avait jadis récité m'est revenu à l'esprit, gravé dans ma mémoire comme au fer rouge :

> *J'ai versé le vin d'amour*
> *Au calice de la nuit*
> *Qui me berce dans le reflux*
> *De la pure éternité.*

Je me suis souvent répété ces vers depuis.

Elle a payé cette initiation par de longues nuits d'attente vaine, de désir insatisfait et de larmes. Elle allait bientôt avoir seize ans...

J'étais terrassé par l'inconscience de Louise. Si elle avait réellement perdu sa virginité, comme je le pressentais, alors son joyau le plus précieux lui avait été ravi. Si cela venait à être su, Louise serait dévalorisée aux yeux du monde. Je marchais de long en large en me demandant que faire, ou plutôt ce que nous ferions, notre père, elle et moi, si elle se retrouvait enceinte. Mais, les semaines passant, il devint évident qu'elle avait échappé au pire. Et je ne fis part de mes soupçons à personne.

Après cela, Louise n'a plus jamais été la même. Ses airs fanfarons de garçon manqué avaient disparu, ainsi que les inflexions insouciantes de sa voix et le côté alerte, sautillant, de son pas. Dès que Marguerite de Navarre et son escorte quittèrent la ville, Louise se mit à tourner en rond, et pendant les quatre premières semaines, elle se montra tendue, nerveuse, cassante. Ensuite, elle devint taciturne, méditative, maussade et parfois d'humeur imprévisible. Je surpris à plusieurs reprises une larme glissant sur sa joue. J'étais étonné et blessé de la voir si profondément amoureuse de ce Philibert, alors qu'elle l'avait si peu connu. Mais je suppose qu'une femme ne donne pas son corps à la légère, pour ensuite s'en aller et n'y plus penser. Louise venait de franchir un pas décisif et irréversible dans sa vie de femme. Quelle amère déception de constater que cet homme, comme tant d'autres, avait volé une nuit d'amour avant de partir à tout jamais sans même retenir le nom de la belle qui s'était offerte à lui corps et âme.

* * * *

Six années passèrent. Pendant ce temps, et nonobstant ce qu'elle a pu écrire plus tard, Louise ne négligea aucune de ses nombreuses occupations. Même si son âme gisait en elle, comme morte, elle continua à s'exercer à l'équitation et aux arts militaires. Elle jouait du luth et chantait, des mélodies tristes pour la plupart ; elle maniait habilement l'aiguille, elle écrivait, et surtout elle étudiait encore et toujours. Elle se faisait beaucoup d'amis parmi les érudits et les poètes de la ville et c'est eux qui, plus tard, devinrent sa véritable raison de vivre.

Mon souhait avait en quelque sorte été exaucé. Elle restait à mes côtés comme auparavant, mais le plaisir que je prenais à sa compagnie était tempéré par le fait de savoir qu'elle ne pensait à moi qu'en tant que simple compagnon de tous les jours, et qu'elle aimait un autre homme jusqu'à l'obsession. Mais je continuais à la protéger de mon mieux, obstinément, l'aimant à ma manière et l'aidant autant que possible.

En cette année 1542, le dauphin, Henri, qui commandait à présent l'armée française devait venir à Lyon pour se joindre au roi François Ier afin d'aller assiéger Perpignan. La ville s'anima de mille projets : il y aurait des arcs de triomphe dessinés et décorés par Maurice Scève, et aussi des poèmes déclamés par Scève et d'autres poètes locaux, les habituelles parades, des bals, du théâtre et un tournoi en règle. Les jeunes champions de Lyon se diviseraient en deux camps : l'un représenterait les Français, l'autre les Espagnols. Une mêlée était aussi prévue : les deux camps se battraient jusqu'à ce que l'un ait perdu plus d'hommes que l'autre, mais personne ne serait tué, on se contenterait de désarçonner les cavaliers. Louise et moi allions tous les deux prendre part à cette mêlée. Le lendemain, une joute permettrait aux talents locaux de briller face à des chevaliers venus de toute la France, entre autres ceux qui accompagnaient l'armée et la cour.

La joute consisterait en une série de combats singuliers et, dans ce sens, serait très différente de la mêlée, épreuve plus ancienne. Autrefois, les chevaliers se contentaient de former deux groupes opposés et chevauchaient les uns contre les autres, tapant dans le tas jusqu'à ce qu'un camp ait plus de blessés ou de morts que l'autre. Telle était la mêlée. Mais l'Église n'a plus supporté de voir des vies perdues pour des raisons si dérisoires. Les jeux de guerre, pourtant, ont toujours été prisés par le peuple et l'Église a dû, finalement, se réconcilier avec cette pratique, même si elle a réussi à la modifier quelque peu. Le combat singulier est désormais plus courant que la mêlée : deux chevaliers s'affrontent jusqu'à ce que l'un d'eux ait remporté un certain nombre de coups dans le cas d'épées ou de haches, ou bien ait brisé un certain nombre de lances. Si un chevalier est désarçonné, il est battu. Si les deux sont démontés, ils poursuivent leur combat à pied.

L'armée, sous le commandement du prince Henri, avait retrouvé le roi François et sa suite. Les deux groupes étaient arrivés dans une telle splendeur et avec un tel faste que même nous, les Lyonnais, pourtant habitués au luxe et à l'ostentation, en avions été ébahis. Le roi et sa suite avaient été logés comme à l'accoutumée à l'abbaye d'Ainay, mais nous avions eu du mal à trouver de bons logements pour les autres hôtes de marque et leurs équipages. Pourtant, au-delà des difficultés pratiques, le programme avait été bien conçu et les divertissements se déroulèrent comme prévu.

Louise et moi avons participé au tournoi du premier jour, et j'ai démontré la qualité de mon jeu d'épée en battant le meilleur bretteur de Paris devant la tribune du roi. Louise s'est contentée de foncer à cheval dans la mêlée générale. C'était une bonne manière de s'échauffer avant la joute du lendemain où elle avait l'intention de briller. Elle prit soin que ni elle, ni Bayardo ne soient blessés. Bon nombre de combattants, moins talentueux que Louise ont été blessés, mais c'est dans la nature des tournois, aussi cérémoniels soient-ils.

Chaque joute avait un thème. Celle du deuxième jour reconstituait l'histoire imaginaire d'une jeune fille, ligotée et emprisonnée dans une tour noire ensorcelée. Les chevaliers se battaient pour la libérer, le vainqueur recevant une grande clé en argent qui, seule, pouvait déverrouiller la porte de la tour. La demoiselle délivrée devait le récompenser alors d'une coupe en or.

Les lices avaient été montées au milieu du grand terrain en friche de Bellecour par commodité pour le roi et ses gens logés près de là, à Ainay. Ces lices formaient deux longs couloirs délimités par trois rangées de barrières en bois de quatre pieds de haut. La barrière centrale empêchait les chevaux de se heurter lorsqu'ils chargeaient, les palissades latérales, quant à elles, les empêchaient de trop s'écarter l'un de l'autre, car alors les chevaliers manquaient leur cible. On avait construit pour les spectateurs une belle tribune en forme de long balcon, d'où pendaient des bannières lestées, peintes aux couleurs de la famille royale et des chevaliers participant au combat. Le roi, le dauphin et sa bien-aimée Diane de Poitiers occupaient le centre de la tribune. Courtisans, dames nobles et riches, se plaçaient de part et d'autre.

Un pavillon peint représentait la tour noire « ensorcelée ». Montée sur une estrade recouverte de draps verts pour simuler une colline, elle était cernée d'un mur de pierre crénelé de faible hauteur, peint également. L'illusion était parfaite. À l'une des fenêtres était assise la jeune fille enchaînée, les mains jointes en prière et en supplication, le visage pâle de souffrance. Ses cheveux blonds défaits flottaient sur ses épaules et lui descendaient jusqu'à la taille. Le portrait de cette demoiselle avait été réalisé par Bénédict, un de nos peintres, et non par l'un des peintres italiens en visite. Ceci m'a rempli de fierté, car elle paraissait si réelle et si pitoyable qu'elle donnait l'envie de se battre de toutes ses forces pour la délivrer.

Louise avait déjà participé à des joutes, et son talent lui avait valu le titre de « Capitaine Louis ». Elle prit part à celle-ci sous le nom de Louis de Parcieu. Elle portait un écu armorié comme il se doit. L'iris, la fleur de lys pour la France et la famille royale, une tête de dieu fluvial dont la bouche déversait deux fleuves pour notre région dominée par le Rhône et la Saône, et un lion emblème de la ville de Lyon. L'ensemble était relié par une corde écarlate rappelant le métier et la source des revenus de notre famille. Depuis longtemps déjà j'avais persuadé papa d'acheter une armure convenable pour Louise. Comme moi, il prenait plaisir à nos soirées autour du foyer, lorsque Louise nous lisait des extraits du *Roland furieux* chantant les exploits de Bradamante ou de ceux de Marphise, l'autre femme guerrier et sœur de Roger. Et tout aussi fier que moi des dons équestres de Louise et de sa dextérité à manier les armes, il avait été heureux de lui faire ce présent pour récompenser ses talents indéniables.

Le jour du tournoi, le temps était de notre côté, doux et ensoleillé, une brise légère faisant onduler les robes élégantes des dames et rafraîchissant les chevaliers sous leur lourde armure. Les chevaux, près des tentes des chevaliers, montraient un bel entrain, dansant, tandis que les écuyers les sellaient. Certains se rebellaient contre les pièces de drap dont les plus riches des chevaliers voulaient les affubler. L'un d'entre eux se cabra si violemment qu'il parvint à s'échapper, fonçant dans les tentes. Sa belle parure de drap s'accrocha aux cordes, arrachant des piquets et provoquant un désordre général. Je l'ai rattrapé et ramené à son propriétaire fort penaud. Habiller un cheval comme une dame de la cour, voilà une mode qui m'échappe. Cet accoutrement ne fait que rendre la joute encore plus dangereuse, pouvant entraver les mouvements, tout comme une jupe de femme.

Le premier combat opposait un chevalier portant une armure bleue et un écu orné d'un lion d'or rampant, à un homme plutôt petit, en armure de type conventionnel, dont le bouclier noir représentait un canon crachant flammes et boulets d'un côté, et un cerf blanc de l'autre. Les deux chevaux étaient à peu près de la même taille. Le chevalier bleu montait un cheval gris, l'autre un alezan avec une étoile et quatre balzanes. J'ai remarqué dès le début de la charge que l'alezan boitait légèrement. J'aurais pu prédire la suite : quand le chevalier bleu frappa son adversaire en plein sur la cuirasse, le choc réveilla la douleur de la patte blessée, et fit trébucher l'alezan. Son maître fut aussitôt vidé de sa selle. Le premier combat était terminé à peine commencé. Le chevalier désarçonné avait été vilainement secoué par sa chute, mais, pour autant que j'aie pu en juger, il n'avait pas d'os brisé. A ma demande deux écuyers l'ont aidé à sortir de la lice et à regagner sa tente. En tant que maître d'armes, il m'incombe aussi de veiller à la sécurité des blessés.

La deuxième joute, entre deux soldats que je connais bien, traînait depuis près de quarante minutes quand l'un d'eux manifesta des signes de fatigue, laissant ainsi à son adversaire l'avantage et lui permettant de remporter la partie. Vint le tour de Louise. Elle devait combattre un chevalier en armure noire qui, d'après le style de son équipement, semblait venir d'Italie. Son cheval, également noir, était recouvert d'un drap rouge et noir ne laissant libres que les yeux et les oreilles. Pittoresque certes, mais guère intelligent. Ils ont commencé par les lances. Louise a brisé la sienne contre le torse de son adversaire, mais sans le désarçonner. Elle continua avec sa longue épée, démontrant sa force et son habileté en détournant la lance d'un coup d'épée et en frappant ensuite son adversaire sur le casque. Un point pour elle. Le chevalier noir, fatigué par le poids de sa lance, lâcha son arme à la charge suivante. Ils se sont alors affrontés à l'épée. Louise lui asséna un tel coup qu'il en vacilla sur sa selle, un instant étourdi, et elle lui porta alors le coup d'estoc final, qui le fit tomber de cheval. Bayardo et Louise remportèrent cette rencontre sous les acclamations des spectateurs. La plupart des gens d'ici savent qui est réellement Louis de Parcieu, mais se gardent de dévoiler ce secret aux étrangers. Ils laissent d'abord Louise prouver sa valeur, pour m'obliger, moi, leur maître d'armes, d'une part mais aussi par respect et amour pour Louise, leur Pucelle à eux !

Toutefois, Louise ne faisait pas l'unanimité. On entendait maugréer dans certains cercles qu'elle se comportait de manière inconvenante pour une femme. Ces murmures hostiles n'ont fait que s'amplifier maintenant qu'elle réunit régulièrement chez elle des artistes, des écrivains et des penseurs, en majorité des hommes. Louise prend trop de liberté avec ce qu'on tient pour un comportement féminin acceptable.

Les joutes s'arrêtèrent à midi, lorsque les trompettes ont retenti et que le héraut a annoncé une pause pour le repas. À ce moment-là, la deuxième partie du tournoi, opposant les vainqueurs du premier tour, avait déjà commencé. Louise s'était retirée sous notre tente, où nous gardions des armes de rechange, une armure, de l'eau pour boire et se laver... Louise évitait de se montrer aux étrangers avant la fin des combats, car bon nombre d'hommes ne voulaient pas « s'abaisser » en se mesurant à une femme ou bien, auraient estimé être mortellement insultés si, par « ruse », ils avaient été amenés à en combattre une. Nous nous sommes tranquillement installés sur nos tabourets autour de la table basse et avons dévoré la collation préparée par Marthe : de succulentes tranches de rôti de porc, du fromage et du pain frais, le tout arrosé d'un vin des coteaux du Rhône.

Nous avons discuté des mérites de ceux qui avaient gagné les premières rencontres. Un homme, en particulier, avait attiré l'attention de Louise. Il était de grande taille et portait une armure sans grande distinction, avec une aigrette verte sur son casque. Sur son bouclier vert était peint un rouleau de parchemin où apparaissait une arche de pierre surmontée de trois tours. Ni Louise ni moi n'avions la moindre idée de l'identité de cet homme, bien que son blason nous parût vaguement familier. Il avait un bras solide, et il avait démonté son adversaire à la première charge. Ce qui signifiait qu'il ne serait pas fatigué pour le deuxième tour.

Un héraut vint nous annoncer la fin de l'interruption officielle et que ce serait bientôt notre tour. Nous avons préparé Bayardo, et Louise l'a monté, le faisant trotter pour vérifier qu'il n'avait pas souffert au premier tour. Notre grand cheval bai bénéficiait d'un avantage certain par rapport à la plupart des autres montures : le poids de sa cavalière. Je fus heureux de constater la souplesse de son pas sur le terrain d'exercice. Nous nous sommes ensuite rendus à l'aire d'attente et avons attendu là notre tour regardant plusieurs chevaliers échauffer leurs chevaux.

Cette fois, Louis/Louise affrontait un homme sensiblement de la même taille qu'elle, un peu plus lourd cependant. Il était paré d'argent et d'or, portait une plume blanche et son écu était décoré d'une licorne également blanche. Ce devait être le fils de quelqu'un de riche. Il avait un splendide destrier blanc qui avait dû coûter une fortune, et qui dépassait Bayardo de la moitié d'une main. Un animal vraiment énorme. Mais malgré son superbe harnachement, il a été défait par la technique de Louise, bien supérieure à la sienne.

À la fin du deuxième tour, vers quatre heures de l'après-midi, quatre chevaliers restaient en compétition. L'un d'eux était l'homme de haute taille aux trois tours peintes sur son bouclier. Louise n'avait pas assisté au combat au cours duquel il s'était qualifié ; elle était revenue à la tente pour remplacer sa boucle et vérifier le reste de son équipement. C'est donc moi qui lui ai annoncé qu'elle allait devoir l'affronter. Je l'ai instruite de la tactique de ce chevalier : il allait charger en restant aussi près que possible de la palissade extérieure, puis, au tout dernier moment, il allait pousser du genou son cheval vers la barrière centrale. Ainsi, la lance de son adversaire serait ouverte à un angle trop grand et il raterait sa cible. En outre, ce chevalier se battait au sol d'une manière impressionnante et redoutable. Il tenait l'épée avec un bras si puissant que, s'il touchait son adversaire, il était sûr de l'assommer. Il avait aussi un jeu de pieds très rapide et une endurance extraordinaire. Louise se trouvait là devant un défi de poids !

Je l'ai regardée entrer dans l'aire d'attente. Bayardo montrait un peu de fatigue, mais le destrier marron foncé du grand chevalier paraissait encore plus marqué. Personne n'avait donc l'avantage. Le temps file toujours trop vite quand on veut le retenir. Mon cœur battait de plus en plus fort à mesure qu'approchait le moment de la rencontre. Je craignais tant que Louise ne soit blessée que j'étais trempé de sueur lorsqu'on a annoncé Louis de Parcieu contre le Chevalier aux trois tours, lequel, pour une raison inconnue, combattait anonymement. J'ai adressé à Louise mon geste habituel de bonne chance, et j'ai envoyé une claque sur l'arrière-train de Bayardo lorsqu'ils sont entrés en lice. Les deux chevaliers se sont placés chacun à une extrémité et se sont salués avant de charger. Louise s'était préparée à la manœuvre de son adversaire, et ils ont tous les deux réussi leur premier coup, envoyant partout des fragments de lances brisées. Arrivé au bout de la lice, le grand chevalier s'est retourné et a crié que, puisque les chevaux étaient fatigués, il valait mieux continuer le combat à pied et à l'épée. Louis/Louise a fait signe qu'elle était d'accord et est descendue de cheval.

Ils se sont rapprochés l'un de l'autre avec circonspection. De toute évidence, le grand chevalier avait déjà observé comment Louise se battait. Il a brusquement foncé sur elle, et il a lancé un coup de taille horizontal qui aurait été fatal s'il avait atteint le heaume de Louise. Mais elle s'est baissée et a riposté par une pointe qui atteint l'homme en pleine cuirasse, avant de s'éloigner en reculant d'un pas dansant. Il a tournoyé, a feinté, et est revenu sur elle avec un coup à l'épaule. C'est à peine si j'ai vu Louise se pencher de côté, et pourtant l'épée l'a manquée. Sa riposte a, elle aussi, raté son but. L'affrontement se poursuivant, il était clair que Louise se fatiguait plus vite que son adversaire. Il réussit finalement à la désarmer et remporta le combat. Les spectateurs qui avaient soutenu Louise ont grogné de dépit, mais ils ont reconnu que le chevalier aux trois tours avait davantage de force physique, à défaut d'une plus grande habileté.

La clé d'argent, ce jour-là, est revenue au chevalier aux trois tours, après un ultime combat. C'est à lui que la demoiselle en détresse remit la coupe en or. Il faisait presque nuit lorsque les trois meilleurs chevaliers ont été appelés devant la tribune pour recevoir les félicitations du monarque. Chaque chevalier a ôté son casque avant de fléchir le genou devant le roi et son fils. Louise était la deuxième : elle retira son casque, ainsi que l'épingle qui retenait ses cheveux blonds et les laissa tomber en vagues jusqu'à sa taille. La stupeur a un instant coupé le souffle de l'entourage du roi. Le public lyonnais scandait « Ca-pi-taine Louis ! Ca-pi-taine Louis ! » en battant des mains. Le héraut, un de nos meilleurs, a alors annoncé « Louise Labé, pucelle de Lyon, également connue sous le nom de Capitaine Louis et l'un des meilleurs chevaliers du royaume au service de Sa Majesté ». Le roi François, qui s'était levé et penché par-dessus la balustrade pour mieux voir ce chevalier, déclara qu'elle était un des plus adorables guerriers qu'il eût jamais vus. À ces mots, Henri, le dauphin, se tourna sur sa gauche, en levant un sourcil vers sa compagne. Diane de Poitiers répondit par une moue méprisante. François et le dauphin ne s'aimaient guère, le roi considérant son fils comme un incapable. Henri se vengeait en ridiculisant le penchant notoire de son père pour les jolies femmes. Sans se soucier de rien, le roi retira une chevalière de son petit doigt et la présenta à Louise.

— En souvenir d'une occasion tout à fait spéciale, lui dit-il, puisque je viens de voir la Pucelle d'Orléans ressuscitée !

Louise embrassa la bague pour montrer combien elle appréciait ce geste noble. « Mes plus humbles remerciements, Sire, et que je trouve l'occasion de vous servir dans une vraie bataille ! »

— Qu'il en soit ainsi, Madame le Chevalier, répliqua le roi.

Le chaton de la bague contenait un gros rubis surmonté de lettres d'or entrelacées : FV pour François de Valois. Un tel signe de reconnaissance de la part du roi était bien plus cher à Louise que ne l'aurait été la première place de la joute.

Le vainqueur fut le dernier à ôter son heaume. Louise étouffa un cri et retint son souffle en reconnaissant le héros grec du bal. Le héraut clama son nom « Philibert du Peyrat, chevalier aux trois tours et vainqueur des joutes ». C'était l'Hector de Louise, son Énée, son amour perdu. Ses lèvres ont formé son nom, mais sa voix n'a été qu'un chuchotement rauque : « Philibert ! Est-ce toi, enfin ? »

Son chevalier ne l'a pas entendue : il était trop absorbé par les félicitations du roi qui lui tendait la clé d'argent. Un page le conduisit ensuite à la tour noire. Une porte s'ouvrit et une très belle jeune fille sortit sur le seuil. Elle donna un baiser cérémonieux au vainqueur, puis lui remit le trophée tant désiré : la coupe en or d'une valeur probablement égale à deux bons chevaux.

Philibert redescendit alors les marches de l'estrade, se retrouvant face à Louise. Elle lui tendit la main en lui disant : « Félicitations, Philibert. Vous êtes aussi doué pour le combat que pour l'amour, mais j'espère que vous serez plus fidèle à votre roi que vous ne l'avez été à moi ! »

Tenant toujours sa coupe, il la fixa un instant du regard sans réagir à sa main tendue. Son visage montrait son embarras et sa contrariété. De toute évidence, il ne savait pas comment se sortir de cette situation, que dire à Louise. De plus, il était mécontent de voir que son valeureux adversaire, celui qui avait failli le vaincre, était une femme. Il ne manifesta aucun signe de souvenir. Il ne connaissait pas cette femme.

Louise essaya de nouveau. « Vous vous souvenez forcément ! Le bal masqué ! Le feu d'artifice ! Et notre rendez-vous amoureux ensuite ? » Une rougeur gagna lentement le cou de Philibert, puis lui colora les joues ; une lueur de souvenir a fini par s'allumer dans ses yeux. « Heu ! oui... oui. Ça y est, je me souviens. Diane en robe transparente verte. » Il serra les lèvres et considéra Louise avec répugnance. « Vous n'avez certainement plus rien de Diane ! » Là-dessus, il se détourna et s'enfuit vers sa tente, ses épaules faisant écho à son rejet. En le suivant des yeux, je m'imaginais ses pensées : « Madame, vous n'êtes pas à votre place, c'est affligeant. Vous devriez être chez vous à filer de la laine, à vous soucier de cuisine et de ménage, occupations propres à une femme, ou bien vous devriez être à prier à l'église. Ici, aujourd'hui, telle que je vous vois, vous n'êtes qu'un monstre, un hermaphrodite, un être qui ne peut inspirer que la honte et le dégoût, et mettre tout homme mal à l'aise. »

Certes, il n'a rien dit de tel, mais je le haïssais comme s'il avait exprimé tout cela à voix haute. Louise baissa sa visière et regagna à la hâte nos quartiers temporaires. Là, après s'être débarrassée de son heaume, elle s'est trouvée mal et réagit si fortement à la rebuffade que lui avait infligée son ancien amant et à l'anéantissement de ses espoirs, qu'elle vomit près de la tente. Tous les arcs-en-ciel scintillants dont elle avait paré cet homme s'étaient éteints en une seule et brève rencontre. Lorsque je me suis approché d'elle pour tenter de l'aider, elle m'a déclaré d'une voix rauque : « Franc, il faut que je parte. Pardonne-moi de ne pas t'aider à ranger l'équipement et à surveiller l'écuyer qui s'occupe de Bayardo ! »

Je lui ai assuré qu'il n'y avait aucun problème et que, bien entendu, je me chargerai de tout. « Mais, je t'en prie, fais attention, ne fais rien de dangereux! Je t'aime, Lou, tu le sais bien, n'est-ce pas ? » Elle s'est retournée, m'adressant un pâle sourire. « Oh ! je ne vais pas me tuer, si c'est ce à quoi tu penses. Pas tout de suite. » Et, après avoir posé sa main sur ma joue, elle partit en courant.

L'armée a gardé ses quartiers à Lyon environ deux semaines avant de partir pour Perpignan, une ville que nous, Français, cherchions à enlever à l'Espagne depuis quelque temps. Charles Quint, empereur du Saint Empire romain germanique et roi d'Espagne, régnait sur cette ville qui avait brièvement appartenu à la couronne de France avant la fin du siècle dernier. Nous l'avions conquise en l'assiégeant au temps de Louis XI, mais, depuis, les Espagnols l'avaient reprise. François 1er voulait la reprendre à son tour : située du côté français des Pyrénées, non loin de la Méditerranée, elle devait nous revenir. Le prince Henri était parti l'assiéger, pensant l'affamer jusqu'à ce qu'elle se rende une nouvelle fois.

Louise n'a presque rien dit de toute la semaine, mais je voyais bien aux préparatifs qui l'occupaient qu'elle avait l'intention d'aller à la guerre. Elle a passé au savon et à l'huile son attirail le plus robuste : une selle vieille mais fiable et une lourde bride. Elle a nettoyé et aiguisé ses deux meilleures épées, celles qui servent à guerroyer, pas celles, émoussées, que nous venions d'utiliser pour les joutes et le tournoi. Elle a aussi poli la dague qu'elle portait à la ceinture, et a vérifié son armure, nettoyant les plus petites taches de rouille et de saleté.

Papa ne se rendait pas compte de ce qui se passait. Il trouvait l'activité de Louise normale après le tohu-bohu des jeux qui venaient d'avoir lieu. Antoinette, selon son habitude, restait indifférente, du moment que Louise accomplissait ses tâches domestiques.

J'ai tenté de la raisonner. « Louise, je t'en supplie ! La guerre n'est pas un endroit pour toi. Tu ne dois pas t'exposer à un tel danger ! Tu as trop d'importance pour trop de gens ici, à Lyon. Pour tes amis, Pernette et Geneviève, pour ton tuteur, Maurice Scève, pour tant d'autres, et aussi pour moi, Louise ! La guerre n'est pas un jeu ! Les gens s'y font tuer, ou, ce qui est peut-être pire, ils en reviennent mutilés, défigurés... »

Elle m'a serré le bras. « Franc, je dois le faire, c'est tout. N'essaye pas de m'en empêcher. Ma décision est prise. » Elle me regardait, sans me voir. Son esprit vaguait ailleurs, très loin.

J'ai encore tenté plusieurs fois de l'arrêter. J'avais du mal à respirer dès que je pensais au danger dans lequel elle se précipitait. Mais rien de ce que j'aurais pu faire ne l'aurait retenue. Elle est sortie de la maison à mon insu, habillée en homme, les cheveux noués et recouverts d'un chapeau de feutre. Elle s'est inscrite auprès du recruteur du roi sous le nom du chevalier Louis de l'Abbaye et a également fait enregistrer Bayardo. Elle pensait sans doute que même si papa découvrait la supercherie et protestait, elle lui ferait suffisamment honte pour qu'il donne ce cheval à la cause du roi.

Bien entendu, je me suis aussitôt enrôlé. J'avais toujours eu l'intention de participer à cette campagne, mais à présent j'étais doublement déterminé. Il fallait que je protège de mon mieux ma petite sœur. J'ai dû emprunter Bayardo toute une journée pour me rendre à la campagne, dans nos propriétés, et y dénicher un cheval. Nous avions plusieurs mules et trois juments qui venaient de mettre bas ce printemps, ainsi qu'un hongre de cinq ans appelé Frontino. Je ne l'avais pas vu depuis plus d'un an, mais je me souvenais d'un poulain grand et dégingandé, assez craintif et mal assuré sur ses jambes, qui n'avait guère été monté sinon par Louise. J'eus du mal à l'attraper. À présent, il était devenu fort et solide, beaucoup plus impressionnant. Sa robe était d'un brun si foncé qu'elle paraissait presque noire. Il avait une étoile blanche et une balzane au-dessous du boulet arrière.

Je l'ai donc ramené à Lyon à côté de Bayardo, et Louise et moi l'avons monté chacun une heure par jour pendant que l'armée se préparait à lever le camp. Lorsque l'ordre de départ est arrivé, notre jeune Frontino avait appris à marcher, à trotter et à galoper sur demande, à céder à la jambe des deux côtés, à trotter en rentrant l'épaule, ou en sortant l'arrière-train, et à se plier à bien d'autres attitudes. Il n'avait pas encore un équilibre très sûr au petit galop, il devenait aussi facilement ombrageux lorsqu'il se trouvait au milieu d'un grand nombre de cavaliers, mais durant notre marche il aurait assez de temps pour s'habituer à tout cela. À la dernière minute, Louise m'a persuadé de prendre Bayardo pour moi et de lui laisser Frontino. Elle souhaitait continuer à le dresser pendant le trajet, m'a-t-elle dit. Mais à présent je réalise que c'était surtout pour que le chevalier aux trois tours ne la reconnaisse pas.

Aussi luxueux que soient les bagages et les harnachements, une armée en marche est toujours une affaire malpropre. Les routes sont boueuses et pleines de trous. Au mieux, elles sont poussiéreuses, et, soit la poussière vole haut, soit la boue est tellement piétinée qu'on s'y enfonce jusqu'aux genoux. Les repas, dans la journée, ne sont que de maigres collations, et le meilleur expédient consiste à se munir de beaucoup de biscuits et de poisson séché. Les œufs durs, qui représentaient un grand luxe, durèrent à peine trois jours. Le petit déjeuner était pratiquement inexistant : faire bouger l'armée nécessitait trop d'énergie pour qu'on se soucie de manger. Le souper était un peu plus facile car la colonne s'arrêtait. On allumait alors des feux pour faire chauffer la soupe et griller le peu de viande que nous pouvions dénicher...

Nous sommes enfin arrivés près de la frontière, à l'endroit où les Pyrénées s'élèvent pour former une barrière entre la France et l'Espagne, et donc devant Perpignan. Cette ville est bâtie sur la rive droite de la Têt. Elle est fortifiée par des remparts qu'on ne peut escalader qu'à l'aide d'échelles, et, du côté sud, une citadelle impressionnante domine la ville. L'entrée nord est gardée par une petite forteresse, le Castillet. Nous avons réparti notre armée tout autour de la ville, de façon à l'isoler entièrement du monde extérieur, et avons établi notre quartier général sur une colline avoisinante, d'où les portes de la ville étaient bien en vue. La stratégie d'Henri consistait à utiliser d'abord la diplomatie et à inviter les défenseurs de la ville à traiter avec nous, ce qu'ils feraient sans doute si nous leur prouvions que nous avions bloqué toute source de ravitaillement. En effet, dans ce cas, ils mourraient de faim tout aussi sûrement que soixante-dix ans plus tôt, la dernière fois que nous les avions assiégés.

Nous avons campé autour de la ville et sur notre colline, écumant le pays dans tous ses recoins pour dénicher de quoi nourrir l'armée. J'ai honte de dire qu'au cours de cette période notre armée s'est livrée à de nombreuses atrocités. Des femmes et des filles ont été violées, des vieillards qui protestaient ont été tués sans raison. Les vaches, poules et cochons qui assuraient l'unique subsistance de plusieurs familles ont été pris et abattus. Tout ce que ces gens avaient et qui pouvait être de quelque utilité à un soldat leur a été confisqué. Peu importait que ces gens fussent sans défense et ne combattent pas : ils étaient là et leurs possessions étaient bonnes à prendre. Ainsi va la guerre, et Louise l'a vue dans ce qu'elle a de moins raffiné. Pourtant, elle paraissait ne pas remarquer grand-chose de ce qui se passait autour d'elle. Son visage avait des traits sérieux, presque tristes, et son regard restait distant. Elle attendait son heure, celle de la bataille.

Au bout d'environ dix jours d'une attente qui devenait de plus en plus pénible, on apprit que le prince Henri avait négocié avec le commandement espagnol et qu'un accord avait été conclu : vingt de leurs chevaliers viendraient nous rencontrer en milieu de matinée le lendemain, et se battraient contre vingt de nos chevaliers. Autrement dit, il s'agirait d'un tournoi à outrance, jusqu'à la mort. On n'utiliserait pour ce combat que des épées, des haches et des lances. La nouvelle arme à feu, l'arquebuse, était proscrite, peut-être parce qu'il y en avait trop peu et que c'était une arme trop difficile à manier. Louise était ravie. C'était exactement ce à quoi elle s'était exercée. Il était clair que la garnison espagnole craignait que ses provisions ne durent pas très longtemps, et avait décidé de résoudre le conflit avec le moins de pertes possibles. Selon cet accord, une victoire décisive de notre part signifiait que la ville se rendrait à la France. Si les Espagnols gagnaient, nous nous retirerions.

Le champ de bataille choisi était le terrain le plus plat à proximité de la ville : un grand pré fauché depuis peu, avec une légère élévation en forme de dôme au milieu. On le voyait très bien depuis la ville comme depuis le quartier général de l'armée du roi.

Louise et moi avons été désignés pour faire partie des vingt chevaliers. Louise fut choisie la première, et, lorsque je l'ai su, j'ai fait en sorte d'être inclus à mon tour, usant de pots-de-vin auprès des officiers responsables. Je ne croyais pas vraiment qu'ils laisseraient de côté un de leurs meilleurs bretteurs, mais je ne voulais pas courir ce risque. Cette nuit-là, je ne pus dormir, j'essayais d'envisager toutes les éventualités du tournoi, calculant comment j'allais parer tel ou tel coup, même si cela signifiait, pour protéger ma chère Louise, que j'y perdrais une main, un bras, voire ma vie.

Peu après le lever du jour, nous avions déjà sellé nos montures et bouclé nos armures lorsqu'on nous a appelés pour assister à la messe et recevoir la bénédiction spéciale ainsi que l'absolution du chapelain du roi. Tout homme qui tomberait au combat serait lavé de ses péchés. Après la messe, nous sommes restés tous les deux debout, l'un à côté de l'autre, sans dire grand-chose. Louise regardait avec attention le chevalier aux trois tours qui, j'en suis certain, ne se doutait pas qu'elle s'était jointe à l'armée. Elle n'avait rien fait jusqu'alors pour qu'il la remarque. Bien au contraire, elle gardait ses distances dès qu'il était trop près, ou alors elle se mêlait à un groupe de cavaliers après avoir baissé sa visière. La seule vue de cet homme me faisait grincer des dents. J'ai bien peur d'avoir espéré qu'il soit tué lors de la bataille qui allait suivre, et souhaité que son âme noire ne gagne pas le paradis.

Au son d'une trompette nous sommes montés sur nos chevaux, et les avons fait trotter jusqu'à la position élevée d'où nous pouvions voir les portes de la ville. Là, dans la pâle lumière matinale, nous avons vu sortir une troupe de chevaliers dont les épées scintillaient au soleil et dont les bannières se gonflaient sous la brise. Au commandement de notre officier, nous nous sommes mis sur deux rangs de dix et nous avons gagné au trot le champ de bataille. Le ciel se couvrait rapidement annonçant la pluie. Mais comme seul le Ciel commande aux éléments, nous avons avancé sans nous poser de questions, semblant nous mouvoir hors du temps. Lorsque nous sommes parvenus au sommet de la colline, nous avons vu que l'ennemi était déjà rangé en deux files de dix à l'autre extrémité du champ de bataille. Leurs trompettes ont retenti et les nôtres leur ont répondu.

Nous avons galopé vers la mêlée, nos étendards flottant au-dessus de nous. Je sentais le galop de Bayardo comme une houle, l'air frais sur mon visage m'apportant une odeur d'humidité et d'herbe fraîchement coupée. Je trouvais tout cela si normal, si quotidien, qu'il me paraissait impossible de devoir s'entre-tuer si vite. Alors que j'ébauchais à peine cette réflexion, déjà, j'étais engagé dans une lutte comme je n'en avais jamais connue, contre un chevalier qui semblait me dominer de beaucoup. Il avait un cheval plus grand que Bayardo et était lui-même énorme, non seulement par sa taille, mais aussi par sa carrure. J'ai fait mon possible pour ne pas être immédiatement dominé. Et puis, obligé de céder du terrain, j'ai fini par me retrouver à l'extrémité du champ de bataille, acculé à un vestige de clôture en pierre surmonté d'une souche d'arbre. L'arrière-train de Bayardo touchait déjà le mur. Mais au moment où mon adversaire s'est redressé pour me donner le coup de grâce, j'ai vu le défaut de son armure : une fente étroite au-dessous de sa cuirasse, un peu plus haut que la ceinture. J'ai enfoncé mon épée dans cet interstice et l'ai tournée. L'homme a lancé un cri guttural et s'est effondré, la tête en avant, lâchant son épée. J'ai forcé Bayardo à coller son épaule contre celle de l'autre cheval pour le faire reculer. Le chevalier espagnol, affalé sur le garrot de sa monture, s'agrippait le ventre de ses mains gantées de mailles et son sang coulait sur les épaules du cheval. Quand j'ai poussé vers l'arrière son énorme destrier, le chevalier a perdu son assiette et est tombé la tête en avant, puis s'est retourné, restant sur le dos à contempler le ciel d'où commençaient maintenant à tomber de petites gouttes de pluie. Il n'était pas encore mort, mais c'était imminent tant il saignait.

Les laissant là, lui et son cheval, j'ai rejoint au galop le centre du champ de bataille où je voyais Louise se battre furieusement. Je l'ai vue frapper un chevalier au bas du cou. Il émit un cri perçant qu'on entendit nettement, en dépit des grognements, des jurons, du martèlement des chevaux et des bruits de ferraille des autres combattants. Je vis alors ce chevalier lâcher son épée et conduire sa monture hors de la mêlée, tandis qu'un de ses bras pendait, sans vie. Un autre combattant espagnol s'est rué dans l'ouverture laissée par son compagnon et a dirigé son cheval droit sur le dos de Louise. Je suis arrivé à temps pour lui asséner un coup de hache sur la nuque. Sa hache est alors tombée, fendant le troussequin de la selle de Louise où elle est restée plantée. Par miracle, le coup n'avait blessé ni Louise ni Frontino. L'homme est tombé de cheval, se faisait piétiner par un chevalier de son camp au moment où je l'ai perdu de vue. Louise continuait à se battre comme un vrai démon, se jetant en plein danger. J'ai alors compris que, depuis le début, elle avait l'intention de se suicider, mais elle voulait le faire au combat, et non de manière lâche, par exemple en utilisant une des cordes de papa. Elle et le chevalier aux trois tours avaient tué ou gravement blessé quatre ennemis chacun, tandis que j'avais occis mon Goliath et mis un autre chevalier hors d'état de nuire. Il restait sept chevaliers en selle dans le camp opposé et huit dans le nôtre, mais il y avait de chaque côté, parmi ceux qui étaient encore capables de tenir sur leur monture, des hommes sérieusement blessés. Les trompettes ont de nouveau retenti : les Espagnols sonnaient la retraite. La bataille était terminée. Notre camp sortait victorieux, en grande partie grâce à l'acharnement de Louise, la Pucelle de Lyon. Cependant notre petit triomphe ne fut pas considéré comme décisif par les Espagnols. Aussi, le siège continuerait.

Nous revenions au pas vers l'armée, sur nos chevaux, lorsque le grand chevalier nous a rattrapés. Ôtant son casque, il s'est adressé à Louise :

« Je vous dois des remerciements, Monsieur, pour m'avoir sauvé la vie au moins deux fois aujourd'hui. » Louise, dont le visage était visible sous sa visière relevée, lui a lancé un regard pénétrant. Puis, d'un geste lent, délibéré, elle a enlevé son heaume et secoué sa longue chevelure dorée, exactement comme elle l'avait fait après la joute. Philibert eut un hoquet de surprise et s'arrêta, fixant Louise. Les gouttes de pluie accumulées sur les cheveux de Louise brillaient comme des bijoux, mais sur ses cils, s'agissait-il de gouttes ou de larmes ?

De sa voix grave de contralto très ferme, elle se montra on ne peut plus formelle. « Vous n'avez nul besoin de me remercier, Monsieur Philibert du Peyrat. Sans votre lutte vigoureuse, je suis sûre que notre cause aurait été défaite.» Elle regarda le chevalier se raidir à mesure qu'il comprenait à qui il devait la vie. Une fois de plus, il n'était pas à la hauteur de la situation. Il avait voulu remercier l'homme qui l'avait sauvé, mais il s'agissait d'une femme. L'héroïsme de son sauveur en était dévalué à ses yeux. Tout cela m'a paru très clair en voyant son expression et son hésitation. Sans attendre, Louise lui a adressé un hochement de tête poli et, d'un coup d'éperon, a lancé Frontino au trot. J'ai contenu mon irrésistible envie de cracher au visage du Sieur Philibert, et j'ai suivi Louise sur Bayardo sans me retourner.

Une semaine s'écoula. Bientôt un messager vint nous annoncer que Charles Quint avait ordonné à un gros contingent de venir à la rescousse de la ville assiégée. Ces troupes arriveraient sous deux jours. Nos provisions commençaient également à se tarir. Après avoir consulté ses officiers, le prince Henri décida de lever le siège.

L'armée française se prépara alors pour une autre campagne toute différente, qui n'intéressait absolument pas Louise. Sa tentative de trouver une mort honorable avait échoué, elle décida de rentrer à la maison. Elle n'a d'aucune manière essayé de renouer avec le chevalier aux trois tours, qui, de son côté, n'essaya pas non plus de la revoir. Elle n'aurait pas été humaine si elle n'avait eu quelque secret espoir de voir son amant changer d'attitude, se montrer plus réceptif, mais ce miracle ne devait pas se produire. Louise prit congé de l'officier qui la commandait et je fis de même, puis nous avons tourné nos chevaux en direction de Lyon.

Tandis que nous avancions péniblement, je songeais à l'attitude de Philibert du Peyrat. Certes, Louise était une énigme pour nous tous.

C'était une femme à part entière, et pourtant elle pouvait assumer le rôle d'un homme et même mieux que bien des hommes. Qui donc était cette femme, ma petite sœur ? Était-elle vraiment l'androgyne dont elle m'avait parlé, celui qui, dans *le Banquet* de Platon, réunit parfaitement en lui les deux sexes ? Mais après tout, rien de cela ne m'importait, rien ne modifiait les sentiments que j'avais pour elle. Je l'avais élevée et elle était en grande partie l'être que j'avais créé. J'avais été pour elle un professeur et une mère autant qu'un frère. « Qu'ai-je fait ? », me suis-je alors demandé.

CHAPITRE II

Maurice Scève,
son maître, son ami.
Souvenirs (1535-1541)

D'habitude, nous nous réunissions chez mon frère Guillaume. En hiver, nous prenions place confortablement autour de la cheminée, mais, dès que le temps le permettait, nous passions dans le jardin. Nous avons pris le nom de *Sodalitium lugdunense*, prétentieux, soit, mais parfait pour notre groupe qui aspire à se perfectionner en poésie latine. Il s'agit de notre propre poésie latine et nullement d'une simple relecture de Virgile, d'Horace ou de Catulle. Nous écrivons en latin, espérant atteindre le niveau des grands écrivains de l'Antiquité, et, après chaque lecture, nous nous permettons éloges ou critiques selon le cas. Ce jour-là, nous nous sommes réunis au Collège mixte de la Trinité.

Cet établissement est une remarquable innovation en matière d'éducation en France. Symphorien Champier, érudit lyonnais des plus connus, m'avait pressenti environ un an auparavant pour l'aider à fonder ce collège et, éventuellement, pour que j'y enseigne. J'avais refusé : j'avais d'autres projets et étais sur le point de partir passer quelque temps en Avignon. J'ai appris qu'un des riches artisans de la ville, Pierre Charly (il se faisait appeler Labé) était un des cofondateurs de ce collège. Labé faisait régulièrement des dons d'argent aux œuvres de charité, y compris l'hôpital de l'Aumône qui s'occupait des pauvres. Il s'employait aussi activement à obtenir des dons d'autres citoyens aisés. C'est lui qui avait suggéré à Symphorien cette idée de collège et qui lui avait promis un fort soutien financier. Ensemble, ils ont recruté Barthélemy Aneau, autre phare parmi les érudits de Lyon. L'objectif, et l'on reprenait en cela l'expérience des écoles mixtes de Florence, était d'offrir à la fois aux jeunes garçons et aux jeunes filles, quelle que fût leur classe sociale, les mêmes chances d'acquérir une bonne instruction. Ce projet a intéressé le cardinal de Rohan, archevêque d'Este, ainsi que la Confrérie de la Trinité, et, ensemble, ils ont fondé l'établissement. Ils l'ont placé dans des bâtiments de la Confrérie qui, jusqu'alors, avaient servi d'arsenal royal et le collège a pris le nom du bâtiment en question. Nos amis Champier et Aneau nous avaient invités ce soir-là, voulant nous faire la surprise d'un « petit programme » qui, selon eux, nous enchanterait.

Si l'on doit se rappeler l'année 1536, que ce soit pour la visite du très distingué poète parisien Clément Marot, qui rentrait de Ferrare et Venise. Il venait d'être victime de persécutions de la part de l'Église gallicane, et avait dû fuir Paris au péril de sa vie. Malheureusement, la Sorbonne (l'université où l'on maintient et défend la doctrine de l'Église dans toute sa « pureté ») se montrait de plus en plus hostile à ceux qui voulaient réformer certains abus du rituel religieux. Toute personne animée du désir d'améliorer tel ou tel aspect de l'Église était aussitôt soupçonnée d'être adepte des prédications et des écrits hérétiques de Martin Luther. Soit on était aveuglément partisan des préceptes de l'Église, soit on était complice de Satan. Le roi François lui-même (après la malheureuse affaire des Placards qui, en 1534, ont été apposés dans tout Paris par des factions anonymes pour dénoncer violemment les doctrines et les pratiques de l'Église) s'était rangé aux côtés de la Sorbonne contre le mouvement de réforme, y compris contre des modérés comme Marot. La volte-face de notre souverain avait privé Marot de sa dernière ligne de défense. Le roi, en effet, s'était toujours interposé entre le poète et sa condamnation à la prison ou au bûcher.

Il avait donc dû partir pour l'étranger. Un édit récent permettait aux suspects de revenir s'ils abjuraient formellement et publiquement leurs « hérésies ». J'avais entendu dire que Marot allait se soumettre à cette procédure et abjurer chez nous, à la cathédrale Saint-Jean, pieds nus, en chemise, une bougie à la main. Quelle humiliation pour un homme de son calibre ! Dieu merci, à Lyon, nous étions beaucoup plus ouverts aux idées nouvelles ! J'ai seulement souhaité que notre tolérance ne nous expose pas à quelque malheur imprévu. En tout cas, les persécutions de Paris nous avaient apporté au moins une chose, puisque ce soir-là Marot nous faisait l'honneur de se joindre à nous et d'assister à ce mystérieux petit programme qui tenait tant à cœur à Champier et Aneau.

Champier prononça un discours. « Comme vous le savez, nous avons fondé cette école pour offrir le même enseignement aux garçons et aux filles de toutes les classes sociales. En cela, nous suivons l'exemple florentin. Je rougis de dire que nos pratiques scolaires, ici en France, privent les femmes des moyens nécessaires au développement de leur esprit. Nous connaissons trop bien les préjugés qui limitent le rôle des femmes à la procréation, à l'éducation des jeunes enfants, aux travaux domestiques et à la défense de la foi. Vous avez peut-être eu connaissance de la violente opposition de certains membres du conseil municipal et d'une majorité de notre clergé à la fondation de cette école. Il se peut même que vous sympathisiez avec leur point de vue, d'autant plus que j'ai entendu quelques personnes parmi vous, exprimer leur scepticisme quant à la capacité des femmes à absorber un savoir abstrait. Aujourd'hui, nous voulons vous montrer à quel point nous nous sentons confortés dans notre idée première, dans notre conviction qu'hommes et femmes possèdent les mêmes capacités intellectuelles. Ces trois demoiselles ont prouvé qu'elles étaient les meilleures élèves de l'institut après une série de concours avec tous les autres élèves de l'école, garçons et filles. Et comme vous le constaterez, leur talent ne se limite pas à répéter paroles et idées émises par d'autres. Nous n'avons pas là, Messieurs, des singes savants, mais l'expression la plus élevée de l'intelligence humaine. »

Il fit un signe de tête en direction de la porte, et Barthélemy Aneau fit entrer les trois jeunes filles. Elles avaient à peu près le même âge, environ seize ans, et étaient habillées de la même façon, avec beaucoup de simplicité et de modestie. Elles rougissaient toutes les trois de manière charmante. Symphorien les a présentées tour à tour. Je les avais déjà toutes aperçues à la messe et, de temps à autres, dans la rue, alors qu'elles accompagnaient leur mère après une visite à l'hôpital de la Charité ou quelque autre bonne action du même ordre. La plus jeune et la plus timide du groupe était Geneviève de Bourges, sœur aînée de Clémence, et issue d'une famille distinguée. Geneviève possédait une sorte de transparence, une fragilité qui lui conférait beaucoup de charme mais donnait aussi l'impression qu'à tout moment elle pouvait se briser en morceaux. Barthélemy a ensuite présenté une beauté qui m'a coupé le souffle : Pernette Cousine, qu'on connaîtrait plus tard dans le monde sous le nom de Pernette du Guillet. Elle nous a souri modestement et salués d'une révérence. J'aurais juré que ses regards se portaient davantage sur moi que sur les autres. J'ai dû faire appel à toute ma volonté pour demeurer attentif, au lieu de rester stupéfié, les yeux rivés sur cette demoiselle dont chaque geste me faisait battre le cœur.

Avec un grand effort, je me remis à suivre les événements. On nous présentait une autre jeune fille. C'était la plus grande des trois et celle qui semblait le plus en possession d'elle-même. Elle s'appelait Louise Labé. Je savais qu'elle était la fille de Pierre Labé, l'artisan cordier, généreux bienfaiteur de ce collège, et qui avait aidé à le fonder. Restait à voir si les théories de Champier étaient confirmées : si les artisans et les classes inférieures étaient capables de penser aussi justement que les bien nés. Je n'étais revenu d'Avignon que depuis peu, et je fus donc passablement surpris, sinon choqué, d'entendre Étienne Dolet me chuchoter à l'oreille que cette jeune femme avait remporté plusieurs prix dans des joutes et des tournois auxquels elle avait participé vêtue en homme ! Apparemment, elle avait gagné les plus hautes distinctions au cours des joutes qui s'étaient déroulées ici pendant que j'étais en Avignon. C'était là un bien étrange passe-temps, pour une femme, mais j'avais lu *Roland furieux* de l'Arioste. Si nous pouvions admirer Jeanne d'Arc dans la réalité et Bradamante dans une œuvre de fiction, pourquoi pas Louise Labé la pucelle guerrière ?

Le programme a débuté par deux poèmes en latin qui, à ma plus grande gêne, m'étaient dédiés. En Avignon, j'avais travaillé par intermittence sur un recueil de poèmes dont le titre provisoire était *La Délie*, mais, jusqu'à ce jour, je n'avais trouvé ni thème central ni muse qui m'ait suffisamment inspiré pour organiser ce recueil.

Le premier poème m'était dédié par mon excellent ami Étienne Dolet, cet homme énergique venu dans notre ville pour nous inciter à de plus grands efforts intellectuels et spirituels. C'est Mlle de Bourges qui le lut :

> *Lates, heu nimium diu sepultus*
> *Obscuris tenebris...*

Selon Dolet, il y avait trop longtemps que je gisais dans l'obscurité : il fallait que j'aie l'audace de produire mes écrits à la lumière du jour. Geneviève a ajouté sa propre interprétation du poème, charmante, m'exhortant en français à révéler mes œuvres. À peine venait-on de cesser d'applaudir ces paroles joliment dites d'une voix claire de soprano, que Pernette Cousine s'est avancée avec un poème d'un autre ami, Nicolas Bourbon. J'ai retenu mon souffle en l'observant :

> *Quae scribes, esse lectu quam dignissima*
> *Fatemur omnes omnia ...*

« Nous savons combien tu es brillant, Scève ; publie donc tes poèmes ! » De nouveau on m'y invitait. J'ai rougi à mon tour, surtout en raison du regard perplexe et quelque peu ironique de notre invité, Clément Marot. Pernette continuait à s'adresser à moi pour me persuader de sortir de ma réserve, comme Geneviève venait de le faire.

À présent venait le tour de Louise Labé. Nicolas Bourbon a pris la parole en se tournant à moitié de manière à s'adresser en même temps à Monsieur Marot et à la jeune Louise. « J'ai apporté ma petite épigramme, publiée il y a quatre ans en tête du livre de poèmes de notre illustre invité, *L'Adolescence Clémentine*. Je vous assure que Mademoiselle Louise ne l'a encore jamais lue. Barthélemy et Symphorien m'affirment que nous avons devant nous la meilleure latiniste de l'école. Eh bien, je propose de la mettre à l'épreuve. Je vais lui tendre mon épigramme. D'abord elle la déclamera en latin, puis elle la traduira aussitôt en bon français. Mademoiselle. » Il lui passa le petit livre ouvert à la première page.

Louise lui sourit et prit le recueil d'un geste gracieux. Elle parcourut rapidement l'épigramme des yeux, puis, après nous avoir jeté à chacun un bref coup d'œil, elle la lut d'une chaude voix de gorge :

CARMEN
AD LECTOREM
Saepe quod inspersis nugis foedaverat ausus
Quorundam, ut sunt haec candida secla parum...
Et, aussitôt elle a traduit le poème en un français tout à fait acceptable, ajoutant quelques mots de son cru en éloge au distingué poète :

> *Ce livre-cy souvent avait été*
> *jusqu'à présent (telle en est la coustume)*
> *Par mes chantz gens corrompu et gasté :*
> *Dont l'a fallu rapporter sur l'enclume...*

Elle a ensuite exprimé quelques regrets, disant qu'il lui aurait fallu plus de temps pour trouver les rimes et la métrique les plus appropriées en français. Nous avons tous été très impressionnés, non seulement par sa connaissance du latin, mais aussi par son ingéniosité, son esprit de répartie, l'étendue de son vocabulaire en français, et son assurance. Je dois admettre, en outre, qu'elle est belle à ravir, avec un teint éclatant, des cheveux blonds et bouclés, de grands yeux marrons, une bouche et un nez parfaits, sans parler de la grâce qui, à son insu, marque son maintien et son pas. Celui d'entre nous qui en a été le plus frappé, cependant, ce fut Clément Marot. Il n'arrivait pas à détacher son regard d'elle. Je comprenais bien ce qu'il ressentait : j'éprouvais la même difficulté vis-à-vis de Pernette.

Nous sommes passés dans la salle voisine où Louise s'est assise à l'épinette tandis que Pernette prenait place sur un grand tabouret avec son luth et Geneviève se tenait prête avec sa flûte. Elles nous ont aussitôt régalés de quelques-uns de nos propres poèmes mis en musique, qu'elles ont chantés admirablement.

Nous avons ensuite tous félicité ce charmant trio, puis Champier et Aneau. Il semble que nous soyons en train de créer une véritable République des Lettres, ici à Lyon ! En nous rendant d'un pas tranquille chez mon frère Guillaume, puis lorsque nous nous sommes retrouvés dans son salon avec un verre de vin, nous avons continué à nous entretenir des performances de ces demoiselles. Barthélemy Aneau a pris la parole. « Je crois que j'aimerais donner des leçons particulières à Mademoiselle de Bourges. J'aimerais mettre à l'épreuve la théorie qui veut qu'un enseignement particulier soit plus fécond qu'un cours en classe. D'ailleurs, cette jeune fille me plaît. Elle vient en plus d'une bonne famille. » Il y eut des hochements de têtes, quelques sourires, et des regards échangés. J'étais à moitié ailleurs, songeant encore aux charmes de Mlle Cousine, lorsque je me suis rendu compte que Dolet parlait.

« Il me semble que nos deux collègues ont inventé un projet d'enseignement général qui aurait été grandement approuvé par Platon. La hiérarchie de sa société idéale ne repose pas sur les classes héréditaires mais sur le talent. Si vous vous rappelez le mythe de la caverne, c'est de la masse des esclaves enchaînés qu'on tire le philosophe-roi. Il s'agit de quelqu'un qu'on délivre de ses chaînes, qu'on fait sortir de la caverne et qu'on expose petit à petit à la lumière, en d'autres termes, qu'on éduque, et qui revient ensuite pour essayer d'éclairer les autres. »

Louis des Masures l'a alors interrompu. « Certes, mais nonobstant Platon, je ne pense pas que nous puissions étendre nos pratiques éducatives révolutionnaires à la masse. Les complexités d'une telle entreprise défieraient l'imagination, sans parler du Trésor ! Et qui peut dire si les plébéiens, à l'esprit et au corps également sous-alimentés depuis l'enfance, pourraient tirer profit d'un projet aussi élevé ? »

Je me suis tourné vers mon ami Louis en secouant la tête. « Si l'on en juge par ce que l'on vient de voir avec Louise Labé, je parierais que tout être humain, de quelque classe que ce soit bénéficierait d'une éducation bien orientée. Platon a raison. La seule hiérarchie qui existe est celle de la capacité naturelle. » Me rangeant à l'opinion de Barthélemy, j'ajoutai : « Symphorien, si vous n'y voyez pas d'objection, j'aimerais prendre pour élèves deux de ces demoiselles : Pernette Cousine et Louise Labé. Il est évident que Louise a démontré ses aptitudes de poète, ne serait-ce que par son talent à traduire à l'improviste des vers latins en français. Et peut-être Pernette, elle aussi... »

Marot m'a adressé un sourire qui n'était pas dénué de malice. « Oui, Scève, nous avons tous vu comment tu dévorais Pernette des yeux ! Le mieux serait que tu ne la voies qu'accompagnée d'un chaperon ! »

J'eus envie de lancer une remarque sur l'admiration évidente qu'il portait à Louise, mais j'ai décidé de rester discret. Après tout, il n'est ici que pour très peu de temps, aussi ne peut-il faire grand' chose à ce propos.

Leçon I

« Maître, dans *Le Banquet*, Socrate nous dit que la plus haute aspiration humaine, le zénith que cherchent à atteindre tous les mortels, n'est autre que la beauté et l'amour de la beauté. Toutes les autres formes d'amour ne sont que l'ombre de cet idéal. Qu'en pensez-vous ? » Louise me regardait avec des yeux pétillants, toute tendue vers ma réponse, avec le sérieux de quelqu'un qui veut une explication claire et compréhensible des mystères de l'amour.

Je me suis vu reflété en double dans ses prunelles, et j'ai trouvé cela plutôt ironique qu'elle me pose cette question sur la beauté à moi, un homme qui ne se fait aucune illusion sur son physique : je suis petit et trapu mais pas gras, et avec une nuque courte ; j'ai tendance à être velu, avec une épaisse barbe que je garde aussi nette et bien taillée que possible, et une tignasse de cheveux bruns plantés bas sur le front. Mon nez est long et affaissé, mes paupières lourdes. Quant à mes yeux sombres, je me flatte de les trouver expressifs et animés. J'ai toujours dû me reposer sur mon charme et mon esprit pour me débrouiller en société, et depuis peu, je me demandais même ce qui me permettait de croire que je serais capable d'attirer une femme qui n'aurait que la moitié de mon âge !

J'ai souri. Louise voulait donc, à seize ans, sonder les plus profonds mystères de l'amour ? Seul Socrate possédait assez de connaissances pour l'éclairer. Compte tenu de ma situation sentimentale du moment, j'étais la dernière personne à qui il fallait s'adresser pour élucider cette énigme !

Nous étions assis, Louise et moi, dans le jardin de mon frère avec plusieurs livres à portée de main, sur une table de pierre près de nous. C'était le printemps, et la nature offrait une musique de fond à notre dialogue : la fontaine coulait doucement à proximité, et l'eau, se déversant d'un vase tenu par un chérubin en albâtre, bouillonnait dans un bassin de porphyre. Les feuilles nouvelles bruissaient sur les arbres qui nous donnaient de l'ombre, les abeilles bourdonnaient autour des iris du jardin strictement ordonné, et les oiseaux chantaient ainsi qu'ils le font quand ils construisent leur nid. Tout cela nous donnait l'illusion d'être à la campagne et non au cœur d'une ville bruyante d'activité.

Nous n'étions pratiquement pas chaperonnés, ce qui, malheureusement, n'est pas le cas lorsque c'est le tour de Pernette de venir, sa servante étant toujours quelque part dans le jardin pendant la leçon. Pour ce qui était de Louise, son frère la conduisait jusqu'à la maison, l'escortait jusqu'au jardin, puis prenait poliment congé. Il revenait la chercher une heure plus tard. Son père semblait me faire confiance implicitement ; sa belle-mère était quant à elle indifférente. Les seules autres personnes à surveiller nos séances étaient le domestique Robert, ma sœur Sibylle qui vivait toujours là (mes deux autres sœurs, Jeanne et Claudine, s'étaient mariées et installées ailleurs), et mon frère Guillaume qui, de temps à autre, passait d'un pas nonchalant dans le jardin pour aller au belvédère ou en revenir. Il s'y rendait souvent pour lire ou écrire des poèmes en latin. Ce jour-là, j'avais pris avec moi des ouvrages d'Ovide, de Marsile Ficin et de Dante ainsi que le *Roman de la rose*. Ils nous serviraient de base pour notre discussion, ou, plutôt, de référence pour étayer nos propos.

Je répondis enfin à Louise : « Eh bien, voyons, ma chère. Socrate lui aussi l'énonce clairement : la beauté que nous aimons tous de par notre nature-même est quelque chose de spirituel. Comme rien de matériel ou de charnel ne dure, nous, qui recherchons la permanence dans ce monde de changement et de décomposition, nous tournons vers quelque chose qui transcende notre sphère sublunaire. Et la beauté est l'expression la plus haute de cette permanence et de cette transcendance. Quand nous trouvons quelqu'un que nous aimons, nous voyons en lui l'incarnation de l'idéal de la beauté parfaite. » J'observais le visage expressif de Louise tandis qu'elle considérait mes arguments, et j'éprouvais l'excitation de tout professeur qui a la chance de rencontrer une élève à la fois enthousiaste et intelligente. L'ombre d'un doute recouvrit ses traits.

— Mais comment savoir si les hommes ne veulent que la beauté ? Il me semble que nous sommes tous fort occupés à rechercher des choses bien plus terre-à-terre que la beauté désincarnée. » Louise m'a adressé un sourire ironique avant de contempler ses mains. Je savais qu'elle pensait à sa famille, à son père, à sa belle-mère, à ses frères et sœurs, ainsi qu'à d'autres personnes de sa classe... et pourquoi pas à elle-même ?

— Eh bien, dites-moi, ma chère, à votre avis, ce que tous recherchent vraiment ! » Je voulais qu'elle réponde elle-même à sa question pour voir ce qui venait à l'esprit d'une personne de son milieu, car je n'étais pas encore sûr que les valeurs innées des classes inférieures soient les mêmes que les nôtres.

Louise répondit sans hésitation, avec un très grand bon sens : « La plupart des hommes travaillent pour acquérir un certain confort, s'ils ne possèdent pas déjà les moyens de ce confort. »

« Oui, bien sûr. » J'avais oublié un instant que nous ne démarrons pas tous dans la vie avec les mêmes moyens. Ceux d'entre nous qui ont le loisir de passer leur temps en spéculations philosophiques ou à écrire des poèmes ont en général hérité d'assez d'argent pour jouir d'une existence confortable sans avoir à travailler. Mais, maintenant que j'y pense, plusieurs membres de notre Sodalitium travaillent pour des imprimeurs de la rue Mercière... Il semblerait donc que les distinctions de classes soient plus quantitatives que qualitatives.

Je me suis tourné vers Louise. « Très bien. Commençons par là. Vous travaillez pour gagner ce qui vous permettra de vivre confortablement. Mais que signifie donc « vivre confortablement » ?

— C'est avoir le gîte et le couvert.

— Et une fois que vous avez cela, que faites-vous ?

— Hum... Vous essayez de rendre votre vie intéressante.

— Par quel moyen ?

— Peut-être en apprenant la musique ou en commandant un tableau...

Cela m'éclairait. Je voyais que chez les artisans on aspire aux mêmes idéaux que chez les riches et les nobles, sauf que les premiers sont plus éloignés de leur but. Nous avons été un instant distraits par mon frère, vêtu d'un manteau brun quasi franciscain, qui traversait le jardin en portant un livre pesant, probablement les *Hieroglyphica* de Valeriano. Il nous a salués brièvement de la main et je suis revenu à notre sujet. « Bien. Il semblerait donc qu'après avoir réglé le problème des nécessités fondamentales à la survie de chacun, vous vous attachiez à rendre votre vie plus belle. N'est-ce pas ? »

Elle a acquiescé de la tête, mais elle ne paraissait pas convaincue. J'étais ravi de son attitude : voilà une forte personnalité, un esprit indépendant. Cette jeune femme ne se laissera rien dicter, ni mener nulle part sans avoir d'abord réfléchi, compris et approuvé. Elle avait l'étoffe d'un philosophe-roi. Mais pourquoi dis-je « roi » ? En fait, on devrait dire un « philosophe en chef » ou un « meneur des philosophes ». Mais, je fus bien vite rappelé à l'attention, car Louise répondait à ma question.

— Oui, c'est sans doute vrai : au fond, nous espérons tous rendre la vie belle. Mais nous ne voyons pas tous la beauté de la même façon.

Sa subtilité m'impressionna. Elle parvenait au problème platonicien du singulier et du multiple. L'idéal n'est qu'un, mais les chemins qui y conduisent, les esprits qui y parviennent par la réflexion, sont multiples. Mon attitude envers Louise avait déjà bien évolué. De l'indulgence condescendante du départ, j'étais passé à l'admiration de ses capacités innées.

— Il est vrai qu'il y a de nombreuses visions de la beauté, ai-je dit. Mais il y a une certaine unité de vue pour la plupart des gens qui perçoivent aisément la beauté du monde matériel. Cependant, ils se leurrent quand ils croient pouvoir satisfaire leur désir de beauté par des biens matériels. En effet, alors même qu' ils possèdent tout ce qu'ils croient vouloir, les voilà toujours insatisfaits.

Louise acquiesça. « Bien sûr. Il est clair que les biens matériels ne mènent nulle part en vérité. L'Église nous enseigne la même chose. Mais qu'en est-il des beautés de la nature ? N'incarnent-elles pas et ne satisfont-elles pas notre profond désir de beauté ? »

J'étais stupéfait. Son esprit agile avait déjà trouvé la voie d'accès à l'athéisme, à cette route qui mène à croire que toute valeur abstraite, tout ce que nous considérons comme spirituel n'est qu'une sublimation de certains aspects du monde naturel. Je me suis empressé à barrer cette voie. « Enfin, Louise, vous savez pertinemment ce que l'Église enseigne à ce sujet. Je n'ai pas besoin d'y revenir. Platon serait en accord avec la doctrine chrétienne, puisqu'une grande partie de ce que nous pensons aujourd'hui provient des Pères de l'Église, eux-mêmes formés en Grèce et à Rome, ou en tout cas plus proches que nous des Anciens. Chaque fois qu'on contemple la nature, on est conduit à se demander qui a créé tant de beauté et de complexité. N'est-ce pas ? Et la réponse, bien entendu, est Dieu, l'auteur suprême du Beau qui est également le Vrai et le Bien. Voyez-vous, je suis certain que pour la Diotime de Platon, l'amour de la beauté absolue est inséparable de l'amour de la vérité. »

Je retins mon souffle en la regardant réfléchir à tout cela. J'espérais vivement que je n'aurais pas à discuter avec elle, ce jour-là, de questions subtiles de théologie. Après un instant de réflexion, elle répondit enfin. « Je vois que je dois apprendre le grec. Un peuple qui a su lier ainsi les idées de beauté et de vérité doit avoir été proche de la sagesse du Créateur. Mais ne discutons pas de l'existence de Dieu aujourd' hui, Maître. Nous avons d'autres sujets à aborder ! Parlons donc de la manière dont tout ceci se rattache aux livres que vous avez apportés. Prenons *les Métamorphoses* d'Ovide, par exemple. Que signifient réellement toutes ces histoires de transformation ? » J'étais presque intimidé par la vivacité et la pertinence de son esprit. « Euh... Ovide ? ai-je bredouillé en reportant mon attention sur le sujet supposé de notre leçon du jour. La plupart de ses métamorphoses sont symboliques. Les transformations s'opèrent toujours, ou presque, en ce qui incarne la quintessence de cette personne. »

Nous avons débattu quelque temps des *Métamorphoses* et Louise, cette élève si remarquable, eut le dernier mot. « Il se peut, a-t-elle suggéré, que les transformations ne soient pas systématiquement symboliques ni même qu'elles s'opèrent dans la direction de la quintessence, mais qu'elles soient simplement une façon d'exprimer le changement constant qui a lieu dans notre monde pour le meilleur ou pour le pire ». J'ai exprimé mon accord, et nous sommes passés à un examen des dieux païens.

— Les Anciens, ai-je dit, croyaient en une divinité suprême, Jupiter ou, en grec, Zeus. Les autres dieux et déesses représentent des forces qui existent sur terre, telles que la haine qui engendre la guerre (c'est Mars), ou la passion charnelle (c'est Vénus). Apollon représente la lumière et la beauté. Quant à Diane... Diane... »

Louise était désireuse de montrer ses connaissances et je découvrirais plus tard qu'en de nombreux points elle s'identifiait à Diane, la déesse chasseresse. « Diane, a-t-elle dit, incarne la pureté, la chasteté, l'envie de rester inviolée, de n'être touchée par quiconque. Elle peut devenir féroce, à cet égard, comme on le voit dans le cas d'Actéon qu'elle a transformé en cerf parce qu'il l'avait vue se baigner. Ses chiens l'ont ensuite dépecé et dévoré. Beaucoup de moines et de religieuses sont en réalité des disciples de Diane. »

Je hochai la tête en songeant à ma vie passée. « Oui, c'est vrai. Je me suis senti, moi aussi, attiré par cette vie-là. Peut-être savez-vous que j'ai passé plusieurs années dans le monastère de l'île Barbe. Mais j'ai finalement décidé que ma vocation se trouvait dans l'étude de la philosophie et de la littérature, ainsi que dans l'écriture de textes profanes, plutôt que dans la dévotion monastique et la contemplation du divin. Je suis tout simplement encore bien trop ignorant pour me satisfaire de vivre isolé. J'ai besoin de conversations, d'amis... d'élèves comme vous. »

Elle m'a souri, flattée, m'éblouissant de ses dents blanches. « Maître, j'espère que vous ne serez pas fâché que je me compare à vous, mais j'ai de semblables aspirations. Certes, je ne parle pas du couvent, Dieu m'en soit témoin, mais de la soif d'explorer les écrits profanes et de connaître la compagnie et la stimulation d'amis et de grands esprits tels que le vôtre. Mais, Maître, a-t-elle ajouté en reprenant un visage sérieux, je veux revenir à l'amour de la beauté. Où l'amour passion a-t-il sa place dans tout cela ? »

Il était clair que quelque chose la troublait et qu'elle cherchait une réponse à un problème personnel. Je suis resté un instant sans rien dire, stupéfait par son ton direct. Mais je ne voulais m'engager sous aucun prétexte dans une discussion sur l'amour entre homme et femme, et encore moins à un niveau littéral et pratique. J'ai passé mon doigt à l'intérieur de mon col qui, bizarrement, était devenu un peu étroit. Il fallait que je trouve rapidement le moyen de sublimer notre conversation. Impulsivement, j'ai pris la *Divine comédie* de Dante et lui ai demandé si elle l'avait lue.

— J'en ai lu quelques passages, simplement.

— Vous savez donc que son point de départ, qui permet à Dante sa profonde contemplation du Plan divin, c'est la passion amoureuse du poète, son obsession, pourrait-on dire, pour Béatrice ? »

Le visage de Louise est soudain devenu lumineux. « Oui, bien sûr ! C'est ce que veut dire Platon, n'est-ce pas ? Grâce à la passion physique purifiée et devenue sublime, grâce à la contemplation de la beauté d'une femme ou d'un homme dans les meilleures conditions, nous pouvons atteindre le Beau, le Vrai et le Bien absolus. Dante en est l'exemple ! »

Dieu merci ! Elle se détachait de sa fixation sur la passion comme fin en soi et sur la beauté naturelle comme idéal ultime, et elle acceptait l'idée que les absolus abstraits puissent exister dans la réalité. J'ai montré du doigt *le Roman de la rose*. « Voici une œuvre créée par deux auteurs : le premier, Guillaume de Lorris, a vu la signification allégorique de la passion physique, mais il est mort avant d'achever son œuvre. Elle a été menée à sa conclusion (je ne dirais pas « à son terme ») par un homme d'un tempérament tout à fait différent, Jean de Meung, qui ne voyait rien au-delà de la nécessité naturelle de consommer une passion physique. »

Louise a tendu le bras vers le livre, et a posé le doigt sur le titre : *Le Roman de la rose*. « Maître, parlez-moi du symbolisme de la rose. »

Je me suis interrompu. Louise était un mélange charmant de connaissance subtile des réalités de ce monde et de naïveté. Il fallait que je procède avec précaution. « Eh bien... la rose a toujours été un symbole d'amour physique, ma chère, et fut d'abord consacrée à Vénus. »

— Pourquoi ?

— À cause de sa beauté. Elle est belle sous tous ses aspects : par sa forme, sa couleur, son parfum, et même par la texture de ses pétales, elle incarne la beauté à tous points de vue. Pour un homme, une belle femme est semblable à une rose. Ses joues roses lui font penser à la fleur, sa douceur, sa grâce et - hum ! - si vous voulez bien m'excuser, le lieu central, euh, la cible de l'amour physique, euh, le centre de l'extase... ressemble lui aussi à une rose. C'est pourquoi la fleur est consacrée à Vénus. » Mon col était décidément trop étroit. Et, comme pour illustrer mon propos, je sentais mes joues rosir.

Louise m'a souri sans se démonter, comme si elle voulait me rassurer. « Je vois. Si je m'en souviens bien, mais je n'en ai lu que quelques pages, le rêveur (car le roman tout entier se déroule sous forme de rêve) pénètre dans un jardin et se dirige vers son centre. Là, il voit une fontaine, et, dans la fontaine, deux diamants qui ressemblent à deux yeux. Dans ces yeux, il aperçoit le reflet de la rose parfaite. Pourquoi l'auteur se donne-t-il autant de mal pour parler d'une rose, même si elle est consacrée à Vénus ? »

J'ai rassemblé ce que je savais sur l'allégorie du *Roman*. « Parce que le livre est d'abord une allégorie de l'entrée au jardin du désir et du plaisir. Et puis, quand le héros est parvenu au centre du désir et du plaisir, il voit leur source, l'origine de tout cela : les yeux de la dame, et quand il plonge son regard dans ces yeux, l'amour pénètre son cœur. Car vous savez bien que l'amour entre toujours par les yeux. La beauté demande davantage à être contemplée que humée, ouïe, goûtée ou touchée. Platon enseigne également qu'il existe une hiérarchie des sens : c'est le toucher qui est le plus bas (il se situe le plus bas dans le corps), et puis, en remontant, on a le goût, l'odorat, l'ouïe, et enfin la vue qui est le sens le plus haut placé. La lumière apporte la beauté : la beauté, c'est la connaissance, et la connaissance, c'est la vérité. Mais je vais un peu trop vite. Ainsi, Louise, que voit donc l'amoureux, reflété dans ces yeux ? »

— La rose la plus parfaite.

Un grand papillon est venu voleter autour de nous en cercles irréguliers et s'est posé sur le livre que Louise tenait dans ses mains. Elle s'est concentrée de façon à ce que le livre ne bouge absolument pas. Je l'ai regardée et j'ai souri. Le papillon et la rose ! Mon léger mouvement de tête a effarouché l'insecte, qui s'est envolé. Louise est revenue à notre sujet. « Il voit une rose, se précipite pour la cueillir, et il échoue... »

— Oui. On ne peut pas atteindre immédiatement la plus haute incarnation et le plus grand symbole de l'amour. Ainsi, nous voilà revenus au *Banquet* de Platon : l'incarnation la plus haute de l'amour, c'est l'amour de la beauté absolue, qu'on ne peut atteindre sans grand effort, car la Beauté absolue est synonyme de Vérité absolue et de Bien absolu. C'est là que Guillaume de Lorris nous aurait conduits, et pas à la consommation torride d'une passion physique dans un lit défait, ce qui est, en revanche, ce que Jean de Meung nous lègue. »

Louise a hoché la tête avec un sourire entendu. « Merci, Maître. J'entends sonner la cloche des vêpres. Il vaut mieux que je me dépêche de rentrer, mon frère est sans doute déjà en train de frapper à votre porte ! J'ai beaucoup appris, aujourd'hui ! »

— Et moi j'ai pris plaisir à parler avec une élève brillante et douée ! À la prochaine fois, Louise. »

Je suis resté là, épuisé, vidé de toute énergie par les innombrables questions lancées par cette jeune personne, ce bel esprit. J'ai songé aux mots que je venais de dire à Louise, et à leur insuffisance pour véhiculer les subtilités de nos sentiments et de nos pensées. Tous les doutes que j'avais pu nourrir sur les capacités intellectuelles de la classe des artisans ou sur l'esprit féminin s'étaient dissipés depuis longtemps. Louise pouvait devenir philosophe, même si par tempérament elle n'était pas portée vers la théologie. Son agilité mentale et sa sensibilité m'intimidaient presque. Mes pensées se sont alors tournées vers Pernette. Mon cœur s'est mis à battre plus fort lorsque j'ai pensé à la douceur de son visage, à la souplesse de son caractère. Quel dommage que ces deux jeunes filles ne puissent se fondre en une seule personne ! Mais je pouvais les aimer toutes les deux : Louise au plan intellectuel, et Pernette... oui, Pernette à un niveau tout autre.

Leçon II

Je tenais une édition vénitienne de Pétrarque, en vélin, munie d'un fermoir, un minuscule volume *in octavo* contenant toutes les œuvres du poète. Ce petit livre était presque aussi épais que large, et les caractères étaient eux aussi très petits. Ma vue faiblissant, je n'ai pas loin de quarante ans, il me fallait une très bonne lumière pour lire, et j'étais donc reconnaissant à Louise d'avoir préféré étudier à l'extérieur.

Plus de deux ans s'étaient écoulés depuis notre séance sur la notion platonicienne de beauté. Nous nous trouvions une fois de plus dans le jardin de mon frère, mais le jaillissement de la fontaine était maintenant assourdi par les feuilles mortes accumulées dans le bassin. Nous approchions de la fin de l'automne, mais le temps était encore chaud et ensoleillé, et les sentiers herbeux parsemés de feuilles jaunes. Louise m'a fait remarquer quelle chance j'avais de disposer d'un « petit univers à moi » comme ce jardin que l'on pouvait tenir à l'abri des vents froids de l'automne ou des flux de l'opinion publique. J'en ai convenu avec elle, mais je lui ai fait remarquer que si nous voulions véritablement nous isoler des « flux de l'opinion publique », nous avions toujours la possibilité de nous retirer dans nos propriétés à la campagne. Elle eut un sourire et me répondit qu'il était peut-être un peu tôt pour qu'elle songe à la retraite.

L'heure étant venue de commencer la leçon, j'ai ouvert le livre au hasard et je suis tombé sur un poème qui incarne l'essence même de l'art de Pétrarque :

> *S'amor non è, che dunque e quel ch'io sento ?*
> *Ma s'egli è, per Dio che cosa e quale ? [...]*

> *Si ce n'est point l'amour, qu'est-ce donc que je sens ?*
> *Si c'est l'amour, par Dieu, quelle chose est-ce là ?*
> *Bonne, d'où vient l'effet d'âpreté et de mort ?*
> *Mauvaise, d'où me vient la douceur des tourments ?*
> *Si de plein gré je brûle, pourquoi ces pleurs, ces plaintes ?*
> *Si c'est contre mon gré, à quoi sert de me plaindre ?*
> *Ô mort vivante, ô mal délicieux,*

Comment, si n'y consens, sur moi un tel empire ?
Si je suis consentant, à grand tort je me plains.
Par des vents si contraires, sur une frêle barque
Je me retrouve en haute mer, sans gouvernail,
Si légère en sagesse, si lourde d'errements,
Que je ne sais moi-même quelle est ma volonté,
Et brûlant en hiver, je tremble en plein été.

Après avoir lu ce sonnet, je remarquai qu'elle avait les larmes aux yeux. « Qu'y a-t-il, ma chère ? » lui ai-je demandé, un peu inquiet.

— Ce n'est rien, Maître, a-t-elle répondu. Ces vers expriment à la perfection ce que je ressens depuis si longtemps.

— Etes-vous donc amoureuse, ma fille ? Et de qui ? Aussitôt j'ai senti que ma question était déplacée et indiscrète.

Louise a cependant répondu sans hésiter, et je fus flatté de voir qu'elle faisait de moi son confident. « La réponse à votre première question est un oui, à mon grand péché. Quant à la deuxième question, il y a deux personnes. Mais je suis certaine que vous ne les connaissez pas. Dans le premier cas, il s'agit d'un béguin d'enfance (il est allé à Paris pour devenir prêtre) et dans le second, qui m'a bien plus marquée, il s'agit d'un militaire attaché à la cour. Vous me pardonnerez, Maître, de ne pas vous révéler son nom. Comme mon amour n'est pas partagé, peu importe le nom de celui à qui il s'adresse. J'éprouve toutes les douleurs dont parle Pétrarque, et plus encore ! »

Ma colère, à la pensée qu'un homme assez heureux pour être aimé de Louise puisse la rejeter, était quelque peu tempérée par ma compassion. Je lui ai légèrement touché la main. « Ma chère, me voilà bien désolé, et je sais ce que vous ressentez, car j'ai connu les mêmes choses… Il n'existe pour cela nul remède, sinon de distraire quelque temps son esprit en se concentrant sur autre chose. Sur ce poème, par exemple. »

Ma ruse de professeur la fit sourire, mais elle devinait aussi ma sincérité et l'appréciait. Nous nous sommes penchés ensemble sur le texte. « Si vous regardez ce poème, qu'est-ce qui vous frappe en premier ? »

— Eh bien, c'est cette forme italienne qu'on appelle le « sonnet », ou « le petit son », sans doute parce qu'on est censé le mettre en musique.

Celui-ci serait très beau si on le chantait accompagné d'un luth. Le poème est fait d'une série de questions sous la forme « si … alors ». Il semble que ce soit une suite de thèses-antithèses opposées comme dans un débat en miniature. Mais il n'y a pas de conclusion logique, pas de réponse à ces questions. Et c'est très bien ainsi, car il n'y a pas d'explication logique à l'amour. Il n'y a que des paradoxes. ˮ

Elle m'a regardé en haussant les sourcils et avec un sourire plein d'attente, comme si elle espérait qu'en décodant le poème, je pourrais, tel un sorcier en possession d'une formule magique, guérir son tourment d'amour ou du moins en résoudre les contradictions. Comme toujours, le fait d'enseigner à Louise me coupait le souffle, car ses remarques logiques et les bonds qu'effectuait son intuition me dépassaient presque. Elle m'avait stupéfié en percevant aussitôt l'essentiel d'un poème qu'elle lisait pour la première fois. Je suis revenu au texte. « Examinons le deuxième quatrain. Pétrarque introduit l'élément de volonté dans cette étude abrégée de l'amour. Peut-être savez-vous déjà combien il est fréquent de vouloir se dégager d'un sentiment amoureux quand la situation est sans espoir. Mais l'effort conscient de la volonté n'a aucun effet sur l'amour.

> *Si de plein gré je brûle, pourquoi ces pleurs, ces plaintes ?*
> *Si c'est contre mon gré, à quoi sert de me plaindre ?*

Remarquez comment il utilise le feu pour décrire la passion. Les auteurs antiques le faisaient aussi… »

Dans son enthousiasme, Louise m'interrompit. « Certes ! Mais regardez comment Pétrarque emploie l'antithèse de l'eau pour contrebalancer le feu, dans les larmes qu'il verse en se lamentant ! Quant à son observation concernant la volonté, elle est juste. Quand nous sommes amoureux, nous ignorons à chaque instant si nous voulons souffrir ou pas !

— Oui, et maintenant, regardez les deux vers qui terminent ce quatrain :

> *Ô mort vivante, ô mal délicieux,*
> *Comment, si n'y consens, sur moi un tel empire ?*

Louise, ravie, s'écria : « Oh, oui ! Voyez comme il raccourcit et concentre la structure thèse/antithèse ! Il y a deux ensembles dans la première ligne, deux oxymorons. Puis il résume le tout en revenant au thème de la volonté par « si n'y consens ». C'est un chef-d'œuvre. »

Son enthousiasme m'enchantait autant que si j'avais écrit moi-même le poème. « Juste, ma chère ! Et maintenant il donne au poème un caractère visuel, qui le rend perceptible aux sens :

> *Si je suis consentant, à grand tort je me plains.*
> *Par des vents si contraires, sur une frêle barque*
> *Je me retrouve en haute mer, sans gouvernail.*

Comment concevez-vous cette métaphore ? »

— Il me semble, Maître, qu'il se personnifie lui-même, victime de l'amour, un fragile esquif sur la mer, ballotté par les vents de la passion et sans guide, car sa raison et sa volonté sont impuissantes.

— Tout à fait. Plus vous lirez les poètes, plus vous constaterez qu'ils emploient cette allégorie, celle du bateau et de la mer, pour symboliser la vie et l'individu. Notre petit esquif va sombrer : nous nous noierons si nous n'arrivons à trouver une voile ou un gouvernail, ou si nous ne pouvons parvenir au port. On pourrait dire que nous nous noyons tous de toute façon, puisque nous mourons tous…

Remarquez la façon dont, en italien, Pétrarque écrit : « Par des vents si contraires, sur une frêle barque ». C'est, en effet : *« Fra sí contrari vènti in frale barca »*, ce qui répète le son « fra », c'est-à-dire un son imitant le bruit du vent. Il raconte son histoire en se servant à la fois du sens des mots et de leur son.

Louise me lança un regard admiratif pour cet éclaircissement. Puis elle est revenue au poème avec empressement, suivant du doigt les deux vers suivants.

« Voyez, dit-elle, comment il continue à montrer les dangers qui assaillent le pauvre esquif :

> *Si légère en sagesse, si lourde d'errements*

La barque n'est pas seulement menacée par les vents, mais aussi par un excès de poids, c'est-à-dire d'ignorance, de péché ou d'erreurs, car le mot « errements » peut signifier les trois. »

Non sans effort, je repris l'initiative à celle qui était censée être mon « élève ». « Et maintenant voilà le résumé et l'aboutissement de toutes les idées exprimées dans ce poème :

> *Si légère en sagesse, si lourde d'errements,*
> *Que je ne sais moi-même quelle est ma volonté,*
> *Et brûlant en hiver, je tremble en plein été.*

Vous voyez la manière dont le poème se conclut par un aveu de confusion totale. Et ce dernier vers, avec son effet de paradoxe, s'appelle un « concetto », c'est-à-dire un concept, bien qu'en France on dise une « pointe ». Ce concetto, bien que paradoxal, résume le texte dans son entier. Avez-vous aimé le poème ? »

— C'est l'œuvre d'un véritable génie.

— Seriez-vous capable de faire quelque chose de semblable ?

— Maître, peut-être que non, mais j'ai hâte d'essayer.

— Très bien, ma chère. Cela suffit pour aujourd'hui. J'ai décidé, à la réflexion, de ne pas vous lire un de mes poèmes, du moins pour l'instant. Nous remettrons cela à une leçon ultérieure.

Elle m'a dit au revoir et s'est éloignée dans l'allée du jardin, se retournant un instant pour m'adresser un sourire empreint d'une véritable affection. J'ai réfléchi, le menton sur la main : paradoxes, paradoxes, la vie en est remplie. J'aimais une autre femme de toutes mes forces et sans espoir et, désespérant d'elle, c'était à elle et à propos d'elle que j'écrivais ma meilleure poésie. Mais elle ne nourrissait pas pour moi aucun amour semblable : il y avait entre nous un abîme que je ne pourrai jamais combler. Pernette était certes belle et désirable, mais si je considérais ces deux femmes sous l'éclairage de la raison, il était manifeste que Louise lui était supérieure, tant en beauté qu'en prouesses physiques, en grâce et en acuité d'esprit. Qu'il est vrai, le truisme qui déclare l'amour aveugle. Mais soudain il m'est apparu clairement, comme une révélation, que je vivais une parabole de la doctrine de la beauté selon Platon. Pernette incarnait la beauté terrestre, le plus haut point de beauté que nous, les mortels, puissions atteindre, tandis que Louise représentait l'idéal de beauté. Elle était au-delà des passions terrestres, et c'était la raison pour laquelle je ne pouvais l'aimer de la même façon que j'aimais Pernette : elle se rapprochait trop de l'idéal de Platon.

Leçon III
Décembre 1538

Louise était maintenant à deux ou trois mois de son dix-neuvième anniversaire, et, au cours des trois années précédentes, j'avais guidé ses lectures et ses idées en poésie, en écriture, en philosophie (y compris dans des domaines aussi ésotériques que l'astrologie et le symbolisme numérique de Pythagore) et même, dans une certaine mesure, en théologie. A présent sa beauté était à couper le souffle. Marot était tombé vraiment amoureux d'elle, et il semblait bien qu'il fût incapable de se défaire de cette passion.

Pendant ces trois longues années, je m'étais langui, non de Louise, mais de Pernette. Nous avions connu une sorte de relation « intime », si l'on admet que s'écrire des poèmes d'amour relève de l'intimité. Ensemble, nous nous étions promenés jusqu'à la cathédrale et nous avions eu de longues conversations, en général dans le jardin de mon frère et toujours chaperonnés par Francine, la servante de Pernette. Elle connaissait parfaitement la profondeur de mon amour, et pourtant elle m'a plongé dans le désespoir et la dépression la plus sombre. Pas plus tard qu'hier, elle a épousé un autre homme, celui que ses parents lui avaient choisi. Je me rendais cruellement compte qu'elle n'avait jamais éprouvé pour moi de passion physique à la mesure de celle que je ressentais pour elle. Elle m'aimait surtout en tant que maître, que guide capable de l'aider à améliorer son style et de lui expliquer Dante et Pétrarque, et toutes les autres choses que j'avais également apprises à Louise. Pernette était flattée de l'intérêt que lui portait un homme plus âgé, poète et érudit de surcroît. Elle se sentait en « sécurité » avec moi, parce qu'elle savait que j'avais prononcé certains vœux ecclésiastiques et dans sa naïveté, elle croyait que le vœu de chasteté pouvait me lier absolument, me rendre en somme impuissant. Il lui arrivait souvent de me gronder pour mon ardeur inconvenante. J'avais fondé tous mes espoirs sur une lueur d'intérêt, de passion, que j'avais cru déceler en elle… Et voilà qu'elle venait de m'écrire que le mariage ne changerait rien dans notre relation. Mais cela n'était vrai que si elle ne m'avait jamais aimé de passion ! À moins qu'elle n'éprouvât non plus aucun sentiment amoureux pour ce nouveau mari ? Dans ce cas, n'allait-elle jamais connaître l'amour véritable dans toute sa plénitude ?

J'étais plongé dans mon malheur et mon désarroi lorsque j'entendis la servante qui parlait dans l'entrée avec Mlle Labé. Louise avait montré une telle affinité avec la poésie de Pétrarque qu'il n'était pas trop vaniteux de ma part de lui montrer le début de ma *Délie* avec son soustitre : « Object de plus haulte vertu ». Inutile de lui révéler de qui je parlais dans ce poème, j'étais certain qu'elle verrait que ce n'était pas en pensant à elle que je l'avais écrit.

J'ai invité Louise à entrer dans mon bureau où brûlait un feu vif. Lorsque nous avions lu Pétrarque, par un après-midi d'automne de l'année précédente, le temps avait été suffisamment chaud pour pouvoir nous installer dans le jardin, mais depuis lors les saisons semblaient s'être assombries. Nous étions en plein hiver ce sixième jour de décembre, et les feuilles qui avaient réjoui nos regards un an plus tôt pendaient, telles des guenilles, aux branches squelettiques des arbres qui soupiraient tristement dans le vent. La pièce était encore plus sinistre que le temps, elle était en fait aussi noire que mon humeur. J'ai fait allumer le chandelier et une rangée de bougies, de façon qu'il y ait assez de lumière pour lire.

Nous avons échangé quelques phrases polies, mais j'étais trop déprimé pour aller au-delà, et elle semblait pour sa part un peu distraite. Aussi lui ai-je présenté les pages sur lesquelles j'avais écrit mes poèmes et que j'avais plus ou moins bien cousues ensemble. « Je crois vous avoir déjà parlé de ces poèmes, lui ai-je dit en m'éclaircissant la gorge avec une certaine timidité. C'est une suite de poèmes d'amour, certes très allégoriques et symboliques, mais, comme vous allez le voir, les premiers se comprennent très facilement. » J'ai levé les yeux vers elle, assez gêné. « Ce que je cherche surtout, c'est à vous montrer comment un poète français peut incorporer dans son œuvre des idées prises dans l'Antiquité classique et dans Pétrarque. »

Louise hocha la tête pour m'encourager, mais il m'a semblé que ses yeux scrutaient mon visage avec quelque hésitation. Je me suis à nouveau éclairci la voix. Elle était la première personne à avoir accès à ce recueil, et pourtant mes amis me poussaient à le rendre public, depuis trois ans, depuis le jour fatidique où mes yeux s'étaient posés sur ma *Délie*, sur ce Basilic, ce monstre, dont le regard finira par me tuer. J'ai baissé les yeux. Il me fallait éclaircir, justifier. Mon malaise empirait. « Louise… ces lignes ont été écrites au fil des ans pour une personne que vous connaissez… une amie… qui m'avait laissé un peu espérer, juste un peu, et puis récemment… »

Louise a joint les mains sur ses genoux, l'air toujours réservé. Ne sachant que dire de plus, je me suis mis à lire.

> *L'Œil trop ardent en mes jeunes erreurs*
> *Girouettait, mal caut , à l'impourvue :*
> *Voici - ô peur d'agréables terreurs -*
> *Mon Basilisque, avec sa poignant' vue*
> *Perçant Corps, Cœur, et Raison dépourvue,*
> *Vint pénétrer en l'Âme de mon Âme.*
> *Grand fut le coup, qui sans tranchante lame*
> *Fait que, vivant le Corps, l'Esprit dévie,*
> *Piteuse hostie au conspect de toi, Dame,*
> *Constituée Idole de ma vie.*

Toute la réserve de Louise avait disparu. Ses yeux pétillaient maintenant d'intérêt et d'admiration. « Maître, que tout cela est beau ! Vous avez mis tant de choses en si peu de mots ! Et, comme vous le disiez, ce que vous ressentez est universel. D'abord cet œil vulnérable (c'est le vôtre mais ce pourrait être le mien ou celui de Dante, ou de Pétrarque) qui se tourne ici et là en toute innocence, sans se douter de l'amour tapi en embuscade. Cette bête magnifique et mythique qui guette, c'est le Basilic qui lance son regard mortel sur vous. Mais cette fois, la bête fatale n'est autre que la dame dont l'œil, tel un poignard, perce jusqu'au centre de votre être en tuant la raison au passage. Et quelle surprise de constater qu'un tel coup peut laisser le corps intact tout en dévastant l'esprit ! Vous terminez sur une note chrétienne, car vous voilà devenu une piteuse offrande, telle l'hostie de la messe, non plus sacrifiée à Dieu mais à votre nouvelle déesse, la dame qui est devenue votre idole. »

J'ai poussé un soupir de soulagement en voyant que Louise avait si parfaitement saisi mes mots. J'ai posé un instant ma main sur la sienne pour lui montrer ma gratitude. J'avais un besoin éperdu de ce doux contact, de cette petite consolation à mon immense malheur. « Merci, ma chère, vous avez tout compris très clairement et avec beaucoup de sensibilité, dis-je d'une voix rauque. Il est évident, n'est-ce pas, que j'utilise l'antique motif de l'œil comme fenêtre par où pénètre l'amour. Et une fois que l'être est habité par la passion, il est en quelque sorte « tué » car il n'est plus lui-même : la raison a fui, et la folie l'a remplacée. « Je me suis interrompu pour me racler la gorge. » Il y a là aussi le motif pétrarquiste de la force pénétrante de l'amour qui perce la victime comme une flèche, un dard ou une lame. »

Elle avait joint ses mains, et est restée un instant silencieuse. « Oui, Maître, je vois bien les motifs traditionnels, qui sont tous là, mais ce qui me touche, c'est que vous les ayez réarrangés en une forme toute nouvelle, ce qui est très ingénieux ! Mais j'aimerais en savoir plus. M'accorderiez-vous la faveur et l'honneur de me lire un autre poème ? » Elle pouvait voir ma réticence, car j'avais gardé pour moi la plupart de ces poèmes malgré les sollicitations de mes amis. Il était contre ma nature, même devant un public aussi réceptif et compréhensif, de m'exposer ainsi. J'ai baissé les yeux sur les poèmes que je tenais devant moi, et mes mains se sont mises à trembler quelque peu.

— Je vous en prie, Maître, a-t-elle insisté avec une très grande douceur, posant sur mon bras une main implorante.

J'ai mis ma main sur la sienne, et durant un instant j'ai contemplé Louise en me mordillant la lèvre. Puis, hochant la tête sans rien dire, j'ai feuilleté mes pages pour trouver un dizain. Le quatorzième était celui qui correspondait à mon humeur. S'il y avait quelqu'un qui puisse en comprendre les implications, c'était bien Louise. J'ai commencé à lire.

> *Elle me tient par ces cheveux lié,*
> *Et je la tiens par ceux-là mêmes prise.*
> *Amour subtil au nœud s'est allié*
> *Pour ce de vaincre une si ferme prise :*
> *Combien qu'ailleurs tendît son entreprise*
> *Que de vouloir deux d'un feu tourmenter.*
> *Car (et vrai est) pour expérimenter*
> *Dedans la fosse a mis et Loup et Chièvre,*
> *Sans se pouvoir l'un l'autre contenter ;*
> *Sinon répondre à mutuelle fièvre.*

Ma voix s'était tue depuis quelques instants. J'ai levé les yeux, essayant de voir pourquoi Louise restait encore silencieuse. Elle regardait au loin avec un sourire triste.

« C'est un poème récent, lui ai-je dit, mais je l'ai cependant glissé ici parce qu'il y a deux autres dizains qui mentionnent les cheveux de la dame : le huitième, où l'Amour parle à la dame de son amoureux. « Veux-tu, dit-il, Dame, lui satisfaire ? Gagne-le-toi d'un lacs de tes cheveux » ; et le douzième : « Ce lien d'or, rais de toi, mon Soleil, [...] Détient si fort avec la vue l'œil ». Comme vous le voyez, j'avais déjà relié les amants par une tresse - ou même un unique cheveu - de la chevelure de la dame. Je voulais que l'attention du lecteur se porte ici sur le pouvoir de ces cheveux. J'ai écrit ce poème à une époque où j'espérais encore… et où nous avions même échangé des mèches, elle et moi… Ce n'est pas que fantaisie poétique ! » Je me suis interrompu, me rendant compte que je révélais trop de choses, la voix nouée par l'émotion. De nouveau j'ai tendu la main vers Louise comme pour implorer sa compréhension, puis j'ai voulu revenir sur un terrain plus neutre. « On peut trouver chez les poètes italiens des précédents aux images que j'ai choisies ici… mais, me semble-t-il, exprimées avec moins de force. »

Louise paraissait ne pas remarquer ma détresse, ni voir que j'étais sur le point de m'effondrer.

— Vous suggérez là, Maître, une attirance mutuelle puissante et très physique. L'amour passion s'est entortillé dans ces tresses qui, données et reçues, ont tissé un nœud si solide entre les amants. L'amour y rechigne presque (il préférerait tourmenter chacun à son tour d'un feu unique), mais, de cette façon, les deux amants se trouvent encore plus liés l'un à l'autre et il peut les manipuler à sa guise ! » Elle a montré du doigt le vers en question.

J'ai acquiescé de la tête et, alors que je suivais moi aussi le texte avec mon doigt, j'ai touché le doigt de Louise par inadvertance. Nous avons tous les deux sursauté et retiré nos mains, nous regardant une seconde dans les yeux. « Oui, ai-je dit, plus encore que manipulés, les amants sont torturés, car le feu distinct, individuel, est le feu de l'enfer, voyez-vous, le feu de la fosse. Et dans cette fosse, l'Amour a mis et le loup (le poursuivant et l'amant) et la victime, qui n'est pas comme d'habitude un agneau, mais une chèvre lascive. Je suis sûr que vous vous rappelez que la chèvre est une des créatures du diable. Il y a des précédents dans la Bible, comme la séparation des brebis et des chèvres... »

Louise m'a lancé un long regard à travers ses cils. « Il s'agit là d'une sorte d'enfer à la Tantale où le désir reste perpétuellement insatisfait : le loup poursuit et cherche à dévorer ; la chèvre désire, et pourtant aucun des deux ne peut satisfaire l'autre, pour quelque raison que ce soit, sauf à reconnaître leur passion mutuelle. Quelle situation tragique, et quelle puissance dans l'expression ! »

J'eus un sourire, mais mes lèvres tremblaient. Je l'ai regardée, puis j'ai baissé les paupières. « Mais pour moi, au moins, les choses sont devenues encore pires. Car, voyez-vous, la chèvre est entièrement inaccessible au loup. Perdue… » Je me suis couvert le visage avec les mains pour cacher mes pleurs et les empêcher de tomber sur la page. Presque aussitôt, j'entendis Louise se lever, et s'agenouiller à côté de ma chaise, passant son bras autour de mes épaules et me consolant. « Mon pauvre Maître, mon cher Maître, disait-elle, comme je la comprends… cette torture ! Mais, mon ami, vous avez accompli quelque chose de presque impossible : vous avez réussi à distiller cette passion brute pour la transmuer en or pur. »

Je l'ai moi aussi prise dans mes bras, pressant mon visage contre son épaule comme un enfant qui se réfugie auprès de sa mère. C'est ainsi que ces subtils conflits se sont résolus et sublimés, et que la situation s'est renversée : le maître est devenu l'enfant en quête de consolation, et l'élève est devenu l'archétype de la mère pleine de compassion, la consolatrice universelle, l'éternel féminin.

* * * *

Depuis cette soirée, Louise et moi avons toujours été des amis proches. Je n'arrête pas de me dire qu'il n'y a rien d'ambigu entre nous et que ce soir-là nous sommes parvenus à nous comprendre. J'ai continué à être le tuteur de Louise, et son guide tout en restant son ami. En outre je lui ai rendu service en l'aidant à faire de la maison de son père un lieu de rencontre pour les écrivains, les musiciens et les intellectuels. Bien qu'il ait dû passer outre aux protestations d'Antoinette, sa jeune femme, ce vieil homme a été ravi de recevoir chez lui des invités de marque. Il a dépensé sans compter pour que Louise pût accueillir ses invités dans une salle vaste et confortable, bien fournie en sièges et en tables, illuminée, décorée de somptueuses tapisseries et de miroitantes broderies exécutées par Louise. Le jardin avait été aménagé de façon charmante avec des arbustes, des allées bordées de fleurs, des bancs et une fontaine au milieu. Dans cette partie centrale, Louise et ses amies jouaient du luth, du violon et de la flûte. De leur musique et de leur chant, elles accompagnaient nos poèmes, nos dizains, nos sonnets, nos odes et nos élégies. Et depuis quelque temps déjà, Louise écrivait elle-même une poésie tout à fait impressionnante.

Si ce n'eut été la présence d'Antoinette, plutôt morose, les soirées de Louise auraient été bien plus intéressantes que ne l'était notre *Sodalitium* pour les artistes et les intellectuels de Lyon, ainsi que pour ceux qui nous rendaient visite depuis toutes les régions d'Europe. Aussi avons-nous continué à nous retrouver dans la maison de mon frère Guillaume et seulement de temps à autre chez les Labé. On aurait pu dire que le *Sodalitium* se réunissait parfois dans la maison du cordier ! En toute modestie, je revendique un rôle de premier plan pour ce qui est de cet arrangement. Bien que je ne me targue pas d'être à la tête de la petite communauté intellectuelle de notre ville, il semble que d'autres m'accordent cette position puisqu'ils acceptent mes conseils sans jamais les discuter. C'est ainsi que, jusqu'à deux fois par semaine, nous nous réunissions chez les Scève ou chez les Labé pour un échange d'informations plutôt animé, pour discuter de nos dernières réalisations artistiques et pour faire montre de nos talents par des lectures et des récitals. Chez les Labé, il y avait abondance de petits plaisirs, surtout pour le palais ! Louise est une cuisinière et pâtissière hors pair, et elle prend un réel plaisir à créer des friandises dont se délecteront ses invités. Elle est particulièrement désireuse d'attirer des femmes à ces réunions, ce que le *Sodalitium* a tristement négligé. En plus de ses amies Geneviève de Bourges et Pernette du Guillet, elle invitait toujours mes sœurs Jane, Claudine et Sybille. En général, une ou deux d'entre elles acceptait l'invitation, car je sais qu'elles trouvaient ces soirées stimulantes : elles étaient incitées à écrire davantage de poèmes et à nous les lire de temps à autre. Louise invitait également les épouses des divers poètes, mais sans grand résultat. La plupart d'entre elles étaient occupées ailleurs, et rares étaient celles qui avaient les connaissances nécessaires pour participer à ces soirées.

En 1541, l'année où mon vieil ami Clément Marot est revenu passer quelque temps dans notre ville, je connaissais Louise depuis déjà cinq ans. Marot s'était brièvement arrêté ici en 1538 et 1539 alors qu'il se déplaçait avec la cour, et je m'étais amusé de constater que, même pendant d'aussi courtes visites, il avait tenu à voir Louise Labé, ce qui avait aussi flatté Louise. Elle est d'ailleurs la seule à savoir si un certain nombre des poèmes que Marot a adressés à « Anne » ont en réalité été écrits pour elle. Lors de cette dernière visite, Louise l'a reçu dans les règles de l'art, dans un cadre très agréable, ce qui l'impressionna grandement.

Ce soir-là, alors que nous étions en train de parler et de rire en petits groupes ou à deux, je me suis trouvé suffisamment près de Marot pour entendre sa voix si caractéristique aux accents généralement enjoués : « Mademoiselle, disait-il, vous souvenez-vous du poème que j'ai écrit pour vous lors de notre première rencontre au collège de la Trinité ? »

— Comment aurais-je pu oublier ? a répliqué Louise avec un grand rire.

— Permettez-moi de vous le lire à nouveau, ma chère.

— Très bien. Ce poème, l'avez-vous modifié ?

— Pas vraiment. Vous allez voir. Et il récita un poème qui m'était connu par son recueil d'épigrammes :

> *Fleur de quinze ans (si Dieu vous sauve et garde),*
> *J'ai en Amours trouvé cinq points exprès.*
> *Premièrement il y a le regard*
> *Puis le devis et le baiser après,*
> *L'attouchement suit le baiser de près,*
> *Et tous ceux-là tendent au dernier point,*
> *Qui est, je ne le dirai point ;*
> *Mais s'il vous plaît en ma chambre vous rendre,*
> *Je me mettrai volontiers en pourpoint,*
> *Voire tout nu, pour le vous faire apprendre.*

— Comme vous le savez, je vous ai depuis écrit d'autres poèmes qui expriment la même idée. Ma chère, et ici la voix de Marot a pris un ton beaucoup plus grave, j'ai depuis peu un sentiment funeste. Les persécutions qu'exercent contre moi les extrémistes de la Sorbonne me vident de mon énergie et de mon courage et j'ai bien peur de devoir fuir de nouveau Paris pour éviter d'être emprisonné ou pire. Vous savez avec quelle fidélité je vous ai aimée pendant ces cinq années qui ont suivi le jour de notre rencontre. N'accorderiez-vous pas un seul baiser à votre poète ? Un doux attouchement ? Et puis ce petit quelque chose qui va plus loin ? »

Sa voix s'était alors réduite à un chuchotement. Je sentais que je commettais une grande faute à écouter ainsi leur conversation. Mais je ne pouvais pas m'éloigner sans bruit du buisson qui me séparait d'eux. En même temps, j'en voulais à Marot, car il avait recours à l'antique stratagème qui consiste à éveiller la pitié d'une femme pour la séduire, tout en utilisant, avec beaucoup d'adresse également, son esprit et son charme. Louise s'apprêtait à lui répondre.

— Monsieur Marot, a-t-elle commencé et j'ai senti à sa solennité qu'elle s'efforçait de prendre ses distances. J'ai jeté un coup d'œil autour de moi pour voir si je ne pouvais pas trouver un moyen de la tirer de cette situation embarrassante. Je remarquai alors que Champier suivait l'allée du jardin avec une assiette vide à la main. Comme si j'arrivais d'un autre sentier, je me suis écrié : « Symphorien ! Etes-vous à la recherche d'un peu plus de ces mets délicieux ? Je suis sûr que Louise pourra vous aider ! » Et, me dépêchant de rejoindre Champier, je me suis saisi de l'assiette vide. Louise s'est alors montrée de l'autre côté du buisson où elle se tenait avec Marot.

— Ah, Monsieur Champier ! Monsieur Scève ! Je vois que mes tartes sont très appréciées ! Je vais voir s'il en reste dans le garde-manger.

En souriant, elle a pris l'assiette et est partie précipitamment en direction de la maison. Champier et moi avons poursuivi notre chemin d'un pas nonchalant.

Quand nous sommes passés devant le buisson, Marot y était encore, les épaules basses. « Tiens, Marot ! Vous voilà donc ! Venez vous joindre à nous », me suis-je écrié. Il l'a fait après une petite hésitation, et nous nous sommes mis à discuter du jeune poète en vogue, un certain Pierre de Ronsard. Marot ne répondait à nos questions que par monosyllabes. Manifestement, il ressentait comme cuisant le rejet qu'il venait de subir. J'avais une certaine compassion pour lui, mais, au fond, mon ressentiment était toujours vivace.

Plus tard, alors que nous repartions après avoir remercié notre hôtesse de cette soirée fort divertissante, Marot me prit par le bras. « Scève, vieux compagnon, me dit-il, je me trouve dans un état des plus lamentables. Vous savez que depuis de nombreuses années je suis fou amoureux de notre charmante hôtesse. J'ai fait tout ce que j'ai pu pour la séduire. Mais en vain. Pensez-vous être en mesure de lui dire quelques mots en ma faveur ? D'organiser quelque chose ? Je pense sérieusement que je risque de ne plus être là très longtemps. J'ai le pressentiment que je vais mourir, soit sur le bûcher à Paris, soit ailleurs en exil, et j'ai besoin que quelque chose d'agréable vienne adoucir ma vie. Après tout, Louise n'est que de la classe des artisans, sa moralité ne peut pas être aussi élevée et rigoureuse que ça ! Vous la connaissez bien, me semble-t-il : dites-moi donc ce que je pourrais lui offrir, un collier de perles, peut-être ou des émeraudes pour ses oreilles ; je sais que je ne suis pas un Adonis, mais elle a du respect pour moi à travers mon œuvre. Parlez-lui donc, je vous en prie ! Soyez mon avocat ! »

Il m'avait choqué et mis en colère. « Croyez-vous vraiment que, parce que Louise n'est pas noble, elle doit avoir moins de moralité que nous ? » Je criais presque, mais, sachant que les murs peuvent avoir des oreilles, j'ai baissé la voix. « Oui, je la connais bien, et il y a une chose dont je suis tout à fait certain : aucun objet matériel, aucun argument fallacieux ne peut l'amener à coucher avec un homme dont elle n'est pas amoureuse. Si vous n'êtes pas capable de la persuader, n'allez pas vous mettre en tête qu'un troisième larron serait à même de briser sa résistance. Elle n'est pas aussi superficielle que cela ! Je suis désolé d'apprendre votre situation, mais, Marot, je ne peux pas être votre Célestine. Non seulement ma nature abhorre ce genre de rôle, mais, croyez-moi, cela ne marcherait pas du tout et nous avilirait tous les deux ! »

Je me suis alors éloigné en dévalant la rue à grandes enjambées, l'âme en émoi. Ma véhémence était-elle entièrement due à mon respect pour Louise, ou bien étais-je aussi scandalisé parce que Marot était venu « chasser sur mes terres » ? Je suis rentré chez moi me coucher, mais pendant cette nuit-là, une nuit sans sommeil, j'ai tourné et retourné la question : « Qu'est donc Louise pour moi, et que suis-je pour elle ? Où est ma véritable place dans cette énigme que constitue sa vie ? »

Pauvre Marot. Il est en effet retourné à Paris, mais après quelques mois à peine, il a dû s'enfuir de nouveau. Sa traduction des *Psaumes* avait déplu à la Sorbonne, et lorsqu'Etienne Dolet, sans sa permission, a publié *Enfer*, une violente satire de Marot contre les magistrats et la police, ordre a été donné d'arrêter Marot. Il s'est réfugié à Genève, mais il a vite compris qu'il était incapable de supporter Calvin, « ce jeune fanatique », comme il l'appelait. De Genève, il est allé à Turin où il est mort trois ans plus tard. Il n'avait que cinquante-huit ans. Maintenant, je regrette de l'avoir si peu vu après notre violente rupture.

CHAPITRE III

Pernette du Guillet, son amie Souvenirs (1520-1545)

Je tousse depuis des semaines, et voilà que maintenant je crache du sang. Ma poitrine me fait mal, et respirer m'est devenu pénible. Mon mari, ce cher homme, s'efforce de me donner du courage en me répétant que je suis plus belle que jamais avec ma peau si blanche et mes joues si rouges, mais je sais que ces couleurs sont dues à la fièvre et ma blancheur n'est autre que la pâleur de la mort. Je comprends qu'il ne me reste plus beaucoup de temps.

Cette chambre, si belle et si claire, est sans doute la plus jolie pièce de la maison. Ses murs sont tendus de tapisseries précieuses tissées de fils de soie brillants, de fils qui miroitent comme des bijoux. Le sol carrelé dessine des arabesques, et les poutres du plafond sont sculptées et peintes. La cheminée, où brûle en ce moment un bon feu, est en marbre, et son manteau finement ciselé de figures allégoriques. Ce décor, que j'ai toujours en tête à force de le voir, est devenu ma prison, en quelque sorte. On a installé un banc à coussins ici, sous les fenêtres, pour que je puisse lire ou exécuter des travaux d'aiguille tout en contemplant l'activité commerciale intense sur la Saône : les ouvriers qui portent des balles de marchandises jusqu'à la berge, les bateaux et les péniches qui font leurs allées et venues. J'ai souvent des visiteurs, des amis de mon mari ou mes propres amis, des personnes qui me sont chères depuis l'école, et aussi, parfois, le chanoine Antoine d'Albon, de la cathédrale Saint-Jean. Je suis à présent trop faible pour quitter cette chambre, et c'est ici que s'écoule ma pauvre vie qui s'étiole. Je mange ici, je dors ici. Et malgré le luxe dont je jouis, je m'ennuie et je pense avec nostalgie aux promenades que je faisais avec l'homme que j'aime, mon maître, la source de ma lumière, Maurice Scève. J'ai besoin de rassembler mes pensées, d'essayer de mettre un peu d'ordre dans ma vie, sinon pour autrui, au moins pour moi-même.

J'ai aimé profondément à deux reprises : une femme et un homme.

La mémoire est si étrange, si trompeuse. Il y a quelques jours à peine, ma très chère amie Louise Labé et moi évoquions l'époque du collège de la Trinité, tout ce que nous avions vécu ensemble, et nos souvenirs étaient totalement différents ! Je commence à me demander où se trouve la vérité et en quoi consiste réellement notre vie. La vanité obscurcit notre jugement, nous faisant croire que nous avons toujours raison et que les autres ont toujours tort. J'espère pouvoir discuter de cela avec mon cher Maurice très bientôt, car si aucun de nous ne parvient à atteindre la vérité, comment pouvons-nous espérer distinguer le bien du mal ? Se pourrait-il que j'aie vécu dans le mal ? Mes choix, que je trouvais si justes en leur temps, ont causé bien des souffrances. Je suis proche de la mort, je le sais, et j'espère que saint Paul avait raison lorsqu'il disait qu'« Aujourd'hui nous voyons au moyen d'un miroir, d'une manière obscure, mais alors nous verrons face à face. »[1]

* * * *

Quand je repense à mon enfance, ce sont d'agréables souvenirs qui me reviennent, mêlés à la douleur d'être rejetée. Ma mère, une femme douce et attentionnée, m'a initiée aux arts qui siéent aux jeunes filles dès que je fus en mesure de tenir une aiguille et de manier le fil. Je ne me rappelle pas avoir jamais joué à la poupée. J'allais avec Maman à l'église, où elle m'apprit à prier. Elle m'a enseigné à jouer de l'épinette et du luth, dont elle jouait de façon plaisante, mais quelque peu fantaisiste. J'ai su lire la musique avant le français. Je n'ai pratiquement rien appris des tâches ménagères, car nous avions de nombreux domestiques. J'ai eu la chance de faire un riche mariage, et je n'ai jamais eu à vraiment apprendre ces choses. Je sais cependant que même une personne aisée doit savoir diriger ses gens judicieusement.

Mes souvenirs les plus heureux n'ont cependant rien à voir avec notre vie à la maison. Le dimanche après-midi, notre famille allait se promener en charrette dans la campagne au-delà du Rhône, et ces sorties se terminaient toujours par un pique-nique. J'adorais les odeurs : le cuir du harnais, les chevaux, l'herbe, les fleurs et les arbres. La nature avait pour moi quelque chose de fascinant et de mystérieux que la ville ne pouvait m'offrir. C'était comme si je retrouvais un lieu dont j'avais été exilée à ma naissance. Mais il ne me fut jamais possible de retrouver le chemin de ce paradis essentiel et je me réfugiais dans un imaginaire

---

[1] *Corinthiens* 13, 12

peuplé de fées, d'oiseaux parlants et de farfadets dansant au milieu des champignons qui surgissent pendant la nuit.

Ces sorties étaient pour moi l'occasion d'être avec mon père, que j'adorais. C'était un homme aux cheveux blonds avec des yeux d'un marron intense et une barbe dont la rousseur contrastait avec ses cheveux. Il était, pour moi, l'homme le plus beau du monde. Il me tolérait à ses côtés, sans avoir jamais appris à me connaître, réservant tout son amour pour mon frère Geoffroy, mon aîné de deux ans. J'essayais d'imiter Geoff, de participer à ses jeux et à ses explorations, mais j'étais toujours entravée par mes vêtements et par les mises en garde de ma mère : « Pernette ! Va jouer, mais, je t'en prie, ne te salis pas ! » Ce qui me décourageait le plus, c'était l'attitude méprisante de mon frère qui me renvoyait vers maman puisque je n'étais « qu'une fille ».

Pour nos pique-niques, nous avions deux ou trois endroits favoris dans les bois, près du fleuve. Après avoir franchi le pont du Rhône dans le bruit de notre équipage, nous suivions le fleuve vers le nord pendant une lieue ou deux, puis nous prenions un petit sentier de campagne tout poussiéreux vers l'intérieur du pays. L'endroit dont je me souviens le mieux était caché à une soixantaine de brasses de la route. Un énorme chêne étendait ses branches au-dessus d'une source limpide qui bouillonnait entre les pierres avant de se transformer en un petit ruisseau courant parmi les roches moussues et de rejoindre un cours d'eau plus important pour finir en cascade dans le Rhône rugissant. Il y avait des berges herbeuses et plates, autour de la source, et Blanchet, le valet qui nous avait conduits jusqu'ici, posait les paniers, dont l'un était rempli d'assiettes, l'autre contenait les verres et le vin et le troisième débordait de mets délicieux. Maman et moi disposions les assiettes, avant de nous installer sur l'herbe et de nous régaler en famille des plats délicats préparés par le cuisinier. Je me rappelle tout particulièrement le canard désossé, farci de saucisse, déjà coupé en portions généreuses ; nous l'accompagnions d'une salade fraîche, de pain de froment encore chaud et du meilleur vin local. Ensuite, mon père s'allongeait de tout son long en mettant sa tête sur les genoux de ma mère, tandis que Geoff et moi allions courir dans les bois. Je finissais invariablement seule mes explorations, vite distancée par mon frère qui préférait de beaucoup courir, jouer les casse-cou et sauter par-dessus les troncs et les pierres plutôt qu'observer tranquillement la beauté du paysage alentour.

J'ai appris à reconnaître les fleurs sauvages et à savoir quelles variétés marquaient chaque saison. Je prenais grand plaisir à écouter le chant des oiseaux, et je restais debout, appuyée contre un arbre, immobile, attendant que l'un d'eux vienne se percher près de moi. J'avais l'illusion qu'ils comprenaient que j'étais leur amie et que je ne leur ferais jamais de mal, car il leur arrivait de sautiller à quelques pieds de moi en redressant la tête avec de petits mouvements saccadés et en me scrutant d'un regard vif, d'abord avec un œil puis avec l'autre. Je n'avais pas mesuré à quel point j'étais seule jusqu'à ce qu'enfin il me fût possible de fréquenter l'école.

* * * *

C'est à l'âge de treize ans que, sur les instances de ma mère, j'ai été inscrite au collège mixte de la Trinité, et finalement acceptée par quelqu'un d'autre qu'elle. Il y avait déjà longtemps que j'avais appris à lire, et j'avais commencé à étudier un peu d'italien et d'espagnol, deux langues qu'on entendait régulièrement sur les marchés et que parlaient nombre de personnes que mon père invitait à la maison. Il était négociant en soieries, et avait fait fortune en fournissant le matériau des tapisseries pour lesquelles Lyon est devenue si célèbre. C'est ma mère qui, la première, a entendu parler de la nouvelle école que M. Champier avait fondée avec l'un des riches artisans de la ville, Pierre Charly-Labé, ce dernier ayant su gagner l'aide de puissants personnages de l'Église. Papa a commencé par soulever une objection : il était inutile d'éduquer les femmes, leur seul rôle étant de se marier et d'avoir des enfants.

Mais avec une impertinence fort inhabituelle, maman a répondu à ses réserves : « Qui donc, à votre avis, donne aux enfants leur premier goût pour le savoir, la musique et les arts ? Vous, les hommes, ne vous intéressez à un enfant que lorsqu'il a au moins six ans, et, à cet âge, il est déjà ou sur la bonne voie ou perdu. Une femme stupide et ignare mais avec un corps sain ne peut que perpétuer cette situation et produire un enfant sain mais ignare lui aussi. »

Mon père finit par donner son consentement, et je me suis retrouvée dans une salle de classe avec d'autres enfants de mon âge et des maîtres qui traitaient filles et garçons dans l'égalité la plus complète. Rien, dans ce que j'avais connu jusqu'alors, ne m'avait préparée à avoir des échanges sociaux avec mes camarades. Durant les cours, je me sentais à l'aise. Mais lors des récréations, je restais en retrait, craignant d'essuyer le même genre de rebuffades que celles de mon frère Geoff.

Deux jeunes condisciples ont attiré mon attention : une fille aux boucles blondes, avec des yeux marrons et un visage d'ange, qui, elle aussi, se tenait à l'écart et un garçon très mince resté assis à sa place et qui s'était plongé dans le sixième chant de *l'Énéide*. Il était petit et frêle, avec des cheveux châtain clair ondulés et des yeux marrons immenses et limpides où dansaient des taches dorées. Toutes deux, nous le regardions. Elle prit l'initiative et vint vers moi pour se présenter : « Je m'appelle Louise, Louise Labé. Et vous ? »

— Seriez-vous de la famille de M. Labé, le cordier qui a contribué à fonder cette école ? Papa et maman parlaient de lui, l'autre soir.

— Oui, je suis la fille du cordier. Bon, alors je pense que vous n'allez plus vouloir me parler. La plupart des élèves, ici, ne me parlent pas, à part ce garçon, là-bas. Papa me dit que c'est parce que je ne suis pas de leur milieu.

Je fus horrifiée d'apprendre l'existence d'une telle injustice. Mes parents, que Dieu les bénisse, n'avaient jamais fait naître en moi de tels préjugés de classe. Nous avions certes des domestiques, mais leur existence n'avait rien à voir, à mes yeux, avec une notion de « classe ».

— Qu'est-ce que cela peut bien faire ? ai-je dit, perplexe. Chacun de nous a les talents que Dieu lui a donnés, et cela n'a rien à voir avec l'origine sociale !

Elle m'a adressé un sourire reconnaissant. « Vous et ce garçon-là pensez de même. Il s'appelle Pontus, un drôle de nom ; c'est le mot latin pour « mer » et il pense que c'est un nom traditionnel dans sa famille. Ils font partie de la plus haute noblesse et vivent au nord d'ici dans un grand château, à Bissy-sur-Fley, mais il n'a rien de dédaigneux. Il dit qu'il veut devenir prêtre. »

— Oh ! ai-je répondu, ne sachant que dire d'autre.

Louise a passé son bras sous le mien, et nous sommes sorties dans la cour ensoleillée. Nous livrant à des confidences, nous avons découvert que nous étions du même âge, à deux mois près. Louise me parla de sa mère décédée, de son père et de son frère, avec lesquels elle était très liée, et qui l'avaient élevée, tandis que sa belle-mère, Antoinette, l'ignorait totalement. J'expliquais à mon tour ma situation, qui était exactement l'inverse : seule ma mère m'aimait et c'était tout juste si mon père et mon frère savaient que j'existais. Nous nous sommes posé de nombreuses questions sur nos vies respectives, et chacune a envié l'autre. À notre étonnement, nous avons découvert nos goûts communs, malgré la grande différence de milieu. En retournant en classe, nous nous considérions déjà comme des amies proches.

Lors de nos moments de loisir, nous nous divertissions de bêtises, comme placer l'une contre l'autre la paume de notre main droite pour les comparer ou alors nous mettre dos-à-dos pour voir qui était la plus grande. Louise gagnait toujours : elle avait des mains gracieuses mais très fortes et plus grandes que les miennes, elle me dépassait aussi en taille et elle était bien plus athlétique. Je plaisantais en lui disant que si elle avait connu sa mère, elle me ressemblerait davantage, car on lui aurait alors défendu de se salir ! Elle m'a tout raconté sur son apprentissage de l'épée et sur Bayardo qu'elle montait à califourchon, ainsi que sur son frère François, son instructeur. J'étais fascinée. Je n'avais jamais tenu d'épée et je n'étais jamais montée à cheval, sans parler de m'y mettre à califourchon ! Nous avions cependant une activité commune : les travaux d'aiguille. Sa belle-mère avait daigné lui apprendre à choisir les meilleures soies, à dessiner sur tissu, et à broder. J'ai vu quelques-unes de ses réalisations : sa « peinture sur tissu », disait-elle, et je pense qu'elle est une des meilleures dans ce genre à Lyon. Elle adaptait des dessins compliqués, vus dans des livres, et leur donnait le nom d'« allégories ». Ses ouvrages brillaient de couleurs satinées et de fils dorés : ils auraient mérité de décorer la chambre de la reine ! En comparaison, mes tentatives étaient dérisoires. Je suis vite tombée dans une sorte d'adulation de Louise, la laissant passivement décider de tout. Elle semblait avoir tacitement accepté que nos deux familles ne fussent pas du même niveau, aussi n'a-t-elle jamais proposé que nous sortions ensemble un dimanche, ni suggéré aucune activité de nature à provoquer un problème quelconque. Au cours des années suivantes, Louise m'a beaucoup appris pour ce qui est du courage moral, de la force de caractère et de l'indépendance. Je n'ai pas toujours eu la bravoure de calquer mon pas sur le sien, mais au moins j'ai appris, grâce à son exemple, le sens de ces vertus.

En revanche, d'une certaine façon, j'étais la savante et le sauveur. Pratiquement quatre ans s'étaient écoulés depuis mon arrivée au collège de la Trinité, à l'âge de treize ans. Or, c'est une période cruciale dans le développement physique d'une jeune fille. Louise est venue me voir un matin pendant la récréation, le visage assombri et dans un grand désespoir. À l'écart des autres, elle me dit : « Pernette ! Je ne sais pas ce qui m'arrive ! J'engraisse alors même que je ne mange pratiquement plus rien. Regardez ! » Elle a lissé sa jupe sur ses fesses et ses cuisses. « Je n'arrive même plus à passer le haut-de-chausses de François. C'est depuis un mois, à peu près. Et regardez ! » Elle a passé sa main sur le corsage qui recouvrait sa poitrine, et je ne pouvais que constater que ses minuscules bourgeons avait grossi pour devenir des pommes de Vénus. « Que vais-je faire ? » Elle pleurnichait presque.

— Venez vous asseoir avec moi, Louise. Il faut que je sois votre mère, maintenant, puisque vous n'en avez pas. Antoinette est cruelle de ne pas vous avoir expliqué ces choses. Vous étiez une fille et vous êtes en train de devenir une femme. Ce n'est pas plus compliqué. Les femmes ont besoin d'avoir les hanches plus larges que les hommes pour pouvoir porter les enfants. C'est ce que ma mère m'a dit. Et, bien sûr, il nous faut aussi des seins pour nourrir les bébés. » J'ai lissé ma jupe et mon corsage pour lui montrer. « Vous voyez ? Ça m'est arrivé à moi aussi. Et maman dit qu'il y a d'autres changements. Est-ce que vous avez remarqué que vous aviez des poils sous les bras et tout au bas du ventre ?

— Oui, et mon frère a la même chose.

— Tous les grands ont ça. Et la dernière chose, la plus troublante et la plus incommode, c'est que toutes les filles se mettent à saigner des parties intimes quand elles arrivent en âge d'être femme. J'ai commencé il y a un an. Je vous envie, vous, d'y venir tard ! Ça se produit une fois par mois et dure quelques jours, entre trois jours et une semaine, d'habitude. » J'ai ouvert mon réticule et j'en ai retiré un petit rouleau bien serré en soie blanche avec un ourlet à chaque bout. « Quand ça commence, on glisse cela dans ses sous-vêtements pour éponger le sang. Prenez celui-ci, maman m'en donnera un autre, je le sais.»

— Pas étonnant que les femmes se promènent toujours avec un réticule. Est-ce que ça dure toute la vie ?

Manifestement, c'était une perspective qui ne plaisait pas du tout à Louise.

— Oui, tant qu'on a l'âge d'avoir des enfants.

— Mince ! Il va falloir que je trouve le moyen d'accorder les joutes et les saignements !

Louise fronçait les sourcils, mais je n'avais pas de solution à ce problème-là. Pour les joutes, c'était elle l'experte, pas moi.

* * * *

En classe, cependant, nous oubliions les douleurs de la croissance, et tous, filles et garçons, nous nous livrions à une rude concurrence dans toutes les matières. Je n'étais en rien gênée de laisser à Pontus le prix de mathématiques, puisqu'il avait une passion pour cette matière. En latin, il était hors concours, car, s'étant préparé à la prêtrise, il maîtrisait déjà cette langue presque aussi parfaitement que M. Champier. Pontus nous a expliqué qu'il l'étudiait depuis l'âge de quatre ans, qu'il n'était donc pas vraiment un « élève » mais qu'il s'employait à comparer le sixième chant de *l'Énéide* aux dernières parties de *l'Âne d'or* d'Apulée. Ce qui nous permettait, à Louise, Geneviève et moi-même, d'être les « reines » du latin. Nous luttions toutes pour la première place, mais Louise était de loin la meilleure. En même temps, nous nous exercions toutes les trois ensemble à la musique et nous avions formé un trio tout à fait au point alternant le chant, l'épinette, le luth et la flûte. Nous chantions souvent les sonnets de Pétrarque qui faisait fureur à Lyon depuis que M. Scève, c'est ainsi que je l'appelais alors, avait découvert la tombe de Laure de Noves, sa muse, dans la chapelle de la Sainte-Croix de l'église des Frères mineurs d'Avignon. Et la plupart des poètes de notre ville s'étaient donné pour tâche d'adapter en français les thèmes et les figures rhétoriques de Pétrarque.

Un matin, le directeur du collège, M. Champier, nous a annoncé la visite à Lyon du plus grand poète français, M. Clément Marot. Toutes trois, les meilleures en latin, étions choisies pour le distraire et faire honneur à M. Scève, le poète dont s'enorgueillissait Lyon. Nous devions interpréter, c'est-à-dire chanter, plusieurs poèmes de nos éminents invités, parmi lesquels se trouvaient des membres du *Sodalitium* qui se réunissaient chaque semaine pour parler de poésie, d'art et de musique.

On nous a donné les poèmes que nous devions mettre en musique, avec seulement trois jours pour répéter. Geneviève et moi avons aussi reçu chacune une épigramme en latin et les instructions la concernant. Ces petits poèmes étaient adressés à M. Scève pour le prier de faire publier sa poésie, car nul n'ignorait qu'il en écrivait. Il venait, en effet, de remporter le prix du meilleur blason avec un poème où il vantait le sourcil d'une dame ! Une telle pièce de vers me semblait très frivole en regard de la poésie latine de l'Antiquité que nous avions étudiée.

La soirée fatidique arriva. On nous avait expliqué comment nous habiller, et nous portions toutes les trois des robes blanches, simples, pincées à la taille. Nous avions répété avec la dernière énergie et nous nous sentions une belle assurance. Nous attendions dans une salle jouxtant celle où, ce soir-là, se déroulerait le spectacle. Geneviève et moi étions assises à relire pour la dernière fois nos épigrammes et nos petits discours. Seule Louise faisait des allées et venues avec nervosité, car on lui avait dit qu'elle devrait traduire à vue et inventer un commentaire au pied levé.

M. Champier s'est mis à parler, et quelques secondes plus tard, M. Aneau, un autre de nos maîtres, nous a invitées à entrer. Nous nous sommes trouvées en présence d'un groupe d'augustes messieurs barbus. Mon cœur battait si fort que j'étais sûre qu'ils pouvaient l'entendre. On nous a présentées et, à l'annonce de mon nom, j'ai souri à l'assemblée en faisant une révérence. J'ai surtout aimé le visage de M. Scève. Ses grands et beaux yeux marrons me faisaient penser à des lampes brûlant à feu couvert. J'avais du mal à me détourner de lui pour saluer les autres messieurs. Geneviève est passée la première, je lui ai pincé gentiment le bras au moment où elle s'est avancée. Son hommage à M. Scève, déclamé de sa claire voix de soprano, était presque aussi beau qu'un chant. J'observais M. Scève avec attention, et je l'ai vu sourire avant de courber la tête en signe de plaisir mais aussi de gêne légère. Cet homme ne pêchait pas par vanité.

Et puis, mon tour est venu. Je me suis avancée, à peine consciente de ce que je faisais. Sous l'emprise du trac, ma voix a chevroté au premier mot, mais s'est ensuite raffermie, et les paroles bien répétées sont venues d'elles-mêmes. J'ai fait suivre l'épigramme de M. Bourbon de mon propre texte en implorant M. Scève de ne plus tenir sa vive lumière cachée à un public si avide de la recevoir. Cette fois, son visage est devenu rouge vif. Il a fait un petit geste de remerciement semblant également repousser l'idée d'exposer ses travaux avant d'y être prêt. Je comprenais ce qu'il pouvait ressentir.

Louise s'est avancée à son tour. M. Bourbon lui avait donné une épigramme composée en l'honneur de M. Marot et que Louise n'avait encore jamais vue. Elle l'a parcourue du regard, et j'ai vu, à son sourire, qu'elle la trouvait assez simple. Elle l'a lue avec une grande maîtrise et l'a traduite sur-le-champ. Elle s'est ensuite excusée du rythme haché de sa traduction et a rajouté quelques mots destinés à M. Marot. Très impressionné, il a applaudi, un peu trop, m'a-t-il semblé. En réalité, aucune d'entre nous n'a manqué ni d'applaudissements ni de louanges, et lorsque le bruit s'est apaisé nous sommes tous passés dans la salle voisine. Je me suis installée sur le tabouret, ai pris mon luth et nous avons joué tout notre répertoire sans commettre de faute. Après de nouveaux applaudissements, nous sommes sorties. Mais en passant la porte, j'ai jeté un coup d'œil derrière moi et mes yeux ont croisé ceux de M. Scève. Il me regardait de la plus étrange façon, comme s'il avait grand désir de me retenir, de me parler. Il a esquissé un geste de la main, puis il a semblé se raviser. Je lui ai souri puis j'ai suivi les autres.

Ma mère et Mme de Bourges avaient préparé un petit souper pour nous trois et nous les avons régalées en leur livrant en détail le déroulement de la soirée, nos impressions et les réactions du public. J'ai taquiné Louise à propos de M. Marot, mais personne n'avait rien remarqué d'inhabituel concernant M. Scève, aussi ai-je gardé pour moi ce sentiment vague, qui était mon secret.

Il ne s'est pas écoulé plus d'une semaine avant que M. Scève ne sollicite le privilège de nous donner des leçons particulières, à Louise et à moi. Pendant la récréation du matin, nous nous sommes précipitées dans notre coin préféré de la cour pour en discuter. « Les planètes doivent être dans la bonne conjonction, m'a dit Louise en joignant les mains. Quelle chance merveilleuse ! Nous allons maintenant vraiment savoir à quoi pensent les esprits les plus cultivés de Lyon ! »

J'ai souri, me montrant beaucoup moins enthousiaste que Louise cependant, même si au fond je brûlais d'excitation : « Je ne sais pas si je serai capable de suivre M. Scève dans les hauteurs de l'empyrée où il nous conduira. Mais je suis flattée de voir qu'il nous juge dignes de son temps et de ses efforts. Qu'avez-vous pensé de lui, Louise ? Je l'ai bien aimé, à ce récital.

— C'est tout juste si je me souviens de lui, à dire vrai. J'étais si absorbée par M. Marot et par l'épigramme de Nicolas Bourbon que je ne l'ai pas bien regardé. Était-ce le petit monsieur aux cheveux châtains et à la barbe en pointe ?

— Oui, et aux yeux incroyables. Comme deux lanternes ; vous n'avez pas remarqué ?

Louise n'avait rien vu, je n'ai donc pas insisté.

* * * *

Tout a commencé avec les leçons, bien sûr. Je me rappelle M. Scève en train de m'enseigner les rudiments du symbolisme des nombres chez Pythagore et dans la doctrine chrétienne. Il a commencé avec solennité, voire pompeusement. « Les philosophes pythagoriciens furent parmi les premiers à étudier les mathématiques et, comme nous aujourd'hui encore, ils voyaient dans les nombres les principes de toutes choses, la loi de l'univers. Ainsi, en musique, pour les modifications des gammes et leurs rapports, ou en astronomie, où ils pensaient que les cieux incarnent également une gamme musicale. Et c'est pour cela que nous parlons de la musique des sphères. » Nous avions entendu M. Héroët tenir à peu près le même discours en classe.

Et j'ai lancé : « Oui, j'ai toujours entendu parler de la musique céleste. Et la théorie sur laquelle notre trio, Louise, Geneviève et moi, fonde sa musique est issue des mêmes principes, n'est-ce pas ? »

Il m'a regardée avec un léger sourire, et sur son visage je voyais un mélange d'approbation paternelle et de désir juvénile. Ses yeux brillaient, et quand j'y ai plongé mon regard ils ont paru s'agrandir. « Oui, ma chère Pernette, notre musique repose encore sur des principes grecs. Nous présumons que les planètes, dans leur course à travers l'empyrée, émettent les notes de la gamme et s'harmonisent sur leur trajet. Sauf que nous, dans notre sphère sublunaire, sommes incapables d'entendre cette musique. Mais vous et vos deux camarades compensez, et bien plus, cette insuffisance. » Il s'est légèrement penché en avant, comme s'il voulait en dire davantage. Puis il s'est éclairci la gorge et a redressé le dos. « Maintenant, venons-en à la nature des chiffres eux-mêmes : les chiffres impairs sont tous considérés comme masculins, ma chère, et les pairs comme féminins. »

Je n'en croyais pas mes oreilles. Quelle sorte de jeu était-ce là ? Pourquoi attribuer un genre à des abstractions telles que les nombres ? « Pourquoi ? » lui ai-je demandé en fronçant les sourcils.

Le vent soufflait par des fissures autour des fenêtres à meneaux. C'était une journée d'avril ponctuée de rafales de pluie. La journée précédente avait été douce et ensoleillée, mais une bise froide descendue des Alpes, nous avait apporté bourrasques et neige fondue. J'espérais que les perce-neige et les jonquilles, ces fleurs délicates que j'avais vues devant la porte de M. Scève, survivraient à cette nuit d'intempéries. Nous étions assis à une table, l'un en face de l'autre, dans le bureau de son frère Guillaume. Dans cette pièce sombre, seuls un feu crépitant dans l'âtre, des rangées de bougies sur la cheminée et un chandelier central apportaient quelque lumière et chaleur. Et, malgré les branches griffant les fenêtres à chaque bourrasque, une atmosphère de calme et de sérénité, propice à la méditation, se dégageait de ce bureau où le brun se déclinait dans ses nuances les plus variées : le carrelage terre de Sienne brûlée rehaussé d'un minuscule liséré vert, le marron plus pâle des bibliothèques recouvrant les murs, les diverses reliures en cuir des livres eux-mêmes, et les poutres du plafond.

Mon attention s'est reportée sur M. Scève qui me répondait : « Pourquoi ? Parce que le chiffre un représente l'unité et l'origine de toutes choses, c'est-à-dire Dieu ; et Dieu, être parfait par excellence, est forcément masculin. »

Pourquoi se donnait-il tant de mal pour instruire deux femmes, s'il nous jugeait donc imparfaites ? Vexée, irritée par cette affirmation tranquille de mon tuteur à propos de la supériorité masculine, je rétorquais : « J'imaginais que Dieu rassemblait en lui les deux sexes, puisque Il a tout créé. Et ce tout inclut autant le féminin que le masculin. Aristophane ne s'était pas trompé, dans son histoire de l'Androgyne. Nous étions sans sexe au début parce que nous étions à l'image de Dieu. Par conséquent, Dieu possède la masculinité et la féminité à parts égales. Certes, nous disons « Lui » en parlant de Dieu, mais ce n'est que par convention, et en aucun cas une affirmation de ce qu'est Son essence ! »

Mon précepteur eut un brusque mouvement de recul, et ses yeux, si expressifs, s'écarquillèrent de surprise. Puis, confus, il me regarda à travers ses longs cils tel un écolier qui venait de commettre une faute. Finalement, il sourit, et, hochant la tête, il répondit : « Pardonnez-moi, Pernette. Je répète des platitudes, et manifestement cela ne passera pas. Je vois que le collège de la Trinité enseigne certaines idées nouvelles et radicales ! Vos remarques prouvent que vous, qui êtes une femme, possédez parfaitement la lumière divine du raisonnement ! Oui, vous avez tout à fait raison. Si Dieu a tout créé, alors Il contenait tout dès le début. »

Il prit la craie posée près de l'ardoise sur la table, et commença à la faire tourner entre ses doigts. « Je voulais simplement dire que la convention veut que Dieu soit considéré comme masculin, et que le chiffre un soit donc masculin et le deux féminin. Le deux est aussi la première fissure dans l'unité primordiale et par là-même le début de l'imperfection. Mais, a-t-il ajouté en me voyant me renfrogner, le chiffre deux signifie ainsi et Dieu et sa Création. »

Une nouvelle rafale de vent fit vibrer la fenêtre ; les branches dansaient et tapaient comme de pauvres affamés fuyant le froid qui chercheraient à rentrer au plus vite. Francine, la femme de chambre de ma mère, me servait de chaperon. Assise près du feu, insoucieuse du mauvais temps et des tensions grandissantes, elle paraissait dodeliner de la tête, presque assoupie. Manifestement, la proximité du feu agissait sur elle.

J'ai considéré la dernière affirmation de mon précepteur avant de parler. « Il semblerait donc que dès le tout début, Dieu a créé de l'imperfection. Mais dire cela, ne revient-il pas à blasphémer ? »

Il s'est calé dans son fauteuil, fixant les fenêtres où les branches dansaient, puis il a fini par se tourner vers moi. « Je ne peux pas citer de texte ancien répondant à ce problème, Pernette, bien qu'assurément il y en ait un, surtout parmi ceux qui s'interrogent sur l'origine du mal. Toute chose qui n'est pas Dieu est, de par sa nature-même, imparfaite. Cela vous paraît-il sensé ? »

J'acquiesçai et poussai un soupir résigné. « Cela me paraît sensé. Mais les hommes font partie de la création tout aussi sûrement que les femmes. Par conséquent, selon vos dires, les hommes doivent avoir une part égale de l'imperfection originelle, n'est-ce pas ? » Notre discussion portait sur les Grecs, Pythagore et Platon, et sur leurs pensées à ce sujet ; je n'avais donc pas l'intention d'introduire à ce moment les deux théories avancées dans la *Genèse* sur la création de l'homme et de la femme. Je continuais donc : « Encore une chose, Maître. Si Socrate était la voix du philosophe Platon, et s'il était la quintessence de la sagesse platonicienne, pourquoi, dans *le Banquet*, écoute-t-il les conseils de Diotime ? Car non seulement elle est une femme, mais en plus une vieille femme, sans cesse sujette aux railleries des hommes. Mais pour Platon, Diotime est le porte-parole de la Sagesse éternelle. Et comment se fait-il que la divinité représentant la sagesse soit Athéna pour les Grecs et Minerve pour les Romains ? Pourquoi n'est-ce pas un dieu ? »

Je me tus enfin, comprenant que ces questions étaient sans réponse. Les hommes ne sont pas assez logiques pour expliquer leurs propres paradoxes. Un coup d'œil à mon tuteur et je m'aperçus de sa gêne. Il était bien en peine de poursuivre.

Une fois de plus, le mauvais temps nous interrompit. Une bourrasque particulièrement violente tournoya autour de la maison, faisant sauter la fermeture de la fenêtre à meneaux. Celle-ci s'ouvrit, laissant s'engouffrer pluie et neige fondue qui vinrent éclabousser le plancher. Je me suis levée, mais M. Scève fut plus rapide. Il a refermé aussitôt la fenêtre, accrochant bien le loquet, et a crié : « Robert ! Robert ! Apporte une serpillière ! Cette satanée fenêtre s'est encore ouverte ! » Il est retourné s'asseoir en grommelant qu'il faudrait aller chercher quelqu'un pour réparer le loquet. Francine, tirée en sursaut de sa somnolence, promenait à présent un œil alerte tout autour d'elle.

Après cela, estimant que mes objections n'étaient plus pertinentes, je décidai de laisser. M. Scève continuer sa leçon : « Ne tenez plus compte de ce que j'ai dit. Qu'en est-il du chiffre trois ? » lui dis-je en m'asseyant.

Mon professeur s'est concentré en fronçant les sourcils ; il se remémorait ma petite diatribe. Puis, à son tour, il a préféré la chasser de son esprit pour se pencher sur ma dernière question. « Pas si vite, ma chère, a-t-il dit en levant la main. Avant de passer à trois, il nous faut examiner un peu plus avant les propriétés de un et de deux. Les pythagoriciens ont abordé les mathématiques par le biais de la géométrie, afin de donner plus de réalité aux nombres abstraits. Par conséquent, ils représentent le chiffre un par un point. » Il a tendu le bras pour prendre la craie et l'ardoise sur laquelle il a marqué un point. « Le chiffre deux donne de l'extension, car en joignant deux points on a une ligne. » Il a fait un autre point et il a réuni les deux par une ligne tracée à la craie. « Mais un point ou une ligne ne sont pas des objets réels. Le premier véritable objet perceptible aux sens est représenté par trois, c'est le triangle. Pour les anciens, le triangle était le premier chiffre réel. » Il a fait un troisième point et les a réunis tous les trois pour illustrer son discours.

J'ai hoché la tête, intriguée, oubliant mon irritation antérieure.

« C'est la raison pour laquelle, dans *le Timée*, Platon déclare que toute surface est composée de triangles. » À cet instant, mon précepteur a fait un quatrième point avant de poursuivre : « Si on place un point directement au-dessus du triangle et qu'on le relie par des lignes aux trois points qui marquent le triangle, on a une pyramide ! » Il a joint les actes à la parole en dessinant cette figure pour moi. « Donc, comme vous voyez, nous avons quatre surfaces triangulaires sur la base de quatre points ! »

J'ai souri pour marquer ma satisfaction. « Puis-je voir ? » Il commença à me tendre l'ardoise. Le contact de nos doigts provoqua une forte étincelle nous faisant tous deux sauter en arrière. J'ai gloussé nerveusement, M. Scève a grogné et laissé tomber l'ardoise, et nous nous sommes arrêtés pour reprendre notre souffle. J'ai alors ramassé la craie tombée sur la table, et j'ai dessiné ma propre version de la pyramide en traçant deux fois chaque ligne parce que ma première ébauche était un peu tremblante. À ce moment-là, j'avais déjà suffisamment recouvré mes esprits pour pouvoir demander, comme si de rien n'était : « Sans aucun doute, ces chiffres ont aussi d'autres significations ? »

Il semblait soulagé que je ne mentionne pas l'étincelle. En me remémorant l'incident, j'ai tendance à croire qu'il était porteur de sens et peut-être même de volonté divine. M. Scève a hoché la tête. « Certes, ces chiffres sont lourds de sens ! Dans la tradition chrétienne, un, deux et trois représentent le Père, le Fils et le Saint-Esprit. Par conséquent, trois est le nombre qui symbolise la divinité et aussi le Ciel. Quatre, étant le premier solide, symbolise désormais également la création, et c'est donc le chiffre de la terre. (C'est évident. Vous savez déjà que tout sur terre a rapport au chiffre quatre : les quatre points cardinaux, les quatre saisons, les quatre éléments : feu, air, terre et eau , et les quatre vents dont proviennent tous les autres.) Et si vous regardez la pyramide que nous avons dessinée, vous constaterez qu'elle contient aussi le chiffre sept. »

J'ai acquiescé. « Oui, oui, je vois. Trois plus quatre font sept. » J'ai jeté un coup d'œil à Francine pour voir si elle suivait. Elle observait nos échanges, sans prêter vraiment attention à ce que nous disions. Elle évaluait plutôt le contenu physique et émotionnel de nos échanges et je me suis demandée ce qu'elle pouvait bien en conclure.

M. Scève poursuivit dans sa veine professorale. « Sept, comme trois, est un nombre sacré qui symbolise Dieu et sa création, l'union du Ciel et de la Terre. » Il s'est interrompu et m'a regardée bizarrement, avec beaucoup d'intensité, puis il a répété comme s'il songeait à voix haute : « L'union du Ciel et de la Terre. Quant à moi, je suis la Terre qui rêve d'une union avec… juste un peu de… » Il s'est arrêté avant de finir sa phrase.

Je ne savais pas si c'était mon imagination, mais il me semblait qu'il y avait beaucoup de tension dans l'air pendant cette leçon et il était évident que mes faibles remarques pour défendre notre sexe fort vilipendé ne pouvaient être seules responsables de ce trouble pesant. À mesure que j'observais l'homme assis face à moi, j'avais l'impression de ne jamais avoir encore ressenti une telle force, cette insistance tapie derrière le sujet de notre leçon qui, bien que sujet érudit et intellectuellement stimulant, n'était en vérité qu'assez neutre et peu chargé d'émotion. Les derniers mots qu'il venait de prononcer me mettaient mal à l'aise et me rendaient tout à fait vulnérable. J'ai alors levé les yeux pour voir la réaction de Francine qui, prête à se lever, ramassait ses jupes donnant le signal de la fin de la leçon. Je lui ai souri, car j'entendais à mon tour les cloches de la cathédrale annonçant les vêpres. Elle nous avait bien surveillés, la plupart du temps, et j'étais sûre qu'elle ne pouvait rien avoir perçu d'inconvenant.

Ce premier jour, quand nous nous sommes quittés, mon mentor m'a pris les mains et s'est penché pour les baiser l'une après l'autre . « Je vous remercie de votre attention, de votre belle intelligence, de votre volonté d'apprendre… et j'espère que nous aurons à l'avenir d'autres séances encore plus fructueuses que celle-ci. » Il a hoché la tête en direction de Francine, puis il est resté debout, immobile, tandis que nous prenions congé.

La leçon suivante sur le symbolisme des nombres nous a conduits jusqu'à dix, la dizaine. Ensuite, mon fascinant précepteur s'est lancé dans un tout autre sujet : l'art poétique. Il m'expliqua la poésie de Pétrarque en m'en faisant la lecture. Il m'a également lu des vers de Marot qui m'amusaient davantage qu'ils ne m'émouvaient. Marot semble se gausser du monde et de la dame à qui il s'adresse, ainsi que de lui-même, d'ailleurs. Au cours de cette séance et de la suivante, j'ai continué à avoir l'impression d'une force à peine contenue chez M. Scève, comme des eaux endiguées par un barrage susceptible de céder à tout moment. Pendant les mois qui suivirent, de leçon en leçon, nous avons appris à mieux nous connaître et j'en suis venue à lui faire confiance malgré la perception constante de cette pression.

J'ai discuté de M. Scève avec Louise, après le premier cours qu'il nous a donné à l'une et à l'autre, et encore après le deuxième. « Je voudrais vous décrire, Louise, le sentiment que j'éprouve quand je suis avec lui. Il n'y a jamais la moindre fausse note dans ce qu'il dit sauf peut-être, parfois, dans ses pauses ou dans ses hésitations… Mais il m'enseigne vraiment des choses que je ne pourrais apprendre nulle part ailleurs. En tant que précepteur, il dépasse même mes espérances. Comment est-il avec vous ? Sentez-vous la même puissance du non-dit derrière ses paroles ?

— Nnnon... a-t-elle répondu d'un ton hésitant. Mais à vous entendre, j'ai l'impression qu'il vous désire, Pernette. Pour ma part, j'ai connu des troubles semblables. Il se peut qu'il soit en train de tomber amoureux de vous, ma chère. Bon, il a vingt ans de plus que nous, mais ça n'empêche pas un homme de tomber amoureux ! Et peut-être ne serait-il pas pour vous un si mauvais mari que cela », ajouta-t-elle dans un sourire.

— Louise ! On m'a dit qu'il était moine sur l'île Barbe et qu'il avait prononcé ses vœux. De plus, je ne veux pas vraiment me marier, et je ne veux certes pas d'un vieillard ! J'étais très catégorique, mais en même temps une petite voix chuchotait en moi : « Pourquoi pas ? S'il vous adore… et il est bien vrai que vous le trouvez attirant à bien des égards, surtout ses yeux… »

Les leçons se poursuivirent. Je continuai mon apprentissage des nombres, de la façon dont ils s'appliquaient à la musique et à la versification. J'appris également les procédés de rhétorique et la manière de les employer pour obtenir les meilleurs effets poétiques. Mon précepteur me dévoila les aspects les plus subtils de la doctrine platonicienne, et, après avoir lu chaque dialogue dans le grec d'origine, nous avons étudié et évalué le commentaire de Marsile Ficin. Mon attirance pour M. Scève grandissait à mesure que j'appréciais sa grande intelligence et sa maîtrise de toutes les branches du savoir. C'était mon guide, mon Virgile, moi qui étais un Dante féminin. Sa lumière éclairait mes pas, sur le sentier difficile et sinueux qui nous menait, l'un guidant l'autre, au savoir le plus élevé.

Un soir, plus d'un an après notre première séance, ma famille et moi avions juste pris place à table pour dîner lorsqu'un domestique m'apporta une lettre cachetée. Elle contenait un poème de dix lignes, un dizain, et un petit mot : « Pour vous, ma chère Pernette, que ce petit cadeau serve de base à notre prochaine leçon. M. S. » Son texte m'a plongée dans un tourbillon d'émotions. Ce que je soupçonnais depuis des mois et même depuis notre rencontre, à savoir qu'il était amoureux de moi, m'était enfin révélé par ce poème, mais de la manière la plus noble et délicate.

> *Le Naturant par ses hautes Idées*
> *Rendit de soi la Nature admirable.*
> *Par les vertus de sa vertu guidées*
> *S'évertua en œuvre émerveillable.*
> *Car de tout bien, voire ès Dieux désirable,*
> *Parfit un corps en sa perfection,*
> *Mouvant aux Cieux telle admiration*
> *Qu'au premier œil mon âme l'adora,*
> *Comme de tous la délectation*
> *Et de moi seul fatale Pandora.*
> *…*

Dès que possible, je me précipitai dans ma chambre où je pris plume et encre. J'étais profondément touchée par ce poème, et je voulais répondre de la même façon, si j'en étais capable. À peine avais-je écrit un mot, que ma mère a frappé et est entrée. « Pernette ! Qui t'a envoyé ce mot ? Je n'accepte pas qu'on se livre à une correspondance secrète sous mon nez. S'il te plaît, je veux le lire. »

À contrecœur, je lui ai passé le mot et le poème. Je me devais de lui obéir tant que je vivais sous son toit, mais j'avais l'impression de violer quelque chose de sacré en partageant avec elle cet écrit de Maurice.

Ma mère a aussitôt parcouru la note et le poème, puis elle a reniflé avec dédain. « Ne te mêle pas d'avoir des élans pour cet homme ! Il est beaucoup trop vieux pour toi, il a plus du double de ton âge ! De plus, c'est un moine, et il n'a aucun droit de faire la cour à une jeune fille comme toi ! J'ai toujours cru, d'après ce qu'on me disait de lui, qu'il avait une grande rigueur morale, mais voilà que j'en doute. Je ne serais pas étonnée s'il écrivait le même genre de poème à ton amie Louise. S'il cherche une jeune fille, il n'a qu'à la courtiser, elle !

— Mais, mère…, ai-je commencé pour essayer de l'interrompre.

Elle poursuivit comme si elle n'avait rien entendu. « Monsieur Scève est ton professeur, ce n'est pas un mari potentiel. » Elle a rapproché une autre chaise du bureau et s'est assise, puis elle m'a pris les mains. J'avoue que je me suis raidie et ai repoussé son élan d'affection chaleureux et protecteur. Elle avait un regard implorant qui voulait adoucir ses propos, mais a repris : « Ton père et moi en avons parlé pendant des heures. Je veux que tu épouses un homme plus près de ton âge, quelqu'un avec qui tu pourras tout partager et qui ne te laissera pas veuve après quelques brèves années de mariage ! Nous avons des projets magnifiques pour toi, ma chère, un homme qui sera beaucoup mieux pour toi que tout ça. ”

Ces paroles m'étonnèrent et m'horrifièrent tout à la fois. Ma vie était quasiment parfaite ainsi, et si j'obéissais aux vœux de mes parents, j'aurais à affronter tous les problèmes associés au changement en plus d'un futur incertain et imprévisible, peut-être même avec un inconnu choisi par mes parents. « Quels projets ? Quel homme ? » Je pouvais entendre ma voix glaciale qui résonnait dans la pièce.

Mon ton n'arrêta pas maman : « Il est riche et il n'a que treize ans de plus que toi, pas vingt ! C'est Monsieur du Guillet, ma chère. Il y a déjà quelque temps qu'il est un ami de la famille. Je sais qu'il te plaît ; tu as déjà eu un bon nombre de conversations amicales avec lui. »

Je suis restée muette, abasourdie. M. du Guillet était pour moi plus un oncle qu'un amant éventuel, voire un mari. « Je suppose que son négoce le rendra utile au commerce familial, s'il est lié à nous par le mariage. N'est-ce pas ce que vous cherchez ? » Ma voix était toujours aussi froide.

— Précisément, ma chère. Ton père lui a déjà suggéré ce mariage, et l'idée lui en est tout à fait agréable. Ton père va tout de suite engager les préparatifs.

Il était évident que mon père avait poussé ma mère à donner son consentement. J'ai bondi sur mes pieds et j'ai renversé l'encrier. « Non ! Non ! Vous ne ferez rien de tel ! Je ne suis pas prête à me marier. Avec qui que ce soit ! J'ai dix-sept ans, je n'ai reçu qu'une moitié d'éducation, et je veux davantage de temps ! » J'avais commencé en criant, mais j'ai terminé par un sanglot pitoyable.

Maman a hésité une fraction de seconde, puis elle s'est levée à son tour et, d'une voix forte, a appelé Francine. « Francine, essayez de sauver ce meuble, je vous prie ! » Elle a montré du doigt mon petit bureau inondé d'encre. « Pernette, a-t-elle ajouté, tu n'as jamais été une enfant rebelle. Je vais faire part à ton père de ce que tu ressens. Je suis sûre qu'il t'accordera ce que tu souhaites, c'est-à-dire un peu plus de temps pour te faire à cette idée. Mais, ma chère, je sais que le contrat est déjà conclu. Ton père et moi ne voulons pas que notre fille se compromette avec ce Scève. Non, il a au moins mon âge, sinon plus. Nous organisons les choses pour ton bonheur et pas seulement pour notre bénéfice financier. Je vais parler encore une fois à papa, mais, dès qu'il aura pris sa décision, nous nous attendons à ce que tu obéisses. »

Là-dessus, ma mère, qui m'avait toujours si tendrement couvée, a quitté promptement la pièce. Comment, tout à coup, avait-elle pu me trahir de la sorte ? J'avais l'esprit agité, mais je pouvais néanmoins me représenter facilement comment mon père avait battu en brèche toutes les objections qu'elle avait dû élever en ma faveur. La question principale restait cependant sans réponse : comment mes parents avaient-ils pu choisir l'homme avec lequel j'allais passer le reste de ma vie sans s'enquérir le moins du monde de mes sentiments ? Je suis restée là, debout, immobile, les poings serrés, pendant que Francine essuyait l'encre.

— Je crois qu'il n'y a rien d'abîmé, Mademoiselle Pernette, sauf le papier qui était sur la table.

— Merci, Francine, lui ai-je répondu en hochant la tête. Dès que tu auras fini, tu pourras disposer. Elle a vite fini de nettoyer, et, sentant ma détresse, elle est sortie sans ajouter mot.

Dès qu'elle eut quitté la pièce, je me jetai sur le lit, dans un tourbillon d'émotions confuses. J'étais certaine d'une chose, pourtant, de l'immense détresse dans laquelle l'annonce de ce mariage m'avait plongée. Mais d'où venait cette sensation de désespoir qui me déchirait, me démembrait ? Pour la première fois, j'ai compris que j'aimais profondément Maurice Scève, et aussi que j'allais le perdre. Ce choc avait fait apparaître mes véritables sentiments à son égard. Je me suis levée et je suis allée à mon bureau. Il restait juste assez d'encre pour que je puisse écrire quelques lignes. Je voulais répondre à son poème dans la même veine, en faisant de mon mieux. Je me suis mise à écrire, et, alors que je composais le premier vers, des échos de poèmes italiens me sont revenus en tête. Et même si mon épigramme allait broder sur un thème bien connu, je la ferais mienne.

> *La nuit était pour moi si très-obscure*
> *Que Terre et Ciel elle m'obscurcissait,*
> *Tant qu'à Midi de discerner figure*
> *N'avais pouvoir - qui fort me marrissait :*
> *   Mais quand je vis que l'aube apparaissait*
> *En couleurs mille et diverse, et sereine*
> *Je me trouvai de liesse si pleine -*
> *(Voyant déjà la clarté à la ronde)*
> *Que commençai louer à voix hautaine*
> *Celui qui fit pour moi ce Jour au Monde.*

Je l'ai relue plusieurs fois, corrigée et recopiée sur une nouvelle feuille de papier, puis j'y ai ajouté un mot. « À mon très cher M.S., mon Jour et mon Inspiration. P. » Après l'avoir pliée et cachetée avec les armoiries de notre famille, j'ai rappelé Francine. « Pourrais-tu porter ceci à Monsieur Scève, s'il te plaît, Francine ? Donne-le si tu veux à un de nos garçons de courses, mais il faut que ce soit porté en secret. »

Elle a pris avec lenteur le papier plié. « Mademoiselle Pernette, j'en ai assez entendu pour savoir ce qui se passe. Je sais ce que vos parents projettent pour vous. » Elle hésita, comme si elle se sentait tirée entre deux camps et a ajouté : « Comme vous le savez, je connais à la fois Monsieur du Guillet et Monsieur Scève. Monsieur du Guillet est un homme assez agréable, mais si je devais choisir un mari pour vous, ce serait Monsieur Scève. Il est sage et bon et il vous aime à la folie. Je vous servirai donc d'intermédiaire, mais seulement pour la correspondance. » Elle a agité le doigt comme pour me prévenir, puis, en souriant, elle s'est dépêchée de sortir avec ma lettre.

Je me suis brossé les cheveux, j'ai passé ma longue chemise de nuit en soie, puis, après m'être assise un moment pour lire, je me suis couchée. Mais je n'arrivais pas à dormir. Mes émotions étaient trop fortes. Comment l'homme que j'aimais allait-il réagir à ma lettre ? Je savais que mon poème ne valait pas grand-chose, comparé à son dizain, mais il exprimait au moins mon profond amour pour lui ainsi que mon admiration et je voulais qu'il en fût averti par ma plume. À mesure qu'avançait cette nuit sans sommeil, les mots de ma mère me sont tous revenus, les uns après les autres, et l'une de ses remarques s'est mise à me tourmenter. Elle avait laissé entendre que Maurice était un être immoral qui prenait ses amantes au berceau, et que Louise, ma meilleure amie, pourrait aussi bien être l'objet de son ardeur ! Peut-être était-ce vrai : je connaissais l'affection qu'il lui portait, puisqu'il me parlait souvent d'elle. Lui écrivait-il aussi des poèmes ? J'ai enfoncé mon visage dans mon oreiller. Non, à Dieu ne plaise ! Ce serait la pire des défaites et des humiliations. Je décidai d'en avoir le cœur net.

* * * *

Louise et moi étions unies par les liens d'amitié les plus étroits depuis notre première rencontre cinq ans plus tôt. Après M. Scève, c'était l'être que j'aimais le plus au monde. Et pourtant j'étais envahie de soupçons, prête à me transformer en furie, à faire n'importe quoi pour préserver cette relation précaire qui me liait à Maurice. Précaire en raison du contrat passé entre mes parents et M. du Guillet ; précaire aussi parce que Maurice pouvait la rompre dès qu'il aurait connaissance de cet engagement ; précaire encore parce que notre amour devait rester chaste. Il m'était encore difficile de penser à lui avec familiarité, tant il incarnait l'autorité intellectuelle. Dans ma confusion, j'avais certains désirs d'être proche de lui tant physiquement qu'intellectuellement, sans bien comprendre, à dix-sept ans, ce que cela voulait dire. Il me semble très étrange, maintenant que j'y repense, que Louise et moi n'ayons jamais parlé d'amour physique. Ma mère non plus ne m'avait jamais rien dit là-dessus. Je débordais de passion, mais je n'avais aucune idée de la façon de l'exprimer autrement que par des mots.

La dernière fois que nous nous étions vues, Louise et moi avions projeté d'aller nous promener. Nous avions dans l'idée de traverser le pont du Rhône, de descendre par un petit escalier juste à l'endroit où le vieux pont de pierre prend fin et où commence son prolongement en bois, puis d'aller explorer une île basse qu'on appelle Broteau de la Ville, bordée d'un côté par le flot turbulent du Rhône et de l'autre par un bras étroit, une lône. C'était une promenade prisée des amoureux et des nourrices le dimanche, un endroit sillonné de sentiers. Une fois sur l'île, nous avions prévu de flâner le long de la berge et de pénétrer dans les bosquets denses et emmêlés. Nous avions rendez-vous au pont. Comme j'approchais, j'ai aperçu Louise de loin, belle et sculpturale, qui m'attendait debout, là, une main sur le parapet de pierre et les jupes légèrement gonflées par la brise. C'était une matinée de fin août, encore assez fraîche pour qu'on eût plaisir à quelque activité physique, mais qui menaçait de devenir bientôt étouffante.

Louise m'a accueillie avec grand plaisir, mais elle me connaissait bien et me demanda de suite la cause de mon chagrin. Nous nous sommes arrêtées au milieu du pont contemplant les eaux tumultueuses, toutes deux pressées contre le garde-fou pour ne pas gêner la circulation des chevaux et des charrettes.

— Attendons d'être sur l'île. De toute façon, il y a trop de bruit, ici, lui dis-je.

Elle me prit le bras, et nous avons continué à marcher, mais avec plus de détermination qu'avant. Comme toujours, il me fallait allonger le pas pour rester à son niveau. « Savez-vous ce qui est arrivé à l'extrémité de ce pont ? m'a-t-elle demandé. Je sais que la partie en pierre existe depuis des siècles. L'extrémité du pont a dû être emportée par quelque cataclysme effroyable, peut-être une crue monstrueuse. Pourtant, on se dit que c'est le milieu, pas le bout du pont, qui aurait dû s'écrouler. »

J'ai jeté un coup d'œil à la structure massive, en bois, qui résonnait bruyamment et qui, à présent, formait la partie est du pont. J'ai haussé les épaules : « La seule chose que j'aie entendu dire, c'est que la construction de ce côté-là n'était pas de très bonne qualité et qu'une crue l'a ébranlée, les fondations n'étant pas assez profondes. Il paraît qu'elle s'est effondrée, ou du moins qu'elle était devenue si dangereuse qu'on a dû la démolir et la remplacer. Je ne connais pas les détails. » Je parlais d'une voix si indifférente, si monotone, que Louise m'a regardée vivement et qu'elle est restée silencieuse jusqu'à ce que nous ayons fait quelques pas tranquilles sur l'herbe tendre de l'île.

— Pernette, dites-moi, je vous en prie : que se passe-t-il ? Vous paraissez déprimée, et même nerveuse ; il est évident que quelque chose vous tracasse.

— C'est vrai. Je suis déprimée parce que ma mère m'a annoncé hier soir que je devais me marier.

— Il n'y a pas là de quoi être déprimée, Pernette, vraiment ? Félicitations. Mais, évidemment, tout dépend... C'est qui ?

— Quelqu'un que je vois à la maison depuis sept ou huit ans. Un associé de mon père, le Sieur du Guillet.

Louise a froncé les sourcils. « Ah ! oui, Monsieur du Guillet. Il s'occupe de commerce avec les pays étrangers, c'est ça ? Mon père a eu des contacts avec lui pour du fil de soie destiné à fabriquer des cordons de lit et des articles de ce genre. C'est bien lui ?

— Oui. Je me suis arrêtée et j'ai lancé de furieux coups de pied à une souche moussue au bord du sentier. « Mais je ne veux pas l'épouser ! Je ne l'aime pas et je le connais à peine. Et pourtant on veut que je lui voue toute ma vie, et qu'après avoir échangé avec lui, devant le prêtre, quelques mots sans beaucoup de sens pour moi, je grimpe dans son lit le soir-même ; et à nouveau le lendemain, et ainsi toutes les nuits de ma malheureuse vie sur cette terre ! » Je ponctuais chacun de ces mots, en particulier « à nouveau « et « ma malheureuse vie » de violents coups de pied, arrachant mousse et écorce à la souche, ma chaussure devenue toute verte et criblée de petits éclats de bois.

Louise me contemplait d'un air grave et affectueux : « J'éprouverais exactement la même chose, Pernette. » Ayant remarqué un tronc d'arbre abattu un peu plus avant dans les bois, à un endroit où l'on ne nous verrait pas du pont ou du fleuve, elle m'a prise par le bras et m'y a menée. Elle s'est assise et a caressé le tronc près d'elle. « Ne pouvez-vous rien faire ? »

— Papa et Monsieur du Guillet ont déjà signé le contrat. Ils ont topé. Mais j'ai un sursis de presque trois mois. J'ai plongé mon visage dans mes mains. Je savais que c'était le moment idéal pour lui poser la question qui me tourmentait et en finir avec mes soupçons une fois pour toutes, mais je n'avais vraiment pas envie de le faire. Et pourtant :

— Louise…

— Oui ?

— Quels sont vos sentiments à l'égard de Monsieur Scève ? Est-ce que vous l'aimez ? Voilà, j'avais tout lâché.

Un silence prolongé s'installa. J'ai laissé tomber mes mains et j'ai regardé mon amie en face. Elle triturait la mousse à côté du tronc avec un bâton.

— C'est une question à laquelle j'ai du mal à répondre, Pernette.

Le sang m'est monté à la tête. « Mais, pourquoi ? », dis-je d'une voix dure et cassante.

— Parce que… bon… oui, je l'aime, mais pas comme on aime un amoureux. Comprenez-vous ? Je l'admire énormément. Il est si savant, et pourtant il n'est pas fier, il est profondément artiste et pourtant il n'est pas mou. Il est doux et bon et en plus véritablement humble, sensible et à l'écoute des sentiments des autres. Et quel poète !

— Oui, oui… J'étais si confuse que j'en suffoquais presque. Louise avait, en peu de mots, parfaitement dépeint mon bien-aimé, usant de termes qui auraient aussi pu exprimer mes sentiments à son égard, si ce n'était le fait que moi je voulais désespérément qu'il soit mon amant.

— Et lui, est-ce qu'il vous aime, Louise ? ai-je demandé d'une voix étranglée.

Elle m'a jeté un bref coup d'œil. « Pernette, je ne peux pas vous mentir. Il m'aime et il ne m'aime pas. Il a des sentiments très forts, et parfois il se sent très attiré par moi. Je le vois. »

— Et vous ? Je suppose que vous excitez son désir ? J'avais pris un ton cinglant.

Louise m'a regardée avec étonnement. « Non, je n'ai jamais fait cela, du moins que je sache. »

— Hmmh ! Je ne savais plus que croire. « Et je suppose qu'il vous a écrit des poèmes ? »

— Oui, c'est vrai.

J'ai sauté à bas du tronc, la fureur s'emparant de tout mon être. « Je savais que vous deviez l'avoir excité, espèce de catin ! Et lui, il m'a trahie aussi ! Tous les deux vous m'avez trahie ! Je suppose que vous avez fait l'amour avec lui ! » Je cherchais des yeux dans la petite clairière, quelque chose pour taper sur Louise.

Mais elle s'était déjà levée, elle aussi, et en bon équilibre sur l'avant de ses pieds, elle était prête à repousser toute attaque. Son visage n'exprimait pourtant aucune colère, rien que de la pitié et de la compréhension. « Pernette ! Entre lui et moi, ce n'est pas ce genre d'amour ! Croyez-moi ! Il a peut-être eu une ou deux impulsions ici et là, mais c'est un homme et vous savez bien que les hommes ne se maîtrisent pas aussi bien que les femmes. Il ne m'a jamais rien dit d'équivoque. Jamais !

— Et ces poèmes, alors ? dis-je, pleine de sarcasme.

— Ce sont de simples couplets rimés qui me félicitent d'avoir particulièrement bien perçu quelque chose ou d'avoir bien tourné un vers. Il n'y a jamais eu le moindre soupçon de passion, là-dedans. Pernette ! Il n'y a pas ce genre d'amour entre lui et moi !

Durant le long silence qui suivit, je m'efforçais de respirer profondément pour que ma rage rentre ses griffes et retourne au cœur de mon être, d'où elle avait surgi, prête à l'attaque comme une lionne. J'ai enfin pu parler de façon raisonnable. « Louise, j'espère que vous dites la vérité. »

— Croyez-moi ! J'aime quelqu'un d'autre, et Monsieur Scève le sait. Non que je lui ai précisément dit de qui il s'agit, mais il est au courant. Et vous, vous savez ce qu'il en est puisque je vous ai tout raconté. J'ai aimé et j'aime toujours Philibert du Peyrat qui sans doute ne me reconnaîtrait pas s'il me voyait… » Sa voix n'était plus qu'un faible murmure.

Je l'ai regardée à la lumière de ma raison retrouvée, et je me suis aperçue que non seulement elle disait la vérité, mais qu'elle était elle-même au bord des larmes. Je l'ai fait rasseoir sur le tronc et, la prenant dans mes bras, je l'ai bercée un moment. « Ma chère, oh ! ma chère, comment ai-je pu douter de vous ? Vous êtes ma meilleure amie, ma seule amie. Je vous en prie, pardonnez-moi ! »

— C'est le genre de réaction que l'amour peut provoquer, a-t-elle répondu. Je vois que vous êtes profondément amoureuse de Monsieur de Scève, et pourtant vous êtes promise à ce Monsieur du Guillet. Cela me désole terriblement, ma chère. »

Nous avons avancé sur l'île, et puis nous sommes arrivées à un marais infranchissable. Nous avons alors fait demi-tour en prenant le sentier qui longe le bras le plus étroit du fleuve. J'ai parlé à Louise du poème de Maurice et de ma réponse.

— Etes-vous en train de me dire que vous comptez poursuivre votre liaison avec Monsieur Scève sous la forme d'une idylle chaste ?

— Oui, si cela est possible. Je crois qu'il a fait vœu de chasteté quand il était moine et il se peut donc qu'il y consente.

— Avez-vous l'intention de lui annoncer votre mariage avec M. du Guillet ?

— Oui… mais pas tout de suite. Il faudra que je trouve le bon moment.

— N'attendez pas trop. Sinon, vous le blesserez tellement qu'il risque de ne jamais s'en remettre. C'est le genre de sensibilité qu'il a. »

Nous étions arrivées en vue du petit escalier de pierre menant au pont. Louise m'a serrée dans ses bras sans rien dire. J'étais réconfortée de savoir qu'elle était au courant de tout, qu'elle comprenait et qu'elle compatissait.

* * * *

J'ai continué à voir Maurice, toujours en présence d'un chaperon, bien sûr, même si Francine nous accordait une grande liberté. Nous avions de longues conversations dans le jardin de son frère, et, parfois même, nous flânions jusqu'à la cathédrale. Nous nous écrivions des poèmes, les siens plus fréquents et aussi faisant preuve de plus d'esprit que les miens. Nous avons même échangé des mèches de cheveux, bien que je m'en sois sentie terriblement coupable, étant donné les circonstances. Car, même alors, je n'arrivais pas à lui dire.

Nous nous retrouvions, Louise et moi, presque tous les deux jours, soit chez moi, dans le jardin, soit près d'une des églises du quartier. Il nous arrivait aussi de nous voir dans la maison de son père ou d'aller nous promener sur l'île, voire en ville, au Change ou dans les marchés. Elle me demandait parfois si j'avais annoncé mon projet de mariage à M. Scève. Et chaque fois je devais avouer que non, que je n'en avais pas eu le courage, car j'avais trop peur de le perdre. Un jour, après une promenade plutôt énergique, nous avons décidé de nous arrêter à l'un de nos endroits préférés, l'adorable petite église de Notre-Dame-du-Confort. Nous nous sommes assises sur un banc de pierre, sous le porche. C'était alors la fin de l'automne : une bise froide faisait bruire les feuilles rouge brique des grands chênes qui ombrageaient l'entrée de l'église. Louise et moi nous étions blotties l'une contre l'autre pour nous tenir chaud, et comme elle nous avait enveloppées dans sa grande cape, nous devions ressembler à une grosse femme à deux têtes. Louise m'a de nouveau mise en garde. « Pernette ! Vous êtes en train de vous mettre dans une situation dangereuse avec Monsieur Scève. Notre maître va mourir de chagrin si vous ne le préparez pas à ce choc. Etes-vous sûre, certaine, que vous ne pouvez rien faire pour empêcher ce mariage ?

— Je vais parler à papa. Jusqu'ici, je n'ai essayé que maman, et elle est inflexible. Peut-être que papa reviendra sur sa décision, bien que ça m'étonne. Il ne me connaît pas vraiment, Louise, alors comment pourrait-il maintenant commencer à me comprendre ? » Je me suis interrompue, et puis j'ai éclaté. « Maurice est tellement plus un vrai père pour moi ! Je ne sais plus où j'en suis, Louise, je l'aime à la folie, je le veux comme amant, mais je veux que notre amour reste chaste ! … »

Louise a gardé le silence, puis : « Une situation vraiment dangereuse, Pernette. Et pas claire du tout. Vous devez absolument en parler à notre pauvre maître, et au plus vite avec cela ! »

J'ai encore attendu toute une semaine avant d'essayer de parler à papa. Un après-midi, alors qu'il venait de rentrer, j'ai frappé timidement à la porte de son bureau. Il a ouvert, fronçant les sourcils quand il m'a vue là. J'ai bien peur d'avoir mal plaidé ma cause. Papa a vaguement grogné au nom de Maurice et il a rejeté ma requête aussi facilement que si j'avais été un chiot ou un chaton venu mendier de la nourriture à une heure incongrue. « Il vaut mieux que tu te fasses une raison, jeune fille… Un contrat est un contrat. Monsieur du Guillet estime que tu es un bon parti ; nous savons tous les deux que c'est bon pour nos affaires, et c'est tout ! Après tout, ta mère m'a déjà extorqué un délai de trois mois, pour toi. Maintenant, va t'amuser et sois gentille. »

Si j'avais voulu et si j'en avais eu le courage, j'aurais pu déclarer à mon père que je ne lui obéirai pas, que ma vie m'appartenait et que je voulais la passer avec Monsieur Scève. Mais j'avais peur des retombées d'une vraie révolte, aussi ai-je décidé de n'offrir aucune résistance et, dans ma grande faiblesse, de me soumettre à la volonté de mes parents. Je n'avais plus de choix : il fallait que j'informe Maurice, car nous n'étions qu'à deux semaines du mariage. Je lui ai envoyé un mot lui demandant un entretien, et après avoir reçu sa réponse immédiate, Francine et moi nous sommes rendues chez son frère, où Robert nous a accueillies.

— Monsieur Maurice vous attend dans le jardin, Mademoiselle.

Je l'ai remercié et l'ai suivi dans le couloir, puis dans le bureau et enfin dehors. Un chemin que j'avais déjà emprunté des centaines de fois. Serait-ce la dernière ?

Maurice est venu à ma rencontre dans l'allée herbeuse, entre des massifs de chrysanthèmes d'automne que le gel commençait déjà à flétrir. Il m'a pris les mains. « Ma chère ! Comme je suis ravi de vous voir ! Mais… qu'y a-t-il ? » Je tremblais et j'avais un air coupable.

— Maurice, j'ai quelque chose d'horrible à vous annoncer. Je le sais depuis longtemps, mais je n'arrivais pas à vous le dire. Je ne veux pas vous perdre, vous comprenez…

Il m'a lâché les mains et il est resté figé, son visage devenant tout pâle. « Oui ? » Sa voix se faisait aiguë sous l'effet de l'anxiété.

— Je... Je dois me marier. Dans deux semaines. J'ai essayé de l'empêcher...

Il sembla suffoquer comme si je l'avais frappé, puis il s'est détourné de moi en pivotant sur un pied. Il est resté là, me tournant le dos, les bras raides, les poings serrés. Sa voix m'est parvenue comme une plainte étouffée. « Et qui est l'heureux élu ? »

— Il s'appelle Antoine du Guillet…

— Mais pourquoi, Pernette, enfin pourquoi ne m'avez-vous rien dit plus tôt ? » Il s'est éloigné de moi à grands pas brusques, puis il est revenu me faire face. Ses yeux lançaient des éclairs. « Je ne peux pas croire qu'une jeune femme intelligente et sensible… Et vous m'aviez dit que vous m'aimiez ! » Sa voix est montée en un cri de désespoir. Il m'a regardée comme si j'étais soudain devenue une inconnue, puis s'est détourné. Il se mit à trembler et j'ai eu envie de le prendre dans mes bras, de le consoler, mais je savais que ce n'était plus possible. Dans un chuchotement, il souffla : « Je vous en prie, Pernette, laissez-moi. Partez. »

J'ai esquissé un geste vers lui. « Maurice… »

— Partez, c'est tout !, me jeta-t-il, d'une voix devenue rauque, dure et cassante.

Je fis demi-tour, et faillis trébucher en donnant à Francine le signal du départ. Au moment où nous arrivions à la porte, je l'ai entendu dire, d'une voix plus posée à présent, où perçait le sarcasme : « Et, au fait, félicitations ! »

Une fois dans la rue, j'ai éclaté en sanglots. Nous nous sommes réfugiées dans l'église la plus proche en attendant que je me ressaisisse.

Les jours suivants je vécus un cauchemar. Dans l'effervescence des préparatifs je restais raide comme un cadavre pendant qu'on m'essayait ma robe, qu'on l'ajustait, qu'on la réajustait. Ma mère me jetait parfois un regard coupable, poussait un soupir, puis bien vite s'efforçait de prendre les choses du bon côté. Elle me tenait un bavardage encourageant, essayant de me tirer de cette dépression, mais je ne répliquais que par monosyllabes ou même pas du tout. Elle avait enfin compris la profondeur de mes sentiments pour Maurice, mais il était trop tard. J'espérais, mais en vain, que Maurice me donnerait des nouvelles. Comment supportait-il cette épreuve ? Je priais le Ciel qu'il ne se mette pas à me haïr. Je me demandais si, tout comme moi qui ne cessais de penser à lui, lui aussi était tourmenté de la sorte. Trois jours avant la date fatidique, j'ai échappé à l'affairement de la maison et suis allée chercher Louise. Je l'ai trouvée en train de s'exercer à l'épinette et de chanter un sonnet de Chariteo. C'est Marthe qui m'ouvrit la porte.

Louise s'est aussitôt levée et m'a entouré les épaules de son bras. « Pernette ! Comme vous avez maigri ! Je ne vous ai pas vue depuis plus d'une semaine et vous m'avez manqué. Mais je sais que vous êtes complètement débordée par les préparatifs de la noce. Je peux voir que ce ne sont pas des jours heureux pour vous, cependant. » Elle m'a menée à un fauteuil et s'est assise près de moi.

J'ai fixé les yeux au sol et puis j'ai dit lentement : « Quand je lui ai annoncé la nouvelle, Maurice m'a jetée dehors. ».

— Mais quand ?

— Il y a presque deux semaines.

— Vous avez mis si longtemps que cela à le lui dire ? … Je dois avouer que je ne lui donne pas tort. Je suis désolée, Pernette. Je sais combien c'était dur pour vous. Mais vous avez rendu les choses encore plus dures pour notre pauvre maître. Et comment va-t-il, à présent ?

— Je n'en ai aucune idée, Louise. C'est pour cela que je suis venue vous voir. Il faut que je lui dise tout sur ce mariage. Je l'aime, et je ne pourrai jamais aimer cet Antoine du Guillet. Il doit savoir que ce mariage ne changera rien à mes sentiments et à notre relation ! »

Louise m'a contemplée avec incrédulité. « Pernette. Votre mère ne vous l'a jamais dit ? Vous allez avoir les relations les plus intimes avec ce Monsieur du Guillet. Il va être votre mari, il vous possèdera et fera de votre corps ce que bon lui semble. Et vous voudriez dire à Monsieur Scève que ça ne changera rien ? »

J'ai fermé les yeux. « Oui, Louise. Il faut que je lui dise cela. »

Elle a secoué la tête comme si elle ne pouvait me croire. « Bon, puisque de toute évidence vous ne pouvez pas aller voir notre maître, vous devez lui écrire. Mais faites bien attention à lui dire toute la vérité. C'est le moins que vous puissiez faire à présent.

— Je lui ai toujours dit la vérité, quand je lui ai parlé !

Je savais désormais ce que j'avais à faire. Je suis rentrée rapidement chez moi et après avoir à peine touché mon dîner, je me suis réfugiée dans ma chambre. Ayant soigneusement verrouillé la porte, je me suis mise à mon bureau et j'ai écrit à Maurice. Je lui ai expliqué dans quelles circonstances ce mariage avait été arrangé, et j'ai mentionné mes vaines et bien faibles tentatives pour l'empêcher. « Je n'aime pas Monsieur Antoine du Guillet, ai-je écrit, et je ne l'aimerai jamais. Ce mariage, cette formalité, ne changera rien dans notre relation, car je n'aime que vous. »

J'ai cacheté la lettre et j'ai sonné Francine, déverrouillant la porte en attendant sa venue. « S'il vous plaît, veillez à ce que Monsieur Scève ait ceci en main propre ce soir, Francine. Ce soir. Pouvez-vous le faire ? »

Lors de la cérémonie de mariage j'étais pour ainsi dire absente. Mon corps était présent, mais mon âme était ailleurs, je ne sais où. En enfer, je crois. Tout se passa comme dans un mauvais rêve. Ensuite, les moments pénibles des plaisanteries triviales et des félicitations bien intentionnées précédèrent le festin auquel j'ai à peine participé. Puis vint le moment de gravir l'escalier menant à la chambre. Francine m'a aidée à me déshabiller et à mettre une chemise de nuit enrubannée, puis elle m'a bordée dans les draps de soie, étalant mes cheveux sur l'oreiller et les peignant. Antoine est entré quand elle lui en a donné le signal, vêtu d'une chemise d'où dépassaient ses jambes nues. Je me suis tournée pour ne pas le voir. Il fut gentil mais insistant, utilisant juste ce qu'il fallait de force pour me faire plier. En réalité, je savais que je n'avais pas le droit de lui résister, enfin pas vraiment. J'avais peur, et je respirais par halètements irréguliers. Antoine a juré tout bas en grommelant : « Je suppose que personne ne vous a jamais rien dit ! »

J'ai secoué la tête, les dents serrées, les larmes coulant le long de mon visage. Je souffrais physiquement, et j'étais horrifiée par ce qui m'arrivait. Je continuais à me réfugier dans le sentiment que rien de tout ceci n'était réel, que bientôt je me réveillerais et découvrirais qu'il ne s'agissait que d'un cauchemar. C'est ainsi que le mariage a été consommé. Antoine s'est lavé dans la cuvette en me tournant le dos, puis il a sonné Francine pour qu'elle change les draps et s'occupe de moi.

Lorsqu'il est revenu au lit, il s'est glissé très silencieusement à côté de moi. « Je suis désolé, Pernette, je vois que vous n'êtes pas prête à m'aimer. J'essaierai de me comporter avec délicatesse. » Puis, après m'avoir caressé les cheveux pendant quelques moments, il m'a tourné le dos et s'est endormi.

Je suis restée éveillée pendant des heures, sans oser bouger de peur qu'il ne recommence. Était-il possible que les êtres humains agissent ainsi, en s'accouplant comme des chiens dans la rue ? Pouvions-nous nous targuer d'être la quintessence de la création divine et faire cela ? Et mon Maurice bien-aimé, mon Jour, mon unique et véritable lumière, était-ce là ce qu'il avait si doucement, si indirectement mais avec tant d'insistance, cherché à obtenir de moi ? Je n'arrivais pas à le croire, et pourtant il devait en être ainsi. L'homme et la femme étaient, semble-t-il, faits pour s'ajuster ainsi l'un à l'autre. Eh bien, au moins, je ne souillerais jamais ma relation sacrée avec Maurice par de tels agissements. Parvenue à cette conclusion, je me suis enfin laissée aller au sommeil.

* * * *

Au petit-déjeuner, le lendemain matin, M. du Guillet, mon mari qui a montré depuis qu'il était quelqu'un d'honnête, me parla comme si nous étions partenaires au sein d'une affaire qui s'appellait « le mariage ».

— Pernette, votre père et moi avons conclu un marché dont vous faites partie. Il me semble que vos penchants se portent ailleurs. Vous n'avez cependant jamais dispensé vos ultimes faveurs. Pour cela je vous admire et vous remercie. "

Je l'ai regardé bouche bée, ne devinant pas où il voulait en venir. Il a pris une autre bouchée de pain et de fromage, puis, intrigué par mon silence, a levé les yeux vers moi et vu mon incompréhension. « Ce que je veux dire, a-t-il déclaré abruptement en avalant le pain, c'est que j'ai eu la preuve irréfutable que vous n'avez jamais couché avec Monsieur Scève. »

— Bien sûr que non ! ai-je répliqué en me reculant.

— Dois-je penser que vos sentiments pour Monsieur Scève sont les mêmes qu'avant notre union ?

— Oui, absolument ! ai-je répondu avec franchise, même si je craignais une réaction de colère. J'étais figée sur ma chaise sans oser goûter au pain et à la confiture posés sur mon assiette.

— Eh bien, dans ce cas, je n'ai pas l'intention de m'interposer. J'attends de vous que vous restiez fidèle à notre lit de mariage, mais vous pouvez voir votre ami à votre guise. Je vous accorde huit ou dix jours pour vous remettre, et en attendant j'irai chercher mes plaisirs ailleurs. Voyez-vous, j'ai moi aussi quelques bonnes amitiés qui remontent à plusieurs années. » Là-dessus, il s'est versé une autre tasse de cette boisson nouvellement venue de Chine qu'on appelle « thé ».

— Oh, merci ! Je n'étais pas certaine de bien le comprendre, mais je lui étais reconnaissante de ce sursis. J'ai tendu ma tasse et il l'a remplie de thé.

— Après cela, a-t-il poursuivi, j'essayerai d'avoir un héritier à qui léguer ma fortune. » Il a posé sa tasse avec un ultime claquement, m'a saluée, et s'est levé, réclamant sa cape et son chapeau au domestique.

C'est Louise qui nous a réunis à nouveau, Maurice et moi. Elle m'a rendu visite dans ma nouvelle demeure près d'une semaine après cette conversation. Au cours de cette semaine, j'avais fait de mon mieux pour faire la connaissance de toute la domesticité de la maison. Francine, que ma mère m'avait laissée pour qu'elle soit ma femme de chambre personnelle, s'y était aussi employée. Je crois que je serais morte de solitude et de désespoir si je n'avais pas eu sa compagnie terre à terre et pratique. Quand j'ai vu Louise arriver dans la rue, j'en ai pleuré de joie. Je lui ai ouvert la porte et nous sommes restées là debout à nous serrer dans les bras l'une de l'autre. Elle a sorti un mouchoir pour me sécher les yeux, puis elle s'est exclamée en regardant alentour : « Pernette, quelle maison magnifique ! Montrez-la moi, s'il vous plaît ! » Je l'ai précédée dans la grande salle, puis la salle à manger, et ainsi dans toute la maison jusqu'aux quartiers des domestiques. « Une belle maison, certes ! Je suppose que Monsieur du Guillet y vit depuis des années ? »

— Je crois bien. Tout semble si bien installé. Il faudra que je me renseigne auprès d'un des domestiques, car je ne connais presque rien d'Antoine ou de sa vie. Si ce n'est les discussions d'affaires vaguement entendues au cours de bien des dîners chez nous. C'est étrange d'être mariée à quelqu'un sans rien connaître de lui. Je ne sais pas ce qui lui fait plaisir, ce qui le dérange. Je ne sais rien en fait. Peut-être trouverai-je un domestique qui pourra me renseigner. »

Nous nous sommes assises dans la salle, devant les fenêtres donnant sur le jardin, qui paraissait bien hivernal et flétri par les dures gelées que nous avions connues ces dix derniers jours.

— Avez-vous envie de lui faire plaisir ? m'a demandé Louise en me regardant d'un œil scrutateur.

— Juste assez pour pouvoir vivre en paix avec lui. Oh, j'ai suivi votre conseil et j'ai écrit à Monsieur Scève, mais je n'ai pas eu de réponse. Savez-vous quoi que ce soit à son sujet ?

— Il se trouve que oui. J'ai eu un cours avec lui le lendemain de votre mariage. Il était dans un état épouvantable. J'ai essayé de le consoler, mais sans grand succès. J'ai d'autres nouvelles plus récentes. Mon frère François l'a vu hier soir.

— Oh ! Où donc ? Que faisait-il ? Comment va-t-il ?

— Je vais vous dire exactement ce que mon frère a vu et fait. François passait dans cette partie de la ville dont la réputation n'est pas des meilleures. Il dit avoir aperçu un homme dont la silhouette lui parut familière. Cet homme était debout au coin d'une maison, et il avait le front appuyé sur l'avant-bras. Il était enveloppé dans sa houppelande, et son col de fourrure lui cachait le visage, mais François était presque sûr qu'il s'agissait de Monsieur Scève. Comme il craignait qu'il ne fût malade ou blessé, il s'est approché de lui et l'a appelé par son nom.

— C'était donc Monsieur Scève ? ai-je demandé, les yeux écarquillés.

— Oui, c'était lui. François lui a trouvé un aspect épouvantable. Comme la mort. Il avait bu et s'était sans doute livré à d'autres excès. Lorsque Monsieur Scève s'est tourné vers lui, il avait les yeux cernés et une expression oscillant entre la folie et le désespoir. Manifestement, cet homme souffrait l'enfer. Il a sursauté en reconnaissant mon frère, et a tenté de se ressaisir. « Ah ! Bonsoir, Monsieur Labé », a-t-il dit en se détournant pour s'éloigner. François a insisté : « Puis-je vous escorter quelque part monsieur ? Il fait un froid terrible ce soir et il est tard. Je ne voudrais pas que vous attrapiez un refroidissement mortel. »

— Maurice a-t-il accepté ? Je me tordais les mains de détresse.

— Non. Il l'a remercié et a ajouté : « Ça n'a plus aucune importance, François. » François l'a regardé descendre la rue, et l'a suivi un moment. Il se dirigeait, semble-t-il, vers la maison de son frère.

— Mon pauvre, mon cher Maurice… Est-il finalement rentré chez lui ? Le savez-vous ? Je le voyais déjà mort, gelé, dans quelque cul-de-sac.

— François l'a demandé ce matin à Robert, leur serviteur. Monsieur Scève est rentré autour de l'heure où les Franciscains sonnent les matines.

— C'est à peu près entre minuit et la première messe ! J'espère qu'il n'a pas attrapé quelque horrible mal. Aurez-vous l'occasion de le voir, Louise ? Prenez-vous toujours des cours avec lui ?

— Oui, je le verrai demain après-midi. C'est pour cela que je voulais vous rendre visite, au cas où vous souhaiteriez lui faire parvenir quelque chose.

— Oh oui ! Louise, je le souhaite. J'ai écrit une petite épigramme ! » M'excusant alors, j'ai couru dans ma chambre où j'ai pris une feuille pliée dans le tiroir. Je l'ai roulée en un petit cylindre que j'ai attaché par une faveur bleue. Revenue à la salle, je l'ai tendu à Louise. « C'est pour lui dire que je ne suis pas telle que j'étais jadis … Le temps m'a appris que quiconque me traite avec dureté, en maître, ne peut me gagner. Mais comme je sais que son affection pour moi est toujours réelle, son ardeur, que je considère comme mon Bien Suprême, m'incite à rester à lui pour toujours. Je sais que cela a l'air un peu guindé, et, d'après ce que vous me dites, bien mièvre. Mais c'est mieux que rien, et c'est en vers. J'essaye encore et toujours d'être à la hauteur de ce qu'il attendait de moi.

Louise a pris doucement le poème. Des larmes brillaient dans ses yeux.

« J'espère que Monsieur Scève tiendra compte de tout cela, ma chère. »

* * * *

Sept ans ont passé. C'est l'année dernière que mon Maurice a publié sa *Délie*, le formidable livre de poèmes qui relate la chronique de son amour pour moi. J'y ai trouvé le dizain qu'il a écrit le soir de mes noces, et qui exprime toute l'étendue de son désespoir. Je vous en fais juge :

> *Seul avec moi, elle avec sa partie*
> *Moi en ma peine, elle en sa molle couche.*
> *Couvert d'ennui je me vautre en l'Ortie,*
> *Et elle nue entre ses bras se couche.*
> *Ha ! (lui indigne) il la tient, il la touche :*
> *Elle le souffre : et, comme moins robuste,*
> *Viole amour par ce lien injuste,*
> *Que droit humain, et non divin, a fait.*
> *Ô sainte loi à tous, fors à moi, juste,*
> *Tu me punis pour elle avoir méfait.*

Au cours de ces sept années, j'ai tenté de mon mieux de guérir la blessure terrible que j'ai infligée à mon pauvre Maurice. Maintenir une relation amoureuse tout à fait chaste n'est pas chose aisée et parfois le chemin est bien cahotique. J'ai été tentée, plus d'une fois, de m'offrir à Maurice et je sais que j'ai mis sa patience à rude épreuve en changeant souvent d'avis. N'étant, après tout, qu'un homme en chair et en os, cela l'aura sans doute poussé à accepter à l'occasion les faveurs de dames amicales. Elles ne manquent certainement pas depuis qu'il est devenu incontestablement un des premiers artistes et intellectuels de Lyon. En outre il est spirituel, charmeur et d'une ingéniosité sans limites. Je lui en ai pourtant voulu de poursuivre une liaison avec une de ces dames peu farouches, et j'ai exigé qu'il s'installe un certain temps à la campagne. En parfait champion de l'amour courtois, il m'a obéi.

Il a cependant pu se venger à la suite d'une rumeur prétendant que je trompais mon mari avec « d'autres hommes » et a composé deux dizains exprimant son ressentiment. Ces commérages se répandaient chez certaines de mes « amies » en ville, et ont sans aucun doute eu pour origine le lien étroit que j'entretenais avec Maurice et ma présence à ses côtés en public, sans honte et sans chaperon, mais, bien entendu, avec la permission de mon mari ! Pour me défendre, j'ai écrit et fait circuler une chanson impertinente et spirituelle sous forme de poème intitulée « Qui dira ma robbe fourrée » (d'une belle pluie d'or, comme celle de Danaé) et destinée à réfuter ces rumeurs. J'y ridiculisais l'idée que je puisse être une courtisane, et j'affirmais la vertu de Maurice ainsi que la pureté de mon chaste amour. Le poème semble avoir produit son effet et rétabli ma réputation.

Entre-temps, Maurice et moi avons poursuivi notre chaste liaison, nous promenant longuement dans les bois et au bord des nombreux cours d'eau du voisinage, discutant, ce faisant, de philosophie et de poésie, mais aussi de religion, d'astronomie, et même de politique locale et des derniers commérages. Nous avons également assisté à plusieurs spectacles, dont une joute de bateaux sur la Saône.

Je me souviens d'une excursion au printemps, lors de laquelle nous avons traversé le pont du Rhône. Au moment où nous arrivions au petit escalier de pierre, nous avons observé une activité frénétique sur les hauts-fonds du Rhône ainsi que dans le bras étroit du fleuve. Des bandes de pêcheurs, hommes et femmes, dans l'eau jusqu'aux cuisses, maniaient des filets et en retiraient des multitudes de poissons argentés qui se tortillaient dans tous les sens. « Allons voir ce qu'ils prennent », a insisté Maurice. C'était l'époque où les aloses frayent. Elles étaient remontées de la Méditerranée pour gagner les ruisseaux et les rivières où elles étaient nées et y déposer leurs œufs. Nous avons remarqué qu'en même temps qu'il vidaient les poissons, les pêcheurs récupéraient leurs œufs, ce qui me fit dire : « Il va y avoir bombance dans la ville, ce soir. Je devrais envoyer le cuisinier acheter des aloses pour dîner et leurs œufs pour le petit-déjeuner. »

Maurice avait un air distant alors même qu'il observait ce qui se passait, et il ne répondit pas du tout à mon enthousiasme culinaire. Finalement, il se mit à parler comme s'il était en train de rêver. « Au moment où ils procréent, ils meurent, eux-mêmes et leur descendance, par la volonté d'un pouvoir supérieur. Et c'est ce qui arrive également à l'homme, ainsi d'ailleurs qu'à la femme, mais de façon différente. »

Je l'ai regardé, ne le comprenant qu'à moitié. Mais j'ai ajouté : « Oui, il y a tant de femmes qui meurent en couches, peut-être aussi par la volonté d'un pouvoir supérieur. » Il a souri, je lui ai pris le bras et nous avons continué à marcher. Nous avons eu des aloses pour dîner ce soir-là.

* * * *

Même si l'ouvrage de Maurice, sa *Délie, object de plus haulte vertu*, incorpore bien des thèmes, des procédés rhétoriques, voire des idées nées chez Platon, Pétraque ou même ses disciples italiens les Strambottisti, jamais rien de pareil n'a été écrit. En effet, il a composé son livre sur la base du symbolisme numérique de Pythagore, se servant d'emblèmes pour le diviser en mouvements. Mon bien-aimé m'a promis de m'expliquer, sous peu, les secrets de son symbolisme, et il faut que ce soit sous peu, car je me sens décliner rapidement. Délie est, évidemment, une anagramme de " L'Idée ", l'archétype platonicien de l'amour idéal que Maurice a vu incarné en moi. Délie est aussi un autre nom pour Diane, la déesse chaste et inaccessible. D'où le sous-titre, « *Object de plus haulte vertu* ». Je me sens à la fois très fière et très humble devant cet hommage si unique et qui n'aurait pu être, sans le caractère chaste de notre amour. Je prie pour que ce livre vaille à mon maître adoré ce qu'il mérite amplement : une gloire éternelle.

Maurice est venu me voir il y a environ une semaine. Sachant à quel point je suis faible, il ne m'a pas enlacée, mais s'est contenté de s'asseoir dans le fauteuil qui est près de mon lit devant la fenêtre. « Pernette, ma chère, Pontus a invité plusieurs membres du *Sodalitium* à venir lui rendre visite dans son château de famille de Bissy-sur-Fley. C'est à deux jours de cheval, à peu près, au nord d'ici. Il veut discuter d'astronomie et de physique, et manifestement, il souhaite nous éloigner de cette ville. Qu'en pensez-vous ? »

J'ai réfléchi un moment. Pontus de Tyard est chanoine à la cathédrale Saint-Jean, et un ami cher qui fait partie de notre cercle d'intimes. Je me faisais du souci depuis déjà quelque temps, car les cas de peste devenaient de plus en plus nombreux. Je ne voulais pas qu'un de mes amis en soit victime. Fuir la ville diminuerait certainement les risques, aussi l'invitation de Pontus tombait-elle à point nommé. « Vous devez y aller, Maurice ! ai-je répondu avec enthousiasme. Vous respirerez le bon air de la campagne, vous ferez un peu d'exercice et, si toutefois une telle chose est possible, vous apprendrez peut-être même quelque chose de Pontus. C'est un jeune homme fort savant. Je l'ai connu lorsqu'il était élève au collège de la Trinité, vous savez. »

— Oui, a répondu Maurice. Il a parlé de ces jours passés à la Trinité. Ils lui ont laissé une forte impression. Il dit que c'est la raison pour laquelle il a demandé à être chanoine à la cathédrale de Lyon. Comme il est étrange de voir combien nos premières expériences nous forment et continuent à nous influencer tout au long de notre vie. Mais, ma chère, si j'y vais, que ferez-vous ici ?

— Je ne pense pas que Louise quitte Lyon, ai-je dit d'un ton affirmatif. J'essaierai d'écrire pour me distraire, et je suis sûre que Louise me rendra visite, ce qui fait que je ne me sentirai pas seule. Et puis, Antoine est là, lui aussi. Je vous en prie, Maurice, allez-y. La peste n'est pas un danger pour moi, isolée dans cette chambre, et à l'abri des courants d'air nocifs qui balaient les rues. Mais vous ! J'aurais le cœur brisé, si vous attrapiez cette horrible maladie. Alors, allez-y !

Il a acquiescé de la tête. « Je vous obéirai, ma très gente dame, a-t-il déclaré avec un sourire, comme je m'efforce toujours de le faire. » En se levant il m'a pris les mains et m'a fixée de ses grands yeux lumineux, comme s'il m'étudiait attentivement.

J'ai scruté son visage comme si je le voyais pour la dernière fois. J'ai remarqué qu'il y avait quelques poils gris ici et là dans le beau brun de sa barbe. Le temps passait bien vite pour nous deux. Il s'est penché et m'a embrassée sur le front. « Adieu, ma bien-aimée. »

— À bientôt, mon cher amour, ai-je répondu alors qu'il se retournait encore une fois pour me sourire. Et maintenant j'ai l'impression qu'il est parti depuis des mois. Je me console en me répétant qu' il est davantage en sécurité, là-bas, avec Pontus.

Je me sentais seule et abandonnée hier, quand Louise est venue bavarder avec moi en m'apportant quelques-uns de ses poèmes pour me distraire. Elle s'est assise dans le fauteuil que Maurice avait occupé juste avant son départ.

— La vie de femme mariée vous plaît-elle, Louise ? Et comment va Ennemond ? lui demandais-je Je suis toujours curieuse de savoir comment les autres, surtout mes amies proches, se trouvent dans leur mariage, le mien laissant tant à désirer.

— A dire vrai, Pernette, je me sens encore comme une nouvelle mariée ! Ennemond dit qu'il est étonné tous les matins en se réveillant de constater que le rêve de sa vie s'est réalisé. Cela fait presque un an, et nous ne nous y sommes encore habitués ni l'un ni l'autre. François dit qu'il éprouve exactement la même chose. Vous vous souvenez qu'il a épousé une fille de Parcieu à peu près trois semaines après mon mariage ? »

J'ai hoché la tête pour indiquer que j'étais au courant, mais ce qui m'intéressait, c'était le mariage de Louise. « Vous savez, votre décision d'épouser Ennemond a été pour moi une surprise totale. J'entendais parler de Philibert du Peyrat depuis si longtemps, et de votre passion pour lui, que je n'arrivais pas à vous croire capable de vous intéresser à un autre homme. En tout cas, j'ai été ravie que vous ne vous tourniez pas vers Monsieur Scève ! »

Louise rit. « J'aime vraiment Ennemond. C'est un sentiment très différent du désir enflammé et de la passion que j'éprouvais pour Philibert, mais je suis comblée avec Monsieur Perrin. Après tout, je le connais depuis que j'ai trois ans ! »

— Vous avez emménagé dans la maison d'Ennemond, rue Confort. Est-ce que vous avez aussi acheté la propriété adjacente ?

— En fait, avoua Louise, nous n'avions pas assez d'argent pour acheter tout de suite cette propriété, mais nous sommes propriétaires du terrain à l'arrière. Je m'emploie à y créer un jardin et Monsieur Scève m'a donné quelques conseils sur le symbolisme des jardins. J'y incorpore aussi des idées du livre de Francesco Colonna.

— Oui, je connais ce livre. J'ai pu voir les possibilités de ce terrain quand je suis venue à vos deux premières soirées dans votre nouvelle maison. Je sais que vous y réaliserez un jardin magnifique. Dites-moi, est-ce que vous recevez toujours la crème de la crème une ou deux fois par semaine ?

— Oh ! oui, et aussi toutes les célébrités de passage dans notre ville, si j'arrive à les inciter à venir. Les gens leur parlent de mes pâtisseries, c'est la raison principale de mon succès.

J'ai souri à mon tour et j'ai secoué la tête. « Oui, ces pâtisseries sont absolument délicieuses ! Mais si j'en juge par les deux fois où j'y suis allée, je peux témoigner de l'excellence intellectuelle, savante et artistique de vos soirées. Depuis ma maladie, Maurice et ses sœurs m'ont raconté que vos soirées surpassent de beaucoup celles du *Sodalitium* et même celles que vous organisiez autrefois chez votre père. »

Louise est vite passée à sa poésie. Elle compte publier un recueil sous peu, et m'a également poussée à mettre de l'ordre dans mes poèmes. « Vous avez de quoi composer un beau recueil qui serait un superbe pendant à la *Délie* de Monsieur Scève ! N'en laissez pas l'organisation à d'autres, car personne ne peut connaître mieux que vous vos intentions. »

* * * *

Je commence à me sentir près de l'étourdissement et très faible ce soir, j'ai du mal à respirer. Je viens d'avoir une longue quinte de toux et de cracher encore plus de sang que d'habitude, et ces pages en sont éclaboussées. Je me suis probablement trop fatiguée à tant écrire ces derniers jours. Mais, avant de me reposer, je veux mettre sur le papier le sonnet que Louise m'a lu hier soir. Que de passion elle met dans ses poèmes ! Bien que je ressente la même chose, je n'ai jamais pu m'exprimer avec la même profondeur. Quoi qu'il en soit, avant d'être terrassée par ma faiblesse, je dois noter ces vers qui dépeignent si parfaitement mes propres sentiments pour mon maître bien-aimé, mon amant et ami, mon Maurice Scève :

> *On voit mourir toute chose animée*
> *Lorsque du corps l'âme subtile part.*
> *Je suis le corps, toi la meilleure part :*
> *Où es-tu donc, ô âme bien aimée ?*
> *Ne me laissez pas si longtemps pâmée,*
> *Pour me sauver après viendrais trop tard [...]*

CHAPITRE IV

Ennemond Perrin, son mari

Souvenirs (1523-1546)

J'ai su d'emblée que Louise serait ma femme.

Mon père avait cherché du travail en vain, ce jour-là. J'avais treize ans, et je savais que mes parents souhaitaient me voir quitter la maison, car nous étions douze à vivre dans une masure de pierre : cette construction, qui datait sans doute des Romains, et dont les murs bruts étaient noircis à l'intérieur par la fumée des bougies, était toujours froide malgré les nombreux feux hivernaux. Les rares fenêtres étaient hautes et petites, sans vitres. Nous, les enfants, nous dormions toujours les uns sur les autres pour nous tenir chaud.

Ce jour-là, mon père m'a emmené avec lui, pour que je porte son sac à outils. Il faisait quelques travaux de menuiserie et des réparations de bateaux, et il voulait être prêt à commencer de suite si la chance se présentait. C'était un matin de novembre, gris et pluvieux, les rues rendues glissantes par l'humidité mêlée au crottin de cheval ou aux bouses de vaches des marchands de lait. Les yeux lourds de sommeil, j'avais été tiré sans ménagement du tas de guenilles nous servant de lit. J'étais en haillons, sale, pieds nus, et mes cheveux n'étaient qu'une masse graisseuse et emmêlée.

Papa avait entendu dire que Monsieur Labé cherchait des ouvriers pour sa fabrique de cordes et nous nous y sommes rendus malgré la boue et la bruine ; j'avançais en titubant, traînant le sac lourd et trop grand pour moi, qui étais aussi petit et faible qu'à l'âge de huit ans. Ce sac me cognant les tibias, me poussant de côté, je glissais sur du crottin plus souvent qu'à mon tour. Je frissonnais de froid. Arrivés à la corderie, nous sommes passés sous la voûte de pierre donnant accès à la cour intérieure et sommes entrés dans l'atelier qui sentait le gras de mouton en train de bouillir et le goudron chaud. Nous n'avions pas mangé depuis la veille et, du coup, même l'odeur de suif rance me faisait gargouiller l'estomac tant j'avais faim.

Un ouvrier à l'air revêche nous désigna du doigt Monsieur Labé. Je suis resté bouche bée : c'était un homme propre et bien vêtu, qui portait même des chaussures, bien que sales et maculées de goudron. Je me suis dit qu'il devait être incroyablement riche. Pendant que papa lui parlait, j'observais l'activité de l'atelier, fasciné. Un ouvrier suivait une longue ligne droite à reculons, laissant filer une corde qu'on tordait sur un rouet. Il avait deux tresses de filasse blonde semblable à des cheveux, enroulée autour de la taille avec les extrémités dans son dos. En marchant, il tirait sur la filasse de la main gauche et l'ajustait de sa main droite protégée des frottements par un chiffon. Avec le garçon au rouet, ils fabriquaient un gros cordage. Captivé, je l'ai regardé reculer ainsi, de quelque deux cents brasses. Il avait plusieurs fois interpellé le gamin : « Tourne plus vite ! Non ! Fais attention, abruti ! Maintenant tu vas trop vite ! » Je compris qu'ils devaient agir de concert, sinon la torsion de la corde aurait été inégale. Tout en reculant, l'homme suspendait la corde à des crochets fixés au mur pour qu'elle ne tombe pas au sol et ne soit pas trop pesante au fur et à mesure qu'il ajoutait des fibres.

Plus loin, un homme prenait une poignée de cette filasse blonde dans un tas et l'étirait pour la faire passer à travers des dents métalliques disposées régulièrement sur un billot de bois. En commençant par un bout, il démêlait toutes les fibres et les lissait parallèlement. Tout en peignant ces fils telle une chevelure, il versait du suif fondu sur les fibres, le faisant bien pénétrer. La graisse faisait mieux glisser les filaments et préservait les dents de métal de la rouille. Quand il eut fini, il a plié son paquet de fibres dans le sens de la longueur, et l'a mis de côté avant d'en prendre un autre et de recommencer. L'homme qui marchait à reculons venait chercher deux ou trois de ces paquets, puis il les enroulait autour de sa taille et le filage repartait.

— C'est quoi, comme plante ? ai-je demandé en montrant le tas de fibres.

— Oh, parce que tu sais que c'est une plante ! a dit le jeune homme en me regardant brièvement. Ça s'appelle du chanvre.

— Où est-ce qu'on le trouve ?

— Il pousse ici, en France. On l'achète aux péniches qui descendent le fleuve et pendant les foires on en achète de grandes quantités, car c'est alors beaucoup moins cher. » Il me regardait en fronçant légèrement les sourcils.

— Et ça, comment ça s'appelle ? J'ai montré la planche avec les dents en métal.

— Un séran. Ce que je fais, ça s'appelle sérancer. Et ça, a-t-il ajouté en montrant les dents de métal, ce sont des broches. Il s'est remis à son travail, et j'ai vu qu'il avait plusieurs sérans avec des broches de plus en plus petites et de plus en plus serrées.

— Est-ce qu'on fait une seule sorte de corde à la fois ?

— Oui, on nous commande un genre de corde et on la fabrique. Je sérance en fonction de ça.

— Oh ! Et quand tu as sérancé, alors...

— Alors ils filent le chanvre. Là, tu as le garçon qui tourne le rouet, et là le fileur. Le jeune homme s'est redressé. Écoute, mon gars, tu me soûles, avec tes questions. Mais j'ai une idée. Attends ici.

Il a hélé le fileur : « Où est Monsieur Labé ? »

— Dans le bureau. Il discute avec le père de ce garçon.

À cet instant, ils sortirent tous deux d'une petite pièce sombre, et, à l'allure abattue de mon père, j'ai su qu'il n'avait pas de travail.

— Monsieur Labé ! Est-ce que je peux vous parler une seconde ? a crié le jeune homme.

— Bien sûr, Pierre. Viens.

Je suis allé voir mon père : « Pas de travail pour toi, papa ? »

Il m'a tendu son sac. « Rien, Ennemond. Il vaut mieux y aller. Il y aura peut-être quelque chose sur les berges. Il faut qu'on mange ! » Nous nous sommes dirigés vers le fleuve, mais, malgré le bruit de la rue, des chariots et des gens qui interpellaient les passants, j'entendis la voix de Pierre :

— Revenez ! Le patron veut vous parler !

J'ai tiré mon père par la main. « Papa ! Papa ! Ils veulent nous parler !

— Qui donc ? Ne dis pas de bêtises ! » Mais il s'est arrêté et, en se retournant, il entendit à son tour les appels de Pierre. Nous avons remonté la rue à toute vitesse. « Oui ? Alors, il y a du travail ? » a-t-il demandé d'un ton presque implorant.

— Pas pour vous, mais pour ce garçon, oui. J'ai dit au patron qu'il avait une tête solide sur ses épaules, que nous aurions bien besoin d'un gamin malin comme apprenti, car Mathieu, le fils du patron, est trop grand pour tourner le rouet et il a des choses plus importantes à faire. Le gosse qu'on a pris pour le remplacer n'y arrive pas et il va finir par rendre fou Jean-Claude, notre fileur. »

Nous avons suivi Pierre jusqu'à l'atelier. Papa est resté là, se balançant d'un pied sur l'autre, à côté du sac à outils que j'avais posé sur le sol boueux. Monsieur Labé parlait à un autre ouvrier dans la petite pièce sombre qu'il appelait « le bureau » ; il finit par en sortir et me regarda attentivement. Il m'évaluait. J'étais très mal à l'aise ainsi, sale et déguenillé, mais j'ai soutenu son regard tâchant de ne pas lui montrer mon embarras. Alors, il s'est tourné vers papa : « Pierre me dit que votre fils montre de l'intérêt pour la fabrication des cordes et qu'il comprend même comment ça marche. Est-ce que ça vous conviendrait de me le confier ? »

Mon père a presque bondi de joie : « Mm-mais oui, bien sûr, Monsieur Labé ! S'il peut vous être utile, ce serait un honneur. » Puis ses yeux se sont rétrécis. « Mais qu'est-ce qu'il aurait comme salaire ? Ce serait quel genre d'accord ? »

— Venez dans mon bureau », a proposé Labé. Ils ont parlementé au moins dix minutes, pendant que je montais la garde près des outils et que je regardais travailler les cordiers. Deux ouvriers faisaient passer des brins de corde dans le goudron fondu et les suspendaient ensuite pour les faire sécher. Les cordes goudronnées pourraient repousser l'eau, et devaient servir aux péniches ou peut-être aux bateaux qui vont en mer. Je voyais bien aussi comment le garçon au rouet, qui agissait à contretemps, pouvait gêner le fileur dans son travail.

Quand papa est revenu, il arborait un grand sourire. « Ennemond, tu vas rester ici et travailler pour Monsieur Labé, au moins aujourd'hui. Il va voir si tu es capable de tourner ce rouet. Si tu te débrouilles bien, tu deviendras son apprenti. Il te donnera des vêtements, de quoi manger et un endroit où dormir. En échange, tu travailleras assidûment au rouet jusqu'à ce qu'il te dise de passer à un autre travail. Compris ? »

Malgré ma peur, j'étais aux anges. Ma vie allait changer du tout au tout. Je lui ai saisi la main. « Papa, qu'est-ce qu'ils vont manger, les autres, aujourd'hui ? Tout le monde a tellement faim ! »

Mon père a baissé la tête. « Pour ça, je n'en sais rien. Il va falloir que je trouve quelque chose à faire sur les quais.

— Perrin, attendez ! C'était la voix de Monsieur Labé. « Puisqu'on s'est mis d'accord aujourd'hui, je vais vous donner quelques sous pour nourrir votre famille. On ne sait pas de quoi demain sera fait, et il se peut que votre fils rentre ce soir, s'il ne convient pas à ce travail. » Il a mis une petite bourse dans la main de papa qui tremblait en la prenant.

— Que Dieu vous bénisse, Monsieur Labé ! s'est-il écrié en serrant la main de son bienfaiteur.

Depuis lors, j'ai revu mon père seulement deux fois, il est mort d'une mauvaise toux à peu près un an plus tard.

Le rouet me réussissait parfaitement. Je pouvais voir à quelle vitesse le fileur se déplaçait et je tournais à la cadence de ses pas. Jean-Claude, le fileur, était soulagé. « Monsieur Labé, a-t-il déclaré à la fin de la journée, alors que plusieurs ouvriers s'étaient réunis dans le bureau, Ennemond nous a fait gagner de l'argent, aujourd'hui. Les cordes sont plus uniformes et le filage prend moins de temps. Je dis que nous devrions le garder. » J'étais encore sur mon perchoir, au rouet, et je pouvais tout entendre.

— Viens avec moi, mon garçon, s'est écrié Monsieur Labé en ressortant du bureau. On arrête pour la nuit ; il fait sombre. » Je l'ai suivi, il est passé sous la voûte, en la contournant pour atteindre l'autre côté de la maison. Un escalier extérieur menait au premier étage. Une fois dans l'entrée, Monsieur Labé a appelé : « Antoinette ! Est-ce que Marthe est encore là ? »

— Oui, a répondu une voix lointaine, elle m'aide à préparer le dîner.

— Eh bien, continue le dîner et envoie-la moi. J'ai davantage besoin d'elle que toi ce soir.

Une femme potelée apparut dans l'embrasure de la porte. « Dites-moi, Monsieur Labé, vous l'avez pêché dans le Rhône, celui-là ? Il a une de ces odeurs... »

— Marthe ! Il n'y a aucune raison d'insulter ce garçon. C'est notre nouveau manœuvre de rouet, et il est bon. Il s'appelle Ennemond Perrin. Décrassez-le de la tête aux pieds, et trouvez-lui des vêtements propres parmi les vieux habits de Mathieu. Je crois qu'on les a gardés pour les plus jeunes. Il s'est tourné vers moi, en souriant. « Va avec Marthe. Quand tu te seras lavé et habillé, tu viendras manger avec nous. » J'ai essayé de lui sourire à mon tour, tout en reculant pour échapper à Marthe, qui me semblait dangereuse.

— Allez, le gone, a-t-elle dit, je vais pas te manger. Surtout pas sale comme tu es. Elle a tendu le bras pour me prendre la main, mais elle s'est ravisée en voyant la noirceur de mes doigts. Elle s'est contentée de m'attraper le poignet et m'a tiré vers une petite pièce à côté de la cuisine. J'ai failli m'évanouir en humant les bonnes odeurs des marmites suspendues dans l'âtre, et le pain chaud en train de cuire. S'il me fallait prendre un bain pour avoir un morceau de toutes ces bonnes choses, eh bien, pas de problème ! Marthe m'a fait asseoir sur un tabouret pendant qu'elle allait mettre une bouilloire à chauffer. Puis elle a gagné les étages, où je l'entendais ouvrir et refermer des coffres à grand bruit et claquer les portes. Elle a rapporté un paquet de vêtements qu'elle a posés sur une étagère à côté de moi. Elle prit une autre bouilloire qui frémissait à l'arrière de la cheminée et en mélangea le contenu avec de l'eau froide dans un grand baquet en bois.

— Déshabille-toi, gamin ! a-t-elle ordonné. J'ai obéi avec empressement et je suis resté debout, me couvrant les parties intimes avec les mains, la peau hérissée par le froid. Marthe m'a jaugé, les sourcils froncés, l'air sceptique. « Pas grand-chose, vraiment, t'es maigre comme un hareng saur. Bon, mets-toi dans ce baquet ! » Elle s'est penchée, et, en grognant, a attrapé mes haillons qu'elle a jetés dans le feu. J'avais la sensation étrange de me transformer, l'ancien Ennemond venant de partir en fumée.

Avec un morceau râpeux de savon gris, Marthe m'a frotté vigoureusement partout, y compris les cheveux, avant de me rincer à l'eau claire et de jeter par la fenêtre l'eau crasseuse. Ensuite, elle m'a coupé les cheveux en se servant d'un bol pour guider ses ciseaux. « Et maintenant, Ennemond, mets ces habits, va là-bas et ouvre cette porte : c'est là que la famille prend son souper. »

Je n'avais jamais touché d'aussi beaux vêtements. Certes, ils étaient usés : le fond du pantalon était tout mince et un genou rapiécé, mais la chemise était en bon état et les bas, bien que reprisés, étaient solides. Sans chaussures, portant des bas pour la première fois, le plancher me sembla bien glissant, mais je suis arrivé à la porte et l'ai poussée doucement. La famille avait déjà pris place : Monsieur Labé au bout de la table et une dame, sa femme sans doute, à sa droite. Elle était enceinte, tout comme ma mère d'ailleurs. À gauche, il y avait un homme âgé dont j'ai su plus tard que c'était le père de la dame, Antoinette. C'était un maître boucher, en visite ce soir-là. Et puis les enfants : Mathieu, Georges, Jeanne, François et Louise s'échelonnaient en âge et en taille comme des marches d'escalier. J'ai appris par la suite que les trois premiers étaient les enfants de la première femme de Monsieur Labé, Guillaumette, qui était morte. François et Louise étaient encore très petits, ils devaient avoir autour de sept et trois ans. C'étaient les deux enfants de la deuxième femme, Etiennette. Elle aussi était morte. La fillette a rivé son œil sur le mien au moment où je pressais mon visage dans la fente de la porte entrouverte. « Regardez, a-t-elle crié. Il y a un lutin qui gratte à notre porte ! » Je l'ai fixée moi aussi, interloqué. C'était une jolie petite fille avec une crinière de cheveux blonds bouclés et d'immenses yeux marrons. « Papa ! Papa ! Regardez ! » a-t-elle crié.

Monsieur Labé s'est levé et est venu jusqu'à la porte, qu'il a ouverte toute grande, me laissant là, debout, dans ma nouvelle tenue. « Eh bien ! Écoutez-moi tous, ce jeune homme s'appelle Ennemond Perrin, c'est notre nouveau garçon de rouet, qui va remplacer Mathieu, et il va manger avec nous ce soir, mais les autres jours il mangera avec les domestiques. Je voulais juste vous le présenter. Je veux qu'il sache pour qui il travaille. » Il a regardé mes pieds. « Il va falloir te trouver des souliers. Mais mangeons d'abord ! »

La petite Louise me faisait de grands sourires en agitant une cuillère. « Je vous dis que c'est un lutin, papa ! Regardez comme il est maigre. Il va tous nous manger et devenir gros ! » Mais je sentais bien qu'elle me faisait du charme, et je lui ai souri à mon tour.

Je n'ai pas le souvenir d'un repas plus délicieux ou d'une expérience plus grisante, avant ou après ce soir-là. J'avais l'impression d'être en présence d'un roi, de sa reine et de toute la famille royale. La nourriture était excellente. Je m'en serais rendu malade si Antoinette n'avait eu le bon sens de me servir très parcimonieusement et de ne pas me laisser en reprendre : « Jusqu'ici tu as manqué de nourriture. Si tu manges trop, tu ne t'en remettras pas. » Je n'ai donc eu qu'une louche de ragoût, avec des carottes, des oignons, de la sauce et quelques morceaux de viande. Et aussi une tranche de pain bis encore chaud, mais pas de vin. Pour le dessert, j'ai eu droit à une pomme.

— Madame, lui ai-je dit en terminant, vous mangez comme des rois, ici. Ma remarque lui a plu et l'a fait rire. Elle m'a pris par la main. « Viens, je vais te montrer où tu vas dormir. Et puis il faut que je mesure tes pieds. Quelques-unes des vieilles chaussures des garçons t'iront peut-être. » Elle m'a reconduit à la cuisine et m'a fait grimper un escalier étroit jusqu'à une petite chambre mansardée. Le toit était tellement en pente que, même moi, je n'y tenais pas debout. La couche avait une paillasse recouverte d'un drap et aussi d'une couverture qu'Antoinette a secouée et pliée en deux. « Ça devrait te tenir assez chaud. Regarde, le conduit de la cheminée de la cuisine passe juste ici, le long du mur, près du lit. Si tu te réveilles et que tu as froid, rapproche-toi de cette cheminée. Normalement, elle reste chaude toute la nuit. »

* * * *

J'étais dans la corderie Labé depuis déjà douze ans, habitant dans la maison du maître, au courant de leur vie de famille et de leurs vicissitudes mais ne les voyant qu'en passant. Pendant ce temps, mon père était mort, ma mère avait essayé de gagner un peu d'argent en faisant le trottoir, et puis elle avait disparu, sans doute tuée par quelque ivrogne qui n'avait pas voulu la payer. Mes frères et mes sœurs s'étaient dispersés, Dieu sait où. J'avais tenté de les aider chaque fois que j'avais pu, parfois en leur faisant parvenir de la nourriture en cachette, mais je ne gagnais pas d'argent, je recevais seulement le gîte, le couvert et de quoi m'habiller en échange de mon travail. J'avais bien vendu quelques-uns de mes vêtements, mais je n'en avais pas tiré grand-chose. De temps à autre, Monsieur Labé me donnait quelques sous que je leur passais, mais en fin de compte rien de tout cela n'a suffi. Pour autant que je le sache, je suis le seul survivant d'une famille de quatorze.

Quant à moi, ma vie n'était pas si triste ; le travail me plaisait et j'en maîtrisais tous les détails. J'ai pu ainsi me rendre indispensable dans la fabrique, apprenant à acheter et à vendre, à faire les comptes, et à encore mieux négocier que les paysans qui descendaient le fleuve pour vendre leur chanvre. Je savais aussi obtenir le meilleur prix pour nos produits finis, et j'ai été l'auteur de plusieurs inventions qui ont amélioré notre fabrication ; entre autres, j'ai démontré qu'une corde tressée moins serrée était tout aussi résistante mais plus légère et plus flexible et utilisait moins de chanvre. Nous avons pris l'avantage sur nos concurrents grâce à ce procédé et Monsieur Labé en est venu à s'appuyer de plus en plus sur moi ; il m'a montré de bien des façons qu'il m'appréciait autant que je l'estimais.

J'ai vu de loin grandir les enfants Labé. Surtout François et Louise. J'enviais vraiment François : il pouvait être avec Louise quand il voulait. Ma fenêtre mansardée donnait sur la cour de derrière, et, au crépuscule, je pouvais les apercevoir tous les deux : ils sortaient en passant par une fenêtre située au-dessous de moi. Ils glissaient sur le toit de tuiles, puis ils se suspendaient dangereusement à l'avant-toit du hangar de derrière. Ils finissaient leur descente le long de la maçonnerie en pierre, à l'angle du bâtiment. Je retenais mon souffle, car au moindre faux-pas, ils pouvaient tomber dans la cour en pierre et se briser les os ou même se tuer. Mais ils n'ont jamais glissé jusqu'à tomber.

Un jour, ils rentraient de Bellecour où Louise s'était exercée à la joute. Elle devait avoir à peine quinze ans, à l'époque. Ils menaient le cheval par la bride, marchant chacun d'un côté de sa tête. Je suis sorti par hasard de la corderie juste au moment où ils passaient, et j'ai heurté Louise. Elle a levé les yeux vers moi.

— Mon Dieu ! C'est vous, Ennemond ? Vous êtes devenu si grand que je ne vous reconnaissais pas ! » Elle était habillée en homme et aurait pu passer pour un garçon, et elle me paraissait bien grande, elle aussi. À ce moment-là, une charrette tirée par deux bœufs descendait la rue. Le conducteur a fait claquer son fouet sur leur dos alors qu'il arrivait devant nous. Ayant mal ajusté son coup, le bout de son long fouet est passé par-dessus les bœufs pour aller frapper le flanc de Bayardo. Celui-ci a poussé un hennissement aigu, et a rué en arrachant la bride des mains de Louise. Puis, il a fait volte face et s'est enfui dans la rue. Je me suis élancé avant François, voulant me faire valoir devant Louise. Bayardo s'est laissé attraper, et je l'ai reconduit à sa maîtresse. Elle m'a observé avec admiration : j'avais la large carrure de mon père et de bons muscles développés par le maniement du rouet, la torsion des lourdes cordes et la manipulation de nombreuses balles de chanvre et de barils de goudron. La bonne nourriture chez les Labé y avait aussi contribué. Je sais que Louise m'a remarqué ce jour-là et d'ailleurs, depuis, on m'a souvent dit que je suis plutôt beau garçon !

Elle m'a gentiment remercié, et après avoir bavardé quelques instants avec moi, ils sont rentrés à l'écurie, derrière le jardin. Je suis retourné au travail, la tête pleine de folles imaginations. Peu après, Louise a traversé une longue période de dépression. Marthe, qui servait les Labé lors des repas, entendait toutes leurs conversations : Louise avait rencontré un beau militaire au cours d'un bal, et en était tombée amoureuse. Je voyais bien qu'elle en était affectée. Elle allait moins souvent s'exercer à l'épée ou monter à cheval avec François, et elle passait davantage de temps à jouer du luth et de l'épinette, à chanter des chansons tristes, à écrire et à étudier. Elle était devenue une fidèle disciple de Maurice Scève, l'un des meilleurs poètes de Lyon.

Je ne m'étais jamais nourri d'illusions, mais je l'aimais depuis la première fois que je l'avais vue, quand elle avait trois ans et moi treize. J'avais fait mon possible pour ne pas la perdre de vue, et j'avais gardé intacte chacune de nos rencontres. Je me réjouissais avec tout le monde à Lyon quand elle remportait des joutes, et avais été particulièrement heureux après ses exploits dans le grand tournoi en l'honneur du roi François Ier et du Dauphin.

Louise avait déjà commencé à donner des soirées avant tout le remue-ménage de la visite du roi François et le siège de Perpignan auquel elle a participé. Je crois que l'idée lui en avait été soufflée par Maurice Scève dont le frère accueillait un groupe d'écrivains toutes les semaines depuis déjà de nombreuses années. Bien entendu, la venue du roi et de sa suite, le tournoi et la joute, puis le départ pour Perpignan, avaient interrompu momentanément la vie intellectuelle et artistique de la ville. Les jeux militaires et la guerre l'emportent toujours sur l'art et les raffinements de la conversation. Mais dès son retour Louise a repris ses soirées. J'ai entendu dire que sa belle-mère, Antoinette, s'était opposée aux activités mondaines de Louise, craignant qu'elle ne prenne le pas sur elle dans la maison et ne la dirige à sa guise. Je savais depuis des années que ces deux-là ne s'entendaient pas très bien.

En réalité, je n'avais guère le temps de m'occuper de Louise, même si je pensais tout le temps à elle. Elle représentait pour moi un idéal inaccessible, presqu'une reine. Pourtant, je me persuadais qu'en travaillant dur, en apprenant beaucoup et en assurant la réussite de la fabrique, son père penserait à moi quand viendrait l'heure de lui trouver un mari. Les ouvriers se rendaient parfois dans les bordels de la ville et m'invitaient. Mais je me méfiais de ces endroits. Je suis trop averti de la vie misérable des femmes qui y travaillent et du risque d'attraper quelque maladie. Je voulais que Monsieur Labé sache que, robuste et en bonne santé, j'étais digne d'épouser sa fille préférée. S'il avait suivi la coutume, il l'aurait déjà mariée, car à vingt-deux ans, elle commençait à être un peu âgée pour être encore à la maison. Malgré mes dix ans de plus, j'étais sans expérience avec les femmes et j'en avais un peu honte, mais j'avais décidé d'attendre Louise, même si cela tenait vraiment du miracle !

J'avais été promu au poste de contremaître par Monsieur Labé qui, lui, était très pris par ses œuvres civiques et charitables. C'était un homme brillant et débordant d'idées et le Conseil municipal n'hésitait pas à le consulter à l'occasion. De ce fait, il était souvent absent de la fabrique, et me laissait la charge du quotidien et des décisions courantes. Je m'employais activement à la croissance de nos affaires, et j'avais réussi à nous débarrasser de plusieurs petits concurrents. J'avais ainsi récupéré quelques bons et habiles ouvriers, ce qui nous permit d'augmenter notre profit en même temps que le leur. Je me débrouillais donc plutôt bien, poursuivant mon plan de m'élever au rang de prétendant possible pour Louise. J'avais à présent de bons revenus, investis surtout dans l'immobilier. J'attendais tranquillement mon heure, et avais l'intention d'acheter une grande demeure, rue Confort, à côté de la petite maison que j'y possédais déjà, ce que je ferai dès que le propriétaire, âgé, la rendra disponible, d'une manière ou d'une autre. Mais, toutes considérations financières mises à part, c'était de Louise que je me languissais. Et tout au fond de mon cœur, je n'ai jamais douté qu'un jour mon rêve se réalise.

* * * *

Ma grande chance, mais ce fut d'abord un malheur, s'est présentée un après-midi glacé de janvier 1544. J'étais sur les berges de la Saône. Nous venions d'acheter cinq péniches, et je voulais en vérifier l'état. Je n'étais pas un expert en bateaux, mais visiblement elles avaient besoin d'être calfatées un peu plus et, sur l'une d'entre elles il fallait aussi remplacer le pont pourri. De toute évidence, elles avaient aussi besoin de nouveaux cordages d'amarrage et de remorquage, ce qui, bien sûr, ne présentait aucun problème pour nous. Je venais de descendre de la cinquième péniche, prêt à partir, lorsque j'ai aperçu un trou dans la coque, près de la ligne de flottaison. Pour l'examiner de plus près, j'ai emprunté les marches de pierre qui mènent à l'eau, avec précaution afin de ne pas glisser, mais l'angle de vision ne convenait absolument pas. Comme la péniche était attachée de près à la berge, j'ai pensé me pencher, saisir la corde d'amarrage et m'y suspendre. Je me suis donc étiré le plus possible pour atteindre la corde tendue que j'ai agrippée des deux mains, me lançant au-dessus de l'eau. La péniche a légèrement oscillé sous mon poids, mais elle est restée stable. Au-dessous de moi l'eau était noire et de petits cristaux de glace, d'un blanc sale se formaient le long de la berge. La coque présentait un trou irrégulier, comme si elle avait été transpercée par des coups. Me tenant d'un seul bras, je tendis le bout du pied droit pour tester le bois autour du trou. J'ai donné un bon coup de pied et constaté que celui-ci semblait solide. Il ne s'agissait donc pas de pourriture, mais plutôt d'un accident.

Je ramenai mon pied lorsque j'entendis un choc sur l'autre flanc de la péniche, côté fleuve. Le bateau a fait un brusque écart dans ma direction. Les secondes qui ont suivi m'ont paru interminables. J'ai tenté de me hisser à la force des bras le plus vite possible, mais j'étais trop lent et le bord de la péniche se rapprochait à toute vitesse. J'ai réussi à dégager mon torse et ma jambe gauche, mais la corde reliant la péniche à la berge se détendait et s'abaissait de plus en plus, de sorte que, plus je luttais pour me hisser, plus je retombais vers l'eau. La rambarde du bateau a atteint ma jambe droite avant que j'aie pu la retirer et l'a écrasée contre la berge de pierre. Dans un cri de douleur, je me suis évanoui.

Quand je suis revenu à moi, j'étais allongé sur la berge, trempé et secoué de violents frissons, sous le regard d'une foule d'inconnus. Apparemment, j'avais glissé dans l'eau glacée alors qu'une autre péniche avait heurté la mienne. L'ancien propriétaire se trouvait sur les lieux et il m'a remonté à l'aide d'une gaffe avant que je ne coule et ne disparaisse. Je l'ai remercié de mon mieux, parvenant à peine à me sortir de la brume où m'avait plongé la douleur, et me suis soulevé sur un coude pour voir ma jambe : à quelques pouces au-dessus du genou, elle prenait un angle étrange. Il n'y avait pas de doute, j'avais une vilaine fracture. Je me suis retourné vers mon sauveur et lui ai demandé : « Trouvez quelque chose de plat pour m'allonger dessus et quelques hommes pour me porter jusqu'à la fabrique de cordes. » Je me suis rallongé et, emporté par une vive douleur, je n'ai plus guère de souvenirs de ce qui a suivi.

Par chance, Monsieur Labé était dans l'atelier quand nous sommes arrivés. Les porteurs lui ont expliqué ce qui s'était passé, et il leur a donné quelque argent pour m'avoir ramené. En un rien de temps, j'étais tout nu sur un lit tandis que Marthe et Monsieur Labé m'examinaient. Ma jambe était vraiment dans un triste état : les muscles avaient été écrasés et l'os de la cuisse cassé net. Ils ont fait venir un médecin de l'Hôtel Dieu, apte à réduire les fractures. Ce jeune docteur, formé par le docteur Rabelais lui-même, m'a nettoyé la jambe de son mieux. Il avait apporté des lattes de bois, les mesura, les tailla et les rabota. En peu de temps il avait confectionné une attelle qu'il fixa solidement à ma jambe en l'attachant de part et d'autre de la fracture. La douleur constante ne fléchissait pas.

La fièvre se déclara dans la nuit : mon plongeon dans l'eau sale du fleuve avait causé une infection et provoqué un vilain rhume. C'est alors que Louise a commencé à venir me voir. Je me suis réveillé pendant la nuit, à moins que ce ne soit la nuit suivante, et elle était là, avec un linge et de l'eau froide, à m'éponger le front.

— Merci, Mademoiselle Louise, ai-je dit d'une voix rauque.

— Oh, je vous en prie, Ennemond, ne m'appelez pas mademoiselle, Louise suffit. Nous nous connaissons depuis toujours ! Après m'avoir encore épongé, elle m'a pris la main. « Est-ce que vous souffrez beaucoup ? »

— Oui, c'est une douleur continue, pas trop forte si je ne bouge pas, un peu comme une souffrance profonde, mais dès que je bouge, c'est terrible !

— J'ai un peu d'eau de vie, ici : je vais vous en donner à la cuillère pour que vous n'ayez pas à bouger. On dit que ça calme un peu la douleur.

— Ce serait une bien bonne chose, Mademoiselle... euh... Louise. Je prendrais n'importe quoi, du moment que c'est vous qui me le donnez ! Comme elle me tenait toujours la main, j'ai doucement serré la sienne et je l'ai portée à mes lèvres, qui, à ma grande surprise, ont fait un bruit de râpe. Je les ai tâtées de mes doigts : elles étaient sèches comme des croûtes.

— C'est la fièvre. Elle vous dessèche ! Tenez, je vais vous donner cette eau de vie, et quand elle aura commencé à agir, je vous ferai boire de l'eau froide. Vous avez besoin de toute l'humidité possible.

Je bus docilement cuillerée sur cuillerée d'eau de vie, m'étouffant parfois à cause des vapeurs capiteuses. A chaque quinte de toux, la douleur redoublait. Louise avait dû me donner une tasse entière de son breuvage, parce qu'au bout d'un moment je me suis senti un peu grisé. « Louise, ai-je eu l'audace de dire, parlez-moi de vous. Je vous vois presque tous les jours, même quand vous ne me voyez pas. Mais je ne sais pas grand-chose de votre vie. »

Elle me raconta la première joute qu'elle avait remportée. Au début, j'étais tout ouïe, mais au bout d'un moment le sommeil me gagna. L'eau de vie avait agi. Pendant les semaines suivantes, Louise s'est confiée à moi. Elle me parla de Pontus, puis du beau militaire qui avait été fort galant la nuit du bal.

— Cette nuit-là, après les feux d'artifice, nous sommes revenus dans ses quartiers et nous avons fait l'amour, et je lui ai donné mon cœur et ma vie. Mais le lendemain, il avait tout simplement disparu. Pas un mot, rien. Il lui aurait pourtant été facile de m'adresser un billet par les militaires attachés à la cour, ils passent sans arrêt par Lyon. Mais rien, jamais. J'ai donc pris le deuil comme s'il était mort. J'ai été en deuil de lui pendant des années, et, d'une certaine façon, je le suis toujours. Je pleure mon innocence perdue et le malheur d'avoir donné mon cœur à un homme aussi indigne. Je pleure le temps passé en vain. C'est comme une plaie qui ne peut guérir. Et depuis, j'ai revu cet homme, bien entendu.

J'éprouvais une telle rage, contre ce cruel séducteur, que j'aurais voulu le tuer. Tout en étant flatté de voir Louise me mettre ainsi dans la confidence, j'étais déçu et troublé. Louise n'était plus vierge ! Son père le savait-il ? C'était peut-être la raison pour laquelle il ne l'avait pas encore mariée. Mais, malgré ce sentiment d'abattement qui m'envahit, je savais que mon amour pour Louise n'était pas affecté par cette révélation. Il y avait même un côté positif dans tout cela : son malheur ferait, peut-être, mon bonheur. Je suis resté quelques instants silencieux, puis je lui ai demandé ce qui s'était passé lorsqu'elle avait revu cet homme.

— L'ironie voulut qu'il ne me reconnut même pas, m'a-t-elle répondu, tristement. Évidemment, je suppose qu'il avait séduit et abandonné des centaines de femmes depuis cette nuit-là... » Elle s'arrêta. « Ennemond... je suis en train de vous dire des choses dont je n'ai même pas parlé à mon frère !... Vous savez, je ne l'aurais pas reconnu non plus s'il n'avait relevé sa visière. C'était lui mon adversaire dans la joute devant le roi François et le prince Henri, lui qui a remporté la victoire, même si j'ai mis à rude épreuve son jeu d'épée. »

Les paroles de Louise m'ont remis en mémoire cette joute comme si elle avait eu lieu la veille. « C'est donc lui, le gigantesque chevalier vert qui vous a battue ! Mais il avait une tête de plus que vous, et des bras beaucoup plus longs. C'est un miracle que vous ayez pu tenir aussi longtemps ! »

Elle a secoué la tête pour signifier qu'elle n'acceptait pas les excuses que j'avançais, et pour continuer son récit. « Après le combat, nous sommes allés saluer le roi qui m'a alors offert cette bague. » Louise m'a tendu sa main droite, et j'ai vu la lourde chevalière en or ornée d'un rubis et gravée FV. « Pour moi, c'était mieux que la victoire. Mais quand le champion a levé sa visière, je me suis presque évanouie. J'ai ôté mon casque et je suis allée le féliciter. Je l'ai salué courtoisement, mais il ne m'a pas reconnue. Il ne m'a pas franchement insultée, mais il m'a bien fait comprendre que l'idée d'avoir été presque vaincu par une femme le révoltait. »

J'ai acquiescé. « Il y a beaucoup d'hommes qui sont comme lui, peut-être même la plupart. Je me suis toujours demandé ce que les soldats de Jeanne d'Arc pensaient d'elle avant de la suivre comme des fanatiques. Et pour la suivre, ils l'ont suivie ! »

— Oui, bien sûr, a-t-elle repris. Lorsque j'ai fait la connaissance de Philibert, au bal, j'étais habillée en Diane, la déesse vierge. L'illusion de séduire une divinité inviolable était probablement ce qui l'avait attiré en moi. De toute façon, après la joute, il m'a dit : « Mais vous n'avez plus rien d'une Diane ! » Il se trompait, car Diane est aussi une guerrière, et elle tue l'homme qui tente de violer sa virginité. Ce n'est pas ce que j'ai fait, bien sûr. Aussi, avait-il un peu raison... Elle a baissé la tête.

Je lui ai pris la main. « Pour moi, vous êtes et resterez toujours une déesse. »

Elle m'a regardé, et ses lèvres ont esquissé un sourire ironique. « Rien ne dure toujours, Ennemond. »

Lors de nos conversations suivantes, elle m'a parlé de son goût intense pour les choses intellectuelles, tant au collège qu'avec son précepteur, Monsieur Scève. Je dois avouer que j'écoutais avec attention, même si je ne comprenais pas tout, et je posais des questions quand cela me semblait possible. Elle répondait avec patience. J'ai regretté alors de ne jamais avoir eu la chance d'apprendre à lire. Les livres, semble-t-il, contiennent tant de richesses…

Un jour, elle a mentionné un vieux poète italien venu à Lyon pour rendre visite à des parents, et ayant fréquenté les soirées de Louise ou des Scève. Elle ne m'a pas dit son nom, mais elle m'a parlé de ses tentatives pour la séduire et l'épouser.

— C'est un des hommes les plus adorables que j'aie jamais rencontrés, m'a-t-elle confié, mais malgré mon affection pour lui et mon respect pour son œuvre, je n'aurais jamais pu l'aimer comme une femme doit aimer son mari. Il m'a implorée, m'a vanté les beautés de son domaine du lac de Côme, m'a fait miroiter mon entrée dans la noblesse italienne, si je l'épousais. Mais j'aurais été déloyale envers lui et envers moi-même si j'avais accepté.

— Et qu'est-il donc devenu ?

— Il est rentré chez lui, où il est mort de chagrin m'a-t-on dit. Je ne crois pas qu'on meure de chagrin d'amour, sinon je ne serais plus là. Mais il était très triste, c'est vrai, et ça me rend triste aussi de penser à lui, il était si charmant et si bon. Peut-être me suis-je trompée ?

J'ai secoué la tête. « Louise, si les femmes prenaient tous les hommes en pitié, c'est le système social entier qui deviendrait une farce. Une femme, surtout si elle est attirante, doit se fixer une limite, même si elle fait souffrir, et de plus il est impossible de plaire à tous les hommes ! »

Elle a souri. « Malgré ce que dit saint Paul dans sa première épître aux Corinthiens ! » Je l'ai regardée sans comprendre ce qu'elle disait, mais elle ne s'est pas expliquée davantage.

Peu de temps après, elle m'a parlé de Clément Marot. « Vous n'imaginez pas, Ennemond, les poèmes qu'il m'a écrits ! Il devait avoir l'habitude de séduire les dames de Paris d'un simple coup de chapeau, ou de plume avec une rime ! Le premier poème parlait de « l'échelle de l'amour », disant que l'amour commence par la vue, continue par l'ouïe, puis par le toucher, et ainsi de suite. C'était en réalité un poème très effronté et impertinent, mais plein d'esprit, ce qui faisait tout pardonner ! Il paraît que lorsqu'il était en prison il avait utilisé la même méthode à l'égard du roi. Par gratitude pour ce moment de gaieté, le roi l'a gracié et laissé sortir de prison.

— Et alors ? Comment avez-vous réagi à tant d'attention ? lui ai-je demandé d'un air faussement soupçonneux.

— Je lui ai adressé un mot de remerciement. J'imagine qu'il a dû en rester ébahi. Marot a toujours vécu de son astuce et de ses paroles. Il n'a cessé de me faire parvenir des poèmes censés avoir été composés pour une certaine « Anne », et il m'a même envoyé une deuxième « échelle d'amour » juste avant sa quatrième visite à Lyon, il y a trois ans. Il n'est pas revenu depuis. Cette fois-là, il me fit des propositions nettes et sans équivoque, pendant l'une de mes soirées. Mon précepteur et ami Maurice Scève, et Symphorien Champier ont débouché par hasard d'un des sentiers menant à la fontaine juste au moment où Monsieur Marot se faisait plus pressant, et m'ont ainsi sauvée. Je dois dire que, même si je n'ai jamais rien éprouvé pour lui, je l'admire énormément pour son génie poétique. Il a donné une dimension mondiale à la poésie française, vous savez. Aurais-je dû lui céder ? J'entends dire qu'il a de nouveau dû fuir en Italie : les fanatiques de la Sorbonne rêvent de le brûler sur le bûcher. Quels temps vivons-nous, Ennemond ! »

* * * *

Enfin, j'ai pu de nouveau m'appuyer sur ma jambe droite. J'étais maigre et terriblement affaibli, et je dus m'aider de béquilles. Louise m'a guidé dans mon premier tour de jardin, qui me vit lent et chancelant.

— Ennemond, pourquoi ne viendriez-vous pas à la soirée d'aujourd'hui ? m'a-t-elle demandé. Antoinette me laisse faire à condition que je me charge de tous les préparatifs et du nettoyage. De temps à autres papa parvient à la persuader de céder à ce qu'elle appelle ma « prétention ».

Jusqu'à présent, j'avais, de ma chambre, prêté l'oreille aux chansons, au bourdonnement des conversations et aux rires qui ponctuaient ces soirées, mais jamais je n'aurais osé rêver y participer.

— Je serais ravi d'y venir, mais je ne pense pas y être très à l'aise…

— Oh, vous n'êtes pas obligé d'y participer activement. Il arrive à Papa de venir simplement s'asseoir parmi nous. Il y sera ce soir et vous pourriez rester près de lui pour écouter et regarder. Cela peut être très amusant ! De plus, il y a toujours des mets délicieux, et parfois de très jolies chansons.

— Je les connais ces jolies chansons. Je les ai déjà entendues ! Vous avez une belle voix, tout comme vos amies Pernette et Clémence.

— Dans ce cas, venez nous entendre de plus près. Vous verrez que c'est un groupe très animé ! »

Ainsi, je me suis retrouvé à côté du père Labé, s'extasiant devant sa fille et ses amies qui étaient toutes si vives et avaient tant de talent ! Nous avons bu du vin rouge et grignoté des tranches de pain frais, accompagnées des meilleurs fromages des environs, et dévoré de minuscules saucisses en croûte. Puis vinrent des vins blancs plus doux associés à de délicieuses pâtisseries garnies de confitures de la région. Jane, la sœur de Monsieur Scève, lut ses poèmes, et Marguerite de Bourg, un texte en prose dont je n'ai qu'à moitié saisi le sens. Puis une discussion bruyante s'engagea sur les mérites de leurs contributions. Maurice Scève semblait jouer un rôle de premier plan : une de ses élégies, mise en musique, fut grandement appréciée, y compris par les visiteurs étrangers : un Espagnol, un Allemand et deux Italiens, dont la présence me fit grande impression.

Dès que j'ai pu me débarrasser de mes béquilles, je me suis mis à faire de l'exercice pour regagner un peu de force, gardant cependant une canne à portée de main pour me rassurer. Ma jambe blessée et déformée était insensible en plusieurs endroits, et avait raccourci, ce qui faisait que je boitais sérieusement, et c'est encore le cas aujourd'hui. Une fois rétabli, je suis allé trouver Louise, et, en m'agenouillant avec solennité, je l'ai demandée en mariage. J'étais sûr de moi, mais je ne sais pas ce que j'aurais fait si elle m'avait repoussé.

Elle m'a écouté avec une expression placide, puis elle a souri. « Ennemond, pourquoi vous a-t-il fallu si longtemps pour me le demander ? J'y ai déjà réfléchi, vous savez. Oui, je serais heureuse d'être votre femme, mais vous devez demander ma main à mon père. Je suis sûre qu'il donnera son accord. » Ses paroles m'ont transporté au septième ciel, et je n'en suis revenu que pour de brèves excursions dans le monde des affaires. Je sais qu'on a chuchoté ici et là qu'elle m'avait épousé sous la pression de ses parents. Mais ce n'est pas vrai, même si elle avait grande envie d'avoir sa propre maison et de s'éloigner d'Antoinette, chaque jour un peu plus acariâtre.

Le jour de notre mariage, j'étais habillé comme un noble : de la soie, des brocarts, du velours, quel parfait tableau ! Je me suis regardé dans une glace et j'ai été abasourdi de voir que mes cheveux étaient presque blancs : je n'en avais aucune idée, car les miroirs sont fort rares. Louise me dit que ça me donne un air plus distingué. Quant à moi, je trouve plutôt que ça me vieillit.

Nous nous sommes mariés à la cathédrale Saint-Jean avec beaucoup de faste, grâce à la générosité de son père. Comme tous les Lyonnais, j'étais passé des centaines de fois devant la cathédrale en vaquant à mes affaires. Mais j'assistais rarement à la messe là, préférant me rendre pour cela dans un endroit plus modeste et plus intime. J'ai été impressionné ce jour-là, par la magnifique façade, par les cinquante statues monumentales des trois portails et, une fois à l'intérieur, par le flot coloré de lumière entrant par la rosace. Louise était plus belle qu'une rose, et tous étaient venus, aussi bien ses amis si raffinés que les artisans avec lesquels je travaille. C'est un de ses amis, le chanoine Pontus de Tyard, qui nous a mariés. Elle me l'avait présenté quelques jours avant la cérémonie, et je l'avais trouvé très bel homme ; je me suis brièvement demandé si c'était lui dont elle m'avait parlé en évoquant sa vie d'adolescente au collège de la Trinité. Mais mon attention se portait entièrement sur ma fiancée que j'adorais. Ma joie était à son comble.

J'avais acheté quelques meubles neufs pour ma maison de la rue Confort, aussi avons-nous pu nous échapper pour y passer notre nuit de noces dès que les festivités et les plaisanteries en tous genres se sont calmées. Durant les semaines suivantes, nous nous sommes consacrés à meubler et à décorer le reste de la maison. J'avais fait une offre pour acquérir la propriété adjacente pourvue d'un grand jardin et j'avais aussi l'œil sur la grande maison voisine, qui donnait sur la rue. Louise débordait de joie à l'idée de cultiver son propre jardin et d'avoir la liberté de recevoir à sa guise. Avec les conseils de Maurice Scève, elle a créé un petit paradis avec une sorte de scène contre le mur de pierre au fond du jardin, une estrade de marbre semi-circulaire accessible par deux marches, et des bancs de pierre pour installer les musiciens. Le reste du jardin était conçu avec un petit labyrinthe de buis, des urnes où courait du lierre mêlé de fleurs aux couleurs vives, ainsi que des parterres plantés de telle façon qu'il y en ait toujours en fleurs quelle que soit la saison. Sur les deux murs latéraux, l'eau des fontaines à têtes de lion coulait dans des bassins où flottaient des nénuphars. Déjà ombragé par de grands arbres, le paradis privé de Louise a pris forme en très peu de temps.

François, son frère, a épousé une fille de Parcieu quelques semaines seulement après notre mariage. Sa femme, aux cheveux noirs et aux yeux bleus, était tout l'opposé de Louise. Elle adorait François, mais j'étais perplexe devant le silence grave du nouveau marié et ces moments où il demeurait, le geste en suspens, un verre à moitié porté à ses lèvres, en regardant Louise.

Lors de sa « soirée d'ouverture » Louise invita ses meilleures amies, Pernette du Guillet et Clémence de Bourges dont la sœur aînée, Geneviève, était mariée et trop occupée pour pouvoir venir, les trois sœurs de Maurice Scève, et d'autres poétesses telles Jane Gaillarde, Jane Fay, et Marguerite de Bourg. Elle a évidemment convié le *Sodalitium* au grand complet, y compris Pontus de Tyard.

Après avoir accueilli ses invités et leur avoir servi un verre de vin dans la grande salle, elle a prié toute l'assemblée de se rendre dans le jardin où elle avait fait installer des chaises pliantes devant l'estrade. Le trio féminin prit place : Louise au luth, Pernette et Clémence à la flûte.

— Maintenant que je suis mariée et donc respectable et que je peux vous accueillir dans ma maison, je vais aller jusqu'à vous présenter un de mes poèmes. C'est un sonnet, et même un sonnet chantant l'amour, puisque telle est la mode. Nous l'avons répété toutes les trois, et à présent nous allons vous l'interpréter. Elles ont accordé leurs instruments, et Louise se mit à chanter :

> *Je vis, je meurs ; je me brûle et me noie ;*
> *J'ai chaud extrême en endurant froidure ;*
> *La vie m'est et trop molle et trop dure ;*
> *J'ai grands ennuis entremêlés de joie.*
> *Tout à un coup je ris et je larmoie,*
> *Et en plaisir maint grief tourment j'endure ;*
> *Mon bien s'en va, et à jamais il dure ;*
> *Tout en un coup je sèche et je verdoie.*
> *Ainsi Amour inconstamment me mène […]*

Elle souriait à Monsieur Scève tout en chantant et lui hochait la tête, montrant qu'il approuvait et qu'il comprenait, comme si Louise lui transmettait un code qu'il saisissait toute de suite. Ils ont ensuite beaucoup discuté de Pétrarque et de ses antithèses de l'amour. C'est une conversation que je n'ai pas vraiment suivie, mais j'ai apprécié la beauté de la chanson et ses paroles émouvantes.

* * * *

Nous voilà mariés depuis deux ans Louise et moi, et je suis le plus heureux et le plus satisfait des hommes, si ce n'étaient deux problèmes qui m'inquiètent profondément. Malgré tous nos efforts, nous ne réussissons pas à avoir d'enfant. Je ne sais à qui attribuer la responsabilité de cette disgrâce. Il me semble y voir une terrible ironie du sort. J'ai attendu Louise vingt-deux ans et elle se révèle stérile. Ou bien serait-ce ma faute ? Si j'ai pu l'attendre toutes ces années, est-ce parce que je n'étais pas un homme à part entière ? J'ai l'impression que les chuchotements que je craignais tant ont déjà commencé parmi les ouvriers de la corderie. Ils aiment bien s'amuser un peu derrière le dos du patron.

Heureusement, je suis profondément amoureux de Louise, et elle m'aime aussi sincèrement, je le sais. Cet amour profond atténue notre déception de ne pas être parents. De plus, Louise est remarquable à tous égards. Peu de femmes ont jamais été aussi belles, et c'est une athlète accomplie. Intellectuellement, elle est extraordinaire, elle suscite des murmures d'admiration chez les plus grands esprits de notre époque, et est aimée de notre grand poète, Clément Marot. Elle écrit des poèmes qui la rendront peut-être immortelle. Mais cela me conduit au second problème : qui suis-je au juste, moi, Ennemond Perrin ? Un rustre, un homme au plus bas de l'échelle sociale, illettré, qui s'est battu pour s'ennoblir en économisant ses écus afin de tenter le père de Louise, et de se rendre en quelque sorte acceptable par ses biens. Quelle tragédie que ma réussite n'ait pu s'accomplir plus tôt pour sauver mes parents, mes frères et mes sœurs ! Tout ce que j'espère, c'est pouvoir garder l'amour de Louise. Son amour pour moi est déjà un miracle et, compte tenu de ses nombreux talents, je n'arrive pas à imaginer comment cet amour va pouvoir durer...

CHAPITRE V

Olivier de Magny, « ami » et « admirateur ». Souvenirs (1547-1556)

Je dois avouer que la fortune m'a souri. Venant du sud-ouest, de Cahors, je suis arrivé à Paris au bon moment. Je venais d'avoir dix-huit ans, je savais lire et écrire, et avais reçu une éducation qui, même si elle n'était pas sans lacune, pouvait passer pour honnête. Malgré mon jeune âge, j'ai trouvé en 1547 un poste de secrétaire auprès de l'humaniste et érudit Hugues Salel, qui m'a enseigné ce qu'est un véritable humaniste. Si je voulais, à mon tour, passer pour un humaniste, je pouvais prendre ce dont j'avais besoin chez lui et chez certains de ses amis auxquels il m'avait présentés : c'étaient de jeunes poètes de mon âge qui avaient formé un groupe du nom de la Brigade, parmi lesquels Jodelle, Baïf, du Bellay et Ronsard entre autres. J'ai ainsi découvert Pétrarque et l'Arioste, ainsi que les Strambottisti italiens, et l'année où mon maître, M. Salel, est mort, j'ai fait paraître mon premier recueil de poèmes, *Les Amours*. Je connaissais bien la *Défense et illustration de la langue française* de Joachim du Bellay, ouvrage dans lequel il recommande d'élever notre langue et notre culture, encore assez primitives, au niveau de celle des Italiens, en imitant les grands modèles antiques comme Horace et Pindare, et les poètes modernes comme Pétrarque. Je n'ai pas mis longtemps à appliquer ses leçons. J'ai imité et traduit bon nombre de poèmes italiens que j'ai ensuite fait passer pour mes propres œuvres sans que personne ne l'ait jamais vraiment remarqué et me suis créé un certain succès, ce qui m'a permis d'être accueilli dans la Brigade, groupe connu à présent sous le nom de Pléiade.

Grâce aux contacts que j'avais noués avec l'aide de M. Salel, j'ai pu devenir le secrétaire de Jean d'Avanson, maître des requêtes, un fonctionnaire et officier important agissant pour le Conseil d'État. J'étais très occupé à me faire de nouvelles relations dans les plus hautes sphères du gouvernement lorsque le Roi a nommé M. d'Avanson ambassadeur auprès du Saint-Siège. J'ai été ravi d'être invité à l'accompagner. Vers la fin du mois de novembre, alors que nous étions en route pour

Rome depuis déjà une semaine, nous sommes arrivés à Lyon. Après une dure traversée de plusieurs cols, souvent trempés jusqu'aux os par la pluie et la neige fondue, je fus enchanté d'apercevoir enfin les cheminées fumantes de cette ville.

Nous avons trouvé une hôtellerie décente et nous avons laissé aux palefreniers les charrettes crottées et les chevaux. J'ai ouvert les malles de mon maître, lui ai trouvé des vêtements secs et convenables, puis je me suis rendu dans ma modeste chambre pour me changer à mon tour. Quand je suis revenu m'enquérir de ses projets pour la soirée, il a eu la bonté de m'inviter à dîner avec lui. L'hôtelier nous a alors indiqué trois bonnes tavernes du voisinage, ouvertes à toute heure et réputées pour leurs excellents repas. Nous avons opté pour la plus proche, qui semblait attirer une très nombreuse clientèle parmi les plus cossues. La salle était bien éclairée par des chandeliers portant chacun une douzaine de grosses bougies. Une énorme cheminée dans laquelle rôtissait une moitié de bœuf flanquée d'une oie à chaque extrémité de la broche occupait pratiquement tout le mur du fond, et le feu rugissant réchauffait agréablement la pièce. Deux jeunes garçons faisaient tourner une seconde broche où rôtissaient un agneau et un cochon de taille moyenne dont ils chipaient un morceau de temps à autre.

La cuisine était à la hauteur de sa réputation : le vin, l'agneau, même le pain étaient de qualité. Nous allions commander un deuxième verre lorsqu'un grand gaillard à la barbe et aux cheveux roux est venu lancer une claque amicale sur le dos de mon maître. « Si je ne savais pas que vous êtes à Paris, et dans la politique jusqu'au cou, je jurerais que voilà Jean d'Avanson ! »

— Peletier ! s'est écrié mon maître en se levant et en renversant en même temps son verre. « Olivier, voici mon ami Peletier du Mans ! »

Je me suis levé et j'ai embrassé M. Peletier du Mans sur les deux joues en murmurant les politesses d'usage. Mon maître a continué, racontant à Peletier sa nomination à Rome, mon rôle de « secrétaire capable et habile », ajoutant qu'il comptait bien accomplir de grandes choses pour la France, mais se gardant d'entrer dans le détail.

Après une nouvelle tournée de vin et l'évocation de quelques souvenirs, Peletier a lancé une proposition. « Pour ce soir, c'est trop tard, mais si cela vous intéresse, nous avons ici un groupe d'intellectuels, de poètes, d'artistes et de musiciens qui se retrouvent à peu près deux fois par semaine dans la maison de Louise Labé. Elle est mariée à un cordier, et est aussi fille de cordier, mais c'est une femme tout à fait remarquable.

— Comment ! s'est écrié mon maître en l'interrompant. Vous et vos amis vous abaissez à vous réunir dans la maison d'un artisan ?

— Elle est peut-être artisane, mais sa maison ferait honneur à n'importe quel noble. Elle est spacieuse, meublée avec goût, pourvue d'un jardin… et quel jardin ! Mais c'est elle, le joyau ! D'une beauté : vous en resterez stupéfait, d'Avanson ! De plus, elle écrit de la poésie, qu'elle met en musique elle-même, et elle la joue et la chante aussi. Une jeune femme pleine de talent et d'une grande érudition : elle est à l'aise dans n'importe quelle discussion sur Platon, Pétrarque ou l'Arioste, ou tout autre sujet d'ailleurs. Ainsi, nous nous tenons au courant de tout ce qui se passe en ville sur le plan artistique ou intellectuel. De plus, habillée en homme et revêtue d'une armure, elle se bat en joutes et s'en sort brillamment. Ses victoires lui ont valu le respect et l'attachement des Lyonnais, qui l'appellent Capitaine Louis ! Mais ces derniers temps, on ne l'a pas tellement vue dans ce genre d'activité. »

Malgré son étonnement devant une conduite aussi bizarre, voire scandaleuse, mon maître a accepté d'accompagner Peletier à une soirée, plus par curiosité qu'autre chose. A peu près une semaine plus tard, nous nous sommes trouvés dans la maison du cordier. M. d'Avanson et moi-même nous sommes contentés du rôle de spectateurs pendant cette soirée. Je dois avouer que j'ai été très impressionné par la qualité du discours et la beauté de la musique. Il y avait là un certain nombre de dames, mais c'est notre hôtesse qui m'a fait le plus d'effet. Elle était tout ce qu'avait dit Peletier et même plus, son charme était incontestable.

Manifestement elle m'a trouvé charmant, moi aussi. Elle s'est exclamée d'emblée : « Quel beau jeune homme ! Est-ce que j'entends bien un soupçon d'accent du midi ? Vous avez en tout cas ce talent méridional pour dire exactement ce qu'il faut ! »

— Vous avez l'oreille fine, Madame ! Oui, je viens de Cahors, mais je croyais avoir perdu mon accent après tant d'années passées à Paris à travailler pour mon maître qui était rapporteur auprès du Conseil d'État », lui dis-je en souriant. Je voulais qu'elle comprenne que je n'étais pas n'importe qui.

— Ah ! Le Conseil d'État. Eh bien, vous fréquentez certes des cercles élevés ! » Elle m'a souri et s'est éloignée, en ajoutant : « A plus tard, vous pourrez m'en dire davantage là-dessus. »

Son sourire me disait que je l'intéressais, et pas seulement par politesse. Il y avait quelque chose en elle qui m'intriguait, qui m'attirait. Dès cet instant, j'ai fait le vœu de la posséder. Mon expérience des femmes (elle est plutôt vaste) m'a permis d'évaluer son âge à environ huit ou neuf ans de plus que moi. Or, les femmes se montrent reconnaissantes lorsqu'un homme plus jeune les courtise. Ce pourrait être une conquête facile.

* * * *

Le temps a empiré peu après notre arrivée à Lyon. Les cols alpins étaient bloqués par la neige et il nous était absolument impossible de les traverser. Mon maître tournait en rond et se morfondait à mesure que passaient les semaines. Noël approchait et il s'inquiétait pour les dépêches du roi destinées à Sa Sainteté, qui, à ce rythme, pouvaient mettre des semaines, ou même des mois, pour arriver à destination.

Quant à moi, je ne trouvais pas cette situation si pénible. Après tout, nous étions en compagnie d'intellectuels, avec qui nous pouvions avoir des discussions savantes sur nombre de sujets importants, tels que nos relations avec l'Espagne impériale, l'état comparé de l'imprimerie à Paris et à Lyon, notre perception des doctrines et des agissements de nos voisins de Genève, les huguenots, ou encore s'il valait mieux imiter la poésie de nos grands contemporains ou celle des Anciens. La plupart de ces débats avaient lieu chez Louise Labé. Je trouvais étonnant qu'une femme comme elle ait épousé un homme tel qu'Ennemond Perrin. Il se tenait d'ailleurs en retrait, se contentant d'écouter nos récitals ou nos conversations, et je me demandais s'il comprenait quoi que ce soit à nos discussions.

J'eus bientôt l'occasion de parler en privé à Louise. Elle est arrivée tout affairée dans une petite salle prévue pour la musique, cherchant une flûte pour jouer un air composé en son honneur, semble-t-il, par le chanoine Pontus de Tyard. Je circulais dans la maison, admirant les tableaux et les tentures murales et l'un des tableaux de cette salle avait retenu mon attention : une œuvre italienne montrant Vénus et Mars se regardant amoureusement tandis que Cupidon, agrippé à la jambe nue de sa mère, jette un œil malicieux au dieu de la guerre, par-dessus son épaule. J'ai abordé Louise au moment où elle passait. « S'il vous plaît, Madame, qui a peint cette œuvre remarquable ? »

— Sebastiano del Piombo, a-t-elle répondu. C'est un cadeau de l'ambassadeur d'Italie au Roi, lorsqu'il nous a honorés de sa présence en passant par Lyon, il y a un ou deux ans.

— Je suppose qu'il s'agit d'une sorte d'allégorie ? ai-je demandé, sachant pertinemment que c'en était une, mais essayant de prolonger notre tête-à-tête. Et comme je voyais qu'elle avait envie de rejoindre ses amis, je lui ai offert ma main qu'elle accepta.

Et dans un sourire, comme le premier soir, elle a acquiescé : « Oh ! oui. C'est une allégorie de l'étrange lien qui existe entre l'amour et la guerre, ou peut-être entre l'amour et la mort, puisque la guerre mène souvent à la mort. À moins que ce ne soit entre l'amour et la haine, puisque la guerre vient de la haine. Quoi qu'il en soit, il s'agit de l'attraction des opposés, une *coincidentia oppositorum*. Vous devez bien connaître ce genre de conjonction, vous qui avez lu Pétrarque, comme je peux le voir par votre recueil, *Les Amours*. » Son sourire était devenu quelque peu ironique, et je me suis demandé si elle avait remarqué combien de mes poèmes étaient directement traduits de Pétrarque.

— Oh, Madame...euh... Louise, certes, je connais bien les contradictions de l'amour. J'ai l'honneur d'appartenir à un groupe de poètes, la Pléiade, au côté de Pierre de Ronsard et de Joachim du Bellay. J'espère avoir le privilège de vous lire quelques-uns de mes poèmes. Quand vous serait-il possible de les écouter, car je serais ravi de vous les lire en privé ? » J'avais obligé Louise à s'arrêter dans un renfoncement sombre. J'ai posé mon autre main sur son bras, je me suis rapproché d'elle et l'ai fixée aussi intensément que possible.

Louise a dégagé son bras d'une simple torsion qui laissait supposer une grande force, chose qui ne sied guère à une femme. Souriant de nouveau, elle m'a dit : « Apportez donc vos poèmes un de ces soirs et lisez-les. Nous serons tous ravis d'entendre les écrits d'un membre de cette constellation d'étoiles qu'est la Pléiade ! »

Et c'est exactement ce que j'ai fait deux semaines plus tard. Je suis venu avec mon modeste volume des *Amours* paru un an auparavant. C'était ce livre qui m'avait valu d'être accepté dans le groupe de la Pléiade. J'ai lu plusieurs poèmes, et ai répondu aux remarques et aux questions de tous. Le premier poème, choisi pour faire bonne impression, n'a en réalité causé que gêne et embarras. Il dépeint l'amant en train de mourir parce qu'il aime sans être aimé en retour, son âme est sur le point de quitter son corps. Un seul regard de sa bien aimée le ramène à la vie et lui rend son énergie. Il s'agit évidemment des mêmes yeux qui l'avaient pris au piège de l'amour. Si un seul coup d'œil possède une telle puissance, demande le poète, que pourrait donc faire un baiser ? Sans nul doute, il conférerait l'immortalité ! J'avais cru que mon public ne pourrait pas déceler mes sources, mais je m'étais lourdement trompé. J'ai d'abord accepté les compliments de Jane Faye, présente ce soir-là, et puis le chanoine Pontus de Tyard s'est exprimé. Il a pris soin de faire l'éloge de ma tournure poétique, puis il a demandé, apparemment perplexe : « N'ai-je pas lu un poème de Pétrarque avec un thème semblable ? Je crois qu'il commence par une image des cheveux dorés de sa Laure… Comment est-ce ? Voyons… « *L'aura soave al sole spiega e vibra…* » ou quelque chose dans ce genre, n'est-ce pas, Scève ? »

Mon regard passa du prêtre à Maurice Scève, et je sentais le rouge me monter aux joues. Ce prêtre de province avait mis le doigt sur une des sources de mon inspiration, et il connaissait même suffisamment l'italien pour citer sans faute le premier vers. J'espérais que M. Scève interviendrait pour alléger mon malaise. Il a adressé un hochement de tête à Pontus et s'est tourné vers moi.

— Oui, Pontus, vous avez raison. Si je me souviens bien, le poème évoque ensuite le pouvoir de résurrection des yeux de Laure, qui peuvent transformer la mort en vie. Mais j'ai l'impression de me souvenir aussi d'une épigramme de Marot sur le pouvoir de résurrection du baiser. Il se peut que Marot ait lui aussi trouvé son inspiration en Pétrarque, mais je pense que son poème diffère davantage de sa source que le vôtre, Monsieur de Magny, du moins dans sa forme. Eh bien, qu'en dites-vous ? Avons-nous deviné juste ? » Il souriait, mais je me sentais d'une certaine façon menacé et démasqué. J'ai toutefois essayé de cacher ma gêne d'être ainsi exposé et vulnérable.

« Vous avez tous les deux raison, Messieurs. » J'ai inspiré profondément. « Je dois avouer que vous, les Lyonnais, êtes aussi vifs, peut-être même plus vifs, que mes amis poètes de Paris. Peut-être est-ce parce que vous avez davantage de temps, dans cette ville provinciale, pour lire et étudier. Oui, dans ce poème, je suivais vraiment la recommandation de Joachim du Bellay préconisant l'imitation des grands modèles. Pétrarque est pour la plupart d'entre nous l'une des plus grandes références contemporaines, surtout en matière de sonnet. Mais puisque vous vous rappelez si bien le poème de Pétrarque, vous savez qu'il énumère toutes sortes de détails superflus. En plus des cheveux, il mentionne la moelle des os de l'amant et son sang, toutes choses que je laisse de côté dans mon poème pour me concentrer sur les yeux et le baiser de la dame. Comme le mien, le poème de Marot est réduit à l'essentiel, mais il prend une forme différente, celle de l'épigramme. Donc, vous voyez, j'ai imité deux grands modèles, me rapprochant du contenu de Marot, tout en retenant la forme du sonnet de Pétrarque. »

J'étais un peu hors d'haleine après cette justification, et je me sentais toujours aussi vulnérable. Heureusement mes inquisiteurs ont décidé d'en rester là. J'ai ensuite lu deux autres poèmes, terminant par celui destiné à notre hôtesse. Je lui ai fait comprendre qu'il était pour elle en la fixant des yeux, tout en lui adressant un large sourire : *« Que n'êtes-vous aussi prompte, ma Dame / À m'accorder le bien où je prétends, / Comme au danser (qui dérobe le temps) / Et au fuir quand plus je vous réclame ? »*

Mon poème décrit ensuite la douleur de mon corps et de mon âme, due à la frustration, et il promet une amitié éternelle si la dame veut bien avoir pitié de moi. La réaction fut tout à fait inattendue : Louise partit d'un grand éclat de rire et applaudit, incitant les autres à en faire de même.

— Merci beaucoup, Monsieur de Magny, vous nous avez fait un grand honneur ce soir, à nous pauvres provinciaux. Nous vous sommes tous reconnaissants d'avoir entendu quelques-unes des dernières œuvres de l'autre grande ville de France ! Mais je crois que mes invités ont faim. J'ai quelques friandises à offrir ce soir et quelques excellents vins d'importation récente, aussi pourquoi ne passons-nous pas à côté ?

Avec ces mots, mon moment de gloire a pris fin et j'eus beau essayer, je n'ai pas trouvé l'occasion, ce soir-là, d'être seul avec Louise.

* * * *

Trois semaines ont passé. J'étais totalement dépendant de mes sentiments pour Louise et je pensais à elle jour et nuit. Je voulais à tout prix lui parler, plaider ma cause, mais bien que j'aie accompagné mon maître trois ou quatre fois encore à ses soirées, je n'ai pas eu l'occasion de me retrouver seul avec elle. Elle était toujours aimable et gracieuse, m'adressant même quelques compliments, mais j'avais le sentiment qu'elle me tenait à l'écart, qu'elle m'évitait. Peut-être redoutait-elle un moment de faiblesse si nous nous retrouvions en tête à tête trop longtemps.

Je fus convaincu de ses sentiments pour moi, lorsqu'elle m'a demandé d'écrire un poème pour l'intégrer dans un recueil de ses œuvres qui serait édité prochainement par Jean de Tournes. « Le fait de publier mon travail est une façon de me protéger des plagiats, m'a-t-elle dit, mais je crains que ce livre ne soulève encore plus de controverses. Je connais plusieurs dames de Lyon qui ne me pardonneront jamais mon audace, mais tant pis. »

— Madame, ai-je répondu en lui faisant une révérence, je serais honoré d'écrire un poème pour votre recueil ! Serai-je le seul, ou d'autres poètes vont-ils également apporter leur contribution ?

— Oh ! plusieurs vont y participer. Vous serez en bonne compagnie avec Pontus de Tyard, Peletier du Mans, Antoine Fumée, Maurice Scève, pour n'en nommer que quelques-uns. Tous ces poèmes seront regroupés à la fin du volume.

J'ai donc accepté avec plaisir, et un soir je lui ai apporté un sonnet célébrant sa beauté ainsi qu'une ode qui, tout en parlant d'elle, était adressée à un de ses amis proches, Antoine Fumée. C'était un acte calculé qui pourrait, un jour, m'aider dans ma carrière, puisque il est conseiller du Roi. C'est une de mes meilleures productions, me semble-t-il, car j'utilise le motif de Méduse et je le retourne pour faire paradoxalement l'éloge de Louise. Elle a vite lu les deux poèmes et m'en a remercié avec beaucoup de grâce, m'assurant qu'ils seraient très certainement publiés. Elle a ensuite posé sa main sur mon bras, un geste lourd de sens à mes yeux, puis elle m'a invité à rejoindre le groupe dans une autre pièce. Mon ami Jean-Antoine de Baïf, autre membre de la Pléiade, se trouvait également là.

Lorsque nous nous sommes séparés après la soirée, j'ai invité Baïf à venir prendre un verre. Alors que nous nous dirigions vers une taverne proche, je lui ai demandé : « Antoine, quoi de neuf à Paris, depuis mon départ ? »

— La grande nouvelle, c'est que Charles Quint se prépare apparemment à assiéger Metz. Il est furieux contre le roi Henri qui lui a pris quelques territoires sur sa frontière occidentale. Le roi a commencé à mobiliser nos troupes pour le repousser. Le sang va couler, c'est certain.

— C'est toujours le cas. Mais la Pléiade ? Comment vont Ronsard et du Bellay ?

— Vous allez voir Joachim à Rome. Il y est déjà, je crois, avec son oncle le cardinal Jean du Bellay. Ses deux recueils de poèmes ont reçu bon accueil, surtout *L'Olive*. Je ne peux pas encore parler de son dernier, *les Sonnets de l'honnête amour*. Il est trop tôt pour cela. Quant à Pierre, son nom circule partout. Son recueil, *Amours*, se vend bien. »

J'ai continué à le questionner un instant. Mais quand j'ai commencé à parler à mon tour, j'avais déjà trop bu, car au lieu de parler de poésie, j'ai tout dévoilé : « Antoine, vous me connaissez assez bien, et vous savez combien j'aime la compagnie des femmes, pour m'avoir vu en changer souvent et sans scrupule. Pourtant, mon ami, j'ai bien peur d'être aujourd'hui dans une situation désespérée. Je n'arrive pas à le croire moi-même. Je suis amoureux. »

Baïf dressa l'oreille. « Comment cela, Olivier ? Vous plaisantez ! Vous ? Avec votre réputation de séducteur impénitent ! Qui est la sorcière qui vous a ainsi envoûté ?

— C'est… c'est Louise. Louise Labé. Je ne peux m'empêcher de penser à elle. Je reste la nuit allongé sans dormir. Je n'arrive plus à manger. Je suis dans le désespoir total ! » J'étais tellement ivre que je n'ai pu retenir mes larmes.

Mon ami a d'abord paru inquiet, puis avec un petit sourire : « Eh bien, Olivier, dit-il, au moins vous n'avez pas choisi une petite gourde avec une tête de linotte. Mais Louise est nettement plus âgée, mon ami. Elle a sans doute dix ans de plus que vous. »

— L'âge ne compte pas. Elle est belle, désirable, gracieuse, et brillante, en plus.

— Hmmm. Oui. Est-ce qu'elle vous laisse quelque espoir ?

— Je n'arrive pas à en être sûr. Parfois je pense que oui, mais d'autres fois, je rentre désespéré après une de ses soirées.

Baïf s'est penché et m'a saisi l'épaule. « Gardez espoir, Olivier. Persistez et sûrement tout va s'arranger. » Nous nous sommes quittés un moment plus tard, et je suis rentré à mon auberge où j'ai passé une nuit bien agitée.

A la réunion suivante trois poètes devaient lire leurs œuvres : Peletier du Mans, Guillaume des Autels, qui était de passage comme Baïf et moi-même, et Pontus de Tyard. Celui-ci avait publié quelques années plus tôt un recueil de poèmes d'amour passionnés. Il y avait un bon nombre de femmes poètes ce soir-là et je me suis dit qu'elles devaient être particulièrement attirées par ce bel ecclésiastique. Louise m'a accueilli à la porte de la salle et m'a conduit vers les autres, dans le jardin.

Ils étaient assis dans une semi-obscurité, le jardin étant illuminé par deux torches sur les murs de pierre et par quelques bougies ici et là. On était vers la fin février, et le temps était plutôt clément pour la saison, mais deux feux de bois odorant, de part et d'autre de l'estrade, aidaient à chasser l'humidité. Louise a proposé des fourrures aux invités trop légèrement vêtus. Remarquant que je frissonnais un peu, elle s'est approchée de moi et m'a drapé une grande cape en fourrure sur les épaules. Est-ce mon imagination, ou bien s'est-elle attardée un moment en m'effleurant le bras du bout des doigts ? Le désir que j'en ai éprouvé m'a fait haleter au moment où je la remerciais.

Ennemond Perrin était assis sous un arbre près de l'estrade de pierre, presque entièrement dans l'ombre, selon son habitude. Le chanoine Pontus de Tyard restait debout près de son cousin des Autels et de Peletier, cet ami proche de Louise, tous trois ayant déjà pris place sur la petite scène. J'avais davantage les yeux sur Louise que sur nos « artistes » ; elle alla s'asseoir à côté de son mari et le programme commença. Ils écoutaient attentivement, et Louise se permettait de temps à autre quelque commentaire. Au bout d'un moment, cependant, Perrin s'est levé et lui a glissé à l'oreille : « Ma chère, il faut que j'aille sur les berges voir si ces balles de chanvre ont été livrées et si elles sont transportées dans nos hangars. »

— Tout de suite ? a-t-elle chuchoté à son tour.

— Il semble qu'il va pleuvoir et je ne voudrais pas qu'elles soient endommagées.

— Serez-vous de retour pour les rafraîchissements ?

— Probablement pas. Il se peut même que je ne rentre pas avant le départ de nos invités.

Elle hocha la tête, lui serra la main, et il lui effleura des lèvres la joue avant de s'éloigner d'une démarche claudicante.

Je tenais là ma chance ! « Je peux ? » ai-je demandé en désignant le fauteuil libre. Elle m'a jeté un long regard, puis a hoché la tête. Je me suis assis, et, pendant un moment, j'ai feint de m'intéresser aux poèmes, présentant toujours et encore de laborieux motifs à la Pétrarque, certains plus adroits que d'autres. J'ai commencé à préférer le prêtre : sa voix lyrique me paraissait plus sincère, plus dolente et même plus désespérée que celle des autres. J'ai particulièrement savouré le spectacle de ses mains tremblantes et de son ton troublé lorsqu'il lisait les passages les plus enflammés et je me suis même interrogé sur l'état de l'âme de notre chanoine. Du coin de l'œil je vis Louise très tendue mais aussi très attentive à la façon dont ce prêtre se donnait en spectacle.

Je compris soudain, en la regardant, que je devais absolument m'emparer de sa main qui n'était qu'à quelques pouces de la mienne, là, sur l'accoudoir de son fauteuil. Ma respiration se fit plus rapide alors que, avec une nonchalance feinte, je rapprochai discrètement mon fauteuil du sien, apparemment pour mieux voir ce qui se passait sur scène. Elle me jeta un coup d'œil, mais comme je regardais alors droit devant moi, elle sembla en conclure que mon geste était innocent. Pontus continuait à lire sa chanson et Louise ne le quittait pas des yeux. Je posai mon bras sur le dossier de son fauteuil comme pour lui entourer les épaules. Elle ne réagit pas, ce qui me porta à croire qu'elle consentait à mon rapprochement.

Ayant drapé ma cape sur le fauteuil, plongeant ainsi nos épaules et nos bras dans la nuit, j'ai déplacé ma main jusqu'à pratiquement toucher son petit doigt et sentir la chaleur de sa main si élégante toute proche de la mienne. Mon cœur se mit à battre si fort que j'ai craint un instant noyer la voix du poète et attirer l'attention sur mes manœuvres.

Il fallait que je saisisse la main de Louise avant la fin du poème, faute de quoi je risquais de ne jamais retrouver une telle occasion !

La voix de Pontus s'est faite plus émue, et je vis qu'il arrivait au point culminant de la chanson. Il leva les yeux pour voir le public, mais l'éclat du feu l'aveuglait et l'empêchait de voir l'objet de son désir. Louise s'est penchée en avant, se levant à moitié, en s'appuyant sur ses mains. À cet instant, j'ai couvert sa main de la mienne et elle ne la retira pas mais au contraire me la laissa jusqu'à la conclusion du poème. Mon ravissement ne dura cependant pas longtemps : imitée par l'auditoire, elle se leva d'un bond et se mit a applaudir le prêtre, laissant ma main étreindre le bras du fauteuil.

Avait-elle consenti que je me rapproche d'elle, ou bien avait-elle été si distraite qu'elle n'avait rien remarqué ? Cette nuit-là, j'ai pleuré sur mon oreiller, torturé par l'incertitude et le désir qui guerroyaient en moi. J'étais incapable de faire un plan me permettant de l'approcher pour la posséder enfin.

Une semaine plus tard, on nous annonça que les cols des Alpes étaient enfin suffisamment dégagés pour nous permettre de gagner l'Italie, à condition que nous partions de suite.

* * * *

J'ai connu un grand succès avec les dames à Rome et j'ai pu en tirer une théorie. Il y avait des foules d'hommes, plus que de femmes me semble-t-il, et dans la journée, on ne voyait que les hommes dans la rue, ou du moins dans les quartiers proches du Vatican. Il est vrai que bon nombre de femmes étaient des religieuses cloîtrées et qu'une majorité d'hommes étaient des ecclésiastiques.

Mais la nuit, tout changeait. Des dames superbement habillées se promenaient deux par deux dans les rues et dans les parcs, ou bien s'arrêtaient ici et là, feignant d'admirer les nombreuses fontaines de cette grande cité. Il s'agissait souvent de courtisanes venues trop nombreuses à Rome et qui avaient à présent du mal à attirer un partenaire. Ce qui laissait un champ d'action favorable à ceux d'entre nous qui ne faisaient pas partie du clergé et n'avaient certes pas fait vœu de chasteté, mais qui prenaient plaisir à butiner le nectar d'une fleur après l'autre. Je me flattais d'être justement un de ces papillons et pas des moins aguichants ! J'ai toujours été bel homme, élégamment vêtu de plus, ce que me permettaient des moyens plus que suffisants. Sans compter que je ne manque pas de perspicacité. Je ne reviens donc que rarement à la même femme : une fois mon plaisir pris, je cherche ailleurs ; il y a une telle variété, parmi les fleurs !

Nous avons quitté la « ville éternelle » un an et demi plus tard, par une journée ensoleillée de la fin du mois d'octobre 1556. Pendant ce séjour, j'avais beaucoup appris sur la vie, en général. J'avais payé ces leçons par de longues heures passées à rédiger nombre de missives et à m'acquitter de missions diplomatiques pour M. d'Avanson ou pour l'un ou l'autre de ceux qui avaient recours à mes services de secrétaire, ce qui ne m'avait cependant pas empêché de bien me distraire.

À mesure que nous approchions de Lyon, ma joie et mon angoisse augmentaient : ma passion pour Louise Labé m'était revenue et semblait croître à chaque pas. Je me réjouissait aussi d'y revenir pour d'autres raisons. J'étais soulagé d'arriver enfin dans un endroit où l'on trouve tant de confort matériel : de la bonne chère, et beaucoup de ce bon vin de France qui m'avait tant manqué en Italie. Il faut se méfier des Italiens : si vous n'y prenez garde, ils vous refilent du vin de mauvaise qualité, allant jusqu'à l'appeler *lacrimae cristi* !

J'ai naturellement saisi la première occasion de me rendre à une soirée chez Louise Labé. Il y avait là le même groupe d'habitués, mais le mari de Louise, Ennemond, était absent. On m'a annoncé que le recueil de poèmes de Louise était paru pendant notre absence romaine et avait reçu le meilleur accueil. L'imprimeur, Jean de Tournes, qui était présent ce soir-là, m'a dit qu'il en publierait sans doute deux autres éditions dans l'année. C'était là un succès quasiment sans précédent et j'ai ressenti un pincement de jalousie. Il s'en fallait de beaucoup que mes *Amours* eussent connu une telle réussite. Le débat, ce soir, porterait apparemment sur le livre de Joachim du Bellay, *Défense et illustration de la langue française*, toujours sujet à controverse, celui-là même que j'avais cité pour me défendre le soir où j'avais lu mes poèmes.

J'avais quelque peu fréquenté du Bellay alors que nous étions tous deux à Rome où il était le secrétaire de son oncle, le cardinal Jean du Bellay. Apparemment, il détestait tant l'atmosphère de cette ville et déplorait tellement la disparition de la Rome noble des temps anciens, qu'il avait gâché la plupart de ses meilleures occasions. Au bout du compte, je m'en suis tiré bien mieux que lui et me suis davantage amusé !

La discussion portait sur l'opinion, émise par du Bellay, selon laquelle, pour faire du français une langue de premier rang comme le latin, l'italien et même l'espagnol, il nous fallait, chaque fois qu'une expression manquait en français, adopter et adapter des mots grecs, latins et italiens, et même des mots issus de patois régionaux.

Louise a évoqué Rabelais comme exemple d'un homme qui tournait en dérision la mêlée confuse dans laquelle se débattait notre orthographe. Elle nous a dit que celui-ci, qui était mort depuis à peu près trois ans, inventait régulièrement des mots comme « escripre » au lieu de « écrire », dans son *Pantagruel*, pour se moquer de la prétention de certaines de nos trouvailles orthographiques. Celles-ci nous donnent l'impression d'un retour à l'orthographe latine censée être « plus parfaite », alors qu'en réalité elles montrent surtout l'ignorance de leur auteur. Louise nous a fait remarquer que l'infinitif du mot « escripre » devrait suivre le latin « scribere », mais qu'un « p » avait été introduit par erreur à cause du participe passé « scriptus ». Rabelais méprisait la fausse érudition et la satirisait aussi souvent que possible, soit de façon subtile, par ses « restaurations orthographiques » absurdes, soit plus ouvertement, comme dans l'épisode de l'écolier limousin ou encore dans celui du théologien censé être de la Sorbonne, Janotus de Bragmardo, qui apparaît dans *Gargantua*.

Louise forçait mon admiration. Je la suivais du regard, mon esprit embrumé par le désir, tandis qu'elle jouait de l'épinette, accompagnée au luth par une autre jeune femme, qui n'était autre que Clémence de Bourges à qui elle avait dédié ses œuvres ; toutes deux ont chanté un duo créé à partir d'un sonnet ravissant :

> *Ô longs désirs, ô espérances vaines,*
> *Tristes soupirs et larmes coutumières*
> *À engendrer de moi maintes rivières*
> *Dont mes deux yeux sont sources et fontaines.*

Elle a poursuivi dans la même veine. A la fin du chant, Peletier du Mans s'est penché vers moi : « Olivier, vous qui êtes un poète accompli, qu'en pensez-vous ? »

— Pardon ? Avec effort, je me suis éclairci l'esprit. « Qui a composé ce poème ? Il est assez bon pour être de Marot, mais trop sérieux pour lui. Ça ne peut être lui, même s'il se termine sur une pointe agréable et spirituelle. Ce pourrait être du Bellay, mais il y a trop d'esprit pour que ce soit lui. À moins que ce ne soit une traduction de Pétrarque... Mais non, je connais tous ses poèmes. Et le sentiment est trop profond. Se pourrait-il que l'auteur en soit ce prêtre, Pontus de Tyard ? Ou peut-être même Maurice Scève, là-bas ? »

— Ah ! Non, rien de tout cela, mon ami. C'est un des sonnets de Louise ! Il vous faut absolument lire son recueil !

J'ai répondu par monosyllabes. J'avais remarqué que notre charmante hôtesse se tenait toute seule, et j'ai éprouvé le besoin urgent d'aller la rejoindre. Trop tard : deux des ecclésiastiques, Pontus de Tyard et Gabriel de Saconay, aussi chanoine de la cathédrale Saint-Jean, étaient déjà près d'elle et la félicitaient pour la beauté de sa chanson. Serrant la main de ces deux hommes, elle les a remerciés, puis elle s'est tournée vers l'assemblée pour nous lancer : « Ne voudriez-vous pas aller prendre une collation dans le jardin ? Je crois qu'il y a encore assez de lumière, et il ne fait pas tellement froid pour l'instant.

Nous sommes docilement sortis. Une lueur miroitait encore à l'horizon, et les domestiques s'affairaient un peu partout à allumer et à placer des bougies, à porter des torches enflammées qu'ils enfonçaient dans des supports sur les murs de pierre entourant le jardin. Je suivais Louise des yeux et ai soudain décidé que ce soir serait le soir décisif. Après tout, Louise ne m'avait-elle pas donné des petits signes d'encouragement ?

Je passais d'une conversation à l'autre, constamment aux aguets et le cœur battant. Les domestiques avaient apporté à l'extérieur les délicieuses pâtisseries et les vins doux, les disposant avec art sur les tables, mais je n'avais aucun appétit, buvant cependant plus que de raison. J'ai rejoint le groupe où les deux prêtres avaient entamé une discussion animée sur les huguenots et leurs incursions à Lyon. Manifestement, ces deux-là s'inquiétaient d'un affrontement violent entre les radicaux de Genève et les ultra conservateurs d'ici.

Se mêlant à notre discussion, Louise parla des persécutions et des exécutions sur le bûcher à Paris, la plus frappante étant celle d'Etienne Dolet, ce « pauvre et cher ami », comme elle l'appelait, qui avait été d'abord pendu puis brûlé en 1546, dix ans plus tôt. Nous nous sommes évidemment mis à déplorer la mort prématurée de Clément Marot, attribuable en grande partie aux persécutions qu'il avait endurées. « Vous savez, a-t-elle déclaré, pas très longtemps avant sa mort, j'ai reçu de lui une lettre dont je voudrais vous lire quelques lignes. Je vais monter la chercher. Je reviens tout de suite. » Elle s'est tournée et ses jupes ont tourbillonné autour d'elle, soulignant ses hanches de façon séduisante. Elle nous a jeté un regard par-dessus son épaule et, avec un petit geste de la main, elle est entrée dans la maison. J'étais sûr qu'elle s'adressait à moi. Le reste du groupe, sans y prêter attention, s'est éloigné d'un pas nonchalant, mais je suis resté en arrière. Personne n'a remarqué mon absence.

J'ai doucement ouvert la porte et je suis entré à mon tour. Tout était silencieux ; les domestiques avaient apparemment fini leur travail et regagné leurs quartiers. Je savais où se trouvait l'escalier et, sur la pointe des pieds, j'ai commencé à monter. Je pouvais entendre Louise fouiller dans ses papiers en marmonnant. J'ai suivi le bruit et suis arrivé dans une chambre superbement meublée.

Louise était tout à la recherche de la fameuse lettre. Je l'observais et je l'aimais, mon désir décuplé par le vin que je venais de boire. Chaque détail de ses cheveux, de son teint, de son corps, tout ce que je pouvais voir comme tout ce que je pouvais imaginer, était parfait. Je sentais déjà son cœur palpiter contre ma poitrine. Avant même d'avoir eu conscience de bouger, j'avais franchi la distance qui nous séparait et je me tenais derrière elle bien avant qu'elle m'ait entendu.

Elle s'est retournée me faisant face, des papiers plein les mains : « Monsieur de Magny ! Que se passe-t-il ? Quelque chose ne va pas ? »

— Oui, Louise, il y a certainement quelque chose qui ne va pas. Votre beauté éclipse celle de toutes les femmes les plus ravissantes que j'aie connues et vous surpassez de loin les plus élégantes et les plus raffinées de Rome.

— Monsieur, que dites-vous ? Je…

Je l'ai interrompue pour continuer mon ardente déclaration : « Vous savez combien je vous ai adorée depuis le premier jour, et pourtant, avant mon départ pour Rome, vous vous êtes jouée de mes sentiments. Mais voilà qu'il y a un instant, vous vous êtes retournée pour me faire signe de vous suivre. Je suis là, ma chère ! » Et je me suis rapproché un peu plus.

— Je vous ai fait signe ? Elle était sans expression. « Ah ! Il se peut que j'aie fait quelque geste… oui, je voulais dire quelque chose à Monsieur Scève, mais comme il avait le dos tourné, j'ai interrompu mon geste. » Elle a tenté de reculer pour mettre un peu de distance entre nous, mais elle s'est heurtée au bureau qu'elle était en train de fouiller. Et j'ai bien peur d'avoir alors essayé de profiter de la situation. Je la voulais désespérément, et la voir si proche, sentir son odeur… tout cela m'a submergé. Je l'ai entourée de mes bras et j'ai couvert son cou de baisers passionnés en murmurant : « Oh ! ma bien-aimée, comme je vous ai désirée ! »

— Monsieur de Magny, je suis désolée de vous avoir donné une fausse impression. Je n'ai jamais imagi… » mais ses mots ont de nouveau été interrompus par mes lèvres sur sa bouche. J'ai entendu le bruissement des feuilles de papier qui tombaient en cascade par terre. Je l'ai soulevée dans mes bras et, la couvrant toujours de baisers, j'ai voulu la porter vers le lit de noyer sculpté dont les rideaux de velours bordeaux étaient tirés comme pour accueillir notre rencontre amoureuse impromptue. Mais je sentais que son corps se raidissait et que ses muscles se tendaient à chacun de mes pas. Je l'ai posée sur le lit et j'ai commencé à me dévêtir. À peine l'avais-je lâchée, qu'elle a bondi, comme mue par un ressort. Et, s'essuyant la bouche d'une main, elle m'a envoyé, de l'autre, une gifle retentissante. « S'il vous plaît, quittez cette maison immédiatement ! Et ne revenez jamais ! »

Je n'arrivais pas à en croire mes oreilles, ni la brûlure de ma joue d'ailleurs. Comment Louise, qui avait apparemment encouragé mes avances, avait-elle pu réagir de la sorte ? Si brutalement ? Alors que je m'interrogeais, j'entendis des pas irréguliers dans l'escalier. Le temps de me retourner, après m'être précipitamment revêtu, et le mari de Louise, Ennemond Perrin, était là. Il s'arrêta brusquement, la bouche ouverte, le visage pâle, interloqué.

« Ennemond ! a crié Louise. S'il vous plaît, raccompagnez Monsieur de Magny. Utilisez la porte de côté. Du moins, a-t-elle dit en se tournant vers moi, nous épargnerons votre honneur et celui de votre maître l'ambassadeur auprès du Saint-Siège. Nul n'a besoin d'avoir connaissance de cet incident.

— Nous parlerons plus tard, a dit Ennemond à Louise. Maintenant, Monsieur de Magny, par ici, s'il vous plaît ! »

Il m'a saisi par le bras et j'ai essayé de me dégager, mais il était bien trop fort pour moi. Je tremblais de colère et de honte, mon visage brûlant. « Si vous voulez bien me lâcher le bras, ai-je lancé d'un ton sec, je serai plus qu'heureux de partir ! » Puis, profondément blessé et humilié, je me suis tourné vers Louise. « Madame, vous verrez que je ne suis pas sans ressources. Ne vous en faites pas, je trouverai de quoi répondre à toutes vos avances ! »

Ennemond a silencieusement montré du doigt la porte et lorsque je l'eus franchi, il a désigné un escalier descendant jusqu'à une petite entrée obscure qui ouvrait sur la ruelle. « Adieu, Monsieur, et qu'on ne vous revoie pas », a-t-il dit d'un ton rude avec un visage semblable à un masque. Il m'a alors poussé de façon à me faire dévaler les marches de pierre et il a verrouillé la porte derrière moi.

Au cours des jours suivants, j'ai commencé à voir où et comment Louise était vulnérable. En publiant ses poèmes d'amour (entre-temps je les avais lus), Louise était devenue un personnage public, s'exposant ainsi aux attaques et au scandale. Les écrits de Louise ne se résumaient pas à un recueil de gribouillis poétiques féminins, comme ceux de Pernette du Guillet. Son *Débat de folie et d'amour* était brillant, à tel point, même, que je me demandais si c'était bien elle qui l'avait écrit. Plus vraisemblablement, c'était l'ami Scève, et il l'avait autorisée à le signer. Mais ses poèmes ! Ce n'étaient pas de simples sonnets d'amour. Comme celui qu'elle nous avait chanté ce soir-là, ils brûlaient de passion, et avaient un style intensément personnel. La moitié de Lyon était déjà d'humeur à croire n'importe quelle calomnie qu'on pouvait avancer au sujet de Louise, et j'avais cru comprendre que nombre d'épouses traditionnelles éprouvaient un ressentiment féroce à son égard, en raison de ses soirées, pour lesquelles leurs maris désertaient si souvent la maison.

Elles m'ont fait part d'un incident qui avait eu lieu pendant l'été de 1552. Un de leurs voisins, Jean Yvard, avait déménagé à Genève pour divorcer de sa femme, Antonia. Il prétendait qu'elle avait tenté de l'empoisonner et qu'en plus c'était une prostituée. Cette Antonia était apparemment la cousine de Louise Labé, et elle était souvent en sa compagnie. En tout cas, les griefs d'Yvard avaient été retransmis au Conseil de la ville de Lyon, et le contenu de ces documents était mystérieusement tombé dans le domaine public. Les édiles genevois avaient en même temps qualifié Louise de prostituée. Sa réputation avait été ainsi déjà ternie, même si les bons catholiques de Lyon n'accordaient en général que très peu de foi aux allégations des calvinistes.

Je me suis mis à griffonner une ode. Ma passion pour Louise, qui m'avait si cruellement trahi, s'était transformée en une rage tout aussi passionnée, et je venais de penser à un plan qui détruirait d'un seul coup Louise et Ennemond. C'était un couple sans enfant. J'avais entendu chuchoter que la faute en incombait très probablement au mari. J'allais donc présenter ce vieillard comme impuissant et le dépeindre comme une sorte d'entremetteur pour sa catin de femme. Il y avait bien assez de gens à Lyon et ailleurs pour se réjouir de cette version des faits. Mon poème serait bien plus facile à comprendre que la réalité, quelle qu'elle soit. Mon ode s'adresserait à « Sire Aymon », un personnage tiré d'un poème épique médiéval, mais ce nom est suffisamment transparent pour que la plupart des lecteurs y lisent aussitôt « Sire Ennemond ». En voici la première strophe :

> *Si je voulais par quelque effort*
> *Pourchasser la perte, ou la mort*
> *Du sire Aymon, et j'eusse envie*
> *Que sa femme lui fut ravie,*
> *Ou qu'il entrât en quelque ennui,*
> *Je serais ingrat envers lui.*

Le poème se poursuit en expliquant comment, lorsque je me trouve en présence de cette dame si généreuse pour qui mon cœur brûle, Sire Aymon se retire discrètement, plus préoccupé de l'état de ses cordes que de celui de mes ardeurs. Le bonheur de ce sire, je le joue alors sur mon luth en pinçant la corde argentine de sa femme plutôt que la corde que fabrique son mari. Comme il doit être heureux de pouvoir la regarder s'exercer au combat et contempler sa beauté dénudée, lui qui dans son vieil âge ne peut profiter d'elle au mieux qu'une fois par an !

Tu peux bien cent fois en un jour
Voir cette cuisse faite au tour,
Tu peux bien voir encor ce ventre,
Et ce petit amoureux antre
Où Vénus cache son brandon,
Mais tu n'as point d'autre guerdon.

J'ai terminé le poème en souhaitant au sire Aymon le bonheur de voir des foules de « braves capitaines » fréquenter sa maison ainsi qu'une multitude « d'hommes de savoir ».

J'ai fait vingt copies de mon poème si plein d'esprit, que j'ai distribuées discrètement un peu partout dans la ville. Nous sommes retournés à Paris la semaine suivante. Depuis lors, mes correspondants à Lyon me disent que d'autres personnes ont repris mon thème pour composer à leur tour des poèmes du même cru. J'ai l'intention de publier sous peu un recueil de mes odes, et j'y inclurai très certainement « À Sire Aymon ». Tous, dans les siècles à venir, me croiront, moi, et penseront que, comme bien d'autres, j'étais son amant. En effet, il n'y a pas de fumée sans feu !

CHAPITRE VI

Pontus de Tyard, confesseur, admirateur. Souvenirs (1531-1574)

J'ai fui mon château pour me réfugier à la cathédrale de Mâcon. Dans ce chaos et avec les calamités qui se sont abattues sur ma France bien-aimée, voilà qu'à mon tour, protonotaire apostolique et chapelain du roi, je deviens la cible du parti extrémiste catholique, la Ligue, parce que je reste fidèle au roi Henri III. Nous avons vécu tant d'horreurs depuis le milieu du siècle : mon cœur est lourd du double fléau de la guerre et de la maladie. Je sais que mes biens et mes propriétés sont en ce moment même la proie du pillage, mais ce n'est rien à côté des dévastations que l'homme et la nature ont infligées à cette région. Mon esprit refuse de s'attarder sur les désastres d'aujourd'hui et revient sans cesse à mon enfance, à ma jeunesse, car je coulais alors des jours heureux. À l'époque, évidemment, je croyais que rien ne pouvait être pire que les affres de l'amour. Eh bien, voilà qu'au moins cette pensée me fait sourire !

Je suis né en 1521, au château de Bissy-sur-Fley, à vingt-cinq lieues environ au nord de Lyon, et tout près de Dijon, dans une famille de très haute noblesse et de grande fortune. Ma mère était la nièce du chancelier du roi, et mon père était lieutenant général de Mâcon. Mais c'est vers Lyon, grand centre culturel et commercial, que nous gravitions. Bien que précédé de deux frères, je fus comblé, dès ma naissance, de tous les avantages que confère la fortune. Mon père, enthousiasmé par le nouvel humanisme, voulait que je bénéficie de la meilleure éducation libérale possible. J'ai commencé à m'instruire avec un précepteur italien, le Signor Tartini, qui m'a appris à lire à quatre ans et m'a enseigné le latin ainsi que sa langue maternelle, l'italien. Il était la douceur même, et grâce à lui j'ai pu satisfaire mon amour de la science et des arts, un intérêt qui m'a d'ailleurs suivi tout au long de ma vie.

Souvent nous nous promenions un peu partout dans la demeure familiale, et je m'enquérais alors du nom italien et latin de tout ce qui se trouvait sur notre chemin : les meubles, les motifs architecturaux, les armes, les bibelots, et jusqu'aux bijoux de ma mère. Très haut dans ce vieux château se trouvait un renfoncement avec une fenêtre donnant sur le parc et nous nous asseyons là, après que j'eus appris à lire le latin, pour étudier la Bible et lire la vie de Jésus telle que la rapportent les Évangiles. En effet, mon père insistait pour que je me consacre davantage à la Bible qu'à César, car il avait déjà décidé de mon avenir. Nous élucidions des problèmes d'arithmétique, et mon précepteur m'apprit des rudiments de musique, me montrant comment tenir le luth et en jouer. Par temps clair, nous sortions de nuit pour observer le ciel. J'ai appris le nom des constellations, leur orientation en fonction des saisons, quelles étaient les planètes et comment les reconnaître. Plus tard, nous nous sommes mis à lire des textes latins plus compliqués et plus difficiles : le théâtre de Sénèque, l'*Énéide*, des versions latines de l'*Iliade* et de l'*Odyssée* ainsi que les *Vies* de Plutarque, et même quelques traités de Cicéron.

Comme tous les garçons de mon âge, j'aimais particulièrement les histoires d'héroïsme et d'aventure et j'ai souvent rêvé être Enée luttant avec le monstre Cacus ou se battant contre Turnus. Hector, le héros tragique d'Homère, était de loin mon préféré, mais Achille me répugnait. Il m'arrivait d'être Ulysse et, un jour où je jouais à me trouver en pleine mer après m'être échappé de l'île de Calypso, le radeau que j'avais construit s'est brisé au beau milieu de la Saône en crue ; j'ai bien failli me noyer.

J'étais un garçon solitaire. Je parcourais les bois, étudiant la grande quantité de fleurs poussant sous les chênes, ou bien je me transportais sur une petite île de la Saône couverte de rosiers enchevêtrés qui donnaient des fleurs rouges, roses et blanches pendant presque tout l'été. J'apprenais également à devenir chasseur, mais plutôt que de les tuer, je préférais de beaucoup observer les petits animaux de la forêt et les oiseaux, des plus grands jusqu'aux plus petits.

Je devais avoir douze ou treize ans lorsque papa est revenu de Lyon en nous annonçant que Symphorien Champier avait fondé une nouvelle école. Antoine Héroët lui avait expliqué que dans cet établissement les garçons et les filles recevaient la même instruction. Maman s'est alors demandé s'il ne serait pas bon de m'envoyer dans cette école : il était temps que je quitte notre milieu rural trop limité. C'est ainsi que, mes bagages étant faits, je suis parti pour Lyon. Papa connaissait bien l'archevêque de Lyon qui accepta volontiers de me loger pendant trois ans au cloître Saint-Jean dans un appartement très confortable. Je rougis des privilèges et du luxe dont j'ai ainsi joui, sans même me rendre compte que tout cela je le devais à la fortune et à l'influence de mon père.

Je savais depuis ma plus tendre enfance qu'étant le troisième garçon de la famille, j'étais destiné à devenir un ecclésiastique. J'avais observé les prêtres qui célébraient la messe dans notre chapelle et aussi à la cathédrale de Mâcon, et je me délectais de toute cette pompe, du parfum de l'encens, des magnifiques cantiques latins. Il y avait quelque chose de puissant dans les mystères de notre foi et, pour moi, les prêtres en détenaient la clé : ils étaient des êtres privilégiés, presque surhumains, entre hommes et anges.

À Lyon, suivant le programme de mon père, j'ai partagé mon temps entre le collège mixte de la Trinité et le cloître Saint-Jean où je prenais des leçons de catéchisme, étudiais la *Bible* (tant l'Ancien que le Nouveau Testament), et commençais à lire *les Pères de l'Église* ; j'avais une prédilection pour saint Augustin. Mais, tout éclairé que fût mon père, il n'avait pas compris qu'on ne peut décider sans risque d'une vocation religieuse. Si mon éducation s'était entièrement déroulée à l'intérieur du cloître, peut-être n'aurais-je pas souffert comme j'ai souffert : toujours est-il que, peu après mon arrivée à Lyon, une demoiselle, du nom de Louise Labé, commença à m'obséder.

C'était une jeune fille d'une beauté frappante, avec des boucles blondes et des yeux marrons pétillants, d'allure gracieuse et de caractère affable. J'ai été stupéfait d'apprendre qu'elle était la fille d'un simple cordier. Son existence même démentait l'idée reçue selon laquelle la beauté et l'aristocratie vont de pair. J'avais l'impression que dame Fortune avait placé Louise au sommet de sa roue. Pour moi, Louise était une personne de haut rang.

Mon premier véritable contact avec elle s'est fait de façon abrupte. Un matin, en me rendant du cloître au collège, m'étant frayé un passage dans les rues bondées, j'arrivais sur le pont de la Saône où un laitier et ses deux vaches barraient le passage des chevaux et des charrettes qui voulaient franchir le pont. Dans une confusion croissante, les cris et les insultes fusaient et la pression des gens, des animaux et des véhicules devint telle que les vaches se trouvèrent complètement bloquées.

J'étais parvenu au niveau d'une échoppe de fruits installée sur le pont et les poires me paraissant particulièrement succulentes, j'en ai choisi une bien mûre et de bonne taille. Elle était parfaite, jaune comme une goutte d'or fondu, avec du rouge sur la partie renflée. Dès que l'embouteillage s'est résorbé, j'ai fait au pas de course le reste du chemin jusqu'au collège. Lorsque j'ai franchi le seuil de la salle de classe, je l'ai aperçue : elle était assise, et un rayon de soleil transformait ses boucles en fils d'or, une vision angélique. Je me suis arrêté, retenant un instant mon souffle, puis je me suis précipité, j'ai posé ma poire devant elle, de l'or pour la fille aux cheveux d'or, et je suis reparti aussi vite. Elle a d'abord été interloquée, puis s'est écrié : « Merci, Pontus ! » Elle savait déjà mon nom ! Ce premier contact fut sans suite, si ce n'est quelques timides coups d'œil sous nos cils baissés. Je me sentais attiré vers elle et elle l'était vers moi, mais je ne sais pas si l'on peut vraiment parler d'amour. J'étais devenu un beau jeune homme, grand et mince, élégant et de bonne compagnie ; dans mes yeux marrons brillaient des taches dorées, j'avais les cheveux châtains, le front haut, le nez droit et étroit, et des traits plutôt réguliers. Nous avions presque le même âge, les mêmes intérêts et le même tempérament.

Pendant trois ans nous avons étudié côte à côte, rivalisant pour l'estime et les louanges de nos professeurs. Notre face à face le plus important fut aussi le dernier. J'avais quinze ans, et elle presque seize. Nous nous sommes retrouvés un jour en dehors de la salle de classe pour examiner de près les commentaires de Marsile Ficin sur les dialogues de Platon. Le dialogue préféré de Louise était *le Banquet*, et le mien *la République*. Nous nous mîmes à parler de Socrate que nous admirions, nous demandant si un autre mortel serait jamais capable d'une telle force d'esprit et de caractère. A ma très grande gêne, je me suis aperçu que j'avais une envie folle d'embrasser cette demoiselle assise là, sur le banc près de moi et qui semblait entièrement absorbée par des préoccupations intellectuelles. Vers la fin de notre discussion, j'ai osé lui toucher la main. Elle m'a souri et m'a serré la main comme un de mes camarades masculins aurait pu le faire.

— Il faut que je parte, maintenant, Pontus. Mais essayons de nous retrouver tantôt pour une autre discussion de ce genre ! »

* * * *

Cet effleurement de nos mains et la promesse de prochains contacts avaient provoqué un tel trouble en mon cœur que je crus un instant suffoquer, là, sur mon banc, à la regarder s'éloigner à grands pas. De retour au cloître, je suis allé chercher le jeune chanoine Antoine d'Albon, un de mes maîtres préférés en matière de religion. J'avais besoin de parler de ces sentiments nouveaux pour moi. D'Albon était charitable, mais me dit que c'étaient là des sentiments coupables, incompatibles avec mon futur statut de prêtre. Inquiet de mon ardeur et craignant que l'Église ne perde un candidat prometteur, riche et noble de surcroît, il m'a retenu quelques jours au cloître où il m'occupa à transcrire un manuscrit et à servir la messe. Il avait aussi envoyé un message à mes parents qui réagirent de manière prompte et sévère. Une semaine à peine après cette innocente conversation qui avait allumé en moi un feu totalement hors de proportion, mon père est arrivé à Lyon, et m'a dit de boucler mes bagages : j'allais à Paris continuer mes études à la Sorbonne, haut lieu de l'orthodoxie théologique française.

Durant le long voyage sur les épouvantables routes de Lyon à Paris, je me trouvais plongé dans une langueur rêveuse et m'inventais une vie avec Louise Labé. Nous vivions seuls dans une sorte de temple grec, dans mon île préférée de la Saône, vêtus de toges légères et vaporeuses. Rien ne manquait à notre confort : mets et vins nous étaient présentés sur des tables de marbre et nous étions allongés sur des coussins de soie aux tons chatoyants, occupés à discuter de la sagesse du monde antique. Je rêvais que je tenais Louise dans mes bras et que je l'embrassais avec passion, mais après cela, tout était vague.

Quand nous sommes enfin arrivés à Paris, je fus ébahi par l'immensité de cette ville, la grandeur de ses édifices, la beauté de la cathédrale Notre-Dame et la quantité incroyable d'églises de très grande taille. Leurs cloches semblaient sonner en permanence pour une messe, un enterrement ou un mariage, de sorte qu'il y avait dans toute la ville une musique perpétuelle. J'étais décontenancé par le dédale de petites rues, horrifié par leur saleté et par la pauvreté des travailleurs qui s'y traînaient. Elles empestaient les eaux souillées qui coulaient en filets boueux sur les pavés ou formaient des flaques sur la terre battue. Des enfants couverts de crasse couraient en criant dans cet enchevêtrement, au milieu des chiens, des chats et des rats.

Mon logement à l'université était exigu, sombre et misérablement meublé, mais, là encore, la fortune de mon père m'avantagea quelque peu. On me donna un domestique pour faire mon lit, veiller à la propreté de mes vêtements et m'apporter mes repas. Ainsi je n'eus pas à recourir aux tavernes avoisinantes où la nourriture était infestée de cafards tombés du plafond. Les autres étudiants me disaient de ne pas me préoccuper des cafards : après tout, ils étaient bien cuits !

J'ai travaillé dur pendant que j'étais à l'université, à étudier nombre de commentaires théologiques ainsi que les Pères de l'Église, ou encore à apprendre les dogmes de l'Eglise et sa liturgie. J'ai pourtant réussi à lire Érasme, jugé « anathème et radicalement absurde » par mes maîtres en théologie, et j'ai même lu les œuvres du docteur François Rabelais, disciple d'Érasme et savant humaniste qui était aussi médecin dans le plus grand hôpital de Lyon, l'Hôtel Dieu. Son humour m'a beaucoup plu, mais j'ai vite compris pourquoi les maîtres de la Sorbonne l'auraient envoyé au bûcher s'ils avaient pu s'emparer de lui.

A vingt ans, j'ai terminé mes études et j'ai été ordonné prêtre. J'ai écrit à mes parents pour leur demander de me faire revenir à Lyon où j'espérais devenir chanoine à la cathédrale Saint-Jean, mais ma véritable raison était de revoir Louise que je n'avais jamais oubliée. J'avais vu suffisamment de corruption au sein du clergé de l'université pour savoir qu'une liaison avec une femme n'était pas chose rare et que nos supérieurs avaient tendance à fermer les yeux sur ce genre d'infraction. Je ne voulais pas mener de double vie, mes convictions religieuses étaient fortes et assurées, mais, pourtant, j'aimais une femme.

* * * *

Quand je suis arrivé à Lyon, on m'a présenté à l'archevêque d'Este. Tous les chanoines n'avaient pas ce privilège. Encore une fois, ma position sociale et ma fortune me donnaient droit à un traitement de faveur. Nous avons eu une conversation brève et cordiale : « Vous êtes certes devenu un homme à l'allure imposante ! Vous étiez prédestiné à porter la robe ecclésiastique ! » s'est-il exclamé. J'avais en effet atteint ma taille définitive de cinq pieds et onze pouces et j'étais mince et athlétique. On m'a précisé quelles messes je célébrerais et à quelles heures je recevrais les confessions. On m'autorisait à administrer les sacrements de baptême, de mariage et d'extrême-onction et c'est ainsi que s'est établi mon emploi du temps de prêtre et de chanoine.

J'ai éprouvé un frisson particulier à célébrer la messe dans cette cathédrale éclairée d'admirables vitraux et ornée de superbes sculptures. Quand je parlais, ma voix résonnait dans le sanctuaire et tournoyait autour des colonnes qui s'élançaient vers le ciel, mes homélies semblant ainsi plus profondes qu'elles ne l'étaient en réalité. J'ai appris que Louise et sa famille assistaient régulièrement à la deuxième messe du matin à la cathédrale. Gabriel de Saconay, mon collègue qui célébrait la messe de huit heures et demie, accepta de changer d'heure avec moi. Ainsi, j'ai pu voir Louise de nouveau. Elle aussi avait grandi en taille et en beauté. Quand je la vis, mon cœur se mit à battre fort, ma voix me fit défaut et j'eus du mal à me souvenir de mon sermon et à terminer ce que je voulais dire à l'assemblée des fidèles.

Après l'office, je suis allé près de la porte de la cathédrale pour saluer mes paroissiens. Les Labé sont passés devant moi avec la foule, et Louise, qui m'avait déjà reconnu pendant la messe, s'est arrêtée pour me parler un instant. « Messire Pontus ! Quel bonheur de vous revoir ! J'avais craint de ne jamais plus en avoir l'occasion, après votre départ précipité de Lyon. Pourquoi êtes-vous parti ainsi ? »

Je ne pouvais pas, bien entendu, lui dire la vérité. « Mon père a voulu que je finisse mon instruction au cœur même de l'Église gallicane, à la Sorbonne. Paris est pour moi inoubliable, mais je suis vraiment heureux d'être revenu à Lyon, ville plus majestueuse et plus ordonnée. On se sent beaucoup plus libre ici. »

Louise a souri, m'a pris la main et l'a serrée. « J'ai participé à des joutes, m'a-t-elle dit. Mon frère m'a appris à me battre. Venez donc y assister, un de ces jours ! »

— J'en serais ravi, si j'arrive à me libérer de mes obligations ! Je lui ai souri à mon tour, et elle partit avec sa famille, me laissant saluer les autres paroissiens. Des joutes ? Quelle idée étrange ! Je suis resté songeur en serrant les mains et en murmurant des platitudes aux gens qui sortaient.

Après cela, Louise vint se confesser régulièrement. J'écoutais attentivement et en très peu de temps, j'en ai appris davantage sur sa vie que si nous avions été mariés. Elle avait un fort caractère et plus d'une idée insolite qui, sans aucun doute, était née de l'enseignement reçu au collège de la Trinité. Elle avait une réelle affection pour son précepteur,

Maurice Scève : c'était son érudition, plus que lui-même, qui impressionnait Louise. Elle était très liée à Pernette du Guillet, mais il lui arrivait de se demander si elle ne devait pas prendre quelque distance vis-à-vis d'elle, car Pernette semblait souffrir d'une trop grande dépendance à son égard. Si elle ne se trompait pas, il lui semblait que son frère François l'aimait d'un amour plus que fraternel, ce qui lui posait certainement un problème, même s'il était clair que jamais rien « d'inconvenant » n'avait eu lieu entre eux. J'ai appris, en outre, qu'elle était toujours amoureuse d'un chevalier engagé dans l'armée du roi. D'une certaine façon, cela m'a aidé à me détacher d'elle. Je pouvais lui parler plus facilement puisque ses pensées allaient vers un autre.

En même temps, j'étais d'une jalousie absurde. Je ne lui ai jamais laissé soupçonner mes sentiments à son égard, même si j'ai dû les confesser à mon supérieur, le chanoine Antoine d'Albon. Il m'a alors prescrit une pénitence légère puis, après la confession, il m'a recommandé, comme mesure de bon sens, de m'éloigner de Louise. À mon grand étonnement, il a ajouté que ma fidélité à mon premier amour témoignait d'une forte constance de caractère. « Tant que vous resterez fidèle à vos vœux, Pontus, et je suis certain que vous le resterez, je ne vous dicterai pas votre conduite. Je vous conseillerais toutefois de tourner vos ardeurs vers la Vierge Marie, mais je vous laisse agir selon votre conscience. » Il a terminé sa phrase avec une moue ironique. J'en ai conclu, depuis, que d'Albon considérait mon attachement à Louise comme une affaire sans importance. Après tout, il avait réussi à me faire entrer dans la prêtrise et j'étais à présent lié par des vœux que je ne prenais pas à la légère.

J'ai donc dû affronter un problème de conscience. Devais-je continuer à être le confesseur de Louise, compte tenu de mes sentiments pour elle ? Je me suis torturé mais finalement je pris la résolution de continuer à la confesser à condition de ne pas laisser mes émotions s'immiscer dans les conseils et les pénitences que je lui donnais. Je savais que je me trouvais des excuses et que je temporisais, mais je ne pouvais supporter de briser cet ultime lien qui restait entre nous. Si je devais renoncer à ce rôle de confesseur, ce serait sur les ordres de mes supérieurs, mais ces ordres ne sont jamais venus.

À cette époque, en 1542, Louise se lançait tout juste dans ses fonctions d'hôtesse distinguée. Elle m'a invité à l'une des premières soirées organisées dans la maison de son père. Elle y avait réuni les personnes les plus érudites et les plus importantes de Lyon. Les connaissances et les compétences artistiques déployées ce soir-là par les femmes présentes aussi bien que par les hommes étaient tout à fait extraordinaires.

Louise trouva un moment pour me parler : « Messire Pontus ? Le saviez-vous ? Le dauphin Henri, le roi François et l'armée seront à Lyon, dans un mois à peu près ! »

— Non, je n'en avais aucune idée. Mais je ne suis pas surpris de ne pas en avoir été informé, étant donné l'inimitié qui existe ici, à Lyon, entre l'Église et l'Hôtel de Ville. Comment l'avez-vous appris ?

— Certains de mes invités parlent trop - l'armée et la suite royale feront halte ici avant la prochaine campagne militaire. Nul, apparemment, ne sait exactement de quelle campagne il s'agit et c'est là qu'est le secret.

— Je suppose que nous aurons à célébrer des messes spéciales pendant cette visite du roi. L'archevêque nous en informera probablement sous peu.

— La ville entière projette de fêter l'événement, et je suppose que la cathédrale fera de même, m'assura Louise. Il y aura un tournoi le premier soir, et j'y participerai en tant que chevalier représentant Lyon. De plus, je prendrai part aux joutes du lendemain. Promettez-moi de venir me voir combattre.

— Je vous le promets ! Je ferai le nécessaire pour me libérer ! Je lui ai pris les deux mains avec enthousiasme.

— Bien ! Voilà qui est conclu ! Je vous parlerai plus tard, il faut que je m'occupe des autres.

Là-dessus, elle est partie précipitamment, me laissant dans le rayonnement chaleureux de mon bonheur. Elle m'avait accueilli comme un de ses « vieux amis » alors même que nous avions à peine commencé à nous connaître, autrefois, au collège de la Trinité.

* * * *

Nous avions raison, Louise et moi : l'archevêque a programmé trois messes supplémentaires en l'honneur de la suite royale. Il devait les célébrer lui-même en présence de tout le chapitre des chanoines. S'il m'a été impossible de m'éclipser pour aller au tournoi, j'ai pu parvenir, à grand mal, à assister aux joutes. J'ai dû demander lequel des chevaliers était Louise, ou plutôt le « Capitaine Louis », comme l'appelait le public. Je fus émerveillé de son habileté à cheval, de son courage et de sa force lorsqu'elle a désarmé ou désarçonné les uns après les autres ses adversaires. Et enfin, dans le combat qu'elle perdit, j'ai admiré la grâce et la dextérité de son jeu d'épée. Dans mon coin, tous ont crié comme un seul homme, se répandant en lamentations au moment où le grand chevalier vert l'a désarmée. Il ne se passa pas une semaine avant que j'apprenne la vérité sur cette joute : le chevalier vert était l'homme que Louise avait aimé cinq ans auparavant. Elle a pleuré en m'avouant à confesse le trouble de ses sentiments, et je dois dire que j'ai pleuré avec elle. Je comprenais trop bien sa détresse.

À ce moment-là, tout le monde savait que le dauphin et l'armée se rendaient au siège de Perpignan. L'Empereur, Charles Quint, était déterminé à étendre son emprise sur toute l'Europe occidentale. Seules la France et l'Angleterre, affaiblies par les conséquences de la guerre de Cent Ans, lui faisaient encore obstacle. Un jour, alors que je me rendais du réfectoire au confessionnal, je suis tombé sur mon ami Gabriel de Saconay :

— Pontus, vous ne devinerez jamais ce que je viens d'apprendre !

— Quoi donc ? J'ai froncé les sourcils, trouvant son excitation un peu enfantine.

— Notre amie Louise Labé s'est enrôlée dans l'armée et va faire le siège de Perpignan.

— Oh, non, pour l'amour du Ciel ! Je me suis figé sur place, d'abord pris de chaleur puis frissonnant d'effroi. « Mais pourquoi donc ? Elle va se faire tuer ! » murmurai-je avant de tomber dans un silence morose. Gabriel me regarda d'un air perplexe.

— Pontus, ça va ?

Je me suis forcé à réagir : « Eh b...bien, Gabriel, je ne me sens pas très bien, tout d'un coup. J'ai dû prendre froid. » Mes dents se sont mises à claquer, bien qu'apparemment je sois resté de marbre. « Je devrais aller confesser, à présent, mais... Est-ce que vous pourriez commencer à ma place ? Je reviens tout de suite, le temps de m'habiller plus chaudement. Je ne sais quel mal me frappe. » J'ai essuyé une sueur froide sur mon front.

— Bien sûr, Pontus. J'ai justement une heure de libre. Au fait, si vous aussi avez besoin de vous confesser, je serai là.

Il m'observait, très surpris. De toute évidence, cet ami sensible n'était pas dupe. Il avait deviné la cause mon indisposition soudaine.

— Merci, Gabriel, mais je ne voudrais pas charger votre conscience de mes problèmes. Le chanoine d'Albon est mon confesseur attitré. Je l'ai choisi il y a longtemps, alors que je n'étais qu'un jeune écolier. Je lui ai serré l'épaule.

Il a hoché la tête et s'est détourné. J'ai gravi l'escalier d'un pas lourd, jusqu'à mon petit appartement. J'étais anéanti par un sentiment de désastre imminent. J'étais donc si amoureux de Louise que j'étais en état de choc à l'idée du danger qu'elle courrait ! Je me suis allongé sur mon lit en pensant n'y rester qu'un moment. Peut-être arriverais-je à la dissuader, si je parvenais à la voir. Je retournais ce problème dans ma tête lorsque je me suis rendu compte que Gabriel me secouait.

— Pontus ! Vous avez dormi plus d'une heure. Je regrette de devoir vous réveiller, mais il faut que j'aille dire la messe. Trois personnes vous attendent pour se confesser. Vous sentez-vous de taille à le faire ?

Légèrement étourdi, je me suis mis debout, chancelant un peu. « Je crois bien... » Gabriel m'avait pris le bras pour me soutenir. « Je vous accompagne jusqu'au bas des marches. Je ne voudrais pas vous voir faire une chute dans cet escalier de pierre... Au fait, Madame Labé est venue se confesser pendant que vous étiez couché. Lorsqu'elle a vu que ce n'était pas vous, elle s'est excusée et est repartie. Que se passe-t-il entre vous deux ? »

— Rien, Gabriel, absolument rien. Ce n'est qu'une amie, tout comme vous. Merci infiniment de votre aide, je peux me débrouiller, à présent. » Immobile au pied de l'escalier pendant qu'il s'éloignait, je me sentais oppressé. Ainsi donc, Louise était venue se confesser, mais ne voulait se confesser qu'à moi. À cette pensée, une étincelle de joie intense m'envahit.

Malheureusement elle ne trouva pas le temps de revenir avant que l'armée ne se mette en marche, comme si la confession allait rendre son projet difficile, voire impossible. Je me suis lancé dans une frénésie de vigiles et de prières, me prosternant la nuit devant l'autel et implorant Dieu d'épargner Louise. J'ai supplié la Vierge Marie, les anges et les saints d'intercéder en sa faveur. Je n'arrivais plus ni à manger ni à dormir, et mes amis chanoines ont craint pour ma santé. Mes yeux cernés et ma nouvelle maigreur éveillaient plus d'un commentaire.

Mon soulagement fut immense lorsque Louise et François rentrèrent à Lyon. Fatigués et couverts de poussière, ils n'étaient pas très frais dans leur armure cabossée, et leurs chevaux n'étaient pas en meilleur état. Je me suis agenouillé devant l'autel et j'ai remercié Dieu de sa bonté et de sa clémence. Louise m'a confié plus tard qu'elle avait voulu mourir sur le champ de bataille à cause de son amour désespéré. Mais je lui ai expliqué que Dieu n'était pas prêt à la recevoir si tôt. Elle avait encore beaucoup de choses importantes à accomplir, entre autres publier certains de ses poèmes. C'était cela, qui lui assurerait l'immortalité, et non pas ses prouesses de chevalier !

* * * *

Deux années se sont écoulées. J'écrivais des poèmes dédiés à Louise sous le nom de Pasithée, « déesse pour tous ». Je les assemblais dans un recueil intitulé *Les Erreurs amoureuses*, le mot « erreur » étant utilisé dans le sens de déviation du droit chemin ou même de péché amoureux. Je gardais ces poèmes à l'abri des regards, n'y travaillant que la nuit à la lumière des bougies. Je ne les publierai pas avant bien des années : ils sont sortis en 1549 des presses de Jean de Tournes. Cette date marque ma première incursion dans le monde des œuvres imprimées.

Bientôt, Louise s'est mise à me parler de l'homme qui dirigeait la corderie de son père. Il s'appelait Ennemond Perrin : blessé dans un accident de bateau, il avait eu une jambe vilainement écrasée et Louise, l'ayant soigné pendant près de deux mois, l'avait pris en grande affection. A chacune de ses soirées, je cherchais à voir ce M. Perrin, mais il n'était pas encore à même de se déplacer. Elle me régalait d'anecdotes sur l'intelligence naturelle de cet homme, son esprit et son caractère tout à fait admirables. Peu de temps après m'en avoir parlé, elle me l'a présenté. Il n'avait retrouvé sa mobilité que depuis peu, et marchait en boitant fortement. Malgré cet inconvénient, il était singulièrement beau, avec une certaine noblesse dans les traits. Il était grand et imposant, et sa tignasse de cheveux blanchis avant l'âge exaltait sa beauté. La canne d'ébène sur laquelle il s'appuyait ne faisait qu'ajouter à sa distinction naturelle. Louise tenait Ennemond par le bras, et je ne savais pas s'il s'agissait d'un simple geste d'affection ou si elle l'aidait à marcher. « Nous souhaiterions que vous nous mariiez, Messire Pontus », a-t-elle déclaré.

J'en eus le souffle coupé. « Tout est en ordre, Messire Pontus. Mon père approuve cette alliance et j'aime Ennemond. Nous souhaitons un grand mariage à la cathédrale Saint-Jean. Pouvez-vous le célébrer ? »

— Bien sûr, bien sûr, j'en serai ravi, ai-je balbutié avec une bienveillance toute feinte. Mon cœur était de plomb.

C'est ainsi que je les ai mariés, leur souriant, mais pleurant intérieurement. Ils formaient un très beau couple, et je n'ai jamais vu de cérémonie plus somptueuse. J'ai bien sûr été invité à la noce qui a duré tard dans la nuit et n'a fait que prolonger mes souffrances. J'ai trop bu et suis rentré en titubant au bras de Gabriel. Je suis encore resté éveillé deux heures à écrire des poèmes désespérés que j'ai brûlés depuis.

* * * *

Ce mariage a été le prélude de quelques années fastes pour Louise. Elle a emménagé avec Ennemond dans sa maison de la rue Confort, où elle recevait les artistes, les écrivains et les érudits de la ville une fois par semaine, en faisant ainsi le centre intellectuel de Lyon. Cette félicité a duré une bonne dizaine d'années, toutefois assombrie par la mort prématurée de Pernette du Guillet un an après le mariage de Louise, et le trépas de son père, Pierre Charly-Labé, six ans plus tard. Arrivé à l'âge vénérable de quatre-vingt-trois ans, il avait eu une vie longue et bien remplie, durant laquelle il avait rendu de grands services. C'est moi qui ai prononcé son oraison funèbre lors de la messe de *requiem*.

Manifestement, Louise fut très déprimée par la mort de Pernette, mais ce fut Maurice Scève qui en souffrit le plus profondément. Il s'est senti terriblement coupable de ne pas avoir été à Lyon pendant les dernières heures de Pernette : il se trouvait alors à Bissy-sur-Fley où il m'avait rendu visite dans notre château familial. Je partage sa culpabilité, car c'est moi qui l'ai invité alors que je savais à quel point Pernette était malade. Il est rentré en ville le lendemain du jour où Antoine, le mari de Pernette, l'a retrouvée morte, la plume à la main, apparemment en train de transcrire un des sonnets de Louise. J'ai marché dans les rues pendant des heures avec Scève, essayant de le conforter, mais il resta inconsolable. Son grand chagrin et sa dépression l'ont beaucoup vieilli : il s'est voûté de plus en plus et ses cheveux et sa barbe ont blanchi très vite.

En plus de ces deux événements affligeants, un ouvrage polémique intitulé *Le Philosophe de cour* est paru en 1547, son auteur y dépeignant la gent féminine sous un jour des plus négatifs, et s'en prenant en particulier à la « Cordière de Lyon » qu'il qualifiait de courtisane. L'auteur, Philibert de Vienne, n'avait pas eu le bonheur de figurer parmi les invités de Louise et ceux qui le connaissaient en ont conclu que le dépit et l'envie étaient à l'origine de sa médisance. Louise n'a pas pris son attaque au sérieux, d'autant que la vie continuait à lui sourire. Un incident, survenu l'année suivante, cependant, n'a pas été sans provoquer un peu partout commentaires et commérages. Le nouveau roi, Henri II, avait emmené sa femme, la florentine Catherine de Médicis, à Lyon pour une visite. Maurice Scève avait été chargé des préparatifs : des processions, des arcs de triomphe et des chars allégoriques. Il devait rendre Lyon inoubliable pour le couple royal. Louise a naturellement été conviée à participer, soit comme poète et musicien, soit comme chevalier pour les joutes organisées pour le roi, voire des deux façons, mais elle refusa catégoriquement.

Selon son habitude, elle m'a demandé de la « confesser », ce qui était sa manière de se confier à l'un de ses plus vieux amis tout en s'assurant du secret absolu. Je suis donc le seul, autant que je sache, à connaître la raison de son refus. En tant que femme mariée, elle n'avait aucun désir de courir le risque de revoir Philibert du Peyrat. Scève en fut déçu, mais il était assez perspicace pour soupçonner ses raisons.

Louise a donc été heureuse et pleine d'activité créatrice pendant un certain nombre d'années. Elle a poursuivi ses œuvres charitables dans la ville, et a aussi continué à s'entraîner aux arts martiaux. Mais son plus grand succès, elle le connut comme inspiratrice de la vie intellectuelle et artistique de Lyon. Toutefois ce bonheur, sans enfant pour égayer la vie du couple, suscita des rumeurs sur la virilité d'Ennemond et la fertilité de Louise. Ces chuchotements annoncèrent la fin des années fastes pour Louise.

Il y avait déjà eu des signes précurseurs : le tableau s'assombrissait, la haine et la méfiance grandissant entre l'Église et nos voisins de Genève. La violence qui sévissait depuis longtemps à Paris contre ceux qu'on soupçonnait d'hérésie, a gagné Lyon en 1551, et s'est abattue sur cinq jeunes huguenots qui, malgré mes protestations véhémentes, ont péri sur le bûcher, condamnés par les orthodoxes de la Sorbonne. Je n'arrivais pas à croire que les différences de dogme qui nous séparaient de ces réformateurs fussent assez grandes pour les damner et les rendre sous-humains. Les seuls damnés seraient les nôtres, pour cette atrocité.

Ces mises à mort ont cristallisé la haine implacable de Jean Calvin. Cette même année, ou la suivante, Jean Yvard, un Lyonnais, devenu citoyen de Genève pour pouvoir divorcer, a adressé une requête au Consistoire de Genève demandant que les magistrats de la ville de Lyon entérinent formellement la séparation permanente entre lui et sa femme, Antonia. Dans sa requête, il citait le témoignage de diverses personnes attestant de la conduite scandaleuse d'Antonia, fréquemment vue en compagnie d'une autre femme de mauvaise réputation, une certaine « Belle Cordière ». Même s'il a fallu neuf ans et la publication d'une lettre de Calvin pour que le coup porté à la réputation de Louise trouve un écho dans le grand public, une campagne insidieuse avait démarré chez les magistrats et leurs épouses pour cataloguer Louise comme une femme aux mœurs dissolues.

La lettre de Calvin était avant tout une attaque contre mon ami Gabriel de Saconay, et prenait sa source dans l'affaire Yvard. Yvard éprouvait une aversion particulière pour Saconay, sans doute parce que celui-ci s'était opposé à son projet de briser ses vœux de mariage. Il avait décrit mon ami comme violemment hostile au mouvement de la Réforme et Calvin l'avait cru sur parole. Dans sa lettre, il déclarait que Saconay portait sur son visage les « marques de Vénus » (c'est-à-dire les taches rosées de la syphilis), qu'il fréquentait des maisons de débauche et que, pour distraire ses invités, il faisait venir des femmes déguisées en hommes, entre autres une certaine « Belle Cordière ». Calvin, qui ne connaissait absolument pas Louise, la diffamait au passage, la traitant de vulgaire prostituée.

La calomnie a atteint son point culminant avec l'entrée en scène d'Olivier de Magny. Quelle ironie de voir que la pire menace à la réputation de Louise est arrivée sous les traits d'un secrétaire de l'envoyé du roi auprès du Saint-Siège !

À peu près au même moment, j'ai été nommé chanoine de la cathédrale Saint-Vincent à Mâcon. J'ai donc dû déménager à deux journées de cheval, à peu près, au nord de Lyon. Mes nouveaux quartiers étaient luxueux, et je les ai arrangés pour qu'ils puissent plaire à mes amis, Scève, Peletier du Mans et Pasquier, qui sont venus m'y rendre visite. Nous avons discuté et étudié ensemble, et il nous est souvent arrivé de nous retrouver dans le château familial de Bissy-sur-Fley tout proche. Ma vie a donc été entrecoupée de fréquents déplacements à cheval, car je comptais remplir mes charges consciencieusement mais aussi passer autant de temps que possible à Lyon. J'y suis parvenu, restant parfois toute une semaine. Je m'y trouvais lorsque Magny a fait son apparition dans les soirées de Louise.

Je crains d'avoir éprouvé une antipathie immédiate pour cet homme. Il était évident que Louise lui plaisait (mais qui pourrait le lui reprocher ?) et il inventait sans cesse de nouveaux stratagèmes pour l'attirer à l'écart dans l'espoir de la séduire. Elle, comme toujours dans ces cas-là, détournait ses avances en riant et faisait semblant de ne pas le comprendre.

Le soir où il nous a lu ses poèmes, il m'est apparu très nettement qu'il suivait Pétrarque de si près qu'il était à un doigt du plagiat, et je le lui ai fait remarquer. Mon ami Maurice Scève a confirmé mon observation et a cité un autre poème prouvant que Magny puisait aussi beaucoup dans Marot.

* * * *

Au cours d'un de mes passages à Lyon, mon tour est venu de lire mes poèmes. Je faisais pourtant mon possible pour y échapper. Comme Scève, qui avait expliqué quelque temps auparavant son sentiment à ce sujet, j'avais l'impression d'avoir exposé trop clairement, dans ces poèmes, mon trouble intérieur. Même s'il y avait déjà près de sept ans que je les avais publiés et si la plupart des invités de Louise en avaient déjà lu au moins quelques-uns, ces écrits me paraissaient trop intimes pour être lus à voix haute devant le groupe d'invités. J'ai bien examiné les deux livres publiés plus tard, *Solitaire premier* et *Solitaire second* (ce dernier venait juste de sortir des presses) pour voir si j'y trouvais quelque chose de plus approprié, mais ils sont faits de morceaux de prose didactique. Dans ces textes, je me représente tel que j'aurais voulu être : un jeune noble profondément amoureux qui recherche la solitude. Ce *Solitaire* rappelle le jeune homme que j'étais, mais c'est aussi un homme mûr, versé dans les sujets de l'Antiquité grecque ainsi que dans la musique. Je dépeins une vie de rêve, animée par des dialogues platoniciens et courtois avec ma Pasithée bien-aimée. Celle-ci, une jeune Louise déjà accomplie musicienne, n'est pas encore une poétesse, mais les questions qu'elle pose au Solitaire attestent amplement de la vivacité et de la pénétration de son intelligence.

Espérant éviter ce soir-là de me donner en spectacle, j'ai rendu visite à Louise durant la journée. Après les salutations initiales, je lui ai expliqué : « Chère Madame Labé, ma chère Louise, je ne peux tout simplement pas lire mes *Erreurs amoureuses* au groupe, ce soir. Tout le monde a lu ce livre : il y a quand même sept longues années qu'il est paru. Les gens connaissent ces poèmes par cœur ! Comment oserais-je mettre à l'épreuve leur patience en présentant comme nouveauté des choses aussi anciennes ? »

Louise a soulevé un sourcil et m'a adressé un sourire ironique.

— Ne croyez surtout pas qu'ils aient tous appris par cœur vos poèmes ; il y en a trop.

— Bien sûr qu'ils ne les ont pas appris par cœur. Mais si je les lis, ils s'en souviendront et cela ne peut que les ennuyer. Quant aux livres du *Solitaire*, ils sont trop didactiques, pas du tout ce que vous entendez présenter. Je préférerais donc vous faire ma révérence...

Louise m'a interrompu.

— Écoutez, Pontus..., Messire Pontus, comprenez que tous les autres, dans notre cercle, ont couru le risque d'exposer leurs sentiments les plus profonds. Ils vont sûrement vouloir savoir comment vous interprétez vos propres poèmes, quels sont ceux que vous choisissez et pourquoi. Je ne vous laisserai pas vous défiler !

— Eh bien, soit, Madame. Mais vous risquez tous de vous ennuyer infiniment, ai-je grogné en acquiesçant.

Il y eut un nombre assez important d'habitués, ce soir-là. Une bonne partie d'entre eux était émoustillée à la perspective d'entendre un prêtre lire ses confessions amoureuses. Je n'étais pas ravi de constater qu'Olivier de Magny était venu, et sans son maître, de plus. Au moins n'étais-je pas le seul à « passer » ce soir-là : mon cousin Guillaume des Autels, ainsi qu'un ami commun, Jacques Peletier du Mans, allaient partager la scène avec moi. Nous nous sommes brièvement consultés, et avons décidé que je lirai en dernier.

J'ai attendu mon tour avec des battements de cœur et le souffle court. J'espérais seulement que ma voix tiendrait jusqu'au bout de la lecture. Lorsque j'ai commencé, bien que secoué de tremblements, j'ai réussi à démarrer de façon satisfaisante. J'avais choisi un sonnet, mais aussi une chanson qui, en réalité, était une élégie. Le sonnet était en quelque sorte une satire de mon attitude à l'égard de mon amour pour Pasithée. De ce fait, il n'était pas très sentimental :

> *Elle m'occit, et ma discrétion*
> *Me veut encor plus vivement occire.*
> *J'aime ardemment, et si ne lui veux dire.*
> *Ô trop craintive ardente passion !*
> *Je sens l'ardeur de mon affection,*
> *Qui guide l'œil où le désir me tire :*
> *La pouvant voir, mon regard je retire,*
> *Quittant un bien pour une affliction.*
> *[...]*
> *Elle croira (comme elle est soupçonneuse)*
> *Que ma façon, feinte, et non dédaigneuse,*
> *Soit peu d'Amour, non peur de lui déplaire.*

Je reçus des applaudissements nourris, ce qui m'a redonné courage pour me lancer dans ma chanson. Mais j'avais fait un mauvais choix : trop de mes sentiments y étaient inscrits. Elle commençait de façon abstraite en parlant du feu et de l'eau en tant qu'éléments. Je compare le soleil aux yeux de ma dame, qui m'embrasent l'âme tandis que mon corps se dissout dans l'eau des larmes.

> *Fuyant le jour de ce mien beau Soleil*
> *Tout m'est obscur et rien ne voit mon œil*
> *Que deuil, ennui et funèbres tourments...*
> *Tourments si grands que ma douloureuse âme*

Meut à pitié le Dieu qui tant m'enflamme,
Même le Ciel et tous les éléments.
Plutôt ne soit résout en éléments
Ce corps, ni l'âme au ciel sur le Soleil
Puisse saillir, que doux ne me soit l'œil
Lequel m'enflamme et me tient en tourments.

Je ne veux pas être anéanti, sauf si ma belle n'est pas bonne envers moi. Mais si elle est cruelle, alors que je meure et que je me dissolve en mes éléments. J'ai fermé un instant les yeux en me répétant cette pensée. Et, au moment où je suis arrivé à la dernière strophe, j'avais presque perdu le contrôle de ma voix. J'ai levé les yeux et je n'ai aperçu qu'un seul visage, empreint de dérision : celui de Magny. J'ai essayé de distinguer Louise, Mais son visage était enfoncé dans la pénombre. L'effort de lire des vers aussi intimes m'avait trempé de sueur bien que l'air fût froid, et je tremblais de la tête aux pieds. Dès que ma voix s'est éteinte, Louise s'est levée d'un bond pour applaudir et clamer son approbation. Le groupe entier a suivi son exemple, sauf Magny qui est resté de marbre. Guillaume était près de moi, et quand il a vu les frissons violents qui me secouaient, il m'a vite enveloppé de sa cape.

Après que presque tout le monde m'eut serré dans ses bras et envoyé des tapes dans le dos, le groupe a commencé à se disperser. Louise m'a pris à part au moment où je faisais mes adieux.

— Pontus, puis-je vous parler un instant ?

— Bien sûr, Madame.

D'un geste, j'ai signalé à Guillaume, à Gabriel et aux autres qui pensaient me raccompagner à la cathédrale Saint-Jean que je suivrais plus tard. J'avais remarqué que Louise avait laissé tomber mon titre. « De quoi s'agit-il ? »

Elle m'a pris le bras et m'a reconduit dans le jardin.

— Nous sommes amis depuis bon nombre d'années, a-t-elle dit, et il est vrai que j'ai partagé avec vous, dans le confessionnal et ailleurs, toutes mes pensées secrètes, même les plus indignes. Mais maintenant, c'est vous qui devez partager avec moi. Vous êtes désespérément amoureux, n'est-ce pas, Pontus ? J'ai souffert assez longtemps d'une

173

passion semblable, et je l'ai assez analysée pour en reconnaître tous les signes. Que pouvez-vous faire ? Puis-je vous aider ? Qui pourrait vous venir en aide ?

Je me suis arrêté et je l'ai regardée en face, plongeant mes yeux dans les siens, absorbant la beauté de ce visage, de ce « soleil » que je venais d'évoquer.

— Louise, ai-je répondu en m'éclaircissant la gorge, je ne vais pas essayer de nier que je souffre de tous les tourments qui sont pour nous, poètes, le sujet de nos écrits. Mais il n'y a rien que je puisse faire. Rien. Je suis prêtre, et même si je rêve douze fois par jour de violer l'un de mes vœux, je tente de les honorer tous. La dame que j'aime est vertueuse, et elle est fidèle à son mari. Car elle est mariée, voyez-vous.

Louise prit un air songeur.

— Oh, je vois. J'ai toujours su que vous seriez un de ces prêtres qui prennent leurs vœux au sérieux alors qu'il y en a tant, tout autour, qui violent les leurs. Oui, toute cette affaire est sans espoir. Mais peut-être que, quand vous vous sentirez déprimé, pourriez-vous m'en parler ?

J'ai fait un bruit qui ressemblait à un grognement et j'ai secoué la tête. Elle a poursuivi en posant sa main sur mon bras.

— Croyez-moi, quelqu'un comme vous aurait pu m'être d'un grand secours, mais vous étiez loin, à Paris, à la Sorbonne. J'avais besoin de parler à quelqu'un et il n'y avait personne... À cette époque, j'ai beaucoup pensé à vous et à notre amitié prometteuse. Je ne vous connaissais pas vraiment, et pourtant vous m'avez manqué ! N'est-ce pas étrange ?

— Non, ce n'est pas si étrange que cela, Louise. Dans tout le tohu-bohu parisien, au milieu des études et de toutes les pressions dont j'étais l'objet, je songeais à vous. Oui, je songeais à vous. Ma voix était devenue rauque, et comme elle menaçait de se briser, je me suis tu.

— Si seulement nous avions eu le temps de nous connaître, de parler ensemble, d'étudier ensemble, nous aurions peut-être évité bien des souffrances. Son ton révélait une conviction profonde. Je lui ai adressé un faible sourire.

— Dieu seul le sait, Louise. Mon père en a décrété autrement, et nos vies en ont été irrémédiablement changées. Mais, oui, parlons quand nous le pourrons.

Elle m'a soudain serré dans ses bras et donné un chaud baiser auquel j'ai d'abord réagi par l'étonnement, puis par un tel torrent de passion que j'ai dû m'arracher à elle, et la tenir un moment à bout de bras. J'ai pensé au sonnet que je venais de lire. Louise allait interpréter ma froideur comme un manque d'amour et non comme un excès d'amour.

Louise sembla gênée par son propre débordement.

— Excusez-moi, Messire, a-t-elle dit. Il m'arrive d'être trop impulsive. Mais c'était innocent, je vous le promets.

— J'en suis certain, Louise. J'espère vous revoir très bientôt.

— Bonne nuit, Pontus.

Je suis rentré à Saint-Jean en titubant dans les rues obscures, l'âme tourmentée. Une pensée me hantait : elle aurait pu m'aimer ! Elle me l'avait pratiquement dit. J'ai gravi les marches de mon logement, dans une obscurité à peine dissipée par un mince rayon de lune. J'ai plongé mon visage baigné de larmes dans l'eau froide de la bassine de faïence et me suis essuyé sur ma manche. Je me suis allongé tout habillé sur mon lit étroit, et j'ai passé le reste de la nuit dans les souvenirs et les rêves fiévreux. Ah ! Elle aurait pu m'aimer ! Mais à présent nous étions pris au piège de la vie, dans un enchevêtrement inextricable.

＊ ＊ ＊ ＊

Nous avons tous été soulagés de voir Magny partir pour Rome, mais malheureusement ce fut de courte durée, car il est revenu au bout d'un an environ. Entre-temps, Louise avait connu un certain triomphe, à la publication de ses œuvres. Ses trois élégies et vingt-quatre sonnets avaient été préfacés par un brillant dialogue, *le Débat de Folie et d'Amour*.

Apparemment, ces deux-là étaient arrivés en retard au banquet donné par Jupiter, et lorsque Folie a poussé Amour pour passer la première, une querelle a éclaté entre eux, au cours de laquelle Folie a aveuglé Amour. Après un long débat dont Jupiter se fit juge, Folie dut expier son crime en guidant Amour partout où celui-ci se rendrait. L'érudition dont témoigne ce dialogue, en plus de son esprit et de son originalité, m'a ravi parce qu'elle illustre parfaitement la brillante intelligence de l'auteur et sa vision ironique de la nature humaine.

À la fin du petit volume des œuvres de Louise étaient rassemblés vingt-quatre poèmes : des hommages venant de ceux d'entre nous qui aimaient Louise, la respectaient et l'admiraient. Parmi eux figuraient, malheureusement, deux poèmes de Magny. Mon sonnet intitulé « En contemplation de Dame Louise Labé » fait l'éloge de sa beauté, de sa grâce, de son honneur, de son savoir et de sa vertu :

> *Ici le traître Amour me veut surprendre :*
> *Ah ! de quel feu brûle un cœur jà en cendre ?*
> *Comme en deux parts se peut-il mettre en gage ?*

Tous ceux qui l'ont lu pensent que je parle d'une autre femme, d'un autre amour. Mais ce que je dis, en réalité, c'est : « Comment puis-je ici et maintenant, tomber amoureux de Louise quand mon cœur a déjà été réduit en cendres par ma passion pour elle ? Comment peut-il être gagé encore une fois, puisqu'il a déjà été entièrement gagé bien avant aujourd'hui ? » Mais l'interprétation de mes lecteurs tombe à point. Ainsi personne ne saura jamais qui est ma Pasithée.

Je me trouvais à Lyon le soir de la confrontation entre Magny et Louise. Louise avait chanté l'un de ses plus beaux sonnets, accompagnée par sa jeune et dévouée amie Clémence de Bourges. Nous venions de la féliciter, Saconay et moi, pour la qualité de son sonnet, lorsque la conversation s'est portée sur les persécutions à Paris, notamment sur la façon dont Clément Marot avait été chassé de la ville et forcé à un exil qui l'avait indirectement tué, et aussi sur la manière dont Etienne Dolet avait péri. Louise mentionna une lettre reçue de Marot peu avant sa mort, et monta la chercher. Nous étions tous plongés dans diverses discussions lorsque Ennemond a surgi de la maison, en proie à une très grande agitation. Il nous a invités à poursuivre nos conversations et à reprendre quelques rafraîchissements tout en nous annonçant que Louise s'était subitement sentie mal et ne pourrait pas nous rejoindre ce soir. Il nous a rassurés sur cette indisposition temporaire, disant qu'il n'y avait pas lieu de s'inquiéter. Bien entendu, le groupe s'est rapidement dispersé se demandant quel étrange mal avait pu frapper Louise si subitement qu'elle n'avait pu redescendre nous montrer la lettre de Marot ou au moins nous souhaiter bonne nuit.

Ai-je été le seul à remarquer l'absence tout aussi subite d'Olivier de Magny ?

Louise est venue se confesser deux jours plus tard, voulant me parler de la tentative de viol de Magny plutôt que se confesser. Mais ce qui lui brisait le cœur, c'était qu'Ennemond la soupçonnait et refusait de croire qu'elle n'avait aucunement incité Magny. Les rumeurs qui couraient en ville sur son impuissance le poussaient à croire Louise capable de se tourner ailleurs pour avoir un enfant.

— Oh, Pontus, que puis-je faire ? Je sais que parfois il se sent mal à l'aise avec moi parce qu'il n'a pas reçu d'instruction scolaire. Comment puis-je le rassurer et lui dire que cela n'a aucune importance pour moi, que je l'aime tel qu'il est et que je ne le trahirai jamais ?

Nous avons longtemps parlé, mais je ne pouvais, moi non plus, trouver une solution.

— Arrive-t-il à Ennemond de parler à un prêtre ? lui ai-je demandé.

— Rarement, je ne crois pas qu'il ait jamais trouvé quelqu'un en qui il ait confiance ou qui le comprenne.

— Viendrait-il me voir ? Mais il faudrait que ce soit assez vite, car mes charges me rappellent à Mâcon au plus tard après-demain.

— Je m'efforcerai de lui en parler. Mais j'ai peur qu'il n'ait pas confiance. Je crois que je vais interrompre mes soirées, qui ne feraient qu'attiser ses soupçons.

De fait, Ennemond n'est pas venu me parler et j'ai dû partir m'occuper de mes devoirs. Peu après, cependant, on m'a appris que l'odieux poème de Magny, « À Sire Aymon », était paru à Lyon et qu'on le gobait comme une friandise.

A ce point, la bonne fortune de Louise et celle de son mari ont commencé à décliner rapidement. Une autre satire a bientôt circulé, un écrit anonyme appelé « Chanson nouvelle de la Belle Cordière », dans lequel Louise était effrontément présentée comme une prostituée et son mari rabaissé au rang de poule mouillée pleurnicharde. Le poème, si j'ose le parer de ce nom, était calomnieux à l'extrême, manifestement mensonger aux yeux de tous ceux qui avaient connu Louise et son mari. Et pourtant il connut une grande popularité et fut lu dans toute la ville. Je me rappelle avoir pris dans ma bibliothèque le volume des *Œuvres* de Louise pour vérifier une ligne intéressante dans la préface. C'est celle-ci : « Mais l'honneur que la science nous procurera, sera entièrement nôtre : et ne nous pourra être ôté, ni par finesse de larron, ni force d'ennemis, ni longueur du temps. » Quelle ironie de constater que c'est justement ce que Magny et d'autres ont essayé de faire en noircissant sa réputation, la faisant passer pour une femme aux mœurs dissolues. Il se peut que ce portrait de Louise soit accepté en général par ceux qui croient qu'il n'existe pas d'accusation sans fondement, mais personne n'a encore réussi à obscurcir la beauté et la force de ses œuvres.

Le malheur, dans la maison d'Ennemond, s'est accru du poids des soucis financiers. La couronne a levé de nouveaux impôts pour financer une armée beaucoup plus nombreuse, capable de s'opposer au roi Philippe II, monté environ un an auparavant sur le trône d'Espagne. En effet, celui-ci représentait une menace d'invasion encore plus pressante que son père, Charles Quint. L'économie de Lyon en subissait les conséquences et la corderie Labé n'échappait pas à la règle. Ennemond, pour récupérer une partie de l'argent parti dans les coffres du roi, a spéculé sur des récoltes de chanvre qui ont été perdues et sur des biens immobiliers qui se sont révélés sans valeur. Au bout du compte, il a fait faillite.

La grande popularité dont Louise avait joui en tant que combattante, chevalier et « Capitaine Louis » semblait s'être évaporée. Elle s'entraînait toujours mais ne livrait plus de combat en public. Ses hauts faits commençaient à être oubliés, au grand chagrin de son frère François. Un jour, j'en ai parlé avec lui : il se demandait s'il avait bien fait d'enseigner les arts martiaux à Louise. Elle était ainsi devenue un personnage public, facile à tourner en ridicule. Mais le mépris et le ridicule que Louise et son mari subirent n'eurent rien à voir avec ses prouesses de chevalier.

Mes propres soucis s'étaient également aggravés. Le mouvement huguenot pour la réforme gagnait en popularité et le nombre de fidèles s'en voyait réduit d'autant et par conséquent, les contributions à l'entretien des biens et du personnel de l'Église également. Dans l'évêché de Mâcon, un bon tiers des catholiques s'était converti à la nouvelle foi. Mes charges administratives, en tant que protonotaire apostolique, devenaient de jour en jour plus compliquées et plus prenantes. Quand j'ai enfin pu retourner à Lyon, des mois plus tard, j'ai découvert que la maison de la rue Confort avait été vendue, la corderie fermée et que le couple, accompagné de quelques domestiques, habitait désormais une propriété de Louise à Parcieu-en-Dombes. Non seulement une superbe époque de la vie lyonnaise venait de disparaître, mais il me semblait que ma propre vie ne serait plus qu'une succession grise et austère de revers, de malheurs, et d'épreuves pénibles. Avec mes illusions, ma bien-aimée était morte…

Au bout de quelques mois, j'ai trouvé une excuse pour me rendre dans la paroisse de Parcieu. Pour ce faire, j'ai prétexté la nécessité d'évaluer les effets de la pression des huguenots sur le diocèse. La reine Catherine de Médicis, récemment veuve, se ralliait au mouvement de la réforme, afin d'essayer d'unir la France contre la menace espagnole. C'était elle qui décidait de la politique nationale, politique qui allait à l'encontre des intérêts de l'Église de France. L'administration municipale de Lyon, suivant l'exemple royal, accordait de nombreux privilèges aux réformés, entre autres la liberté de porter des armes dans la ville même.

Mon évêque reçut favorablement ma suggestion et je suis donc parti, en commençant par Parcieu, en fait au-delà de ma juridiction. Je me suis dans un premier temps entretenu avec le prêtre de la paroisse, Jérôme Chardon. Il y avait en effet des convertis parmi ses ouailles mais ils ne représentaient qu'un cinquième des fidèles. Sa paroisse n'étant pas riche, une perte, même si faible, grevait sévèrement son budget. Après avoir discuté de ce problème pendant plus d'une heure, je lui ai demandé : « Avez-vous par hasard dans votre paroisse une famille que j'ai connue pendant bien des années à Lyon, celle d'Ennemond Perrin et de sa femme Louise Labé ? Je crois savoir qu'ils se sont établis par ici, il n'y a pas très longtemps, dans une propriété familiale.

— Oh, oui ! Madame Labé vient régulièrement à l'église. Je ne peux pas en dire autant de son mari. C'est à peine si je sais à quoi il ressemble.

— J'aimerais leur rendre visite, si vous aviez l'obligeance de m'indiquer comment me rendre chez eux.

Chardon m'a donc montré la route à suivre et j'étais en train de trotter tranquillement, pensant être presque arrivé, lorsque j'ai vu une silhouette à cheval dévaler les champs de l'autre côté du muret qui bordait la route. C'était un cheval gris de belle taille, et le cavalier, penché en avant, lançait de temps à autre un coup de cravache sur la croupe de sa monture pour l'inciter à aller encore plus vite. Bien que le cavalier portât des vêtements d'homme, l'abondance de la chevelure me fit penser qu'il s'agissait de Louise.

Quand je suis arrivé à la demeure en pierre de trois étages, j'ai vu le cavalier encore en selle conduisant sa monture au pas dans l'enclos situé derrière la maison. Je suis arrivé au trot juste au moment où il sautait bas sans prendre la peine de s'aider de l'étrier. C'était Louise : elle a atterri en douceur sur ses pieds, puis a continué à faire décrire un grand cercle à sa jument en sueur. Levant les yeux, elle s'est aperçue de ma présence, et a aussitôt attaché la jument à la clôture. Elle a essuyé son front d'un revers de manche, a fait courir ses doigts dans ses boucles emmêlées, puis a mis sa main en visière pour voir mon visage.

— Mon Dieu ! Mais c'est Pontus ! Messire ! Quel bonheur de vous voir ! Vous n'avez pas changé, sauf que vous grisonnez un peu. Venez, allons prendre quelque rafraîchissement et parler !

Chez elle aussi, des cheveux gris se mêlaient à ses boucles blondes, et je distinguais sur son visage des rides de chagrin, mais je m'abstins de tout commentaire. Elle a appelé Jacquesme, le garçon d'écurie, qui a pris la jument et mon cheval bai. Louise lui a demandé de desseller Justino et de le laisser dans l'enclos avec assez de foin pour l'occuper. Puis, côte à côte, nous avons marché jusqu'à la maison.

— Etes-vous heureuse, ici ? lui ai-je demandé.

Elle s'est arrêtée et m'a lancé un long regard.

— Vous savez qu'un malheur n'arrive jamais seul. J'ai perdu la confiance d'Ennemond, et puis j'ai perdu le respect du public quand Olivier de Magny a fait paraître cette ode épouvantable. Ensuite, nous avons perdu notre fortune... Heureusement que j'avais conservé cette propriété très agréable. Nous nous y sommes donc réfugiés.

— Mais, Louise, Ennemond vous fait-il de nouveau confiance ?

Baissant les yeux, elle a lentement secoué la tête.

— Non, Pontus. C'est un homme brisé. Il a besoin d'être occupé par son travail et maintenant il erre entre ici et Lyon en essayant de trouver quelque moyen de relancer ses affaires, et c'est à peine s'il me parle. Si mon père était encore en vie, il serait peut-être en mesure de raisonner Ennemond ; mais il n'y a personne d'autre en qui il ait confiance. Ici, je lis, j'écris, je monte à cheval, je fais de bonnes œuvres dans la paroisse. Telle est ma vie...

— Et ne souffrez-vous pas de ce qui se passe à Lyon ? Ma question portait à la fois sur les rumeurs scandaleuses la concernant, et la violence entre huguenots et catholiques.

— Non, nous sommes trop isolés, ici, Dieu merci. Mais je vous en prie, Pontus, parlez-moi de vous.

Nous avons pris place dans une pièce assez petite, garnie de quelques meubles sauvés du naufrage de sa maison de Lyon. J'ai reconnu certaines des tapisseries ornant jadis les murs de sa demeure de la rue Confort, ainsi que le tableau de Venus, Mars, et Cupidon par Sebastiano del Piombo. La fidèle Marthe, qu'ils avaient pu garder, nous a servi un vin excellent, un fromage du terroir et du pain fait maison. Nous avons parlé un peu des complications bureaucratiques de ma vie, puis de banalités tel le vigneron local, producteur du très bon vin rouge que nous buvions. Ces délicieux instants n'ont pris fin que lorsque le soleil a commencé à s'incliner à l'ouest.

— Je dois partir, Louise. Le village n'est pas tout près. Messire Chardon m'héberge cette nuit.

Elle ne m'a pas proposé de lit, et, si elle l'avait fait, je n'aurais pas accepté : trop de langues se seraient aussitôt agitées. Elle m'a accompagné à l'écurie où nous avons continué à bavarder pendant que le valet sellait Justino. Avant de monter, je me suis tourné vers Louise, et, impulsivement, nous nous sommes pris les mains, les yeux dans les yeux. Je dus me faire violence pour la laisser et mettre le pied à l'étrier.

— Adieu, Louise.

— Adieu, cher Pontus.

* * * *

Les deux années suivantes ont vu les coups durs se succéder. À peine étais-je de retour que j'ai appris la mort de mon très cher ami Maurice Scève. Je l'ai pleuré abondamment comme un des rares hommes auxquels je pouvais parler en toute sincérité, comme un sage, un poète consommé, un artiste, un homme droit. Que les temps futurs honorent son nom et sa poésie comme je l'ai fait et continue à le faire.

En 1560, décédait également notre très faible roi François II, laissant le trône à son jeune frère, Charles IX, à peine sorti de l'enfance. Un an plus tard, d'autres nouvelles terribles : l'amie intime de Louise, celle à qui elle avait dédié ses œuvres, Clémence de Bourges, mourut prématurément. Tout le monde la connaissait pour avoir été chaste et vertueuse. Les habitants de Lyon devaient quand même se rendre compte que jamais une jeune femme aussi pure et virginale que Clémence n'aurait pu être l'amie intime d'une prostituée !

En 1560 également, Joachim du Bellay, lui-même déjà très malade, m'a informé d'un autre décès : celui d'Olivier de Magny, mort dans l'anonymat le plus total, malgré la publication en 1559 de son livre de poèmes, *Les Odes amoureuses*, dans lequel il avait inclus son « À Sire Aymon », un morceau dont il continuait à être fier.

Puis cette même année, il y eut l'émeute de la Fête-Dieu à Lyon. Une des plus grandes processions de la Fête-Dieu avait été interrompue par un jeune peintre huguenot, Denis de Valois qui, fonçant dans le cortège, avait arraché la sainte hostie des mains du prêtre et tenté de la jeter par terre. La foule a alors attaqué les huguenots, ou ceux suspectés de l'être. Cette émeute s'est propagée comme un incendie dans toute la ville et au cours de la mêlée, trois membres de la milice urbaine ont été tués, ainsi que notre ancien instructeur et principal du collège de la Trinité, Barthélemy Aneau. Pour sa tolérance envers les idées nouvelles, il a été battu et poignardé à mort dans la cour du collège.

Le Lyon que j'avais connu avait toujours été divisé entre les marchands formant le Conseil de la Ville et les dignitaires de l'Église : une rivalité entre la robe et le forum. Mais à présent, nous assistions à une fragmentation manifeste. Le Conseil de la Ville soupçonnait l'Église d'avoir fomenté l'émeute et l'Église suspectait la Ville d'aider et d'encourager les hérétiques. Catholiques et huguenots se transformaient en camps armés prêts à s'entre-tuer. La moindre étincelle pouvait tout faire exploser.

Tous mes amis ecclésiastiques plaidaient auprès du Conseil pour empêcher les huguenots de se promener en armes dans la ville et de railler les catholiques, surtout pendant les processions. Le nouveau lieutenant général, le comte de Sault, semblait favoriser les huguenots. Il prit alors une mesure aux conséquences fatales : le renvoi des soldats engagés par l'archevêque pour protéger la cathédrale ; après quoi il a désarmé la plupart des catholiques, ce qui faisait des huguenots la seule faction en armes. L'étincelle s'est produite lorsque les catholiques ont tenté sans succès de se réarmer, avec une crainte justifiée pour leur vie. Les huguenots ont profité de cette tentative avortée pour s'emparer de Lyon la nuit du 29 avril 1562, par l'entremise d'un mercenaire, le baron des Adrets.

* * * *

C'est alors que j'arrivais à Lyon après une chevauchée de deux jours depuis Mâcon. J'étais épuisé et couvert de poussière et les deux chanoines qui m'escortaient étaient tout aussi fatigués. Nous avions tous grande hâte d'arriver à la cathédrale. J'avais reçu de Rome un message de Sa Sainteté qui craignait qu'une lettre envoyée directement à Lyon ne fût interceptée, la ville étant devenue une sorte de « deuxième Genève ».

Nous nous trouvions encore à quelque distance lorsqu'un de mes compagnons a levé une main. « Écoutez ! Je crois entendre des armes à feu ! »

Nous avons arrêté nos chevaux, et lorsque le bruit des sabots a cessé, j'ai pu à mon tour entendre des détonations de canon et d'armes légères.

— Vous deux, retournez au plus proche village et restez-y jusqu'à ce que je revienne. Je dois absolument livrer cette lettre, mais il est inutile de mettre votre vie en danger.

— Mais, Monseigneur, vous allez vous faire tuer. Nous ne vous laisserons pas seul !

— Je vous ordonne de revenir sur vos pas. Honorez vos vœux d'obéissance.

Les deux chanoines ont fait demi tour et m'ont béni, priant à haute voix pour ma sauvegarde. J'ai fait prendre le trot à mon cheval bai. Si seulement je parvenais à la cathédrale, tout irait bien, me disais-je, car, avec ses dépendances, elle était construit comme une forteresse. Je réussirais sans doute à me glisser à travers des ruelles détournées et à arriver sans être reconnu. Je venais du nord et me trouvais à l'ouest de la Saône : je n'aurai donc à franchir aucun pont pour atteindre ma destination. J'ai dépassé au petit galop le port des Deux-Amants et le couvent des franciscains pour arriver à la porte de Pierre-Scize. Le garde, reconnaissant mes vêtements religieux, m'a laissé passer. De là, dès que j'eus passé la deuxième porte, la Faulse Porte de Bourgneuf, je suis resté dans les rues qui longent le fleuve. Je pouvais certes entendre les détonations des armes à feu, mais les cris ne m'arrivaient encore qu'étouffés. Je venais juste de passer l'église Saint-Paul lorsque quatre hommes en noir armés d'arquebuses et d'épées m'ont aperçu. Ils se sont tout d'abord arrêtés, abasourdis de voir un dignitaire catholique dans son habit officiel chevaucher tout droit vers le cœur des combats.

Comme je continuais à avancer, l'un d'eux s'écria : « Jetons de sa selle cet oiseau bariolé ! » Il a levé son arquebuse pour me viser. J'ai lancé un cri tout en enfonçant mes talons dans les flancs de Justino. Le cheval a bondi en avant et s'est trouvé sur cet homme avant qu'il ait pu faire feu. Un coup de mon fouet sur son avant-bras l'a empêché d'ajuster son tir, et le coup est parti dans le vide pendant que je filais au galop. Les quatre hommes se sont aussitôt lancés à ma poursuite. Les fers de Justino glissaient sur les pavés, ralentissant notre fuite. Le plus rapide des huguenots a tiré son épée et s'en est pris à Justino, essayant de lui trancher les jarrets. Malgré mes tentatives pour l'esquiver, son épée a atteint la croupe de mon cheval. Dans un hennissement, Justino a bondi frénétiquement en avant, réussissant à distancer quelque peu les poursuivants. J'ai vite tourné un coin de rue, continuant à talonner Justino même si je savais qu'il saignait abondamment.

Il fit un écart de six pieds alors qu'éclatait sur notre gauche un énorme fracas. Je suis resté en selle, sans doute par pure chance. Le bruit provenait de la cathédrale. Ils devaient être en train de tirer au canon sur l'édifice ! J'ai obliqué à gauche vers le pont de Saône, partant d'instinct vers la maison de la rue Confort. Je n'avais pas la moindre idée du but de cette manœuvre, sachant que la maison avait été vendue et la corderie fermée depuis longtemps. Mes poursuivants étaient à une soixantaine de brasses derrière moi quand je me suis lancé sur le pont. Les gens fuyaient dans tous les sens, ajoutant à la confusion générale et m'obligeant à ralentir. Les huguenots gagnaient du terrain. L'un d'entre eux a levé son arquebuse, heureusement sans faire feu par crainte de tuer quelqu'un d'autre. J'ai tourné à droite pour quitter le pont, de nouveau au petit galop, et j'ai traversé la rue Mercière qui, à la hauteur de l'église Notre-Dame-du-Confort, devient la rue Confort. La maison m'est apparue. Que tous les anges et les saints en soient loués, les portes de l'écurie étaient ouvertes et un homme de grande taille se tenait debout dans l'ouverture. Il m'a fait signe d'entrer, et a immédiatement tiré sur un des lourds vantaux de chêne pour le refermer derrière moi. J'ai sauté de ma selle pour lui prêter main-forte, m'efforçant de refermer l'autre vantail. Les gonds étaient rouillés, et chaque battant pesait plusieurs centaines de livres. Nous les avons enfin refermés avec un grand claquement. Au moment précis où nous basculions le lourd verrou de fer, les huguenots sont arrivés. Ils cognèrent sur les portes avec les crosses de leurs arquebuses, puis se ruèrent pour tenter de les forcer. Les gonds rouillés craquaient et les vantaux tremblaient, menaçant de se détacher. Nous nous sommes alors tous deux précipités en même temps de chaque côté de la porte pour la renforcer tandis que l'assaut continuait. J'entendais les ligaments de mon compagnon émettre des bruits secs chaque fois qu'il exerçait toute sa force pour contenir un assaut. Les vantaux tenaient bon. Nos assaillants se sont retirés pour se concerter, comme nous avons pu le constater à travers les fentes. Ils finirent enfin par repartir en direction du pont.

J'eus alors le loisir de regarder mon sauveur dans la faible lumière du crépuscule. Il était sale, avec une barbe et des cheveux blancs, longs et ébouriffés. C'est à sa claudication, lorsqu'il s'est approché de moi, que je l'ai reconnu. « Ennemond ! Dieu merci ! Vous m'avez sauvé la vie ! »

Il a plissé les yeux en me regardant. « Oui, Messire Pontus, j'en ai bien l'impression. Mais je crains que nous soyons obligés de nous terrer ici quelque temps sans rien à manger. »

— Mon cheval a été blessé par un de ces individus. Il faut que je voie si c'est grave.

— Menez-le dans l'autre partie de l'écurie. Je suis à peu près sûr que les torches et les pierres à feu sont là où je les ai laissées, il y a des années. Il me précéda dans l'obscurité absolue qui régnait dans ce solide bâtiment. Je l'entendais pester dans sa barbe, puis d'une étincelle il alluma une torche qui, sèche comme de l'amadou, prit très vite. A l'aide de cet éclairage, il a trouvé une lampe et l'a allumée à son tour.

— Menez donc votre cheval ici. Voyons sa blessure.

La coupure était superficielle, n'atteignant pas un demi pouce en profondeur et six pouces en longueur, mais elle avait abondamment saigné le long de la jambe de Justino. « Je crois que nous ne devrions pas y toucher, ai-je dit. Que la nature suive son cours, rien de vital n'a été touché. »

Ennemond fut du même avis. « Le foin, ici, n'est pas de première fraîcheur, mais il doit être encore mangeable. Je vais tirer de l'eau à la pompe. Nous pourrons au moins laver la plaie et lui donner à boire ! »

— Merci, Ennemond. J'avais peur qu'il n'y ait pas d'eau. Comment se fait-il que vous soyez ici ? Cette maison a été vendue, n'est-ce pas ?

— Oui, mais j'ai gardé un trousseau de clés. Le nouveau propriétaire et sa famille sont partis depuis un mois, à cause des troubles religieux.

— Comme tant de familles catholiques. J'ai secoué la tête. Mais enfin, que faites-vous ici, au lieu d'être à Parcieu ?

— Quand je suis à Lyon, c'est ici que je loge. J'essaye de trouver le moyen de faire redémarrer mes affaires, mais les banquiers sont presque en aussi mauvaise posture que moi. Venez, je vais vous montrer un endroit où vous pouvez vous reposer en sécurité, même s'il manque plutôt de confort. »

Après avoir lavé la blessure et donné de l'eau et du foin à Justino, nous nous sommes retirés dans la sellerie. Il y avait là deux paillasses où dormaient jadis les valets d'écurie, et où nous nous sommes assis le plus confortablement possible. Nous avons longtemps parlé et Ennemond m'expliqua comment il avait perdu sa fortune. Nous étions en si bons termes que j'ai senti que je pouvais parler de Louise.

— Ennemond, je sais que cela ne me regarde pas. Mais vous êtes tous les deux mes amis depuis longtemps : êtes-vous encore brouillé avec Louise ?

Il a détourné son regard et il est resté un instant silencieux.

— Oui. Elle a perdu ma confiance lors de cette affaire avec Magny. Je crois qu'il s'est passé quelque chose pour qu'il y ait eu un tel scandale. J'ai été la risée de toute la ville, voyez-vous. Je n'arrive pas à le lui pardonner...

— Mais elle n'est pas responsable du scandale provoqué par les attaques de Magny. Je le sais. Croyez-moi, Ennemond, je le sais. Elle est innocente. Elle s'est confiée à moi et je peux vous assurer que c'est la vérité. Vous êtes en train de vous tuer tous deux à petit feu. Ce n'est pas possible.

Il a baissé la tête et a dit lentement : « Je suis toujours amoureux d'elle, vous savez et je vous remercie de vouloir nous aider, mais une partie de moi refuse encore d'accepter cette histoire. Il y a quelque chose qui cloche, dans cette affaire. » Je suis resté muet, accablé. Si le propre mari de Louise n'arrivait pas à la croire, qui, parmi ses amis, ses connaissances, ses lecteurs d'aujourd'hui et à venir, pourrait jamais croire qu'elle était vraiment une femme vertueuse ?

Ennemond m'a jeté un coup d'œil, puis a vite détourné les yeux. Il s'est levé et est allé souffler les bougies. Je suis resté allongé plusieurs heures dans le noir absolu, au milieu des fortes odeurs d'huile de pied de bœuf, de foin et de chevaux, à me demander comment je pouvais aider mes amis. J'entendais des bruits étouffés, dehors, des déflagrations, des hurlements. Autour de nous, les combats et la destruction se poursuivirent toute la nuit. Je sus plus tard que ça avait été pire que je ne l'imaginais : les catholiques furent pourchassés et massacrés, la cathédrale dévastée par les tirs de canon, ses croix et ses statues en mille morceaux, ses fenêtres éclatées, l'autel détruit. D'autres églises avaient subi le même sort, et Saint-Just fut même rasée complètement : on a plus tard utilisé son gros œuvre pour renforcer les murs de la ville.

Le lendemain matin à l'aube, Ennemond s'est aventuré dehors. On entendait encore au loin des détonations d'armes à feu, mais les rues avoisinantes étaient calmes. Seuls des enfants en guenilles et quelques mendiants se trouvaient là, m'a-t-il dit quand il est rentré. Sale comme il l'était, avec ses cheveux poisseux, il ne détonnait nullement dans ce tableau. Il s'était aventuré jusqu'à la cathédrale, entièrement saccagée, dont les œuvres d'art et les objets sacrés avaient été réduits en miettes dans le sanctuaire violé. Le cloître semblait avoir été abandonné. Avant de rentrer, Ennemond avait exploré les environs pour trouver un chemin par lequel je pourrais fuir. C'est en haletant qu'il s'est glissé dans la sellerie.

— Les huguenots ont pratiquement détruit la cathédrale Saint-Jean. J'ai vu quelques corps, mais je n'ai pas osé les identifier.

— Des membres du clergé ? Des chanoines ? ai-je demandé nerveusement.

— Je crois bien. Ça me désole, Messire Pontus.

J'ai baissé la tête. « Que Dieu nous pardonne. Tout ceci est ce que nous récoltons après nos condamnations au bûcher et le massacre dont je viens d'entendre parler à Wassy. La violence engendre la violence, et plus personne n'écoute les paroles du Christ. »

— C'est bien vrai, Messire, mais pensons d'abord à trouver le moyen de vous faire sortir d'ici vivant. Les combats continuent autour de Saint-Just, mais si vous menez votre cheval à la bride et reprenez le même chemin, vous pourrez probablement vous en sortir. Je vais passer devant, et si je vois quelque danger, je viendrai vous en prévenir au plus vite. Dans ce cas, nous n'aurons plus qu'à compter sur notre débrouillardise.

— Sur notre débrouillardise, Ennemond, mais aussi sur la grâce de Dieu. S'il veut m'appeler à Lui dès à présent, eh bien, que Sa volonté soit faite.

Ennemond m'a regardé en fronçant les sourcils, mais il n'a rien ajouté. Nous avons ouvert un seul des deux lourds vantaux de la porte de l'écurie, je me suis épousseté un peu, et tenant Justino par la bride, nous nous sommes glissés furtivement à l'extérieur. Le premier obstacle était le pont : Ennemond est passé en premier, jetant un œil à la Maison Ronde et à la rue des Flandres pour y détecter d'éventuels mercenaires. Pendant ce temps, j'attendais le signal pour le rejoindre à l'Herberie, une petite cour située à quelques pas du pont. Après avoir franchi le pont en grande hâte, nous avons emprunté les rues les plus exigues, les plus tortueuses et détournées qui soient. Ennemond me précédait à une distance de plusieurs maisons, et souvent il m'était caché par un coin de rue. À la Faulse Porte de Bourgneuf, où un rocher s'avance vers la Saône, nous allions être obligés de nous mettre à découvert et de prendre la grand-route avant de franchir cette porte redoutable qui jadis marquait la limite de la ville. Il nous faudrait ensuite longer la paroi rocheuse pendant une soixantaine de brasses avant de pouvoir disparaître à nouveau dans une ruelle. Ennemond s'aventura seul sur la route. Je l'avais perdu de vue lorsque j'ai entendu un martèlement de pieds et un ordre péremptoire. Le cœur battant, je me suis pressé contre Justino, espérant qu'il ne bougerait pas.

— Halte ! Qu'est-ce que tu fais là ? Il y a couvre-feu, sur ordre du baron des Adrets !

Un gémissement nasillard déformant sa voix, Ennemond implora : « Oh, Messieurs, par pitié, juste un sou pour un croûton de pain. Je meurs de faim. »

J'entendis un coup sourd, le bruit étouffé d'un instrument dur contre de la chair, et un cri de douleur. « Hors de notre chemin, abruti. Tu bouches la rue ! Allons ! » L'officier ordonna aux hommes de poursuivre leur marche, et le bruit de leurs pas s'éloigna. J'avançais avec Justino, aussi furtivement que possible, quand nous retrouvâmes Ennemond : il se tenait un côté du visage, et un flot de sang lui coulait entre les doigts.

— Faites voir, Ennemond ! Il a alors ôté sa main découvrant les chairs écrasées et plus haut, près de la tempe, une vilaine coupure qui saignait abondamment. Je lui ai essuyé le visage de mon mieux avec la doublure en soie de ma cape et en ai déchiré une bande pour la lui nouer autour de la tête. Malheureusement, c'est tout ce que je peux faire pour l'instant… Avec quoi vous a-t-il frappé ?

— Avec la crosse de son arquebuse, bien sûr ! s'est écrié Ennemond d'un ton irrité, avant d'ajouter, d'une voix plus douce : Je ne crois pas que ce soit grave, mais dépêchons-nous. La rive est dégagée sur une bonne distance, à présent. Ce sont eux qui patrouillent dans ce coin, j'en suis sûr. Et ils sont repartis en direction de la cathédrale.

Nous avons vite franchi la Faulse Porte et suivi la paroi rocheuse en restant dans l'ombre, puis nous avons continué à serpenter le long de la rue, passant sans nous faire voir derrière les maisons jusqu'à la porte extérieure de la ville, la porte Pierre-Scize. Cette sortie était, comme je le redoutais, gardée par un soldat huguenot. Il était en arme, perché sur la petite tour de guet, mais la porte était ouverte ! « C'est un signe de Dieu », me suis-je exclamé. Nous nous sommes brièvement concertés.

— Je vais passer la porte tout naturellement, avec Justino. Je prétendrai avoir la permission de sortir, et je demanderai au garde de descendre vérifier mes documents. Alors, vous pourrez l'attaquer par derrière. Trouvez quelque chose pour l'assommer, sans le tuer.

Ennemond a acquiescé. « Je vais tâcher de trouver quelque chose. Mais je ne pense pas qu'il descende. Il va plutôt vous obliger à monter. Mais, attendez… j'ai une idée ! Tenez, laissez-moi vous barbouiller la figure de sang. Vous tituberez un peu comme si vous étiez blessé. Il descendra s'il vous croit très mal en point. » Il a brusquement arraché la bande de soie de sa tête. Pressant sur sa blessure, il en a retiré une main ensanglantée qu'il a essuyée sur mon visage. « Encore un peu », a-t-il dit. Il a répété l'opération en répandant un peu plus de sang sur ma poitrine. « Je vais faire un trou dans votre pourpoint, ça donnera l'impression que vous avez reçu un coup de poignard. Tenez bien votre cape juste dessous, contre votre poitrine, pour qu'il puisse voir le sang sur la doublure. Et faites comme si vous étiez très affaibli ! Vous saurez faire ?

— Oh, oui ! Mes camarades de classe m'ont toujours dit que j'étais bon comédien ! Je l'ai aidé à remettre son pansement de fortune. « Du sang sur les mains, voilà qui fera encore plus illusion, lui ai-je dit. Mais regardez ! N'est-ce pas un morceau de joug, là-bas, contre le mur ? » Ennemond est allé chercher le morceau de bois, long de trois pieds. Il était fendu en deux, l'une des moitiés ressemblant à un gourdin cerclé de fer à son extrémité la plus grosse.

— Très bien ! Qu'attendez-vous ? a-t-il demandé en me lançant une petite tape sur le dos en signe d'encouragement. Le théâtre commence !

Bien en vue du garde, appuyé sur le cou de Justino, je titubai et feignis même de perdre l'équilibre par moments. Il me tournait le dos et ne m'a pas vu de suite, toute son attention portée sur la route. Quand il s'est enfin retourné, j'étais presque sous la voûte de la porte. « Halte ! Qui va là ? » a-t-il crié d'une voix aiguë et coléreuse.

Avant de répondre, j'ai lentement mené Justino de l'autre côté, mettant en évidence la blessure sur sa croupe. Quand j'ai levé les yeux, son arquebuse était pointée sur ma tête. « Ne me faites pas sauter la cervelle, jeune homme, je suis déjà bien mal en point. J'ai une lettre du baron des Adrets m'autorisant à quitter la ville. Je dois porter un message pour lui à Mâcon. » J'ai alors brandi la lettre de Sa Sainteté, en prenant soin de cacher une grande partie du sceau papal. Ce cachet d'un rouge vif, et les rubans qui en pendaient, donnaient à la missive un aspect des plus officiels !

— Eh bien, montez me montrer ça ! Sa voix était devenue encore plus hostile. L'arquebuse tremblait un peu, mais elle restait pointée sur moi.

— Mon fils… À ces mots, j'ai fléchi les genoux en me raccrochant à la crinière de Justino, et j'ai pris une voix chevrotante, comme affaiblie par la douleur. « Je suis sans arme et je peine à rester debout. Je vous en prie. Je ne fais qu'obéir aux ordres de votre maître. Vous pouvez m'abattre et en subir les conséquences, ou descendre vous-même. »

Il a grommelé, a abaissé son arme et dévalé bruyamment le petit escalier en colimaçon. J'avais fait tourner Justino pour le placer derrière moi, et je m'appuyais sur son flanc en tendant la lettre du pape. Tandis que le garde s'avançait, Ennemond progressait derrière lui. Tout blessé qu'il fût, il était en pleine possession de ses moyens. Il courait sur la pointe des pieds, rapide et silencieux malgré sa claudication. Lorsque le huguenot entendit un léger frottement de pas dans son dos, il était trop tard pour esquiver. Le morceau de joug s'abattit lourdement sur lui.

— Je crois que son mal de tête sera pire que le mien, a dit Ennemond alors que je vérifiais si le huguenot respirait toujours.

— Je veux bien le croire ! Maintenant, il faut que je monte Justino, éclopé ou pas, pour gagner du temps et disparaître. Devez-vous vraiment retourner à Lyon, Ennemond ? "

— Oui, je dois retraverser la ville pour aller à Parcieu. Il me faut aussi trouver à manger. J'essaierai de m'échapper ce soir. Adieu, Messire Pontus.

Je lui ai serré la main et le bras. « Je serais mort cent fois, sans votre aide, Ennemond. Que Dieu vous bénisse et vous garde, cher ami. Et rappelez-vous ce que je vous ai dit à propos de Louise hier soir. S'il vous plaît, pour vous comme pour elle, tenez compte de mes paroles ! »

— Oui, oui, Messire, j'y penserai. Mais ne tardez pas. Il est passé de l'autre côté de Justino et a tenu l'étrier pendant que je montais. « Bonne chance, que Dieu vous accompagne ! »

Une fois hors de vue de la porte, je suis descendu de cheval. L'effort fourni par Justino pour notre fuite avait rouvert sa blessure. Environ deux heures plus tard, je suis arrivé sans encombre à l'auberge du village où mes deux chanoines devaient m'attendre. L'aubergiste se tenait sur le seuil, en train de s'essuyer les mains sur son tablier quand il m'aperçut. Il lança un cri d'alarme : « Messires, votre maître est ici, et il est blessé ! »

Les deux prêtres se sont précipités. « Mon Dieu, Monseigneur, que s'est-il donc passé ? Souffrez-vous beaucoup ? Nous avons appris que les huguenots avaient pris la ville. Nous étions très inquiets pour vous. » Ils me soulevèrent et me portèrent vers la porte sans prêter attention à mes explications.

— Ne vous inquiétez pas, mes frères, ce n'est pas mon sang !

J'ai enfin pu les rassurer. Puis, après m'être lavé le visage et les mains, j'ai commandé un repas et demandé au valet d'écurie de s'occuper de Justino. Mon histoire captivait les clients de l'auberge qui se sont massés, bouches bées, autour de notre table. J'ai dévoré mon souper, poursuivant mon récit entre deux bouchées, avec un sentiment de culpabilité pour cette abondance. Le souvenir d'Ennemond affamé était trop frais.

* * * *

Je n'ai jamais su comment il avait réussi à quitter la ville occupée. De retour à Mâcon, j'ai été aspiré par le tourbillon des mesures d'urgence que je dus prendre pour faire face à la montée des hostilités. Le massacre de soixante protestants à Wassy par les fanatiques de notre propre camp déclencha une suite d'horreurs qui allaient mener notre nation au désastre et qui n'ont toujours pas cessé à cette heure.

Quelque temps plus tard, j'ai écrit au curé Chardon, à Parcieu, pour m'informer du sort d'Ennemond et de Louise, mais sans résultat. Ma lettre avait sans doute été interceptée. L'occupation de Lyon par les huguenots s'est poursuivie jusqu'en août de l'année suivante, mais leur départ ne procura aucun soulagement à la ville, car c'est à peu près à cette époque que sont apparus les premiers cas de peste. En janvier 1564 la peste s'était répandue dans toute la ville. Ce que les massacres des mois précédents n'avaient pu accomplir, la maladie s'en chargeait. La ville fut ravagée. Les rapports que je recevais faisait état d'une ville fantôme, désertée pour échapper à l'épidémie. Mais la peste est insidieuse : on ne lui échappe pas en fuyant, et souvent elle poursuit et tue les exilés tout aussi sûrement que ceux qui sont restés sur place.

Au début de l'année suivante, je reçus une lettre de Louise. Elle m'annonçait la mort d'Ennemond, survenue quelques semaines plus tôt. Ce n'était pas la peste qui l'avait tué, mais une tumeur qui avait fini par le dévorer. Il était rentré retrouver Louise le jour où il m'avait laissé et ils avaient connu une période de calme avant que la maladie ne le terrasse. Il avait laissé Louise s'occuper de lui, le soigner, et était mort paisiblement dans ses bras. Elle me disait combien elle aurait aimé que ce soit moi qui prononce le sermon de la messe d'enterrement, les derniers rites ayant été austères et très rudimentaires. Mais il reposait à présent en paix dans le petit cimetière près de l'église. Cette lettre au ton lugubre m'est apparue comme un appel au secours.

Au lieu de répondre par écrit à Louise, j'ai décidé de lui rendre visite et de lui prodiguer le peu de réconfort que je pouvais lui donner. J'ai effectué en un temps record le parcours jusqu'à Parcieu. Justino et moi sommes arrivés épuisés devant Jacquesme, le valet d'écurie, auprès de qui je me suis vite enquis de Louise. « Comment va Madame Labé ? » lui ai-je demandé avec inquiétude.

— Messire, elle ne prend plus aucun plaisir à la vie, et elle ne fait plus ses chevauchées débridées comme avant. Elle se morfond. Elle poursuit ses bonnes œuvres mais elle n'est plus elle-même. Elle est pâle et maigre. Je crains qu'elle ne soit malade, Messire. Peut-être pourrez-vous l'aider, car elle a besoin d'un bon prêtre, quelqu'un de plus subtil que le curé Chardon, si j'ose dire.

J'ai hoché la tête d'un air entendu. « Oui, je vois très bien ce que vous voulez dire, et je ferai mon possible pour redonner du courage à Madame Louise. » Je me suis dirigé vers la maison. Le martèlement des sabots de mon cheval avait dû résonner jusqu'à l'intérieur et Louise m'attendait à la porte.

— Pontus ! Quel bonheur de vous revoir !

Je l'ai serrée dans mes bras, l'entourant de ma cape poussiéreuse. Nous sommes restés ainsi un long moment, debout, son front sur mon épaule. Tout son corps était secoué de spasmes. J'ai posé ma joue contre ses cheveux.

— Je suis très triste pour vous de la mort d'Ennemond. Mais au moins il vous est revenu, même si ce n'était que pour mourir.

Ses tremblements ont diminué jusqu'à ce qu'enfin elle semble plus calme. Une certaine nostalgie m'a envahi, un douloureux regret des temps heureux, le chagrin de notre jeunesse envolée, de l'occasion perdue de nous aimer. Je fus pris à mon tour de tremblements incontrôlables. Louise s'est écartée et avec une grande douceur, a essuyé du bout des doigts les larmes qui ruisselaient sur mon visage. Elle m'a aidé à dégrafer ma cape, puis, me prenant la main, elle m'a conduit à un siège.

— Mon très cher ami, vous m'avez toujours compris à demi-mot. Vos ouailles ont de la chance d'avoir un prêtre et un confesseur aussi intuitif.

Ses paroles m'ont ramené à la réalité.

— Qu'allez-vous faire à présent, Louise ? Je suppose que cette propriété vous appartient en propre et que personne ne va essayer de la saisir pour payer les dettes d'Ennemond ?

— Ce que je vais faire en premier lieu, ce sera de dicter mon testament et mes dernières volontés. Il y a, à Lyon, un marchand, également banquier, un Florentin du nom de Thomas Fortini. Vous l'avez peut-être rencontré à l'une de mes soirées. Il demeure en ville malgré la peste, et va m'aider à mettre mes finances en ordre. Oui, cette propriété de

Parcieu-en-Dombes est à moi. Je la léguerai aux enfants de mon frère François. Bien sûr, vous n'avez pas su qu'il était mort de la peste, environ deux mois avant Ennemond. Toutes mes raisons de rester en vie s'évanouissent... elles me quittent, Pontus. Mais je vais rester ici, et je ferai de mon mieux pour aider cette paroisse... jusqu'à ce que je meure à mon tour.

— Est-il prudent de vous rendre à Lyon, même pour dicter un testament ?

— Pontus, vous savez parfaitement que nul n'est à l'abri nulle part, de nos jours. Et vous comprendrez sûrement l'urgence pour moi de dicter ce testament. Elle a souri et a appelé Marthe. S'il vous plaît, Marthe, pourrions-nous avoir quelques rafraîchissements ? Monseigneur de Tyard est épuisé et affamé par son long voyage !

J'ai échangé quelques mots avec Marthe, puis elle nous a laissé, Louise et moi, à nos retrouvailles. Je regardais Louise et, pour la première fois, je constatais les ravages causés par ses récentes souffrances. Son corps était décharné, et son visage défait, ses cheveux dorés étaient à moitié gris, les tendons et les veines saillaient au dos de ses mains. M'examinant avec la même attention, elle me dit : « Je vois, Pontus, que ces temps de violence religieuse vous ont marqué. Vos cheveux sont presque blancs maintenant. C'est assez seyant à vrai dire, mais ça m'émeut de vous voir tellement...

— Tellement vieilli, et si vite. Je sais, Louise. Nous avons tous les deux été soumis à rude épreuve, et vous plus que moi. »

Levant les yeux un peu au-dessus d'elle, m'attendant à voir sur le mur le charmant tableau de Sebastiano del Piombo que j'avais tant admiré autrefois, quelle ne fut ma surprise lorsque je vis qu'à sa place se trouvait une gravure sur bois de second ordre.

— Louise, mais où est le tableau de Mars et Vénus ?

— Nous l'avons vendu, pendant la maladie d'Ennemond. Nous avions besoin d'argent pour les remèdes, les médecins... J'ai du vendre pas mal de choses. Vous souvenez-vous de ce magnifique coffre de noyer sculpté cerclé de cuivre qui se trouvait là contre ce mur ? J'ai acquiescé de la tête. « Et bien lui aussi, et mille autres choses... Mais cela en valait la peine, bien qu'en fin de compte rien ne put sauver mon pauvre Ennemond. »

Marthe est réapparue avec un plateau chargé de vin rouge, d'un fromage curieusement jaune et mou, et du bon pain blanc qu'elle faisait elle-même. J'ai pris avec gratitude un verre de vin et je l'ai presque englouti. Cela m'a aussitôt réchauffé, et comme j'avais le ventre vide, l'alcool m'est un peu monté à la tête. Marthe m'a immédiatement resservi, et cette fois je l'ai bu plus lentement. Louise me regardait, en goûtant le vin posément. Nous avons pris une ou deux petites bouchées de fromage et de pain avant de reprendre notre conversation.

— Louise, je sais que vous avez des obligations familiales et d'autres affaires à régler ici et à Lyon. Mais, voyez-vous, on m'a appelé à Paris pour des affaires d'Église, et il se peut que j'y reste pendant un certain nombre d'années. Dès que vous aurez tout mis en ordre, pourquoi ne viendriez-vous pas à Paris ? Je pourrais vous trouver un logement confortable. J'ai retenu mon souffle, espérant qu'elle accepterait ma suggestion.

Elle eut un doux sourire. « Mon cher Pontus, j'adorerais être près de vous. Mais cela ne nous apporterait rien de bon. On vous soupçonne-rait d'entretenir une maîtresse, et de plus, la « Belle Cordière», imagi-nez les conséquences ! Après tout, cette propriété est mienne, j'y ai mes chevaux, je comprends les gens d'ici et ils m'ont acceptée comme une des leurs. » Elle devina à mon expression une extrême détresse. « Mais j'y réfléchirai, je vous le promets », a-t-elle conclu avec un pâle sourire.

Nous sommes restés assis là au moins deux heures, tout à fait pris par notre conversation, nous racontant en détail les terribles épreuves que nous avions tous deux subies ces derniers mois. La lumière du soleil prit un ton jaune plus sombre et je dus songer à partir pour regagner l'église de Parcieu avant la tombée de la nuit. Mais nous étions plon-gés dans nos souvenirs, et je ne pouvais me résoudre à m'y arracher.

— Vous m'avez demandé à plusieurs reprises pourquoi j'étais parti si soudainement pour Paris, quand nous étions au collège de la Trinité. Je vais essayer de vous raconter ce qui s'est passé.

— Oh oui ! Pontus, je vous en prie. Votre départ a marqué un tournant dans ma vie.

— Je suis rentré au cloître Saint-Jean juste après notre conversation sur Platon, et j'ai informé le chanoine Antoine d'Albon de mes sentiments. J'étais fou amoureux de vous, Louise, et prêt à abandonner ma vocation sur-le-champ pour vous épouser.

— Oh ? C'était donc la même chose pour vous, alors ? Quand je me suis éloignée de vous, je me suis serrée dans mes bras en me répétant sans cesse : « C'est lui que je veux épouser ! » Mais mon « honneur » de jeune fille ne me permettait pas d'exprimer ces choses à voix haute… encore moins de vous en parler, à vous, Pontus. Les adolescents sont si bêtes !

— Nous n'étions que des enfants, Louise, mais avec des émotions d'adultes. D'Albon a envoyé un messager à mon père, qui était déterminé à me faire suivre la vocation qu'il avait choisie pour moi. En moins d'une semaine, j'ai été, pour ainsi dire, enlevé et emmené à Paris contre mon gré.

— Oui, je m'en souviens bien, je vous ai pleuré, Pontus. Vous étiez… vous êtes… si beau et si … digne. Mais je croyais que vous aviez quitté Lyon par indifférence.

— Non, Louise. On m'a emporté comme un esclave enchaîné. Tout le long du chemin, j'ai rêvé d'une idylle entre nous… C'est vous ma Pasithée, Louise. Tous mes poèmes vous sont adressés. Et tout mon amour vous est dédié, à vous et à vous seule.

Louise me regardait, étonnée et émue. « J'ai toujours cru que Pasithée était une femme rencontrée à Mâcon ou à Bissy ! De temps à autre, je me suis demandée… Il faut que vous sachiez : lorsque j'ai rencontré le « chevalier vert », comme vous l'appelez, je suis tombée amoureuse de lui dès que je l'ai vu… et cela, je crois bien, parce qu'il me faisait penser à vous. »

J'eus envie de pleurer ou de hurler, mais je n'en fis rien. Tout cela était dépassé : la mort et la guerre s'en étaient chargé. J'ai fermé les yeux, longuement, conscient de ma respiration irrégulière. « Louise, il se peut que tout cela s'arrange dans une autre vie. Prions qu'il en soit ainsi. Mais il n'y a aucun moyen de revenir en arrière… » Je me suis interrompu, ne sachant plus comment exprimer mes sentiments et mon désespoir. « Je dois partir maintenant, faute de quoi je voyagerai dans l'obscurité. Le curé Chardon s'inquiétera de savoir « Monseigneur » dehors si tard et il pourrait soupçonner… qui sait quoi.

— Je sais. Inutile de m'expliquer.

Avant de quitter la maison pour aller à l'écurie, je me suis arrêté, cédant à une impulsion soudaine. « Louise, puisque nous nous sommes tout « confessé », puis-je… euh… puis-je vous embrasser ? » Et sans attendre sa réponse, je l'ai serrée très fort, tandis que nous échangions un baiser avec une passion égale à celle de mes rêves les plus enfiévrés. C'est elle qui s'est dégagée.

— Mon cher, si vous avez l'intention de rentrer avant qu'il fasse nuit noire… Je réfléchirai à Paris, mon bien-aimé. J'écrirai.

— Bien. Je vivrai dans cette espérance, mon amour.

* * * *

De retour à Mâcon, j'ai du m'occuper de mon déménagement et aussi des charges qui m'attendraient là-bas. Puis, à Paris, j'ai été submergé par mes nouvelles activités et aussi toutes les intrigues de la cour, maintenant que j'allais devenir aumônier du roi, et cela non pas à cause du roi Charles IX, qui se souciait guère de moi, mais parce que son jeune frère Henri, duc d'Anjou, m'avait pris en affection. J'étais donc là lors du cauchemar de la Saint Barthélemy, une affaire qui me donne la nausée chaque fois que j'y pense. Je n'arrive pas à chasser ces images de mon esprit et je peux, encore aujourd'hui, sentir la puanteur qui régnait dans Paris après ce massacre, tant il y avait de corps empilés partout dans les terrains vides, attendant d'être enterrés, et même jetés dans la Seine où ils pourrissaient. En plus, je me sens moralement responsable de ces atrocités, même si je n'aurais rien pu faire pour empêcher ce massacre, car on m'avait soigneusement tenu à l'écart du conseil du roi. Mes sympathies étaient connues et l'on me trouvait un peu trop indulgent, témoignant d'une tolérance toute « Erasmienne » qui cependant avait jusqu'à présent su plaire à la Reine mère.

Environ un an s'était écoulé depuis ma visite à Louise et je m'étonnais de n'avoir toujours pas de ses nouvelles, m'interrogeant à maintes reprises sur son sort. Enfin, je reçus une lettre de Thomas Fortini.

J'étais assis à mon bureau quand on me tendit une lettre écrite sur un papier épais, couleur ivoire. Elle était cachetée avec de la cire noire d'où partaient deux rubans noirs. Son aspect sombre m'a fait hésiter à la décacheter. Enfin, j'ai rassemblé mon courage et j'ai ouvert. Après les formules d'usage, elle disait : « C'est avec le plus profond regret que je viens vous annoncer le décès de Madame Louise Labé, résidant à Parcieu-en-Dombes et tombée victime de la peste… »

Pris d'étouffement, je suis resté assis là, essayant de recouvrer le souffle, comme envahi par la stupeur. Avec un gémissement de douleur, je me suis brusquement levé, renversant du coup la lourde chaise de chêne et serrant contre ma poitrine la lettre froissée dans mon poing fermé. Je me suis mis à marcher de long en large dans mon cabinet, percevant à chaque pas un bruit étrange ressemblant à un cri lugubre et étouffé comme celui d'un animal blessé. Il n'y eut pas de pleurs : le choc était trop grand. Mon secrétaire, Joseph Triolet, est soudain apparu. « Monseigneur ! Monseigneur ! Qu'y a-t-il ? Etes-vous malade ? Souffrez-vous ? »

J'ai continué à marcher un long moment avant de pouvoir répondre. « Est-ce que je souffre ? Oui. Et non, il n'y a rien que vous puissiez faire. Personne ne peut rien faire. C'est fini. »

Un peu plus tard j'ai pu lire la lettre jusqu'au bout. Elle faisait état d'une cassette contenant une bague en or sertie d'un rubis et marquée des initiales FV. C'était un objet que Louise chérissait particulièrement et qu'elle voulait me laisser en souvenir. Malheureusement, la cassette et la bague ont disparu pendant leur transport. Il ne me reste donc rien de ma bien-aimée si ce n'est mes propres souvenirs déchirants. Jacquesme, le valet, avait trouvé Louise et Marthe, seules dans la maison, déjà bien atteintes par la peste. Il s'était enfui, terrorisé, mais avait averti le curé du village, Messire Chardon. Celui-ci, à son tour, avait envoyé un message à M. Fortini qu'il savait être chargé des affaires financières de Louise. M. Fortini continuait en disant que les funérailles s'étaient déroulées selon les vœux de Louise : elle avait été enterrée simplement, de nuit, à la lumière de lanternes, en présence de quatre prêtres. Elle laissait soixante-quinze livres pour les réparations de l'église de Parcieu et une certaine somme pour faire dire des messes, à perpétuité, pour elle-même, pour Ennemond, ainsi que pour sa famille et ses amis. Fortini m'assurait qu'il garderait de Louise un souvenir affectueux, et s'occupait de faire tailler une pierre tombale en hommage à l'un des meilleurs poètes de Lyon. Elle n'avait que quarante-six ans.

* * * *

Dix ans ont passé depuis, dix ans de plus dans le bourbier des guerres religieuses. Morts et pertes irréparables, cruauté extrême et massacres gratuits : il faudra des siècles pour réparer tout ce mal, toute cette haine. L'élection du duc d'Anjou au trône de Pologne, il y a un peu plus de trois ans, m'a donné le loisir de regagner mes propriétés de Bissy, pour y passer quelque temps. Puis voilà deux ans, un courrier m'informait de la mort, par empoisonnement, dit-on, de Charles IX. Mon jeune ami Henri d'Anjou, devenu le roi Henri III, me rappela à Paris pour devenir Lecteur et Premier valet de chambre du roi. Henri est une personne imprévisible, peu respectueux des leçons solennelles que je lui ai données. Ma vie est devenue une lutte constante, sans pour autant être ennuyeuse. Je m'efforce d'exercer sur le roi et sa cour une influence stabilisante. Je soutiens sans fléchir la cause des modérés, et je sers mon roi afin de sauver mon pays.

Pendant ce temps, les conflits religieux continuent à faire rage. Les huguenots, qui commencent à s'appeler « protestants », se renforcent et ne rencontrent pratiquement plus que l'opposition des ducs de Guise, à la tête de la Sainte Ligue. Ceux-ci craignent la modération d'Henri, qu'il ne fasse la paix avec les protestants pour battre l'Espagne et me tiennent pour responsable de son attitude conciliatrice. J'ai été chassé de mon château, où j'étais venu me reposer, mes propriétés viennent d'être pillées et incendiées, et c'est à la cathédrale de Mâcon que j'ai trouvé refuge, première étape sur le chemin qui me ramène à Paris.

Dans tout ce tumulte, quelques moments d'accalmie m'ont permis de repenser à ma vie et d'en noter les moments les plus intenses. J'écrirai sans doute encore à l'avenir, mais je ne composerai jamais plus un vers. Je me réserve ce plaisir pour le moment où je contemplerai de nouveau ma muse, ma Pasithée bien-aimée, dans la vie à venir.

Chapitre VII

Louise.
Rétrospective (1524-1566)

« Au nom de Dieu, Amen … Par-devant Pierre de La Forest, notaire et tabellion royal à Lyon… a été présente dame Louise Charly, dite Labé, veuve de feu Sire Ennemond Perrin, en son vivant bourgeois citoyen habitant à Lyon, laquelle, faisant de son bon gré et âme pieuse et pure volonté, sans force ni contrainte, mais de sa libérale volonté, considérant qu'il n'est rien si certain que la mort, ni moins d'incertain que l'heure d'icelle, ne voulant de ce monde décéder sans tester et ordonner des biens qu'il a plu à Dieu lui donner en ce mortel monde, afin que, après son décès et trépas, différend n'en advienne entre ses successeurs. »

Moi, Louise Charly, dite Labé, née le 4 avril 1520… Oui, il reste quelque argent pour ma succession, et puisque tous mes amis et mes proches, ou presque, s'en sont allés avant moi, je n'ai pas grand mal à décider à qui laisser le peu de bien que j'ai. Ma seule parenté, ce sont les enfants de mon frère François : Pierre et Jacques. À eux et à leurs héritiers, je laisserai l'essentiel de mes biens fonciers. Antoinette, ma belle-mère, s'attend à hériter, mais étant donné qu'elle ne s'est pas plus occupée de mon frère François que de moi durant notre enfance sinon pour nous persécuter, elle ne mérite aucune considération. Outre ma famille, il y a mon ami Thomas Fortini, le seul qui reste des habitués de mes soirées de jadis. Pour sa générosité et les services désintéressés qu'il m'a rendus lorsque j'ai tenté de récupérer quelques-unes des pertes subies par Ennemond, je lui laisse, à lui et à ses héritiers, la jouissance de ma propriété de Parcieu en usufruit pour une période de vingt ans. Et puis il y a mes fidèles serviteurs, auxquels je fais des legs bien mérités, les pauvres de Lyon, auxquels j'octroie 1000 livres, et enfin l'Eglise et l'Aumône Générale de Lyon qui recevront des sommes appréciables.

J'ai commencé à me sentir malade jeudi dernier, le vingt-sixième jour d'avril, à souffrir de maux de tête, de douleurs dans tout le corps et d'un début de fièvre. Comme il aurait pu s'agir de n'importe quoi, de la peste comme d'un mauvais rhume, j'ai demandé à Jacquesme de seller Félicité et j'ai chevauché jusqu'ici, à Lyon, en ce vingt-huit avril.

Ayant vu tant de morts récemment, je ne voulais pas prendre le risque de décéder sans avoir disposé convenablement de mes biens. En parvenant à la maison de M. Fortini, je suis presque tombée de mon cheval, mais heureusement, il y avait là un valet, à la porte de l'écurie, qui m'a rattrapée à temps. Thomas m'a fait allonger sur un banc à coussins, et quand je lui ai dit que je voulais dicter mes dernières volontés sur-le-champ, il s'est dépêché d'aller chercher un notaire et quelques personnes du voisinage pour servir de témoins, entre autres Germain Vacque, un cordier qui a autrefois travaillé pour mon père et pour Ennemond. Je me sens très soulagée à la pensée d'avoir rédigé mon testament qui sera exécuté comme il se doit par mon ami Thomas. Je n'ai pas oublié mon bien-aimé Pontus de Tyard. Compte tenu de sa fortune personnelle, il n'a nul besoin de mes possessions dérisoires, mais j'ai chargé Thomas de lui envoyer, après ma mort, cette chevalière qui a jadis orné la main de notre grand roi François 1ᵉʳ. Il faudrait que j'écrive aussi à Pontus mais je ne m'en sens tout simplement pas l'énergie. Sa présence dans mon esprit, cependant, ramène un flot de souvenirs heureux.

Dès que je serai de retour à Parcieu et que je me sentirai plus forte, je consignerai quelques souvenirs de ma vie. Cet exercice m'occupera tout en m'aidant à évoquer une période de ma vie beaucoup plus propice, et je le concevrai davantage pour mon propre amusement que pour une éventuelle postérité, puisque les enfants de François sont illettrés, et qu'il ne reste plus personne d'autre.

François

Quand je songe à ma vie, mes premiers souvenirs ne sont pas de ma mère, morte alors que j'avais à peine deux ans, mais de mon père et de mon frère bien-aimé, François. Bien qu'il ne l'ait jamais dit ouvertement, mon père a toujours regretté d'avoir épousé Antoinette. Il savait qu'elle n'aimait aucun des enfants dont elle avait hérité en l'épousant, et c'est pourquoi il fut particulièrement attentif à mon frère et moi, les deux plus jeunes et les plus vulnérables. Malheureusement, plus il montrait de sollicitude à notre égard, plus Antoinette était dure. Très tôt, François a joué hors de la maison pour échapper à Antoinette. Il m'a prise sous son aile et il a eu tôt fait de m'enseigner tous les jeux, les sports et les arts martiaux qu'il apprenait lui-même. Je suis devenue son ombre, imitant tout ce qu'il faisait, et comme Dieu m'avait pourvue de qualités physiques très sûres, j'arrivais fort bien à l'imiter. Les années passant, la situation s'est inversée, et c'est François qui est devenu mon ombre, du moins autant que le lui permettaient ses devoirs militaires, et jusqu'à ce qu'il se marie et fonde sa propre famille.

La première fois qu'il m'a mise sur un cheval, je devais avoir trois ou quatre ans, et il en avait, lui, sept ou huit. Il avait passé un licou en corde à la jument qu'on appelait Astérie à cause de la grande tache étoilée sur son front. Je me souviens que je tenais la crinière à deux mains et que j'étais assise sur le dos rond et chaud de la jument avec mes jambes qui partaient tout droit de chaque côté. François a commencé à courir en la tirant. La jument a dû trotter pour le suivre et je me suis mise à faire des petits bonds, et comme je n'avais rien pour me retenir à part mes mains, j'ai vite été projetée dans une flaque de boue. Mon père fut absolument furieux contre François qui m'avait mise en danger et Antoinette se mit en colère contre moi parce qu'elle dut me nettoyer et me trouver des vêtements propres ; cette histoire tourna vite au cauchemar, si bien que je m'en souviens encore comme si c'était hier.

Mes souvenirs de François sont d'un poète, mais un poète du mouvement. Bien que je l'aie vu se battre maintes fois, le combat qui me vient maintenant à l'esprit est celui qu'il livra devant le roi François 1er et le dauphin Henri en 1542.

Avec l'armée du dauphin étaient arrivés à Lyon tous les meilleurs combattants du nord de la France, tant à cheval qu'à pied. Parmi eux se trouvait le champion d'escrime à l'épée de la suite royale qui lança un défi à tous ceux qui voudraient venir se mesurer à lui le premier soir des festivités. François, ayant remporté bon nombre de ces épreuves dans la région, a décidé de relever le défi. Il s'est trouvé seul à le faire, les autres ayant pris peur devant la réputation du bretteur du roi. Au son des trompettes, les deux hommes sont entrés en lice et se sont salués. Ils se sont mis en garde, et le combat a commencé. Le bretteur royal a été trop confiant au début, croyant qu'un ferrailleur inconnu et provincial serait facile à battre. François, en revanche, fut très attentif, s'attendant à rencontrer dans le Parisien un adversaire pratiquement surhumain. L'homme du roi, après une feinte tout à fait transparente, plongea tout droit vers le cœur de François. Mon frère a alors facilement dévié son épée et lui a touché le gilet juste au-dessus du mamelon gauche. Les spectateurs ont évidemment rugi de plaisir, la majorité d'entre eux étant des Lyonnais. Le combat est devenu sérieux. Les gestes de mon frère avaient la fluidité d'une danse ou d'un poème. Ses bras et ses jambes se mouvaient en harmonie d'une attaque à l'autre : on aurait dit un cerf qui bondit loin du danger, un fier destrier qui se dresse tel une statue, la tête et le corps raidis, prêt à parer tout assaut. Tel un danseur espagnol, il virevoltait, se transformant en léopard tapi et prêt à bondir pour donner le coup de grâce. Il a bloqué l'épée de son adversaire, et, d'un moulinet habile, l'a désarmé : il avait gagné le combat sans aucun conteste.

Je m'enorgueillis d'avoir hérité, comme lui, d'un sens infaillible de mon corps. Je ne crois pas avoir jamais été aussi accomplie que lui dans le maniement de l'épée, car, en plus de sa grâce extrême, il possédait plus de vigueur que moi, mais je n'en étais pas loin.

Il m'a pourtant inquiétée lorsque nous étions pratiquement adultes et que je suis tombée amoureuse de Philibert du Peyrat. Il a manifesté alors une jalousie et une possessivité trop fortes pour qu'il s'agisse seulement de sentiments fraternels. C'est son attitude, plus que ce qu'il a pu dire, qui m'a conduite à cette conclusion. La situation s'est quelque peu améliorée après le siège de Perpignan et deux ans plus tard il s'est marié. Son mariage m'a laissé plus de temps pour étudier et écrire, deux activités essentielles à cette époque pour moi, même si j'ai continué les joutes et les combats à l'épée pendant quelques années encore.

Pontus

Mon entrée au collège mixte de la Trinité changea ma vie de façon radicale. Comme mon père avait largement contribué à la fondation de ce collège, il voulait naturellement qu'un de ses enfants y fût inscrit. Il avait déjà engagé un précepteur qui m'avait appris à lire et qui m'enseignait l'italien. Je fus donc choisie et j'en fus ravie, mais en même temps je me sentis très nerveuse. Mes craintes, cependant, se sont vite apaisées.

Pour la première fois, je faisais la connaissance de jeunes de mon âge, bien que, pour la plupart, de classes sociales plus élevées. Deux d'entre eux sont devenus mes amis, et, parmi ces deux, j'ai même trouvé une amie intime. D'autres m'ont rejetée parce que je n'étais que la fille d'un artisan. Pour eux, le talent naturel n'avait aucune importance, et seuls comptaient le rang social et la fortune. Fort heureusement, nos professeurs n'étaient pas aussi étroits d'esprit : non seulement ils avaient permis aux filles d'étudier à égalité avec les garçons, mais ils n'admettaient aucune barrière sociale dans les salles de cours.

Nous étions tous penchés sur nos livres, en train de lire un passage de Cicéron, quand un nouveau est entré. Petit et mince, avec des yeux marrons brillants et des cheveux bouclés, il donnait l'impression d'une grande sensibilité. Pontus de Tyard faisait des études pour devenir prêtre et, en même temps, il allait suivre les cours du collège de la Trinité. Il m'a plu d'emblée, et il ne lui a pas fallu longtemps pour prouver son intelligence hors pair. Son latin était bien supérieur au nôtre, et il aidait volontiers ceux d'entre nous qui le lui demandaient, qu'il s'agisse de la traduction d'un mot ou d'une expression, ou encore de vérifier si tel nom était bien de la quatrième déclinaison. Il était aussi brillant en astronomie et en mathématiques que dans tous les autres sujets, et j'eus du mal à rester à son niveau. Le lendemain de son arrivée, j'étais assise à ma place lorsqu'il est apparu à la porte. Il a marqué un instant d'hésitation, puis il a foncé et a posé devant moi une superbe poire de forme parfaite. Il est reparti à toute vitesse, sans un mot, et est allé s'asseoir à sa place. En me retournant, j'ai lancé « Merci, Pontus ! », et, un peu plus tard, j'ai mangé la poire en secret, comprenant que je ne devais pas la partager mais la savourer comme un cadeau très particulier venant d'une personne tout à fait particulière.

Je l'ai observé durant les trois années qu'il a passées au collège de la Trinité et pendant lesquelles le gamin est devenu un jeune homme de haute taille, beau et gracieux. C'est alors qu'il s'est enfin décidé à m'aborder. Il est resté là, se tordant les mains. « Euh-euh, Louise, euh... pourriez-vous... auriez-vous envie de lire du Platon avec moi cet après-midi ? »

J'ai levé les yeux de mes livres, souriant un peu de sa gêne mais ravie qu'il eût enfin pris l'initiative.

— Quand, cet après-midi ?

— Eh bien, je me disais, peut-être... si cela vous va... juste après la classe. S'il vous plaît !

– Cela m'irait tout à fait. Mais où ?

– Les Franciscains ont un joli petit parc près de l'église Saint-Bonaventure. Vous la connaissez. Il y a une fontaine, des arbres, des bancs, et c'est tranquille ; les autres étudiants n'y vont pas, ça nous permettrait de travailler. Ses mots se bousculaient, dans son enthousiasme.

— Très bien, Pontus. Le jardin des Franciscains est un bon choix. Est-ce que je dois apporter le Ficin, aussi ?

— Oh, oui, bien sûr ! Il a hoché la tête avec emphase et une de ses mèches bouclées est tombée sur son front. « Je ne suis pas toujours d'accord avec le Ficin, mais nous pouvons en discuter ! » D'un air absent, il a repoussé sa mèche, oubliant sa timidité et se réjouissant de la perspective de notre après-midi. Plus il prenait confiance, plus il me semblait beau. Lorsque les classes se sont terminées, cet après-midi-là, nous avons ramassé nos livres et nous nous sommes dépêchés de quitter l'enceinte de l'école par la porte du côté du Rhône. Nous avons ensuite traversé la rue Neuve en courant et en nous faufilant entre les piétons, les charrettes à bœufs et les chevaux. En passant, nous avons regardé par les ouvertures pratiquées dans le muret surplombant le fleuve. Comme d'habitude, les péniches et les chalands amarrés au-dessous de nous se balançaient et dansaient dans un courant qui restait turbulent même près des berges. Côte à côte, nous sommes allés en flânant vers le sud, jusqu'à ce que nous arrivions aux abords du domaine des Franciscains où nous avons bifurqué vers la place du Vin. Nous avons dû contourner le jardin des Franciscains, clos de murs, passer par la porte principale, traverser le cimetière de l'église Saint-Bonaventure et enfin, après avoir franchi une autre petite porte, nous nous sommes retrouvés dans le jardin ombragé. Nous nous sommes installés sous les arbres pour étudier.

Nous avions tout à fait l'intention de lire et commenter nos textes avec sérieux, mais nous étions particulièrement sensibles à notre extrême proximité dans ce jardin dont le calme n'était rompu que par les chants d'oiseaux et le doux clapotis de la fontaine. Les arbres qui se penchaient au-dessus de nous étaient plus habitués à être les témoins de méditations spirituelles que d'amours naissantes. J'ai presque eu le sentiment que les choses étaient plus faciles auparavant, quand nous nous contentions de nous « parler » de loin avec les yeux. Nous avons réussi à dialoguer de façon pertinente tout en lisant des passages de la République et du Banquet, et nous débattions depuis déjà une demi-heure pour savoir si Socrate, tel que Platon le perçoit, avait pu exister en réalité, lorsque Pontus a tendu le bras et m'a caressé la main. C'était un contact que je désirais depuis longtemps, mais quand il eut lieu, je n'ai pas savouré l'instant comme j'aurais dû et je me suis troublée, ne sachant que faire. Antoinette ne m'avait pas préparée à ce genre de chose. J'ai saisi la main de Pontus comme celle d'un des amis de mon frère. « Pontus, je, ah… Je… Il faut que j'y aille. Il se fait tard. Merci pour cette discussion superbe ! J'espère que nous pourrons de nouveau étudier comme cela, ici, dans ce jardin, très bientôt. Bon, euh... au revoir ! » J'ai ramassé mes livres et, traversant la pelouse à la hâte, je me suis dépêchée de gagner la petite porte, me retournant pour lui faire un petit signe de la main. Il me regardait fixement, légèrement penché en avant, et s'agrippant au banc des deux mains.

En réalité, j'avais fui. Mes émotions menaçaient de me submerger, tant j'avais la conviction que j'épouserais ce jeune homme sur-le-champ si seulement il me le demandait. Peut-être n'était-il pas trop tard pour l'empêcher de se faire prêtre ! J'ai été cruellement déçue de ne pas le voir en classe le lendemain, ni le surlendemain. Une semaine a passé. J'ai cherché à me renseigner auprès d'amis de mon père qui connaissaient les chanoines de la cathédrale, et on a fini par me dire que Pontus était allé étudier la théologie à Paris. Le choc fut dur : pourquoi ne m'avait-il pas parlé de ses projets de départ lors de cette après-midi ensoleillée et merveilleuse que je n'oublierai jamais ?

Je me languissais de lui, mais heureusement pour moi j'avais une amie proche, une confidente, Pernette Cousin, désormais connue dans le monde sous son nom de mariage, du Guillet. Pernette, une fille fragile, s'était sentie seule et intimidée à son arrivée au collège de la Trinité et nous étions devenues amies. J'ai dû provoquer un ennui sans bornes chez Pernette en n'arrêtant pas de parler de Pontus de Tyard. Elle était trop jeune pour comprendre que se préoccuper sans cesse d'une personne est le signe qu'on en est amoureux. Heureusement pour notre amitié, il s'est produit cet été-là un événement qui a détourné mon attention de Pontus. Mais cet événement, un bal masqué pour honorer la reine Marguerite de Navarre, faillit m'anéantir.

Philibert

Il y avait quand même quelque chose qu'Antoinette m'avait appris, c'était à coudre, à broder, et à exécuter toutes sortes de travaux d'aiguille. J'ai emmené François au marché où nous avons vite trouvé les plus belles soies, drapées telles des arcs-en-ciel dans les étals des marchands de tissus. J'ai choisi un vert pâle diaphane, et, peu après, nous avons trouvé une soie d'un bordeaux profond ainsi qu'un velours assorti qui seraient du plus bel effet sur François. Dès que nous sommes rentrés à la maison, je me suis lancée dans la confection de nos costumes et les ai terminés bien à temps pour le bal. Je serai déguisée en Diane, la chaste déesse chasseresse et divinité lunaire, tandis que François devenait la victime la plus célèbre de Diane, Actéon. C'était mon premier grand bal, et j'en étais grisée. Nous sommes donc allés, François et moi, au pavillon sur la Saône où se tenait le bal. Il y avait déjà beaucoup de joyeux convives superbement costumés qui avaient tous mis leur masque ; la lune montait juste au-dessus de l'horizon à l'est, les bougies étaient allumées et les rafraîchissements disposés sur les longues tables à tréteaux. Nous nous sommes approchés d'une table et avons pris une coupe de vin, et tout en grignotant des pains d'épices au miel, nous avons échangé quelques remarques légères avec les gens qui se trouvaient près de nous. Dans ces groupes, tout le monde semblait se connaître, mais personne ne nous reconnaissait. On nous fit force compliments sur nos costumes, puis la musique a commencé.

C'est pendant la première pavane que je l'ai vu : déguisé en héros d'Homère, il dansait avec une matrone romaine. Ce qui m'a le plus frappée ? Sa haute taille et la grâce de ses mouvements, sa façon de tourner la tête et de la pencher légèrement de côté en regardant sa partenaire. Bien qu'il soit blond, ses gestes, et quelque chose dans son visage, m'ont fait penser à Pontus. Quand il a levé la tête, nos regards se sont croisés et nous n'avons alors plus détaché nos yeux l'un de l'autre.

Nous avons dansé ensemble le morceau suivant, puis le suivant, et aussi le troisième. Alors, cet Hector ou cet Énée m'a invitée à aller dans le jardin nous promener et bavarder. Il m'a habilement conduite à l'écart des lumières, et nous avons contourné la fontaine pour aller au bord du fleuve, où nous nous sommes assis sur des marches de pierre. Il a ôté son masque, et j'ai vu à la double lueur des lanternes et de la lune qu'il était extrêmement beau, avec des traits ciselés et un menton puissant. Sous cette lumière, ses yeux semblaient noirs et expressifs. Il m'a ensuite enlevé mon masque et j'ai vu à son air que ce qu'il voyait l'intéressait. « Ah ! Une Diane, déesse inviolée, bien sûr ! Il était facile de voir, dans la salle de bal, que vous étiez la plus parfaite et la plus exquise de toutes les dames présentes. Et maintenant que je vois votre visage, je sais que vous êtes aussi la plus belle ! Dites-moi qui vous êtes, créature enchanteresse ! »

— Je m'appelle Louise Labé, et j'étudie la beauté, ai-je répondu. Platon dit que la contemplation de la beauté terrestre amène à la compréhension de l'Idéal de Beauté et de Vérité. Il me semble que vous vous approchez beaucoup de cet Idéal. Puis-je savoir votre nom ?

— Philibert du Peyrat. Pour vous servir, Mademoiselle.

— Et vous devez être dans l'escorte de la reine Marguerite, n'est-ce pas ?

Il m'a alors abondamment parlé de lui. Je dévorais chacun de ses mots sans me rendre compte, innocente que j'étais, que ses compliments avaient vite fait place à un discours entièrement centré sur lui-même. Nous nous sommes promenés nonchalamment, et il me régala de récits de guerre, de campagnes qu'il avait menées en Italie avec le roi ainsi que des merveilles qu'il avait vues dans ce pays. Ma connaissance des armes et des techniques guerrières ne cessait de l'intriguer. « Comment avez-vous acquis ce savoir si peu féminin ? » m'a-t-il demandé.

— Mon frère s'exerce à devenir militaire, et tout jeune qu'il soit - il a à peine vingt ans -, il a déjà été élevé au rang de Maître d'Armes. De plus, j'ai reçu un entraînement très poussé dans le maniement de l'épée et certains autres arts de la guerre.

— Tiens donc. Très intéressant ! Il n'avait pas vraiment réagi à ma réponse, et je sais à présent qu'il ne l'avait pas écoutée. Il a préféré revenir sur ses expériences en Italie. « Il y a, à Florence, ma chère, de magnifiques trésors artistiques. Un peintre, du nom de Sandro Botticelli a fait un tableau du Printemps sous la forme d'une déesse qui porte une robe diaphane comme la vôtre. »

— Il a également peint des sujets religieux, n'est-ce pas ?

— Oui, mais le tableau de lui que je préfère, c'est la naissance de Vénus. Je vous vois parfaitement debout sur un coquillage, bercée jusqu'au rivage par les zéphyrs - mais votre beauté dépasse, et de loin, tout ce qui pourrait jamais sortir de l'imagination débordante de Botticelli. » Il ne me dit pas que dans ce tableau il me voyait nue.

Les feux d'artifice allaient commencer. Debout l'un près de l'autre, nos mains se touchant, nous avons admiré le spectacle, puis nous sommes revenus danser, et Philibert m'a invitée à une nouvelle promenade. « Consentiriez-vous à me montrer votre ville au clair de lune ? »

J'ai été fière de le conduire dans les endroits les plus remarquables de Lyon. En revenant de la cathédrale, nous nous sommes arrêtés sur le pont de Saône pour contempler les ondoiements du fleuve où se reflétait le clair de lune. « Je devrais regagner mes quartiers, m'a dit Philibert, mais je ne suis pas certain d'en retrouver le chemin. Connaissez-vous l'hôtel Guillot ? »

Je le connaissais, et j'ai donc joué les guides. Quand nous sommes arrivés, il a déverrouillé le portail et m'a fait entrer dans la cour. « Venez, ma beauté, ma très chère. J'aimerais vous montrer les belles suites dans lesquelles on nous loge. »

J'ai monté l'escalier en me disant que je souhaitais seulement prolonger cette expérience, cette nuit, avec l'homme le plus parfait et le plus fascinant que j'aie jamais rencontré. Une fois dans son appartement, il m'a invitée à m'asseoir dans un fauteuil tandis qu'il nous versait à chacun deux doigts d'eau-de-vie. Puis il a écarté les rideaux pourpres du lit, les a noués en deux jupes avec la cordelière de soie, et il s'est assis sur le lit. Je n'avais jamais de ma vie bu autant d'eau-de-vie, mais je n'ai pas protesté. Cela me donnait un prétexte pour rester un peu plus.

Il est passé en douceur d'une phase de séduction à la suivante. Ce n'était en réalité qu'un talent, un savoir-faire de séducteur qu'il avait mis à l'épreuve des dizaines de fois en France et en Italie. Sa technique consistait, entre autres, à se dénuder pour passer à l'acte, chose que les hommes font rarement, m'a-t-on dit depuis - en tout cas dans notre région. J'ai été presque hypnotisée, remplie d'admiration et de plaisir quand je le vis nu. Si j'étais Diane, il était à coup sûr Apollon. Lorsqu'il m'a déflorée, il a paru quelque peu surpris de constater que j'étais réellement vierge, mais rien ne pouvait le décontenancer, pas même cela. J'étais folle de lui, disposée à lui donner tout ce qu'il voulait et même plus. Et il y a une chose dont je dois le remercier : ma première expérience amoureuse m'apporta un plaisir sans mélange. J'étais heureuse d'aimer cet homme pour le reste de ma vie, comme il me l'avait promis. Tandis que nous nous reposions de notre premier acte d'amour (car il y en eut trois), il m'a caressé les cheveux et m'a dit : « Vous étiez vraiment la déesse vierge ! » J'ai été frappée d'entendre ce verbe conjugué au passé.

Quand j'ai enfin quitté son lit, je me suis ré-accoutrée du mieux que j'ai pu, tirant sur mon costume et réajustant ma coiffure. Philibert resta allongé, nu, sur les oreillers, les mains derrière la tête, un petit sourire de satiété sur les lèvres. « Vous me pardonnerez si je ne vous raccompagne pas, ma chère, mais je risque de me perdre, et il faudrait alors que vous me guidiez à nouveau ici. » Notre au revoir fut bref et dénué de toute sentimentalité : un baiser sec sur la bouche, et une petite tape sur la fesse droite pour me pousser vers la porte. Il se débarrassa de moi aussi vite et aussi efficacement que possible : après avoir mangé la chair du fruit, il ne lui restait qu'à en jeter l'écorce.

Je me suis hâtée jusque chez nous dans les rues sombres où pénétrait fort peu la clarté de la lune, et j'ai ouvert doucement la porte d'entrée. François m'attendait, son visage éclairé par une bougie. Je lui ai aussitôt raconté ma soirée, mais il m'a vite entraînée dans le jardin pour éviter tout bruit. J'ai été surprise, et déçue, de voir qu'il réagissait de manière très froide au récit de mon initiation amoureuse : c'était presque comme si je l'avais profondément blessé.

Le lendemain, j'ai attendu un mot de Philibert, un quelconque témoignage, des fleurs peut-être. Rien n'est venu. Le surlendemain, j'ai appris que la reine Marguerite et sa suite avaient quitté la ville. Quand les semaines ont succédé aux semaines, puis les mois aux mois, j'ai compris que j'avais été séduite et abandonnée. Mais j'étais follement amoureuse de Philibert, et je vivais dans un monde de fantasmes. D'une certaine façon, le fait qu'il m'eût abandonnée ne changeait pas mes sentiments à son égard, car je m'étais promise à lui, donnée à lui, et j'avais connu avec lui l'extase.

Les mois se sont transformés en années, et mes émotions m'ont enfermée chaque jour davantage dans un tourbillon où se mêlaient passion, souffrance et détresse. De ce fait, je ne me souviens de ma rencontre avec Clément Marot et de ma performance devant lui ou encore de mes premières leçons avec Maurice Scève, que comme si tout avait été peint de couleurs sourdes. J'ai commencé à recevoir à cette époque de charmants et fantasques poèmes d'amour de Monsieur Marot. Il prétendait être très épris de moi, et il avait discrètement choisi de m'appeler « Anne ». Je lui ai toujours répondu de façon enjouée, mais sans l'encourager. J'appréciais sa technique poétique et je le lui disais, mais j'ai toujours refusé d'aller plus avant dans cette intimité.

C'est ma forte discipline physique qui m'a sauvé la vie. Malgré ce que j'en dis dans ma troisième élégie, j'ai continué à pratiquer mes sports. François se plaignait parfois de la fureur avec laquelle je l'attaquais, l'acculant à un mur ou à un tronc d'arbre. Grâce à notre entraînement constant, nous avons tous les deux continué à nous améliorer. Quoi qu'il en soit, j'ai gardé mon corps en forme, souple et agile, bien musclé. Je voulais aussi être vive et belle pour Philibert.

Maurice

Malgré mes pleurs pour mon infidèle amant, je me rappelle cette époque avec quelque plaisir, grâce à l'amitié naissante de Maurice Scève. Environ six mois après que Philibert m'eut abandonnée, Maître Scève a commencé à me donner des cours particuliers, et peu à peu il en est venu à me faire étudier sérieusement la poésie. Il a commencé par Pétrarque, tout en m'enseignant les procédés rhétoriques, la versification, la rime et la forme poétique. Il m'a fait réviser la mythologie grecque et romaine. J'avais une formation déjà assez bonne pour le suivre, grâce à Messieurs Champier, Aneau et (parfois) Héroët, voire suffisante pour contester de temps à autre un de ses arguments.

Cette connaissance de la poésie a été pour moi une véritable aubaine, car j'ai pu ainsi traduire en vers mes frustrations, ma passion, ma colère et même mon désir. Lorsque j'ai vraiment appris à connaître Maurice Scève, j'ai osé lui montrer ce que je considérais comme un poème achevé. Il a commencé à me dire que je devrais publier, mais je ne me sentais pas du tout prête.

Je me souviens de Scève avec une grande tendresse. Certes, il est mort à présent, lui aussi, comme tous ceux que j'ai aimés. C'était un homme de petite taille mais de forte carrure, au dos toujours voûté comme souvent les hommes qui étudient beaucoup. Il avait d'abondants cheveux châtains et une barbe courte et épaisse qu'il maintenait taillée en pointe. Je me le représentais tout recouvert d'une fourrure brune comme un ours. Mais quelle intelligence divine ! Quel poète consommé ! Les mains en disent long sur un homme : les siennes étaient carrées, mais avec des doigts effilés comme ceux d'un peintre, et ses gestes étaient gracieux, comme s'il battait une cadence musicale. Ces mains étaient toujours propres, avec des ongles immaculés – hormis, de temps à autre, une tache d'encre. C'est son visage, bien entendu, dont je me souviens le mieux : ses yeux, d'un marron profond, grands, lumineux, infiniment expressifs, avec de lourds sourcils qui se fronçaient quand il était sous le coup d'une émotion, ou qui disparaissaient dans ses cheveux quand il était étonné. Lorsque j'étais troublée, son doux sourire agissait sur mon âme à la manière d'un baume apaisant.

Je savais dès le début qu'il était passionnément amoureux, et il ne m'a pas fallu longtemps pour me rendre compte qu'il s'agissait de ma meilleure amie, Pernette, ce qui n'a fait qu'accroître ma sympathie pour lui. Je ne comprenais que trop bien les affres intérieures qui étaient les siennes, encore compliquées par un vœu de chasteté qu'il avait prononcé lorsqu'il était moine dans le monastère de l'île Barbe. Dans un premier temps, j'avais naïvement cru qu'il pourrait éclaircir pour moi les mystères de l'amour, mais à mesure que j'observais le flux et le reflux de ses émotions et que je lisais de plus en plus de poèmes d'amour, je comprenais que personne ne pouvait aider autrui dans le cas d'un amour-passion.

Le mariage de Pernette à M. du Guillet à failli causer la mort de ce pauvre Maurice. Pernette et lui avaient échangé des poèmes d'amour et même une mèche de cheveux ; il n'avait aucune raison de soupçonner qu'elle allait brusquement épouser quelqu'un d'autre. Je sais qu'elle aimait profondément Scève, car elle m'a consultée sans relâche pour savoir comment lui annoncer ce mariage décidé par ses parents. Elle remettait toujours à plus tard et ne lui a rien dit jusqu'au dernier moment. Je crois encore qu'elle aurait pu éviter ce mariage avec M. du Guillet si elle avait su s'opposer à ses parents et se battre pour celui qu'elle aimait. Scève n'était pas riche, mais tout Lyon le portait aux nues pour sa grande sensibilité artistique qu'il employait d'ailleurs de bien des façons au service de la ville, entre autres lors de chaque visite royale. C'était toujours lui qui organisait le programme, les arcs de triomphe pour l'entrée du roi, et les parades.

Scève a très mal reçu la nouvelle du mariage de Pernette. Il s'est effondré lors d'un cours particulier qu'il me donnait le lendemain des noces. Je l'ai pris dans mes bras et il a pleuré sur mon épaule comme un petit garçon. Peu après, il s'est lancé dans une beuverie qui aurait pu le tuer. Pernette a plus tard trouvé le moyen de poursuivre leur relation sous la forme d'une amitié chaste et intime, mais je me suis souvent demandé comment elle pouvait ainsi continuer à torturer le pauvre homme. Aujourd'hui, je sais que l'amour courtois et l'amour platonique n'ont de sens qu'en théorie. Scève a fait paraître sa *Délie*, un remarquable ensemble de dizains qui était de toute évidence le témoignage de son amour pour Pernette.

Il y a une rencontre avec Scève dont je n'ai parlé à personne, pas même à Pontus de Tyard, bien que je l'aie certes avouée au chanoine d'Albon qui était mon confesseur avant que je passe à Pontus un peu plus tard cette année-là. À cette époque, ce n'était certes pas ma réputation que je protégeais : je voulais seulement qu'aucun scandale n'éclabousse Scève, et je savais simplement qu'il était très proche de Pontus. La chose s'est produite alors que Pernette refusait de voir Maurice Scève à cause de ragots lui prêtant une liaison avec une autre femme. La veille de ma rencontre avec Scève, j'avais vu Pernette.

Nous étions assises sur des fauteuils recouverts de brocart bleu et or. Des rideaux taillés dans le même brocart encadraient une vue du grand jardin planté et ordonné avec une symétrie harmonieuse. « Louise, s'est exclamée Pernette, je ne peux pas continuer à voir Maurice s'il persiste à me tromper avec d'autres femmes. Ou bien nous nous aimons, ou bien nous ne nous aimons pas. »

J'ai secoué la tête. « Ma chère, d'abord, vous accordez trop de foi à de simples commérages. Et puis vous savez qu'on consulte sans cesse M. Scève à cause de ses compétences esthétiques, et qu'on l'interroge sur tout ce qui touche à la mythologie ou au symbolisme ésotérique. Et parmi ceux qui le consultent, il y a - sans doute même surtout - des femmes. Cela ne signifie pas qu'il aille coucher avec elles ! »

— Oh, Louise, je ne crois pas qu'il couche avec toutes. Mais de temps à autres... Elle n'a pas fini sa phrase.

— Pourquoi le croyez-vous ? Vous plaît-il d'y croire ?

— Il se peut… Il se peut que ce soit parce que je me sens coupable. Je lui ai laissé entendre à plusieurs reprises que je pourrais venir passer un après-midi avec lui, et puis, au dernier moment, j'ai toujours annulé. Je sais que ce n'est pas juste, mais… mais je veux que notre amour, notre véritable amour, reste chaste. » Pernette s'était tournée, son profil délicat se dessinait dans toute sa pureté contre l'éclat brillant de la froide journée dehors.

— Croyez-vous Pernette, que seul un amour chaste puisse être un amour véritable ?

— Oui, Louise. C'est ce que je ressens. Faire la bête à deux dos dans un lit, comme des animaux - car telle est l'horreur que m'inflige Monsieur du Guillet -, n'a rien à voir avec le véritable amour. Absolument rien !

Elle a abattu sa main sur le bras de son fauteuil en la faisant claquer. Elle savait que je n'étais pas de son avis.

— Pernette, je regrette vraiment que votre expérience de l'amour physique soit si mauvaise. Peut-être que s'il s'était agi de Monsieur Scève... J'ai laissé ma phrase en suspens.

Elle a changé de sujet et notre conversation a pris un tout autre tour.

Quelques jours auparavant, j'étais tombée sur Scève dans la rue, et il avait accepté de me recevoir, pour lire et commenter deux sonnets que je venais juste de terminer. Notre rencontre était prévue pour le lendemain de cette conversation avec Pernette. J'ai trouvé Scève penché sur son bureau, noircissant une page de sa belle écriture.

— Un poème ? ai-je demandé en entrant.

— Non, une lettre à Marot.

— Ah, oui. Je ne sais pas si je vous ai jamais remercié comme il se doit de m'avoir sauvée de ses assauts, la nuit de l'été dernier où il nous a rendu visite. J'ai l'impression qu'il était déterminé à me violer ! ai-je dit en riant.

— Oui, je crois que c'était le cas, a répondu Scève en serrant les lèvres comme s'il estimait ma remarque déplacée - à moins qu'il n'en fût encore à désapprouver le comportement de Marot. Il a posé la plume sur son reposoir et il m'a fait signe de venir m'asseoir près de lui.

— Vous dites que vous avez des sonnets à me montrer ?

— En effet, mais si j'arrive mal à propos...

— Pas du tout. Je suis heureux d'un peu de compagnie amicale. Aujourd'hui, je me sens aussi sinistre que le temps.

Je me suis assise dans le fauteuil qu'il m'avait indiqué, et j'ai jeté un œil dehors. Je voyais des nuages gris et agités à travers les fenêtres à meneaux. J'ai étalé mes poèmes sur la table devant nous, et Monsieur Scève a rapproché son fauteuil du mien pour mieux voir. Le premier sonnet commençait par : « Je fuis la ville, et temples, et tous lieux... » Scève a étudié le poème, hochant la tête d'un air satisfait et osant quelques suggestions à vérifier. « C'est bien », a-t-il dit en souriant un peu. Je voyais qu'il aimait ce travail, mais qu'il n'était pas subjugué. Le sonnet suivant, où j'imite Catulle, a en revanche capté son attention : « Baise m'encor, rebaise-moi et baise ;/ Donne m'en un de tes plus savoureux,/ Donne m'en un de tes plus amoureux :/ Je t'en rendrai quatre plus chauds que braise. »

Il s'est tourné vers moi avec des yeux de braise, justement. Il a doucement posé une main sur ma nuque, s'est penché vers moi, et il m'a planté un gentil baiser sur les lèvres. Nous avons eu tous les deux un mouvement de recul, nous fixant du regard, étonnés, et il m'a donné un nouveau baiser, puis encore un autre. J'ai bien peur d'avoir réagi de manière très inconvenante, avec un énorme appétit. Je l'ai enlacé tant bien que mal depuis mon siège, d'abord timidement, puis avec de plus en plus d'audace, mue par son ardeur. Nous nous sommes levés, et Scève m'a serrée dans ses bras tandis que je lui passais la main dans les cheveux. Sans cesser de nous embrasser, nous sommes allés jusqu'à un large banc rembourré qu'il avait conçu pour que lui ou son frère puissent s'allonger quand ils travaillaient tard le soir. Comme il portait une simple robe de professeur, il lui a été aussi facile qu'à moi de la soulever. J'ai glissé mes mains par-dessous, et, en les remontant, j'ai découvert ce que j'avais soupçonné. Il avait le dos et la poitrine couverts d'un doux duvet que je me suis représenté du même châtain brillant que sa barbe. Nous nous sommes agrippés désespérément l'un à l'autre comme des âmes naufragées sur le point de sombrer, et nous avons fait l'amour avec passion jusqu'à ce que nous soyons tous les deux épuisés. Il me semblait alors que je le sauvais tout en me sauvant. Je ne sais pas s'il avait la même impression, je ne le lui ai pas demandé.

Nous nous sommes alors assis côte à côte, lissant nos vêtements froissés et nous regardant avec culpabilité et quelque étonnement. Puis, dans un bel ensemble, nous nous sommes exclamés : « Je suis désolé/e, Louise/Maurice, je n'aurais pas dû ! » Nous avons tous deux éclaté de rire. En réfléchissant à la tornade que nous venions de traverser, il m'est apparu clairement que, vœux de chasteté ou pas, Scève n'était nullement novice. Et il avait certainement su, par ce que je lui avais dit de mon propre tourment amoureux, que je n'étais pas vierge non plus. Il s'est tourné vers moi d'un air grave.

— Vraiment, Louise, je ne m'y attendais pas - je n'avais rien prémédité. Pouvez-vous me pardonner ?

— Maurice, si je n'avais pas voulu de cela, j'aurais pu l'empêcher. J'espère seulement que vous n'allez pas désormais me considérer comme une femme dissolue et me retirer votre amitié. Car j'y tiens plus que je ne saurais dire.

Il a secoué la tête d'un air honteux, et froncé les sourcils. « J'étais terriblement en colère contre Marot, l'été dernier, parce qu'il m'avait demandé de vous persuader de coucher avec lui. Vous n'étiez pas au courant de cela, évidemment. Je l'ai rabroué et laissé planté en pleine rue. Et maintenant, voyez ce que, moi, je viens de faire ! »

— Oui. Et Pernette est ma meilleure amie. Je lui ai dit bien des fois que je ne suis pas amoureuse de vous, que je ne fais pas l'amour avec vous, et voyez ce que, moi, je viens de faire ! »

Il se tordait les mains et, fixant ses doigts entrecroisés, il fronça à nouveau les sourcils. « Je ne peux imaginer que vous puissiez continuer à avoir du respect pour moi... »

— Maurice... Monsieur Scève... Maître... Je remontais les échelons de la bienséance. « Il nous faut simplement imputer ce manquement au hasard, à un besoin mutuel, à une humeur momentanée, à un instant de dépression, à une impulsion folle, et ne plus y penser. Vous, en tout cas, avez bien trop à perdre si nous continuons à y penser - je veux dire, à cause de Pernette. Quant à moi, je suis toujours amoureuse de quelqu'un d'autre. Comme vous ! »

Après quelque temps, nous sommes tombés d'accord pour oublier cet incident. Fort heureusement, notre amitié n'en a pas souffert, et nous n'avons jamais répété ce moment de passion imprévue. Au lieu de cela, notre compréhension et notre affection l'un pour l'autre n'ont cessé de croître. Nous avons tous deux compris que nous étions des êtres humains à part entière, complexes, avec des sentiments contradictoires, bien des faiblesses mais aussi des forces. Cette amitié renforcée nous a été utile plus tard, quand nous avons connu des temps difficiles.

Pontus et Perpignan

Un beau matin, Papa, François et moi sommes allés à la messe de huit heures et demie à la cathédrale - Antoinette préférait la messe précédente. Les rues fourmillaient déjà de monde, et l'on y voyait en particulier des paysans qui poussaient leurs chariots de fruits et de légumes vers les marchés découverts en criant les mérites de leurs marchandises et en concluant quelques ventes. Il y avait les laitiers avec leurs seaux de bois qui menaient leurs vaches ou leurs chèvres et qui, d'une voix nasillarde et aiguë, criaient : « Du lait, du bon lait tout chaud ! » Il y avait aussi des négociants et des banquiers qui se dépêchaient de gagner leurs divers lieux d'activité. Nous avons traversé le pont grouillant de gens, et, comme toujours, j'ai regardé vers l'amont pour voir quelles péniches chargées de marchandises flottaient vers nous. Leurs pilotes lançaient des cris aux débardeurs sur les berges, et je devinais presque ce que les bateaux transportaient selon l'endroit où ils accostaient. L'air retentissait de toutes sortes de bruits, le meuglement des vaches, le hennissement des chevaux, le martèlement des sabots, et le gloussement des poules qu'on portait au marché en les tenant par les pattes, la tête en bas. Nous avons tourné à gauche et sommes arrivés à la cathédrale.

La messe de huit heures et demie étant la plus fréquentée, on pouvait voir un bon nombre des notables de la ville faisant entrer leur famille par le grand portail. Nous nous sommes frayé un chemin jusqu'à notre banc habituel, et, en m'agenouillant, j'ai remarqué - mais très incidem- •ment - que le célébrant qui attendait de commencer la messe était un nouveau chanoine, grand, jeune, et beau. Mais comme quelque chose dans son attitude ou ses mouvements m'avaient fait penser à Philibert, je suis tombée dans une méditation un peu mélancolique, pensant à mon amour perdu au lieu d'examiner ce prêtre. C'est François qui m'a lancé un petit coup de coude dans les côtes et m'a chuchoté : « Est-ce que ce n'est pas ton vieux camarade de classe Pontus de Tyard ? » J'ai alors porté toute mon attention sur le célébrant, et j'ai été submergée par une vague de nostalgie. Oui, il était là, le premier garçon dont j'étais tombée amoureuse, resplendissant et lointain dans son aube, sa chasuble et son étole. Il semblait scruter l'assemblée des fidèles, mais manifestement il ne nous avait pas vus. Comme le prêtre célèbre la plus grande partie du rituel en tournant le dos à l'assemblée, il n'eut guère le loisir de chercher à reconnaître de vieilles connaissances avant le sermon. Je pouvais maintenant le voir distinctement et je me rendais compte qu'il avait rempli toutes les promesses de sa jeunesse. Sa belle voix de baryton résonnait et remplissait le vaste sanctuaire, et j'étais certaine qu'avec l'esprit brillant qui était le sien il n'avait eu aucun mal à composer un sermon animé et intelligent. Il l'avait d'ailleurs déjà prononcé à moitié lorsqu'il nous a enfin aperçus. Il s'est étranglé, incapable de continuer. Puis, après un bref accès de toux, il a réussi à finir son prêche même si, apparemment, son esprit n'y était plus complètement.

Après la messe, il est allé jusqu'à l'entrée de la nef pour serrer la main des paroissiens, chose plutôt étrange, mais je compris qu'il voulait renouer le contact. De près, il était encore plus impressionnant qu'en chaire : il avait une demi tête de plus que moi, de larges épaules, et toujours ses yeux d'un marron doré dont je me souvenais si bien, ses cheveux bouclés et son sourire engageant. Je lui ai rappelé notre dernière rencontre dans le jardin des Franciscains et notre discussion sur Platon, et il a hoché la tête. De toute évidence, il s'en souvenait bien. Je lui ai alors parlé de mes joutes et je l'ai invité à venir me voir un de ces jours. Il a paru un peu surpris, mais il a accepté l'invitation.

J'ai décidé de faire de Pontus mon confesseur. J'avais besoin de partager ma vie avec lui d'une façon ou d'une autre, même si je me croyais alors toujours amoureuse de Philibert. Pontus s'était rendu inaccessible, sauf en tant qu'ami ; mais en tant que confesseur, il serait pour moi une oreille captive et, en un sens, plus proche que s'il était mon mari. La confession, le sacrement de pénitence, ne peut être prise à la légère, et pourtant je l'ai, en quelque sorte, détournée et m'en suis servie pour parler à Pontus, pour lui parler de moi. Je m'étonnai qu'il m'accorde une si grande latitude. Je crois qu'il avait envie de m'entendre, d'écouter ma voix, autant que je désirais entendre la sienne. J'ai ainsi posé des jalons pour les conversations que nous aurions bientôt lorsque, cette année-là, en 1541, j'ai commencé à recevoir dans la maison de mon père. En effet, j'ai invité Pontus à ces soirées, et il y est toujours venu.

C'est à cette époque que toute la famille royale, accompagnée de l'armée, est arrivée à Lyon. Une fois de plus, je fus prise dans un tourbillon d'activités, et en particulier des jeux militaires. Mes joutes et mes combats à l'épée me valurent les vivats de la foule, mais ce qui eut beaucoup plus d'importance pour moi, ce furent les applaudissements et l'admiration de François Ier en personne qui me fit don, à cette occasion, de la chevalière qu'il portait au petit doigt.

Quant à moi, toute mon attention se porta sur celui qui avait remporté les joutes, un chevalier anonyme connu comme le chevalier aux Trois Tours et qui s'avéra être Philibert du Peyrat. Il m'avait battue à la loyale, mais je lui avais fait payer sa victoire par une dure lutte. Je m'étais alors approchée, pleine de joie et d'espoir, pour le féliciter et qui sait, peut-être renouer notre liaison, mais il n'avait même pas reconnu mon visage. Puis le souvenir lui en est revenu et il s'est mis à rougir. « Diane en robe transparente. Mais vous n'avez plus rien d'une Diane ! » Cette remarque révélait bien des choses : à la fois qu'il se rappelait ma chair luisant à travers la soie mais pas moi, qu'il rejetait mon incarnation nouvelle sous la forme d'un chevalier et qu'il me rappelait que je n'étais ni chaste ni déesse. La chose la plus évidente c'était qu'il me rejetait et qu'il souhaitait éviter à tout prix quelque contact que ce soit à l'avenir. Ce qui dans mon esprit occupait la première place, c'était le désir d'échapper à cette prison que constituait le cercle étroit de ma passion, de me soustraire à la souffrance et au sentiment de perte, qui culminaient maintenant dans le rejet absolu et la certitude que l'homme que j'avais tant idolâtré me trouvait méprisable.

L'armée devait partir deux semaines plus tard pour assiéger Perpignan. Dans l'horreur de ma dépression, j'ai vu là l'occasion de me sauver, de ne pas sombrer dans la folie. Et, paradoxalement, je me sauvais en me détruisant. J'allais employer au service de la France les compétences que mon frère m'avait si bien enseignées. Après tout, le roi François en personne avait accepté ma proposition - même si je l'avais faite de façon légère - de servir la couronne. J'allais m'inscrire dans l'armée comme chevalier, déguisée en homme, et je me jetterais contre les épées espagnoles sur le champ de bataille. Ce serait là un suicide honorable qui résoudrait mes problèmes. J'ai eu cependant une étincelle de raison lors de ces sombres journées pendant lesquelles l'armée se préparait à combattre : j'ai voulu me confesser à Pontus, mais dans le confessionnal, je suis tombée sur son ami Gabriel de Saconay. Je suis alors tout simplement repartie et, après cela, je n'ai pas trouvé le temps de revenir. J'ai regretté ne pas avoir pu dire un dernier adieu à Pontus.

Mon âme est restée plongée dans les ténèbres lors de la marche vers Perpignan. Je me rendais à peine compte de l'inconfort ou de la faim. Je ne vivais que pour mourir. Le siège a duré plusieurs jours avant qu'un accord ne soit conclu entre nos négociateurs et les édiles de la ville : deux groupes de vingt chevaliers par camp s'affronteraient à l'épée, à la hache et à la lance et le sort de la ville dépendrait de l'issue de cette bataille.

Bien que François et moi ayons combattu valeureusement et que nos chevaliers eurent gagné la bataille, la victoire ne fut pas décisive. En tout cas, je n'avais pas été tuée, et m'étais ainsi purgée de mon désir fou d'en finir avec la vie. Philibert est venu remercier le chevalier qui l'avait sauvé par deux fois dans la mêlée, mais il a découvert qu'il s'agissait de Louise Labé. Ce chevalier qui avait été son compagnon n'était qu'une femme, et le choc qu'a eu Philibert en apprenant cela n'a été que trop visible. Après lui avoir adressé un compliment poli sur la qualité de son combat, je me suis éloignée littéralement mais aussi figurativement. J'ai alors cru que je m'étais enfin débarrassée de lui, mais en réalité, je pensais encore à lui six ans plus tard, après quatre ans de vie conjugale heureuse. C'est la raison pour laquelle j'ai refusé de participer à l'entrée triomphale à Lyon du nouveau roi Henri II et de sa femme Catherine de Médicis : je craignais de tomber sur Philibert. Je ne sais pas si je me suis entièrement remise de lui, même aujourd'hui.

J'ai eu un an pour panser mes meurtrissures dues à la bataille, pour récupérer de mon épuisement physique et émotionnel, et pour participer à nouveau à la vie mondaine de Lyon. Mes soirées sont devenues plus fréquentes à mesure que je réduisais, avec l'aide de mon père, les résistances d'Antoinette à leur égard. J'ai réussi à attirer un bon nombre des femmes les plus talentueuses de Lyon : bien sûr les trois sœurs de Scève - Jane, Claudine et Sybille - mais aussi Jane Faye, Jane Gaillarde et Marguerite de Bourg. Monsieur Marot admirait leur travail, et je trouve qu'il est bien dommage qu'elles n'aient jamais osé publier, car presque personne à présent ne se souvient plus d'elles ou de leurs œuvres. Tel est, malheureusement, le sort des femmes dans notre société, je le crains.

Geneviève de Bourges, qui, à l'époque du collège de la Trinité, avait été une de nos amies proches, à Pernette et à moi, s'est mariée et a disparu de nos vies. Sa jeune sœur Clémence, en revanche, alors qu'elle avait à peine treize ans, a commencé à venir me voir en quête de conseils de toutes sortes. Clémence venait d'une riche famille de vieille noblesse, et je trouvais flatteuses la considération et l'attention qu'elle me portait. Sa famille semblait accepter qu'elle m'eût choisie comme une sorte de mentor. Elle a aussi pris la place de sa sœur dans notre trio musical ; Pernette, Clémence et moi chantions et jouions pour divertir nos invités lors des soirées.

L'un de mes visiteurs préférés, durant ces soirées, était le chanoine Pontus. Il amenait souvent avec lui un autre chanoine, son ami Gabriel de Saconay, maître de musique de la cathédrale et pourvu d'une voix de ténor des plus magnifiques. De temps à autre, nous arrivions à le persuader de chanter un poème de Scève ou de Marot, et je l'accompagnais à l'épinette ou au luth. Pontus, en plus d'être un bel homme, était un invité cultivé, spirituel, toujours sensible et, en société, doué d'une grâce instinctive qui lui venait de son milieu familial et de son éducation. Nous semblions encore nous comprendre, lui et moi, par le simple haussement d'un sourcil, comme quand nous étions à peine adolescents au collège de la Trinité. Je refusais de me laisser aller à penser à lui davantage. Je pouvais en tout cas le consulter au confessionnal et m'épancher auprès de lui - du moins tant qu'il m'autoriserait à reculer ainsi les limites du rituel de la confession.

Ennemond

Ennemond a toujours été présent à l'arrière-plan. Je ne peux me souvenir d'une époque où il n'ait été là à travailler dans la fabrique de cordes, l'endroit où je le voyais le plus souvent. Il habitait dans la maison, mais si nous partagions apparemment le même toit, je ne l'apercevais que rarement. Il empruntait l'entrée de derrière, mangeait avec les domestiques et dormait comme eux au dernier étage. Il pouvait se passer des mois sans que je le voie. Un jour, pourtant, je l'ai perçu comme autre chose qu'un élément du décor. Je devais avoir quinze ans, et François et moi rentrions d'une séance de joute qui avait été particulièrement épuisante. Nous menions Bayardo par le licou, et alors que nous passions devant la corderie un homme de grande taille en est sorti et m'a heurtée. Il s'est excusé, et, à ma grande surprise, je me suis trouvée à lever les yeux vers Ennemond Perrin qui n'était plus un jeune échalas mais un homme fait, musclé et beau. Un conducteur de bœufs qui passait par là a mal dirigé son fouet, l'a fait claquer sur Bayardo, et celui-ci a bondi et filé comme une flèche. Cela a permis à Ennemond de briller devant moi, car il s'est élancé dans la rue, évitant les piétons, sautant par-dessus un chariot qui sortait d'une cour, et a rattrapé le cheval avant que ce dernier n'ait pu commettre quelque dégât. Et c'est à peine s'il était à court d'haleine lorsqu'il m'a rendu Bayardo. Je dois admettre que j'en ai été impressionnée.

Je n'ai pourtant plus guère pensé à lui jusqu'à ce que mon père se mette à le mentionner assez souvent à table, le soir. Ennemond était promu d'une position à l'autre, Ennemond, déjà contremaître, allait devenir le directeur de la fabrique, Ennemond gagnait de l'argent et mon père l'aidait dans ses décisions financières, il investissait dans l'immobilier, comme mon père, et il achetait des propriétés dans la ville même et ses alentours. La famille entière avait droit au compte-rendu détaillé de ses progrès, et mon père paraissait aussi fier de lui que s'il avait été un de ses enfants.

Par un jour glacial du début du mois de janvier, nous avons tous été abasourdis et consternés de voir Ennemond porté à l'intérieur de la maison, à moitié inconscient, trempé des pieds à la tête, et la jambe droite horriblement écrasée. Mon père a envoyé un des ouvriers à l'hôpital, l'Hôtel-Dieu, pour trouver le meilleur chirurgien disponible, et l'ouvrier est revenu avec un disciple du grand docteur François Rabelais qui lui avait appris tout ce qu'il savait de l'anatomie humaine. Sans ces connaissances très poussées, je crains qu'Ennemond n'eût perdu sa jambe et c'est depuis ce jour qu'il s'est mis à boiter.

J'ai passé des heures chaque jour à soigner ce pauvre Ennemond qui, pendant des semaines, a souffert d'atroces douleurs. Pendant sa convalescence, nous avons appris à nous connaître et à nous apprécier grandement. Il a attendu d'être de nouveau capable de marcher, six mois plus tard, et même de s'agenouiller et de se relever sans tomber, avant de me demander de l'épouser. C'était une proposition à laquelle je m'attendais et que j'avais examinée sous tous les angles. D'abord, à vingt-quatre ans, je n'étais pas de première jeunesse pour une fiancée. Ensuite, en tant que fille d'artisan, même si mon père était relativement aisé, mes chances d'attirer un soupirant de la haute bourgeoisie, c'est-à-dire du milieu des riches marchands et des banquiers (sans même parler de la noblesse), étaient de plus en plus improbables. À moins que quelqu'un ne tombât follement amoureux de moi, ce qui ne semblait guère pensable. Un vieil aristocrate italien était l'exception, mais je n'avais aucune envie de le prendre au sérieux. J'avais toujours voulu retarder le plus possible le moment où je devrais vraiment penser à tout cela. Après tout, dès mon adolescence, dès le moment où j'avais mis le pied au collège de la Trinité, j'avais voulu à tout prix échapper à ma classe et m'élever. Je crois que mon père avait eu l'intention de me préparer à cette fin, justement, dans la mesure où je le souhaitais. Mon érudition, ma musique, mes écrits et même mes jolis travaux d'aiguille, toutes ces occupations appartenaient typiquement aux classes supérieures, et non pas à la classe dans laquelle j'étais née. Avec la proposition d'Ennemond, je devrais renoncer à ces aspirations et retourner à mes origines. C'était une décision déchirante. Épouser Ennemond signifiait que je ne progresserai pas socialement au-delà du pas accompli par ma mère Étiennette, car presque tout ce que je savais d'Ennemond aurait pu être dit de Pierre Labé au même âge. Un préjugé tacite chez ceux qui étaient socialement au-dessus de moi avait sans doute une grande part dans le fait que je ne fusse toujours pas mariée. Car, non seulement je fréquentais des cercles qui étaient « trop bien » pour moi, mais j'étais aussi en quelque sorte un phénomène gênant, une femme qui s'habillait en homme et se battait comme un chevalier. Quelle mère consciencieuse accepterait de voir son fils bien-aimé épouser une créature si bizarre ?

En revanche, j'avais toujours adoré mon père, et Ennemond, sous bien des aspects, lui ressemblait : il n'était pas instruit, mais il était extrêmement intelligent, entreprenant, énergique et ingénieux. Il avait fait preuve d'une grande force de caractère lors des jours les plus sombres et les plus douloureux qui avaient suivi son accident ainsi que pendant sa longue et difficile convalescence. Son caractère était encore plus évident dans la façon dont il s'était élevé d'origines les plus démunies pour arriver à la position de directeur de la corderie, tout en ayant acquis une modeste aisance financière. Ennemond dirigeait une entreprise que je comprenais parfaitement et à laquelle je pouvais contribuer car j'en connaissais toutes les opérations. Enfin, à l'âge de 34 ans, Ennemond était encore jeune et beau, même si ses cheveux avaient blanchi au cours des mois derniers. Ayant pesé le pour et le contre de ces considérations depuis longtemps, j'avais décidé de ma réponse avant même qu'il eût posé la question.

Papa en fut, évidemment, ravi.

J'ai emmené Ennemond faire la connaissance du chanoine Pontus à qui j'ai demandé de célébrer notre mariage. Pontus accueillit cette requête le souffle coupé et est devenu aussi blanc qu'un linceul. Je ne savais pas au juste ce qui lui passait par la tête en cet instant, mais il était évident qu'il n'était pas entièrement favorable à mon choix et qu'il en avait été surpris. Je l'ai vu jauger Ennemond qui était bien habillé, élégant, et s'appuyait sur une canne d'ébène que mon père lui avait donnée. Il a accepté de nous marier, et il a célébré le sacrement avec dignité, nous prodiguant d'excellents conseils ainsi que tous ses vœux au cours d'un prêche assez bref.

J'ai découvert, avec Ennemond, une vie conjugale heureuse et épanouissante. Nous avons emménagé dans sa maison de la rue Confort. Cette demeure avait deux étages et de grandes salles pour recevoir. Dès lors, mes soirées ont pu se dérouler dans un environnement propice aux plus hautes envolées lyriques. Je maintins autour de moi un cercle d'amis proches : en plus de Maurice Scève et de ses sœurs, il y avait là Pernette, Clémence, les deux Jane - Gaillarde et Faye - et Marguerite de Bourg ainsi que plusieurs hommes, dont Pontus, Antoine Fumée, Thomas Fortini et Peletier du Mans. Ceux-là formaient le cœur de mes réunions et nous recevions presque à chaque séance, outre nombre d'habitués de marque, des célébrités de passage. Je persistais à inviter les épouses avec leur mari, mais la plupart d'entre elles s'abstenaient en m'expliquant qu'elles ne se sentiraient pas à leur place et qu'elles n'auraient rien à dire.

Tel était le côté public de notre mariage. Ennemond m'aimait fidèlement, m'assurait qu'il m'avait toujours aimée, dès qu'à l'âge de treize ans il avait posé les yeux sur l'impertinente petite gamine de trois ans que j'étais alors. C'était un amant sans expérience, et je lui ai appris ce qui me faisait plaisir : il a répondu à mes besoins, et bien davantage. J'avais une grande affection pour lui, et pourtant je n'ai jamais éprouvé à son égard la violente passion que j'avais eue pour Philibert et, plus tôt, pour Pontus. C'était aussi bien : de telles passions sont rares et épuisantes. Notre plus grand problème a été notre incapacité à avoir un enfant. Nous avons tous les deux consulté tous les experts auxquels nous avons pu penser, et essayé tant de médicaments que c'en était absurde, mais rien n'y a fait. Le temps passant, on a jasé de plus en plus parce que nous n'avions pas d'enfant, mais pendant un certain nombre d'années notre vie de couple a été tranquille, nous a apporté bien des gratifications, remplie qu'elle était par les plaisirs de la musique, de l'art et de la poésie.

Pernette

De tristes événements, pourtant, commençaient à nous cerner, à s'accumuler. L'année de notre mariage, ce pauvre Clément Marot est mort en exil à Turin, loin de chez lui. J'ai reçu un coup terrible l'année suivante avec la mort de mon amie la plus chère, de ma confidente, Pernette du Guillet. C'était depuis toujours une personne délicate qui n'était pas endurcie comme moi pour résister aux épreuves physiques et aux problèmes de tous genres. Elle était venue à mon mariage avec un fort rhume qui se transforma en une fièvre accompagnée d'une toux rauque. Elle fut terriblement affaiblie par ces accès de fièvre et ne s'en remit jamais vraiment. La toux persista puis s'aggrava au point que Pernette ne put plus quitter sa chambre.

Un jour, Antoine me fit la surprise de venir me voir. Je le conduisis dans la salle et je l'invitai à s'asseoir pour prendre quelques rafraîchissements. Il s'est assis, mais il n'a voulu ni manger ni boire. « Madame Labé, je dois vous parler de Pernette. Vous la connaissez sans doute mieux que quiconque, mieux même que ses parents.

— Appelez-moi donc Louise, lui ai-je dit. Oui, elle et moi sommes amies depuis l'âge de treize ans, et nous ne nous sommes jamais rien caché. » À part le petit épisode avec Maurice Scève, me suis-je avoué à moi-même. J'ai attendu.

« — Je voudrais simplement vous dire… eh bien, je suis tombé amoureux d'elle, et il serait bon que… Je souhaiterais qu'elle puisse m'aimer un peu. J'essaye de le lui dire, mais elle ne m'entend pas. Elle me dit qu'elle est malheureuse de ne pas avoir produit l'héritier que j'espérais tant. Je crois qu'elle se meurt, et il faut que je l'atteigne avant qu'elle ne soit partie. Pouvez-vous m'aider ? Je veux lui dire… qu'elle est plus importante pour moi que tout héritier. Et… et que je regrette d'avoir forcé si impitoyablement cet accord passé avec son père, car elle aurait pu épouser ce Monsieur Scève. Ils sont tous les deux malades d'amour l'un pour l'autre et ne pensent qu'à cela. J'ai fini par comprendre leur détresse parce qu'à mon tour je ressens la même chose pour elle, pour Pernette. Mais je crains qu'il ne soit trop tard. » Antoine, très mal à l'aise pendant qu'il parlait, s'était levé et marchait de long en large en serrant et desserrant les poings. La salle était presque trop petite pour son corps massif et carré, ainsi que pour ses longues enjambées.

Je l'ai regardé avec pitié et lui ai dit : « Je le lui dirai avec plaisir. Mais à quoi espérez-vous arriver ? Que souhaitez-vous qu'elle sache vraiment ? »

— Qu'elle a la liberté d'agir à sa guise. Scève peut venir quand il veut, rester avec elle s'il en a envie. J'espère seulement rendre ses derniers jours plus heureux pour elle si je le peux. Il a détourné le visage, et j'ai cru voir le miroitement de quelque chose de mouillé sur sa joue.

— Il se peut quand même qu'elle n'en soit pas à ses derniers jours, ai-je dit. Mais j'irai la voir très vite. Aujourd'hui ou demain.

En réalité, j'ai été dans l'impossibilité de voir Pernette pendant encore deux jours. La peste avait réapparu dans la ville, et Geneviève de Bourges y avait succombé. Je suis allée dans sa famille présenter mes condoléances. Lyon était devenu un lieu dangereux. Dès que je l'ai pu, je me suis dépêchée d'aller retrouver Pernette. Lorsqu'on m'a introduite dans sa chambre, j'ai pu voir qu'elle était faible, en proie à une forte fièvre, et que la rougeur hectique de ses joues contrastait avec la pâleur bleutée de sa peau. Quand je lui ai raconté la visite d'Antoine et que je lui ai rapporté son message, elle a hoché la tête avec un vague sourire. « Oh oui, Antoine peut être gentil et généreux. Merci de me l'avoir dit. » Et elle a changé de sujet. Je me suis demandé si elle m'avait bien entendue. Les paroles qui ont suivi ont confirmé mes doutes :

toutes ses pensées n'étaient que pour Scève. Entre une respiration hale-tante et quelques moments où elle essayait de recouvrer le souffle, elle me dit qu'elle avait persuadé Maurice de quitter Lyon pour aller au château de Pontus, à Bissey-sur-Fley, où ce dernier organisait une réunion pour les membres du *Sodalitium* qui s'intéressaient à l'astro-nomie. Elle était heureuse qu'il soit parti, parce qu'à l'air frais de la campagne, il risquait moins d'attraper la peste. Un instant, elle a paru nostalgique. « J'ai toujours aimé la nature et l'air pur du dehors. Mais mon destin a été d'être confinée presque toute ma vie à l'intérieur de la ville. Peut-être serai-je bientôt libre. »

Je n'ai pas osé lui demander ce qu'elle voulait dire. Notre petit entre-tien s'est terminé par des commentaires sur notre poésie. Elle m'a demandé de lui lire celui de mes sonnets qui commence par une évo-cation de la mort : « On voit mourir toute chose animée. » Je le lui ai récité de mémoire. Comme j'étais troublée par le fait qu'elle insiste pour entendre ce poème-là dans de telles circonstances, j'ai détourné la conversation, l'encourageant fortement à rassembler ses propres poèmes et à les préparer pour une publication. Ils feraient un bon pen-dant à la *Délie* de Maurice. Je l'ai quittée et je ne l'ai plus jamais revue. Je crois qu'elle est morte quelques heures après ma visite.

Je l'ai profondément pleurée. La perdre était comme perdre une partie de moi-même - la meilleure partie. Mais ma douleur n'était rien, com-parée à celle de Maurice Scève. Après la messe de requiem et l'enter-rement, je suis allée m'asseoir avec lui dans le jardin de son frère. Il m'a regardé, les yeux vides. « Comment ai-je pu être aussi aveugle, Louise ? Je l'ai abandonnée alors qu'elle se mourait. Je savais à quel point elle était malade, et je suis parti quand même ! Elle a dû avoir très peur, à la fin, parce qu'il n'y avait personne pour la réconforter, pour la tenir… » Sa voix s'est éteinte et il est resté assis, le regard fixe. Manifestement, ses sentiments ne pouvaient pas s'exprimer en quelques mots.

Je lui ai pris les mains en les serrant fort, et, tressaillant de surprise, il m'a regardée. « Maurice, vous n'avez rien fait de mal. Je l'ai vue quelques heures avant sa mort, et elle était heureuse, mon ami, heu-reuse que vous soyez à l'abri du danger avec Pontus et les autres. Certes, vous lui avez manqué à la fin, mais pour elle cela n'était rien par rapport à la certitude que vous étiez en sécurité, loin de Lyon et de la peste. Venez. » Me levant, je l'ai conduit dans son cabinet de travail où, sur l'étagère, j'ai trouvé la Bible que nous consultions souvent ensemble. Je l'ai ouverte au livre des Psaumes. « Il se peut que nos ancêtres puissent nous donner quelque consolation, Maurice. » J'ai trouvé le Psaume 90, et je me suis mise à lire : « *Domine, refugium factus es nobis/A generatione in generationem...* » « Seigneur, d'âge en âge tu es notre abri /... depuis toujours, pour toujours, tu es Dieu./Tu fais retourner l'homme à la poussière.../Oui, mille ans, à tes yeux, sont comme hier, un jour qui s'en va,/comme une heure de la nuit./Tu balayes les hommes, pareils au sommeil,/qui, au matin, passe comme l'herbe ;/elle fleurit le matin, puis elle passe ;/elle se fane sur le soir, elle est sèche./... Alors, apprends-nous à compter nos jours,/et nous obtiendrons la sagesse du cœur. » J'ai levé les yeux de mon texte. « Ce n'est pas une grande consolation, Maurice, mais c'est de toute éternité que nous parvient la parole de Dieu et c'est cela qui redonne à nos malheurs et nos tribulations leur dimension relative. C'est là notre meilleure solution : nous soumettre au plan universel qui lentement, inévitablement, nous réduira tous en poussière, car nous faisons tous partie de ce plan et nous subirons tous le même sort, que nous mourions entourés de ceux que nous aimons ou que nous mourions seuls. »

Maurice a poussé un grand soupir, et il a hoché la tête. « En effet, Louise. C'est inévitable, une bien maigre consolation... Je vais sortir à présent pour marcher un peu, prendre l'air et réfléchir à tout cela. Merci de votre compagnie, ma chère. »

C'est Antoine que j'ai trouvé le plus touchant, quand il s'est adressé à Maurice comme à quelqu'un qui pouvait vraiment comprendre et partager son immense chagrin. Ensemble, ils ont réuni les poèmes que Pernette avait laissés éparpillés dans sa chambre et ils les ont mis en ordre, et puis Antoine est allé trouver un membre de notre cercle, Monsieur du Moulin, pour lui demander s'il voudrait bien écrire une préface. Monsieur du Moulin l'a fait, et Jean de Tournes, qui avait publié *les Rymes* de Pernette, y a ajouté un charmant poème de huit lignes qu'il avait composé en hommage à l'amour chaste que Pernette avait chanté dans ses vers. Antoine avait compris que c'est à travers nos écrits que nous avons une chance d'atteindre à l'immortalité. Les souvenirs que ceux qui nous ont aimés gardent de nous, les travaux d'aiguille, les statues ou même les bâtiments que nous pourrions avoir créés, rien de tout cela ne perdurera. Seuls nos écrits vivront, car ils portent l'empreinte complexe et véritable de notre âme. Il pensait, tout comme moi, que les poèmes de Pernette constitueraient sa meilleure épitaphe et la plus durable.

Olivier

L'année suivante nous apporta de Paris la consternante nouvelle que notre ami Étienne Dolet, qui avait donné un tel élan à nos discussions et à nos forces créatrices, agissant toujours en instigateur artistique, avait été condamné pour hérésie par le Parlement de Paris, pendu et brûlé publiquement sur le bûcher. Il m'était difficile de l'imaginer, lui qui était si intensément vivant, subissant un sort aussi affreux. Puis, un an plus tard, les rumeurs de scandale me concernant et dont j'étais déjà consciente depuis un ou deux ans, ont éclaté en public à la parution du livre de Philibert de Vienne, *Le Philosophe de court*, un pamphlet dirigé contre les femmes en général, et dans lequel il présentait, comme exemple-même de la plus odieuse féminité, une courtisane notoire appelée la « Cordière de Lyon ». J'ai traité ses attaques par le dédain, sachant que, non seulement tout son discours n'était que misogynie, mais qu'en plus il m'en voulait de ne pas l'avoir reçu dans le cercle de ceux qui se réunissaient chez moi. Il se sentait exclu, envieux, et il s'était vengé.

Mon père adoré est mort en 1551. Il avait 83 ans et avait survécu à deux épouses et à la plupart de ses enfants. Pontus prononça son oraison funèbre lors de la messe de requiem, et puis vint marcher avec moi, après l'enterrement, pour essayer de me consoler. La santé de papa avait décliné depuis trois ans, et sa mort ne m'avait pas vraiment surprise. « Votre père était un citoyen éminent et très respecté de notre communauté, Louise, tout comme vous, a déclaré Pontus en me prenant par le bras et en penchant un peu sa tête vers la mienne. Il n'était pas éminent par son rang social, mais par ses actions. Il a beaucoup contribué à améliorer la situation des pauvres. » Là-dessus, il s'est arrêté et m'a souri d'un air plutôt mélancolique. « L'idée de fonder le collège de la Trinité est en partie venue de lui. Sans cela, nous ne nous serions jamais rencontrés, vous et moi. »

Je lui ai souri en retour, quelque peu ironiquement. « C'est vrai, Messire, mais quelle importance cette rencontre a-t-elle réellement eu pour vous ? Vous n'avez pas mis longtemps à vous en aller. »

— Louise ! Louise ! a-t-il dit en tapant presque du pied. Pour moi, vous êtes… Je… je vous compte… depuis des années, je vous compte…

Il cherchait ses mots et essayait de les choisir avec soin. « Je vous compte parmi mes amis les plus chers », finit-il par dire, s'arrêtant pour jauger de mon expression, après quoi nous avons repris notre promenade. « Votre père a toujours été un ouvrier méritoire comme dans la parabole de la vigne, et il a reçu sa juste récompense au Ciel. » Pontus avait remis son masque ecclésiastique avec ses phrases toutes faites. Je l'ai remercié de sa gentillesse, de la messe et de sa belle oraison, et puis nous nous sommes quittés.

Cette même année, mon cousin par alliance, Jean Yvard, s'est enfui à Genève et a déposé une requête au Consistoire de Genève pour se séparer de sa femme, ma cousine Antonia. Il l'accusait d'être une prostituée et d'avoir tenté de l'empoisonner. En passant, il a mentionné devant le tribunal qu'elle me fréquentait et que j'étais également une femme dissolue. Ces qualificatifs sont parvenus par écrit à notre Conseil Municipal, puis de bouche à oreille aux femmes des conseillers et, de là, à toute la communauté. Un autre écrit diffamatoire à mon sujet, plus détaillé celui-ci, allait être publié dix ans plus tard par Jean Calvin en personne, dans une lettre où il s'en prenait au chanoine Gabriel de Saconay.

J'ai fait état ici de plusieurs choses plutôt désagréables, mais, malgré tout, nos vies n'étaient pas sans bonheur. Nous prenions plaisir à être avec nos amis, nous nous faisions des lectures, nous discutions, nous écrivions, nous nous livrions à quelques commérages, nous riions et nous chantions ensemble. Tous m'avaient poussée à publier mes poèmes en me donnant l'exemple du succès des *Rymes* de Pernette qui avaient déjà connu trois éditions. J'ai donc fait une demande en 1553 pour obtenir l'indispensable privilège du roi me permettant de publier, et je l'ai obtenu l'année suivante. En plus de mes activités mondaines et intellectuelles, j'ai continué à monter Frontino - Bayardo était retourné à son créateur quelque cinq ans auparavant - et à m'exercer à l'épée. Notre bonheur a ainsi duré toute une décennie, à peine troublé par de petits remous et quelques fortes vagues, jusqu'à ce que Olivier de Magny fasse son apparition.

Tout a commencé très innocemment un jour où notre cher Peletier du Mans a amené chez nous un de ses amis, Jean d'Avanson. Monsieur d'Avanson avait été nommé depuis peu par le roi, ambassadeur au Saint-Siège, et il était accompagné de son secrétaire, Monsieur de Magny. D'Avanson semblait très bien s'accorder à notre cercle, même s'il ne manifestait pas grand enthousiasme pour la poésie de Pétrarque ou le platonisme. Son secrétaire, en revanche, comptait de toute évidence nous faire grande impression, car il nous voyait comme un groupe d'obscurs provinciaux mourant d'envie de connaître les lumières de Paris.

Tous les deux se trouvaient à Lyon pour un séjour prolongé, empêchés qu'ils étaient de poursuivre leur chemin à cause des congères bloquant les cols des Alpes et ils commencèrent à fréquenter régulièrement mes soirées. Il n'a pas fallu longtemps à Monsieur de Magny pour me faire des avances et essayer de m'entraîner à l'écart des autres dans les coins sombres, se tenant trop près de moi, m'agrippant le bras, me dévisageant avec des yeux langoureux et battant de ses cils qu'il avait fort longs. Il n'avait jamais pris la peine d'acquérir une érudition solide et fondait ses tentatives de création poétique sur quelques notions superficielles des enseignements de Platon, des mythes antiques et de la technique poétique de Pétrarque. Ayant lu *la Défense et Illustration de la langue française* de Du Bellay, qui recommande une imitation judicieuse des grands modèles de l'Antiquité et du passé plus proche (entre autres de Pétrarque), Magny avait suivi d'un peu trop près le conseil de Du Bellay. Il avait pillé Pétrarque, traduisant simplement ses poèmes en français et les publiant sous son nom, à côté de ses propres travaux qui, eux, étaient de bien moindre envergure. Tout cela avait constitué son premier livre, *Les Amours*. Il suivit le même système pour son deuxième recueil de poèmes, *Les Soupirs*, écrit lors de son séjour à Rome, ayant ainsi plagié au total quarante sonnets de Pétrarque. Il nous répétait à l'envi que le grand succès de son premier livre lui avait valu la reconnaissance et l'accueil d'un groupe de jeunes poètes fort talentueux de Paris, connu sous le nom de « La Pléiade » et au premier rang desquels se trouvaient Pierre Ronsard et Du Bellay.

Magny nous a demandé le privilège de nous lire sa poésie, et nous l'avons invité avec joie à le faire. Il a commencé sa séance par un poème sur un baiser de sa dame qui avait le pouvoir de résurrection. Pontus l'a poliment mis en question, lui demandant si ce poème ne rappelait pas trop directement un sonnet de Pétrarque dont il était, lui Pontus, même capable de citer le premier vers. Scève a aussitôt confirmé le soupçon de Pontus, et il en a ajouté un autre : Magny avait peut-être exploité aussi Marot. Magny n'était pas idiot : il a bien su se défendre, a continué sa lecture, puis a eu l'audace de lire un poème impertinent qu'il me dédiait. J'ai fait semblant de ne pas comprendre et ai répondu par un rire léger.

Les soirées qui ont suivi ont endormi ma vigilance, car Monsieur de Magny se montrait agréable sans être trop familier, il participait aux discussions sans être agressif et sans trop se mettre en avant ; il avait même des choses intelligentes et pertinentes à dire sur les poèmes qui nous étaient lus, et il savait raconter des anecdotes intéressantes et amusantes sur l'actualité poétique à Paris. J'avais conçu, pour l'édition des œuvres qui venait de recevoir le privilège du roi, d'inclure dans mon livre vingt-quatre poèmes composés par mes amis et camarades poètes. Ce genre d'hommage constituait une pratique bien établie et tellement en vogue qu'elle devenait pratiquement inévitable. Ces poèmes devaient venir après les miens et constitueraient ce que nous appelions mon « épitaphe ». Jusque-là, j'avais demandé et reçu vingt-deux poèmes, certains de haut niveau, d'autres moins bons, mais tous acceptables. Maintenant que je vois les choses avec du recul, je me rends compte que je commis alors une grave erreur : je demandai à Magny s'il accepterait d'y contribuer. Il a accepté avec empressement, composant deux poèmes, un peu trop vite m'a-t-il semblé. Le premier, qu'il qualifiait d'épître, déplorait le terrible effet sur lui de son amour pour une certaine D.L.L. (Dame Louise Labé) ; le second, une ode, me comparait à Méduse - à cause de sa beauté, déclarait le poème, mais j'y ai flairé (et j'y flaire encore) des sous-entendus moins flatteurs. J'ai accepté ces poèmes : ils ne me semblaient pas pires que certains autres que j'avais reçus. Et pourtant, à la lumière de ce qui a suivi, je vois que j'aurais mieux fait de les refuser.

L'événement suivant eut lieu un soir de la fin février où Pontus devait lire certains des poèmes de ses *Erreurs amoureuses*. Pontus était venu me voir un peu plus tôt ce jour-là pour essayer d'échapper à sa lecture du soir. J'avais soupçonné que Pontus, en tant que prêtre, ne voulait tout simplement pas exposer au grand jour ses fantasmes amoureux. J'étais déterminée à ne pas le laisser filer ainsi. Après tout, Maurice Scève, qui avait été moine, avait bien lu ses poèmes d'amour avec beaucoup de succès. J'étais également curieuse de savoir ce que Pontus allait choisir comme morceau. Quand j'avais lu *Les Erreurs*, j'avais été intriguée par son attachement torturé à une femme qu'il appelait « Pasithée », c'est-à-dire la déesse de tous, et nous avions été un bon nombre à nous demander qui cela pouvait être. Pontus était originaire du Mâconnais, et il n'avait pas cessé de voyager entre Lyon, Mâcon et son château. Il venait d'ailleurs d'être nommé à Mâcon comme chanoine de la cathédrale. Je pensais donc que sa bien-aimée était fort probablement une femme qu'il avait connue là-bas quand il était plus jeune, et qu'il continuait à nourrir à son sujet de tendres rêveries.

Le soir est venu, et mes invités se sont retrouvés à converser en prenant quelques rafraîchissements avant le « spectacle ». Guillaume des Autels et Peletier du Mans allaient également lire leurs œuvres ce soir-là, et nous avions là un large public, désireux d'entendre ces trois poètes. Monsieur de Magny était venu seul.

Nous sommes tous sortis dans le jardin, bien que l'air fût un peu frais pour être tout à fait agréable. Je fournis à plusieurs invités de quoi s'envelopper contre le froid, y compris à Monsieur de Magny. Au moment où je lui posais une cape sur les épaules, Magny m'a adressé un long regard séducteur sous ses cils baissés et m'a remerciée tout en agrafant la cape autour de son cou et en lissant sensuellement la fourrure de ses mains.

Quand nous nous sommes enfin installés devant la petite estrade au fond du jardin, les feux n'étaient plus que de grands brasiers de charbons ardents. J'ai fait asseoir mes invités sur les meilleures chaises devant la scène, tandis qu'Ennemond et moi prenions place sous un arbre, un peu de côté et dans l'ombre.

Des Autels fut le premier à lire, et nous avons tous ensuite fait des commentaires et posé des questions. Avant que Peletier ne commence à son tour, Ennemond s'est levé et m'a soufflé : « Il faut que je descende sur les berges.

— Est-ce que vous serez de retour à temps pour le buffet ?

— Ne m'attendez pas. Il se peut que je ne sois pas rentré avant le départ de nos invités.

Il m'a serré la main et donné un baiser sur la joue avant de s'éclipser sans bruit. À mon grand étonnement, Monsieur de Magny a surgi presque aussitôt, me demandant la permission de s'asseoir sur le siège qu'Ennemond venait de quitter. J'ai acquiescé de la tête et lui ai fait signe de s'asseoir, tout en ayant un mauvais pressentiment au sujet de cet homme maintenant près de moi dans l'ombre. Comme Peletier lisait un poème des plus complexes, toute mon attention s'est portée sur ce qu'il disait et j'ai complètement oublié Magny. Nous avons commenté la poésie de Peletier que je trouvais cette fois un peu trop hermétique. Puis le tour de Pontus est arrivé. Je voyais, à la lumière des bougies, que ses mains tremblaient. Était-il imaginable qu'un prêtre qui avait prononcé un millier de sermons pût ainsi avoir le trac ? Surtout devant un petit cercle d'amis ? Je me suis totalement concentrée sur son texte pour voir si je trouvais un indice expliquant son agitation.

Le premier poème était un sonnet très habile qui parlait d'aimer sa dame sans le lui laisser voir. « J'aime ardemment, déclarait-il, et pourtant je ne veux pas le lui dire. Ô trop craintive ardente passion ! » Heureuse la femme qui est aimé par cet homme, qu'il soit prêtre ou pas, me suis-je dit avec un serrement de cœur.

Nous l'avons généreusement applaudi pour ce poème si bien rendu par sa voix splendide et profonde. Je voyais pourtant qu'il s'était mis à transpirer, alors même que la nuit était froide. Le morceau suivant, une chanson, a presque signé sa perte. Il nous disait qu'il aimait quelqu'un au-delà du supportable, mais qu'il fuyait cette femme. Et pourtant, si elle lui retirait complètement son affection, il en mourrait. Je m'étais à moitié levée de mon siège, retenant mon souffle, tant je craignais que Pontus ne s'effondre. Sa voix, dans la dernière strophe, avait pris ce ton inégal qui vient juste avant qu'on ne perde le contrôle de soi. De la sueur perlait sur son visage et il frissonnait. Cet homme ne nous parle pas d'une idylle de jeunesse oubliée depuis longtemps ! me suis-je dit. C'est une passion qui vit toujours, Pontus souffre maintenant. Pas étonnant qu'il n'ait pas souhaité nous lire cela ! J'étais vaguement consciente de quelque chose de tiède qui avait atterri sur ma main, mais je n'y ai pas vraiment fait attention. Dès que la voix de Pontus s'est tue, j'ai bondi sur mes pieds et je me suis mise à applaudir et à crier mon admiration en laissant là cette chose tiède. Cependant, un bref coup d'œil me montra qu'il s'agissait de la main de Magny, à présent serrée avec force autour du bras du fauteuil tandis que Magny lui-même restait assis, immobile, le visage figé dans une grimace de frustration. Le reste du public avait suivi mon initiative et s'était levé pour ovationner Pontus. Je me suis retournée vers la scène juste à temps pour voir des Autels qui l'entourait de sa cape. Dieu merci ! me suis-je dit, au moins il n'attrapera pas un refroidissement qui pourrait lui être fatal. Quelle idée ai-je eu d'insister pour que l'on s'installe dehors, ce soir !

Aucune discussion n'a suivi, mais tout le monde ou presque a chaudement félicité ceux qui s'étaient produits, et tout particulièrement Pontus qui, apparemment, avait ému le public. Les gens ont commencé à se disperser et à s'en aller. J'ai été soulagée de dire bonsoir à Magny qui se trouvait parmi les premiers à partir. Il a pris congé avec des paroles si conventionnelles et si neutres que je n'arrivais pas à savoir ce qu'il pensait de cette soirée. Pontus était lui aussi sur le point de s'en aller lorsque je lui ai demandé de rester encore un instant.

Après quelques mots pour justifier le fait de me mêler de ses affaires, je lui ai posé une question plutôt directe : « Vous êtes désespérément amoureux, n'est-ce pas, Pontus ? » En même temps, je me rendais compte que je venais de retomber dans ma vieille façon de m'adresser à lui, celle que nous utilisions quand nous étions au collège ensemble. « Que puis-je faire pour vous venir en aide ? » ai-je demandé. Mais je me suis immédiatement sentie bête, parce que je sais trop bien qu'il n'y a aucun remède à la passion.

Il m'a dévisagée un long moment avec intensité, sans doute parce qu'il s'efforçait de formuler une réponse qui me garderait à distance sans m'offenser. « Louise, a-t-il dit enfin, je ne nierai pas que je subis les affres de l'amour. Mais je suis prêtre, et j'essaye d'honorer mes vœux. De toute façon, celle que j'aime est une femme vertueuse et elle est heureuse dans son mariage. »

Je lui ai laissé entendre que je comprenais, que j'étais de tout cœur avec lui, et que je l'admirais de respecter ses vœux, contrairement à tant de prêtres à Lyon et ailleurs. Mais je me suis aussi proposée comme quelqu'un capable de l'écouter, s'il en avait besoin. Et puis je me suis mise à lui dire que j'avais été anéantie par son brusque départ bien des années plus tôt pour aller étudier à Paris, et que je n'avais cessé de penser à lui. Alors, d'une voix étranglée, il m'a répondu que lui aussi avait pensé à moi, même à Paris.

— Si seulement nous avions pu prolonger cette amitié et apprendre à mieux nous connaître, ai-je dit, il est possible que nos vies aient connu moins de chagrin.

— Oui, peut-être, Louise, mais mon père avait décidé de mon destin, et maintenant nous voilà. Mais oui, j'aimerais parler avec vous si possible.

J'ai soudain été submergée de tendresse pour lui et, heureuse qu'il eût consenti à se confier à moi, je l'ai entouré de mes bras et lui ai donné un baiser. Il s'est d'abord raidi, puis il m'a rendu mon baiser avec une chaleur qui m'a semblé dépasser, et de loin, la simple courtoisie. Mais cela ne dura qu'une seconde. Il recula, me tint à bout de bras, et me regarda soudain avec une expression où se mêlaient la détresse et l'inquiétude. Je n'ai pu interpréter ce regard que comme une prière de ne pas tant exiger de notre amitié, de garder mes distances. Je me suis alors excusée pour cet élan impulsif, l'appelant « Messire » pour rétablir des rapports plus conventionnels, et lui jurant que mon geste avait au fond été très innocent. Je pense qu'il m'a crue, et il a pris congé en m'adressant un petit signe de main au moment où il franchissait la porte.

Heureusement, les cols des Alpes se sont bientôt dégagés, suffisamment pour que Monsieur d'Avanson et son secrétaire poursuivent leur chemin vers Rome et, pendant quelque temps, nous avons été débarrassés de Magny. Ce répit dura un an et demi. Entre-temps un heureux événement se produisit : mon livre, publié par Jean de Tournes, connut un succès immédiat et quatre éditions virent le jour en une seule année. Mes amis m'apprirent qu'on le lisait en Italie, en Espagne, en Suisse et en Allemagne ainsi que dans toute la France. Je fus ravie et un peu surprise d'un tel succès, mais il y avait aussi des rumeurs circulant sur le caractère trop audacieux, trop personnel et trop sensuel de mes poèmes. Une dame convenable ne devait pas écrire de la sorte, et ce petit parfum de scandale a été l'une des raisons de mon succès. Mes soirées ont attiré encore plus d'hommes de lettres qu'auparavant, en visite ou de passage à Lyon, et j'ai été enchantée de m'entretenir avec des voyageurs venus d'Anvers ou de Heidelberg, de Naples ou de Madrid. Je me faisais cependant du souci pour Ennemond. Mes réunions étaient devenues de vraies tortures pour lui, à présent qu'augmentait le flot d'étrangers parlant toutes sortes de langues qu'il ignorait. Je fis mon possible pour le mettre à l'aise, mais, le temps passant, il devint de plus en plus réticent et ne vint plus qu'à contrecœur. Il savait à quel point il détonnait dans ces cercles, et il avait l'impression que sa présence jetait un voile sombre sur l'événement. Mon père, qui avait une personnalité plus ouverte, aurait engagé la conversation même avec le doge de Venise, s'il en avait eu l'occasion, mais Ennemond était à la fois plus timide et plus critique et je crains que mon succès ne lui ait rendu la vie bien difficile.

C'est vers la fin de l'automne 1556 que Messieurs d'Avanson et de Magny ont fait leur réapparition. Monsieur de Magny prit part à la discussion du livre de Joachim du Bellay, *Défense et Illustration de la langue française*, et il nous régala d'anecdotes sur le manque d'adaptation de son auteur à Rome, alors même que son oncle était cardinal et possédait beaucoup d'influence. Magny se vanta d'avoir su, quant à lui, y jouir de la vie. « Du Bellay a dû oublier le fameux adage « À Rome, il faut faire comme les Romains», et il a voulu vivre comme s'il était encore dans son village d'Anjou ! » nous a-t-il dit en riant.

Je me rappelle qu'ensuite nous avons discuté de l'état chaotique de l'orthographe française et de la façon dont Rabelais avait parodié ce phénomène. Nous sommes allés dans la salle de musique où Clémence et moi avons chanté un de mes sonnets, « Ô longs désirs », et de là nous sommes sortis dans le jardin. Le groupe avec lequel je me promenais comprenait Pontus et son ami le chanoine Gabriel de Saconay. Nous avons commencé à nous entretenir des persécutions qui frappaient non seulement les émissaires du mouvement genevois, mais aussi les réformateurs modérés au sein même de l'Église, et cette conversation m'a fait penser à mon ancien admirateur, le pauvre Clément Marot. J'ai parlé au groupe d'une lettre que j'avais reçue de lui et qu'il avait écrite à Turin en 1544, peu de temps, peut-être même juste quelques jours, avant de mourir. J'estimais que c'était un document important. Marot y faisait un compte rendu émouvant des persécutions qu'il avait subies, puis il m'expliquait brièvement ses idées pour réformer les abus à l'intérieur de l'Église - et il voulait bien dire à l'intérieur de l'Église, car il n'avait nullement l'intention ni le désir d'en détruire l'unité. Il terminait par un petit épigramme aussi charmant que triste.

Tous ont voulu voir cette lettre, et comme eux je pensais qu'elle devait être rendue publique et même qu'on devrait l'inclure dans ses œuvres complètes. Je me suis dirigée vers la maison pour aller la chercher, mais j'ai soudain réalisé que je ne l'avais jamais montrée à Scève. Lorsque je l'avais reçue, je n'avais pas jugé important de partager cet événement avec lui. Il se passait alors trop de choses : je soignais Ennemond, je projetais mon mariage, et Scève était au chevet de sa bien-aimée, Pernette, mon amie en train de mourir. J'ai jeté un coup d'œil par-dessus mon épaule et lui ai donc fait signe de se joindre à notre groupe, mais, à ce moment-là, Scève était tourné de l'autre côté et, bavardant avec Antoine Fumée, il ne m'a pas vue.

J'ai couru à l'étage et ai commencé à fouiller vainement pour dénicher cette lettre. J'étais totalement absorbée par cette activité, craignant que ce courrier eût été jeté par mégarde, quand j'ai soudain entendu quelqu'un juste derrière moi. Je me suis retournée pour voir Monsieur de Magny qui se tenait aussi près que possible. Je me souviens de m'être écriée : « Monsieur de Magny, que se passe-t-il ? » Mais je voyais à son air qu'il venait de réaliser son souhait le plus cher en étant seul avec moi dans ce coin isolé. Il s'est mis à débiter de jolies phrases, parlant je crois de « dames raffinées de Rome » ou quelque chose de ce genre. J'ai protesté, mais il n'en a pas tenu compte. D'après lui, j'avais sciemment allumé son désir tout au long de mes soirées, et juste à l'instant je lui avais fait signe de me suivre !

— Ah … mais pas du tout ! Je voulais signaler quelque chose à Monsieur Scève, qui ne m'a pas vue, ai-je essayé de lui dire. Mais il n'en avait cure et s'avançait sur moi, acculée que j'étais contre le bureau. De toute évidence, il était fort excité : il m'a prise dans ses bras et s'est mis à me couvrir le cou et la bouche de baisers. Puis il m'a soulevée et m'a portée sur le lit où il m'a couchée tandis qu'il commençait à défaire sa braguette. J'ai bondi hors du lit et je lui ai envoyé une gifle si violente qu'il a dû en avoir mal au cou pendant une semaine.

C'est à ce moment précis qu'Ennemond est entré dans la chambre. Je n'oublierai jamais son visage, blanc de saisissement, et sa bouche ouverte. J'ai crié : « Ennemond ! S'il vous plaît, faites sortir Monsieur de Magny par la porte de côté ! » Je me suis tournée vers Magny. « Essayons au moins de sauver votre honneur et celui de votre maître ! » Aussitôt, Ennemond a agrippé le bras de Magny d'une poigne de fer qui, je le savais d'expérience, donnait la sensation d'un étau. « Quant à vous, nous parlerons plus tard », m'a-t-il alors déclaré. J'ai attendu, écoutant les pas de Magny glisser dans l'escalier de service, accompagnés de la démarche lourde et claudicante d'Ennemond. J'ai perçu quelques mots étouffés, puis la porte a claqué. Mon mari a remonté l'escalier en clopinant aussi vite que possible, et il est apparu dans le chambranle de la porte, secoué de rage. « Louise, a-t-il déclaré en haletant, vos réunions, je ne vous interdirai pas de les organiser, mais elles sont sources de commérages. Vous faites venir ici la moitié des hommes poètes et artistes de Lyon, et ils passent la soirée avec vous. Sans parler de tous les visiteurs qui traversent notre ville. Vous croyez peut-être que vous n'êtes pour ces hommes qu'une bonne hôtesse courtoise, mais si on en juge d'après Magny, ils pensent manifestement que vous leur faites des avances. Et après ce que je viens de voir, Magny n'a pas tout à fait tort d'en tirer cette conclusion ! Vous leur souriez, vous les laissez vous embrasser ! Il suffit qu'ils en parlent, et voilà qu'une rumeur est lancée ! Comme en plus nous n'avons pas d'enfant, la moitié de Lyon me croit impuissant. Êtes-vous bien sûre que vous n'avez pas invité Magny dans cette chambre pour que quelqu'un puisse vous faire un enfant ? Et vous savez, je ne me crois pas vraiment fautif, sur ce point. Bon sang, Louise, je crois que c'est vous, vous, qui êtes stérile ! » Il a écrasé son poing contre le chambranle et m'a regardée sans aucun sentiment amical.

J'étais anéantie. Ennemond ne s'était jamais mis en colère contre moi, et l'injustice de cette scène me déchirait. Mais je pouvais comprendre son point de vue. « Ennemond ! Ennemond ! Je ne suis allé vers personne d'autre, je n'ai incité personne. Pas de cette façon. Magny m'a fait des avances dès qu'il a mis le pied ici, et personne d'autre ne nous a causé ce genre d'ennuis. Ne détruisez pas, pour un seul incident, tout ce que j'ai construit, je vous en supplie ! » J'ai jeté un coup d'œil à mon visage dans le miroir au-dessus de la commode, et j'ai vu que j'étais toute échevelée. « Je vous en prie, mon ami, pourriez-vous me rendre le service de dire à nos invités qu'ils peuvent se servir au buffet et rester pour s'entretenir entre eux, mais que je suis indisposée et qu'il m'est impossible de descendre pour prendre congé d'eux ? Je vous en prie, Ennemond. Il faut que nous sauvions les apparences, faute de quoi il y aura forcément des ragots ! »

Il n'est pas revenu. Il est resté dehors toute la nuit. Je n'ai aucune idée, encore aujourd'hui, de l'endroit où il est allé ni de ce qu'il a fait. J'étais tout à fait désemparée, et la nuit suivante je suis restée debout jusqu'à minuit, l'heure où il a fini par rentrer. Mais il est resté allongé toute la nuit en me tournant le dos, et s'il me répondait, c'était uniquement par monosyllabes.

Je suis allée voir Pontus, lui ai expliqué ce qui s'était passé, et ai imploré son aide. Il a fini par secouer la tête. « Ennemond se sent vulnérable et peu sûr de lui, a-t-il dit. Il va vouloir atténuer ces sentiments en accusant quelqu'un d'autre - et vous vous trouvez là. Il n'y a rien à faire, sauf si vous arrivez à le persuader de venir me voir. » Je m'y suis évertuée, mais Ennemond est resté sourd à mes supplications et Pontus a dû partir deux jours plus tard pour s'occuper de ses charges à Mâcon.

Une brève accalmie, peut-être de deux semaines, puis l'avalanche s'est déclenchée. Magny ayant enquêté méticuleusement, avait bien sûr découvert le profond ressentiment que nourrissaient à mon égard grand nombre de Lyonnaises bien nées, dont le mari, les frères ou les fils participaient régulièrement à mes soirées. Elles ont été ravies de l'informer des accusations venues de Genève trois ans auparavant et selon lesquelles ma cousine Antonia Yvard et moi n'étions que de vulgaires prostituées. Et, bien entendu, ces dames s'appuyaient également sur ma conduite excentrique. Elles ont dû sans doute se gausser aussi de ce pauvre Ennemond. Celui qui avait prétendu devenir mon « amant » avait compris qu'il existait un public très désireux d'accepter et de croire une calomnie bien agencée.

L'*Ode à Sire Aymon*, de Magny, a été un coup terrible pour Ennemond et pour moi. La plupart des gens lisent superficiellement, et une lecture rapide de ces vers donne l'impression que mon impuissant de mari s'occupe de ses cordages tandis que des amants comme Magny profitent de mes « charmes ». Mais si le lecteur y regarde de plus près, il constate que l'auteur se plaint du fait que Sire Aymon a le privilège de me voir nue autant qu'il le souhaite - même si, aux dires de Magny, il ne prend son plaisir avec moi qu'une fois par an -, tandis que lui, l'amant méritoire, ne peut qu'imaginer des plaisirs qu'il n'a pas goûtés. Il conclut son « poème » par trois strophes chantant en quelque sorte ses désirs inassouvis :

> *Puisses-tu voir souvent ainsi*
> *Les beautés et grâces aussi*
> *Soit de son corps, soit de sa face,*
> *Et puissè-je prendre en ta place*

Les doux plaisirs et les ébats
Qu'on prend aux amoureux combats.

Et toujours en toute saison,
Puisses-tu voir en ta maison
Maint et maint brave capitaine,
Que sa beauté chez toi amène,
Et toujours, Sire Aymon, y voir
Maint et maint homme de savoir.

Le dernier souhait, qui occupe toute la dernière strophe, est encore plus blessant pour l'amour-propre d'Ennemond :

Et lorsqu'avec ton tablier gras
Et ta quenouille entre les bras
Au bruit de ton tour tu t'égayes,
Puisse elle toujours de mes plaies,
Que j'ai pour elle dans le cœur,
Apaiser la douce langueur.

Dans cette ultime strophe, Ennemond est féminisé par un tablier et une quenouille, alors qu'au début de l'ode j'avais été masculinisée, tenant les « armes dans le poing » et « faisant honte au mesme Mars ». Magny, en essayant de faire entendre autant de notes discordantes que possible, a produit un poème incohérent qui révèle bien plus qu'il ne le souhaiterait sa propre impuissance à atteindre son but. Mais ce n'est pas ainsi qu'il a été lu. Avant de quitter Lyon, il distribua cet écrit à plusieurs familles éminentes, et il se propagea ainsi dans toute la ville aussi rapidement qu'une vraie peste. Les gens chuchotaient, ricanaient, ou me montraient du doigt, quand je passais dans la rue ou quand j'allais au marché. Je suis sûre qu'Ennemond a souffert un martyre pire que le mien.

Puis un écrit encore plus obscène circula : « La Chanson de la Belle Cordière ». On m'y dépeignait ouvertement comme une prostituée et Ennemond y figurait comme un être vil, que sa catin de femme envoyait coucher sur un lit de fortune tandis qu'elle participait à des ébats avec tout un cortège d'épouvantables lubriques. J'ai arrêté mes soirées, et ma demeure est devenue une maison de deuil. Seuls quelques amis, parmi lesquels Scève, Peletier, Fumée et Fortini, ont continué à me rendre visite. Et j'ai été encore plus reconnaissante de constater que ma douce et jeune amie Clémence de Bourges persistait à venir me voir, car elle avait beaucoup à perdre en fréquentant ouvertement une femme cataloguée comme prostituée. Elle était encore fort jeune et représentait un très bon parti pour un mariage, ce qui la rendait terriblement vulnérable en cas de commérages et de calomnies. Pourtant, rien de tout cela ne l'a apparemment touchée, Dieu merci. Au moins, c'est là quelque chose que je n'ai pas sur la conscience.

L'invulnérabilité de Clémence de Bourges lui venait de sa haute position sociale. Sa famille, qui habitait l'hôtel de Bourges, appartenait à la vieille noblesse de Lyon et défendait férocement son rang et son influence. Peu après la parution de l'« Ode à Sire Aymon », Clémence est venue chez moi, tenant par la main un monsieur très corpulent mais vêtu de la dernière élégance. « Madame Labé, Louise, vous vous souvenez de mon père, Claude de Bourges. Vous vous êtes brièvement rencontrés lors des funérailles de Geneviève. Papa, quant à vous, vous vous rappelez certainement avoir fait la connaissance de ma chère amie Louise Labé, d'autant plus que je parle si souvent d'elle. »

Monsieur de Bourges a incliné son buste au-dessus de ma main et m'a adressé un sourire en même temps que scintillaient deux fossettes sur ses joues rondes. Après les civilités initiales, j'ai appelé Marthe et lui ai demandé d'apporter de quoi goûter : un bon beaujolais, de fines tranches de pain et notre meilleur fromage de chèvre. Nous étions assis dans la salle où s'étaient déroulées tant d'heureuses soirées. « C'est une pièce fort agréable, Madame », me dit le père de Clémence, poliment, mais aussi avec une évidente sincérité en regardant les tapisseries murales. « Est-ce ici que ma fille et vous avez joué pour vos invités ? »

— Oui, et parfois aussi dans la salle voisine, ai-je dit en me levant. Si vous plaît de la voir, suivez-moi, je vous prie.

M. de Bourges s'est extrait de son fauteuil avec un grognement, et je les ai conduits dans la pièce adjacente.

— Vous avez de très beaux tableaux et de superbes tapisseries, Madame, et cette épinette est un instrument splendide. Ah, oui ! Et voilà le jardin que Clémence voulait que je voie. Est-ce que nous pourrions y faire un tour ?

— J'en serais ravie, ai-je répondu en ouvrant les portes pour laisser passer mes invités.

— Vous voyez, Papa, je vous avais parlé de la disposition symbolique des plantes et de l'art topiaire ! Croyez-vous que nous pourrions réaliser quelque chose d'analogue, dans notre parc ?

M. de Bourges a examiné le jardin avec attention, notant l'emplacement des massifs, la petite scène de théâtre et la disposition des fontaines.

— J'ai entendu dire que vous aviez reçu les conseils de Monsieur Scève pour la création de ce jardin.

— En effet, Monsieur, ai-je répondu. Il a acquiescé de la tête et nous sommes revenus à la salle pour notre goûter. C'est là qu'il a révélé la raison principale de cette visite.

— Je dois vous dire, Madame, que nous sommes au courant des calomnies qui se répandent en ville à votre sujet. Tout d'abord, nous avons pensé exiger de notre fille qu'elle cesse de venir vous voir, mais ce n'aurait pas été juste, car ces ragots proviennent en grande part des calvinistes, en qui je n'ai aucune confiance, et d'autre part d'un jeune homme qui, apparemment, s'est senti offensé par vous, Madame. Que pouvez-vous me dire à son sujet ?

— Il est jeune et très ambitieux, Monsieur. Il est né à Cahors et il est allé à Paris tenter fortune. Il a eu la chance de s'attacher à Monsieur d'Avanson et de l'accompagner à Rome. Ils se sont arrêtés ensemble à Lyon en allant en Italie, et encore une fois au retour de ce pays. Je crois que Clémence confirmera qu'il me faisait des avances même en présence de mon mari. Bien sûr, je les ai toutes rejetées, mais lors de sa dernière visite, ses avances sont devenues un peu trop agressives et je lui ai dit, Monsieur, de sortir de cette maison et de ne jamais y revenir. Voilà l'origine de cette hostilité qui a donné lieu au poème dont vous parlez.

Clémence m'a apporté son renfort. « Oui, j'ai vu Monsieur de Magny essayer bien des fois d'acculer Madame Labé dans des coins obscurs, et il la dévorait sans cesse des yeux. Papa, que pouvons-nous faire pour aider Louise ? »

Son père a réfléchi un moment en buvant à petites gorgées son troisième verre de beaujolais. « Nous ne pouvons pas grand-chose contre la calomnie, Clémence. Mais je ne vous interdirai certes pas de venir rendre visite à Madame Labé. Et le fait que vous lui gardiez votre amitié devrait être un témoignage suffisant. Chaque fois qu'un de ces ragots viendra à mes oreilles ou à celles de ma femme, nous le réduirons en poussière. De plus, Madame, je donnerai l'ordre à toute ma maisonnée d'agir de même. Si le moindre soupçon de scandale atteint ma fille, j'irai en personne chercher son auteur et le punir. Cela aussi, je le ferai savoir. » Clémence lui a adressé un sourire de gratitude, et il lui a aimablement répondu par un autre sourire qui a fait ressortir ses fossettes. Ces deux-là, manifestement, s'adoraient.

Je me suis levée pour offrir à Clémence un morceau de fromage de chèvre et du pain. « Soyez bénie, ma chère, pour vous être impliquée dans cette affaire sordide, pour vous en être inquiétée. Vous êtes une vraie amie ! » Le reste de leur visite s'est déroulé agréablement, puis ma jeune amie et son père rondelet ont pris congé. J'avais au moins un puissant allié dans cette ville.

L'année suivante m'a apporté la nouvelle d'un autre livre de poèmes de Magny, publié à Paris. Il s'était approprié mon deuxième sonnet, celui qui commence par « Ô beaux yeux bruns, ô regards détournés », en remplaçant mes deux derniers tercets par deux autres de son cru. Aussitôt des bruits ont couru disant que Magny devait certainement être mon mentor : c'était lui qui avait d'abord composé le sonnet, et moi, qui l'avais transformé à ma manière pour me l'approprier. Cette version des faits s'est vite répandue bien que Magny soit neuf ans plus jeune que moi et que j'aie publié deux ans avant lui. Tous ceux qui y regarderont de près pourront constater que, dans sa hâte, il a même gardé mes bizarreries d'orthographe, oubliant ainsi de les modifier à sa façon. Il existe une autre allégation selon laquelle ce sonnet fournirait la preuve d'une liaison amoureuse, longue et passionnée, entre nous. Au cours de cette liaison, Magny et moi aurions échangé un certain nombre de poèmes, y compris celui-là, alors même qu'à ma connaissance Magny ne s'est trouvé que deux fois à Lyon, et les deux fois pendant quelques semaines seulement. Je crains beaucoup qu'une telle version de ma vie ne soit acceptée sans question par la postérité. Plaise à Dieu qu'il se trouve dans les siècles futurs une âme charitable pour rétablir la vérité !

Après cela, Ennemond s'est mis à dormir à la corderie, ne rentrant à la maison que pour se laver et changer de vêtements, et uniquement quand il était certain que j'étais sortie. Je le voyais rarement, et quand c'était le cas, il se détournait de moi ou ne donnait que des réponses laconiques et monotones à mes supplications et à mes questions.

Privé des conseils de mon père, il s'est mis à spéculer sur des affaires immobilières très douteuses, et la malchance a paru s'acharner sur lui. Les récoltes de chanvre de ses fournisseurs habituels ayant été mauvaises, il a fait ses achats auprès d'inconnus qui lui ont envoyé du chanvre de mauvaise qualité ou à moitié pourri. Désespéré, il tenta de jouer sur les prix, mais sans succès. Bref, l'argent durement gagné lui filait entre les doigts. De plus, le roi venait de lever un énorme impôt auprès des fabricants et marchands de Lyon pour financer une armée mieux équipée avec laquelle il se battrait contre le nouveau roi d'Espagne Philippe II. Ennemond a fait faillite avant que je sois même au courant de ce qui se passait.

Un matin, alors que je jouais de l'épinette en chantant une chanson des *Erreurs amoureuses* de Pontus, par une journée grise où, dans le jardin, des feuilles jaunes tombaient des arbres en tournoyant, un des ouvriers de la corderie, Germain Vacque, est venu me demander si je savais qu'Ennemond avait mis en vente à la fois la fabrique et la maison, il y avait de cela deux semaines et si je savais aussi que les deux ayant été vendues la veille, le nouveau propriétaire allait fermer la corderie. Je fus abasourdie, car je n'avais pas vu Ennemond depuis plusieurs jours et il ne m'avait rien dit : « Nous allons tous être sans travail, m'a-t-il dit en secouant la tête. Et je suppose que vous, Madame, allez vous retrouver sans toit. »

Je suis restée muette une minute ou deux, terrassée, essayant de comprendre ce qui avait pu se passer dans la tête d'Ennemond. Il y avait sans doute deux raisons pour lesquelles il ne m'en avait pas parlé : il avait trop honte, et il était encore trop blessé et trop en colère pour me parler. Bon, il me restait au moins ma terre de Parcieu avec la maison et ses dépendances : cela était encore à mon nom et sous mon contrôle. Il nous faudrait faire nos bagages et partir tout de suite. J'ai enfin levé les yeux vers le cordier qui se tenait là de plus en plus mal à l'aise.

— Non, Germain, personne ne m'a rien dit et je vous remercie de l'avoir fait. Ce sont des temps difficiles pour tous. A côté de ces difficultés financières, la ville entière semble prête à exploser à cause de l'agitation religieuse. Germain, est-ce que vous avez mangé aujourd'hui ? »

Ses mains ont tordu l'informe objet de feutre qui passait pour son chapeau, et il est passé d'un pied sur l'autre.

— Non, Madame, pas aujourd'hui.

— Eh bien, venez dans la cuisine et Marthe va vous préparer quelque chose. Au moins, il y a encore à manger, dans cette maison.

À l'étage, dans une bourse dont Ennemond ignorait l'existence, j'avais autour de cent livres. J'avais assez pour donner à chaque ouvrier deux livres pour leur permettre de tenir jusqu'à ce qu'ils retrouvent du travail ailleurs, après quoi il m'est resté vingt livres pour engager des rouliers qui transporteraient nos affaires jusqu'à Parcieu. Ennemond n'était nulle part, et aucun des ouvriers n'avait la moindre idée de l'endroit où il pouvait être. Il m'a rattrapée au moment où je rentrais.

— Louise, d'où vient cet argent ? Je suis allé à la corderie juste après votre départ, et ils m'ont montré : deux livres chacun pour leur travail de la semaine dernière.

— J'avais mis une bourse à l'abri pour les mauvais jours, Ennemond. Allez-vous me gronder d'avoir donné à vos ouvriers ce qu'ils ont gagné ?

Ennemond m'a suivie à l'intérieur de la maison, baissant la tête presque comme un chien battu. À en juger par son aspect, j'avais l'impression qu'il avait surtout besoin de manger ; je l'ai donc précédé dans la cuisine. Marthe avait déjà trouvé deux barriques au fond desquelles elle avait commencé à ranger les assiettes enroulées dans des torchons.

Le déménagement ressemblait à un naufrage. Marthe, les deux autres servantes, Ennemond et moi avons travaillé jusque tard dans la nuit, à la lumière des bougies, pour empaqueter ce que nous pouvions. Et tout en emballant nos affaires, j'ai appris d'Ennemond comment il avait fait faillite. Comme moi, il paraissait en état de choc, incapable de saisir la dimension de notre malheur. Il me parlait et il m'aidait, et pourtant il restait entre nous une distance et une froideur que je n'arrivais pas à surmonter.

Le lendemain, nous avons quitté Lyon en une longue caravane. M'étant habillée en homme, j'ai monté à califourchon Félicité, ma nouvelle jument, tandis qu'Ennemond prenait Frontino et conduisait aussi une mule de location sur laquelle on avait mis les tapisseries et deux de mes tableaux préférés, dont le Sebastiano del Piombo. Nous laissions tout ce qui était trop lourd pour être déplacé sur une charrette, et c'est ainsi que j'ai perdu mon lit, la table et presque tout l'ameublement de la grande salle. Mais j'ai pu emporter tous les instruments de musique, y compris l'épinette. Nous sentirions moins ces pertes à Parcieu, la maison étant déjà passablement bien équipée, mais nous avons sacrifié des meubles de prix que nous aurions pu vendre si seulement nous en avions eu le temps.

La vie à Parcieu

J'ai commencé à renouer, à Parcieu, mes liens avec mes voisins et les membres de la paroisse. Ennemond, en revanche, n'eut aucune envie de rester avec moi après m'avoir aidée à déballer et à installer tout ce que nous avions sauvé du naufrage lyonnais. Il a regagné Lyon à cheval, voulant à tout prix relancer la fabrique bien qu'il n'eût plus aucun crédit ni aucun moyen de trouver de l'argent. Il était comme un fantôme, hantant les rues qui jadis l'avaient connu prospère et heureux.

Pendant ce temps, je m'occupais, me consacrant surtout à mes jeunes voisines, les filles d'un cultivateur prospère du nom de Villard de Parcieu. Allant de douze à seize ans, elles étaient toutes les quatre jolies et elles souhaitaient ardemment que je leur apprenne tout ce que je savais du monde au-delà de leur ferme. J'ai commencé par leur apprendre à lire en me servant du *Nouveau Testament*. Comme j'avais tout mon temps, je traduisais un chapitre en français la veille au soir, et le lendemain je le leur faisais lire. Elles apprenaient vite, mais elles n'avaient pas toutes la même piété : les deux aînées voulaient lire des contes profanes d'amour et d'aventure, et elles ont eu tôt fait de me demander de leur trouver quelque chose qui convînt davantage à leurs goûts. *Les Histoires des Amants fortunés*, de la reine Marguerite de Navarre, venaient de sortir des presses de Pierre Boaistuau. Ce livre m'a paru tout à fait indiqué pour persuader les quatre demoiselles de s'appliquer à leur lecture. Tous les jours, vêtue d'une robe, je montais

Félicité en amazone, pour me rendre à la ferme des Villard où nous passions deux heures à lire et à commenter les textes que j'avais choisis. Je leur ai aussi enseigné certaines bases d'arithmétique et quelques rudiments de travaux d'aiguille. J'étais déterminée à partager mes lumières avec ces jeunes filles, à leur donner une certaine force d'esprit et à leur apprendre quelque peu comment marche le monde.

Un après-midi, après être rentrée de ma séance d'enseignement, en menant très convenablement ma jument au pas, je m'étais changée, mettant mon habit d'homme, pour aller faire courir Félicité. Nous étions partis au trot dans les bois en suivant mes sentiers favoris, et nous étions revenus à la maison à bride abattue, quand un cavalier est apparu à la clôture de l'enclos : une grande et imposante silhouette, manifestement un homme d'Église. Je suis allée vers lui et j'ai été stupéfaite et bouleversée de reconnaître Pontus. Je l'ai conduit à la maison sans m'arrêter de parler. Il a trouvé triste qu'Ennemond ne m'eût jamais pardonné ce qu'il avait imaginé être un écart de conduite avec Monsieur de Magny. Et pendant tout ce temps je me suis demandée pourquoi Pontus avait fait tout ce chemin jusqu'ici, jusqu'à cette maison de village isolée. Puis, il m'a parlé de la proportion élevée, dans presque toutes les paroisses, de conversions au calvinisme : il était en train de sonder l'étendue de cette transformation.

— Mais Parcieu ne peut tomber sous votre juridiction, Pontus ?

Il a acquiescé de la tête et il a fini par dire. « Oui, c'est vrai, Louise. Mais il fallait que je vous voie. Il fallait que je sache comment vous alliez. »

Je ne l'ai pas interrogé davantage, mais ses yeux, ses gestes, et sa seule présence m'en disaient plus long que ses paroles. La visite ne pouvait pas durer longtemps. Lorsque le soir commença à tomber, j'ai compris que je ne pouvais pas le retenir. Sa réputation était en jeu et il avait besoin de ce qui restait de lumière du jour pour regagner l'église de Parcieu où le chanoine Chardon lui fournirait à la fois le gîte et le couvert. Pontus m'a pris les mains et les a agrippées comme s'il ne supportait pas de me laisser. Puis, après nous être dit adieu, il s'est retourné et il est monté sur Justino, son cheval, m'adressant ce petit geste de la main si typique de lui, au moment où il tournait la tête de sa monture en direction du village de Parcieu.

La guerre civile

Je m'en souviens, c'était le quatre septembre 1560. J'étais à court de plusieurs produits essentiels tels le sel et la farine. Je souhaitais vivement me réapprovisionner aussi en livres récents, et je voulais acheter du tissu pour que les filles Villard puissent se confectionner des robes, car j'étais résolue à faire d'elles de bonnes couturières. J'avais entendu dire que les foires de printemps et de début d'été avaient été très profitables, et que, nonobstant de nombreuses escarmouches entre huguenots et catholiques, la ville était calme. J'ai sellé Félicité et je me suis mise en route avant le lever du soleil. Malgré la fraîcheur du petit matin, j'étais habillée légèrement dans mes vêtements d'homme, mais j'emportais aussi, dans ma sacoche, une robe toute simple que je pourrais passer par-dessus ma chemise et mon pantalon quand j'arriverais aux abords de la ville.

Ma chevauchée se déroulait tranquillement, et le jour naissant s'annonçait superbe, chaud, ensoleillé et bruyant de chants d'oiseaux. Je suivais des sentiers bordés de murets, le long de vergers où les pommes mûrissaient sur les arbres et le long de prés où les vaches paissaient dans le calme, meuglant parfois pour qu'on vienne les traire. Vers midi, j'ai enfin pu voir la ville de Lyon s'étalant devant mes yeux, et j'ai essuyé quelques larmes en pensant aux jours heureux que j'y avais passés. J'ai mis ma robe et j'ai glissé ma jambe droite autour du pommeau de la selle. Ce n'était pas très confortable, mais je me conformais ainsi aux dictats masculins sur la manière dont une femme pudique doit monter à cheval, et puis il ne me restait que peu de chemin à faire. Après avoir laissé Félicité à une hôtellerie de ma connaissance et m'être assurée qu'on lui avait bien donné à boire et à manger, je me suis occupée de mes courses. Je n'ai rencontré personne qui me reconnaisse, hormis les boutiquiers bien sûr. Un bon nombre de ceux-ci m'ont saluée par mon nom et se sont enquis de ma santé ; une marchande, tout en mesurant et pesant mon sel, me dit qu'elle avait vu Ennemond peu de temps auparavant, qu'il « paraissait plutôt mal », et qu'elle se demandait « pourquoi il ne restait pas plutôt à la maison pour que vous puissiez vous occuper un peu de lui ». Je lui ai répondu que je me posais la même question. Je me suis ensuite arrêtée dans une des tavernes les moins chères - mais où l'on offrait néanmoins une nourriture saine et solide - et je me suis offert un bon morceau de côte de porc fumé avec une tranche épaisse de pain bis et deux verres de vin des coteaux du Rhône. Comme rien ne me pressait, je me suis promenée dans les rues. J'ai remarqué que les boutiques de nombreux imprimeurs et libraires où j'avais mes habitudes avaient fermé.

Heureusement, Jean de Tournes était dans son imprimerie lorsque j'ai ouvert la porte. « Louise ! Louise ! » s'est-il écrié en faisant précipitamment le tour de sa presse. Il s'est essuyé les mains sur son tablier et m'a serrée dans ses bras, laissant quelques taches d'encre ici et là sur mes vêtements. Puis, il s'est reculé et m'a regardée avec des larmes dans les yeux : « Quel bonheur de vous voir ! Vous ne pouvez vous imaginer à quel point vos soirées me manquent, ainsi que toute cette époque heureuse. »

— Et, Jean, vous ne pouvez pas vous imaginer à quel point, également, vous me manquez tous. Je me sens si seule, si privée de tout. Mais Lyon n'est plus ce qu'elle était, me semble-t-il ?

Il a secoué la tête de façon très significative, en roulant les yeux au ciel. « Il y a eu tant de bouleversements depuis votre départ, Louise. Et nous allons, probablement, en connaître bien d'autres. La pression des huguenots s'accroît de plus en plus, créant une situation extrêmement dificile. »

J'ai hoché la tête pour montrer que je comprenais. « Oui, c'est la même chose à Parcieu. Il y a une quantité de convertis, là-bas aussi. »

— Avant, je croyais que je les comprenais, vous savez, de la façon dont Barthélemy Aneau les présentait, mais récemment ils ont pris une attitude beaucoup trop agressive, et ça me pousse dans l'autre sens. Ils ont installé des temples en ville, avec des services où il y a des prêches deux fois par semaine, et voilà que beaucoup de marchands se sont convertis. Mais pas moi, pas pour l'instant.

— Ce n'est pas que notre Église n'ait pas besoin de réforme. Elle en a besoin. Mais je suis sans doute une disciple d'Érasme, comme notre bon docteur Rabelais, car j'estime que la réforme doit venir de l'intérieur, on ne doit pas l'imposer du dehors.

Jean m'a interrompue.

— Le problème, c'est que la résistance à la réforme qui vient justement de l'intérieur, est de plus en plus virulente. Marot et Rabelais ont tous les deux failli mourir sur le bûcher !

— Oui, et Etienne Dolet, lui, y est mort, sur le bûcher. On dirait que la confrontation, quelle qu'elle soit, engendre la haine, l'injustice et la violence. Mais parlons d'autre chose d'un peu plus gai. Quels sont les derniers livres parus ?

— Avez-vous lu les dernières œuvres de Pontus de Tyard ?

— Comment, ses dernières œuvres ? Je connais son *Solitaire premier*, et son *Solitaire second*, et j'ai vu son *Discours des parties et de la nature du monde*. Y a-t-il autre chose ? »

Jean a souri, tout content de lui. « J'ai ici *Mantice, ou Discours de la vérité de divination par astrologie !* Regardez ce beau tirage ! Et cette splendide reliure en cuir repoussé ! »

J'ai examiné le livre avec admiration, et, en le feuilletant rapidement j'ai noté à ma satisfaction que Pontus démythifiait l'astrologie. Je l'ai évidemment acheté, ainsi que deux autres ouvrages. Puis, je suis repartie avec mes précieux achats, ai traversé le pont de Saône, et suis arrivée juste à temps à la cathédrale pour avoir le plaisir d'écouter un très beau service de vêpres. Le soleil, déjà à l'ouest, inondait le sanctuaire d'un arc-en-ciel filtré par les volutes d'encens montant dans la nef, et donnait ainsi au rituel et aux psalmodies un air de mystère et de sainteté. J'ai été heureuse et réconfortée de voir officier une vieille connaissance, le chanoine d'Albon. Je suis ensuite retournée chez l'hôtelier qui avait pansé Félicité. « Je crois que je vais sortir de la ville et essayer de trouver une auberge bon marché, lui ai-je annoncé, ainsi je serai déjà sur le chemin du retour demain matin. » Il a sellé la jument, je l'ai payé généreusement, et il m'a aidé à monter avec mes achats et mes jupes flottantes.

Mon chemin passait de nouveau près de la cathédrale et, de là, allait vers le pont. Et juste au moment où le soleil se couchait, j'ai entendu une série d'explosions de l'autre côté de la Saône, vers Saint-Bonaventure ; j'eus l'impression qu'il s'agissait de tirs d'arquebuse. J'ai tout de même traversé le pont, car il fallait que je passe par la porte Saint-Sébastien pour prendre ensuite la direction du nord. Je n'étais pas très loin dans la rue de la Platière lorsque j'ai commencé à voir des hommes armés d'arquebuses sortir de plusieurs maisons pour former de petits groupes plus haut dans la même rue. J'ai arrêté Félicité, afin de prêter l'oreille. Un officier a alors lancé un ordre : « Faites venir ces hommes ici au pas de course, et rassemblez-les ! Allez ! Allez ! En rang par cinq ! Nous marchons contre la cathédrale ! » J'ai fait faire volte-face à Félicité, et j'ai jeté ma jambe droite de l'autre côté de son dos pour trouver l'étrier. Il n'était plus question de jouer les dames pudiques.

Nous sommes parties au petit galop, glissant et dérapant sur les pavés, et nous avons à nouveau franchi le pont pour entrer dans l'aire de la cathédrale jusqu'au cloître. Il me fallait trouver Messire d'Albon. Il avait fait une belle ascension depuis ses modestes débuts en tant que simple chanoine de la cathédrale : il venait d'être nommé gouverneur de Lyon ! J'ai crié : « Chanoine d'Albon ! Gouverneur d'Albon ! Une force ennemie vient vous attaquer et traverse déjà le pont de Saône ! Chanoine d'Albon ! » J'ai ôté ma robe que j'ai fourrée dans la sacoche attachée à ma selle, puis j'ai mis pied à terre, faisant vite un nœud de mes cheveux en enfonçant par-dessus mon chapeau de feutre. J'étais là, debout, tenant les rênes de Félicité, lorsque d'Albon est apparu en simple soutane. « Qu'est-ce que tout ce bruit ? »

— Il y a une forte troupe d'hommes dans la rue Mercière, ils sont armés d'arquebuses et ils projettent d'attaquer la cathédrale. Je crains que ce ne soient des huguenots qui veuillent s'emparer de la ville par l'intérieur. Dépêchez-vous : ils seront ici avant que nous ayons pu bouger. » J'avais baissé la voix, passant de mon profond contralto naturel à un registre beaucoup plus grave.

Il n'a pas chicané et n'a pas mis ma parole en doute comme il l'aurait sans doute fait si j'avais porté ma robe, car, dans la lumière de plus en plus crépusculaire, il me prenait, me semblait-il, pour un homme de petite taille. « Gaston ! Appelez la garde ! Sortez les armes ! » Un garde en uniforme est apparu à une porte latérale. « Oui, Monsieur le Gouverneur ? »

— Vous m'avez entendu ! Faites sortir vos gardes ! En armes ! Tout de suite ! Les huguenots attaquent ! » Il s'est tourné vers moi. « D'où viennent-ils ? »

J'ai attaché Félicité au perron. « Ils sont sans doute en train de passer sur le pont de Saône à l'instant même. Ils sont armés d'arquebuses et ils sont quarante ou cinquante, peut-être plus. Donnez-moi une épée, je vous prie, je me joindrai à vous pour les combattre. Mais il nous faut davantage d'hommes. Combien sommes-nous ? Douze ? » En effet, ils n'étaient que douze - quatorze, si l'on nous comptait, d'Albon et moi. Notre gouverneur a vite lancé à deux d'entre eux l'ordre de ramener au plus vite tous les citoyens qui accepteraient de se battre à nos côtés. L'un des gardes m'a lancé une épée que j'ai habilement attrapée par la poignée, faisant quelques moulinets pour la soupeser et en vérifier l'équilibre. Les gardes m'ont montré par leur expression qu'ils avaient reconnu en moi un expert dans l'art de manier l'épée. Puis nous sommes partis vers le pont, dix gardes, le chanoine d'Albon et moi. Les gens dans la rue nous abordaient : « Monsieur le Gouverneur, que se passe-t-il ? Nous avons entendu des explosions… »

— On nous attaque ! Rassemblez tous les hommes capables de se battre, car nous avons besoin de renforts. ! Les huguenots sont en train de traverser le pont ! » Nous avons ainsi récupéré dix hommes de plus avant d'arriver à la Saône. Le contingent de huguenots, qui s'était apparemment attardé, n'avait pas encore atteint notre rive, mais le pont était plein de soldats armés d'arquebuses - il y en avait au moins soixante, peut-être plus.

— Attendez qu'ils se trouvent coincés dans cet étroit passage avec des échoppes des deux côtés du pont ! a ordonné d'Albon. Alors, ceux parmi vous qui avez des arquebuses, tirez sur eux. Le reste d'entre nous les chargera à l'épée. » Nous avons retenu notre souffle, écoutant le lourd martèlement de leurs pas au moment où ils passaient le milieu du pont. Les premiers rangs arrivaient au passage étroit. « Feu ! » a crié d'Albon. Les troupes de la garde ont fait feu par vagues successives et nous nous sommes lancés avec nos épées.

Les soldats en face de nous ont levé leurs arquebuses. J'ai aperçu deux hommes qui gisaient au sol, blessés ou mourants. Le premier rang s'était agenouillé et se préparait à tirer, tandis que le deuxième s'était arrêté debout, également prêt à faire feu. Nous courions droit vers un déluge de balles. Il y eut un éclair aveuglant au moment où les coups sont partis, et quatre des hommes qui couraient à mes côtés ont été touchés. Par miracle, j'étais indemne et nous avons été sur eux avant qu'ils aient le temps de recharger. J'ai enfoncé ma lame juste au-dessous de l'épaule d'un des attaquants, faisant exprès de le blesser sans le tuer. Je voulais simplement les frapper d'impuissance et les chasser. Je devinais au bruit qui montait derrière moi que des renforts nous arrivaient par l'arrière. Les huguenots ont commencé à se replier, ce qui a créé une certaine confusion dans leurs rangs, et nous a permis, en pressant vers l'avant, de les attaquer individuellement les uns après les autres. Mêlés a leurs propres gens, nous étions alors trop près pour qu'ils puissent continuer à utiliser leurs arquebuses. Ils durent donc se battre à l'épée comme nous, et cela rendait les chances plus égales. J'ai dû mettre huit adversaires hors de combat - très peu d'entre eux savaient vraiment manier l'épée - avant que leur officier ne s'écrie : « Repli, repli ! Ils ont trop de renforts ! » Ceux d'entre eux qui étaient le plus près de la rive opposée ont fait volte-face et se sont mis à courir, et ceux qui arrivaient encore à garder l'équilibre ont fait de même. L'homme avec qui je me battais à ce moment-là a bondi hors de ma portée, et, remettant son épée dans son fourreau, s'est enfui à son tour.

J'ai essuyé mon épée sur les vêtements d'un mort et me suis détournée de la bataille. J'étais très étonnée de constater que j'avais conservé mes talents d'autrefois, même si j'avais laissé mes adversaires s'approcher un peu trop près, ce qui m'avait coûté une éraflure au cou et une coupure légère sur le bras gauche. Je me suis mise à marcher avec mon chapeau rabattu pour cacher mon visage. J'espérais que nul ne me reconnaîtrait, ce qui fut le cas dans cette quasi-pénombre. Une grande confusion régnait sur le pont et dans les rues alentour où tous se demandaient ce qui s'était passé, qui avait gagné, où se trouvait l'ennemi, etc. Quand je répondais, c'était uniquement par monosyllabes. J'ai regagné la cour du cloître et j'ai laissé là l'épée qui, ce jour-là, m'avait été si utile, la posant contre le montant de la porte du logement des gardes. En regardant ensuite la cathédrale, j'ai eu une sorte de pressentiment. Ce symbole de notre foi unifiée, datant de plusieurs siècles, serait une cible de choix pour les réformés s'ils arrivaient à s'emparer finalement de la ville. Mon sentiment était juste ; en effet, les huguenots ont fait de leur mieux pour bombarder la cathédrale et la réduire en poussière lorsqu'ils ont pris Lyon deux ans plus tard. Puis, j'ai déchiré une bande de l'étoffe neuve que j'avais achetée pour les demoiselles Villard, et je m'en suis bandé le bras. J'ai ôté mon chapeau, défait mes cheveux, et j'ai sorti ma robe de la sacoche. Je l'ai remise après l'avoir secouée pour la défroisser un peu. Dans toute cette agitation, personne ne remarquerait une demoiselle sur son palefroi.

Nous nous sommes frayé un chemin dans un fourmillement de gens, Félicité et moi, et nous avons encore une fois traversé le pont de Saône en évitant les cadavres et les blessés. Tout en menant mon cheval au pas, j'ai pris la porte Saint-Marcel, gravi la montée Saint-Sébastien, et enfin, après avoir franchi la porte extérieure de la ville, je suis retombée sur la route de campagne qui menait vers le nord jusqu'à Parcieu. J'ai fait une pause sous un arbre pour revêtir mon déguisement d'homme. Je me sentais si fatiguée que je me suis arrêtée à la première auberge, au bout d'environ deux lieues. Je suis entrée et j'ai commandé un repas modeste et un lit, m'assurant que Félicité était convenablement pansée et nourrie. Après une demi-heure passée à revoir les événements de la journée, j'ai bien dormi malgré mes plaies et mes bosses. De toute évidence, la violence entre huguenots et catholiques ne se bornerait pas à de simples escarmouches comme celle à laquelle je venais de prendre part et à cause de cela j'avais peur pour Lyon et pour le pays tout entier. Je suis arrivée à ma maison de Parcieu le lendemain, juste avant midi.

Ici, je dois m'interrompre pour parler de deux décès. Mon maître et ami, Maurice Scève, est mort cette même année, en 1560. Je l'ai pleuré encore plus que je n'avais pleuré mon propre père, et je le pleure toujours. C'était un homme auquel j'avais tout donné, et qui m'avait apporté pratiquement tout ce dont je suis faite : mon savoir, un sens de la versification avec ses rimes et rythmes, un sens intuitif du langage et une certaine intelligence des mystères de l'Antiquité et de ses traditions hermétiques. Je l'avais aimé dans tous les sens du terme. Il avait aimé et perdu sa bien-aimée, emportée par l'ultime ravisseur du corps et de l'âme. Scève avait poursuivi sa vie encore quinze ans, mais rien de ce qu'il avait écrit depuis Délie ne résonnait avec autant de passion et n'avait ému l'âme du lecteur avec autant de force.

Puis, l'année suivante, ma jeune amie Clémence de Bourges est morte après avoir attrapé un rhume qui s'est logé dans ses poumons. On m'a dit que sa bière, parée de guirlandes de fleurs blanches, était restée ouverte pour qu'on puisse voir son visage, et qu'elle était habillée de blanc nuptial - toutes choses qui proclamaient sa pureté virginale. Elle était morte avant d'avoir eu l'occasion de vivre. Son pauvre père, qui l'adorait tant, fut inconsolable. Je crois savoir qu'il s'est fermé au monde et qu'il n'est plus que l'ombre de lui-même.

J'ai eu des nouvelles de Pontus environ un an plus tard, lorsque Ennemond, un soir, est rentré de l'un de ses longs séjours à Lyon. Au cours des quatre années qui avaient suivi notre déménagement à Parcieu, il avait passé plus de temps en ville que dans notre propre maison, et de ce fait nous n'avions jamais trouvé le temps de nous asseoir tous les deux pour parler vraiment. Cette nuit-là, il est arrivé en chancelant à la maison, la tête enveloppée d'un chiffon ensanglanté, mourant de faim et couvert de meurtrissures.

J'ai d'abord soigné sa tête blessée tandis que Marthe faisait chauffer de l'eau pour un bain. Je lui ai trouvé des vêtements pour qu'il se change, et, pendant qu'il prenait son bain et qu'il se rasait, nous avons préparé un savoureux repas avec un reste de ragoût de bœuf aux carottes, des petits pois, une sauce épaisse au jus de viande, du pain bis tout frais, du vin rouge et, en dessert, une tourte aux fruits. Le chiffon qui lui avait enveloppé la tête me semblait familier. Il était en soie rouge et d'excellente qualité, bien qu'à présent très sale et tout raide de sang coagulé et séché.

Après qu'il se soit transformé en un Ennemond ressemblant celui que j'avais connu, nous nous sommes assis tous les deux à la table de la cuisine. J'ai pris le chiffon et je le lui ai montré. « On dirait un bout de vêtement ecclésiastique », ai-je déclaré en levant les sourcils d'un air interrogateur. Ennemond avait une faim de loup, et comme il enchaînait bouchée sur bouchée, son récit n'est sorti que par bribes. Apparemment, c'était dans notre ancienne écurie qu'il avait dormi pendant ces dernières semaines, le nouveau propriétaire ayant fui Lyon à cause des troubles violents, et il se trouvait justement, lui, Ennemond, devant la porte ouverte de l'écurie lorsqu'un cavalier était arrivé à bride abattue de la rue venant du pont. Le cavalier l'avait aperçu devant le portail ouvert, et il avait galopé à l'intérieur sans la moindre hésitation. Ennemond avait vite compris pourquoi : cet homme était pris en chasse par une bande de soldats huguenots. C'est seulement après qu'Ennemond et le cavalier se soient barricadés à l'intérieur et que les assaillants aient abandonné leur traque qu'Ennemond a reconnu Messire Pontus. « Et il m'a reconnu au même moment ! »

Se calant sur sa chaise, Ennemond m'a raconté en détail le reste de l'histoire, comment il avait assommé le garde de la porte Pierre-Scise avec un morceau de joug et comment Messire Pontus était parti au trot sur Justino aussi calmement que s'il avait été dans une procession dominicale.

— Cet homme a énormément de courage. Il n'a jamais perdu son calme, pas une seconde. Après son départ, j'ai dû retraverser toute la ville occupée. Je marchais en pleine rue, mais quand je suis arrivé au pont de Saône, je l'ai trouvé barricadé. J'ai tourné quelque temps, et puis je me suis souvenu qu'il y a toujours des petits bateaux amarrés derrière la cathédrale.

— Mais vous ne pouvez pas descendre sur cette berge sans passer par le cloître, n'est-ce pas, le petit quai est fermé des deux côtés par des murs, et les bateaux qui sont amarrés là sont réservés aux chanoines et autres ecclésiastiques ?

— C'est vrai. Mais comme la cathédrale et les autres bâtiments attenants avaient été bombardés et saccagés, je me suis dit que je pourrais peut-être entrer dans le cloître par une fenêtre brisée ou par une brèche dans un mur. J'y suis donc allé, toujours sans me cacher. Personne n'avait enlevé les morts et j'ai reconnu parmi eux deux des chanoines les plus jeunes, Albert Jurieu et Michel de Marigny : l'un avait été tué par une statue qui lui était tombée dessus, l'autre par un tir d'arquebuse. Je les ai laissés là, car je ne pouvais malheureusement rien faire d'autre et je suis passé dans la cour. Comme la porte donnant sur le cloître était à moitié sortie de ses gonds, j'ai pu entrer sans problème.

— Avez-vous trouvé d'autres corps ? ai-je demandé, tremblant avec crainte.

— Un ou deux, des domestiques je crois. J'ai l'impression que la plupart des chanoines ont réussi à s'enfuir et le gouverneur d'Albon y est très certainement parvenu. J'ai ensuite traversé le bâtiment et je suis ressorti par l'arrière, mais il ne restait aucun bateau, si ce n'est une barque à moitié coulée, dans un coin.

— Et alors, qu'avez-vous fait ?

— J'ai vidé l'eau du bateau et je l'ai examiné. Le problème venait d'une planche pourrie qui s'était fendue quand quelqu'un avait marché dessus. Les deux morceaux ne s'étaient pas entièrement disjoints et, en retournant le bateau, j'ai pu les remettre en place en tapant dessus. Je me suis dit que si je pouvais renforcer cette planche des deux côtés, le tout pourrait tenir jusqu'à ce que je sois sur l'autre rive du fleuve. Il restait une rame et un morceau d'une autre - le manche en avait été cassé à peu près au milieu. Le morceau qui restait a été assez long pour que je le passe dans le tolet, mais c'était peu pour manœuvrer.

J'étais fascinée, me demandant ce que j'aurais fait à sa place. J'aurais probablement essayé de passer en force sur le pont et j'aurais été abattue. « Alors, qu'avez-vous trouvé pour la renforcer ? »

— En fouillant dans le logement des domestiques, au sous-sol, j'ai trouvé un gros marteau et pas mal de clous. Puis, à l'étage, j'ai démoli quelques meubles qui avaient souffert du bombardement, et j'ai dégagé deux lattes que j'ai clouées à la coque, une à l'extérieur et l'autre à l'intérieur. Ce n'était qu'un lamentable bricolage, mais cela me permettait de flotter en diagonale pour traverser la Saône, porté par le courant. Cette rame et demie suffirait bien pour me diriger et avancer un peu.

— Manifestement, vous avez réussi à traverser. Est-ce que le bateau a tenu, ou bien a-t-il coulé avant l'autre rive ?

— J'ai attendu la tombée de la nuit avant de tenter ma traversée. La barque a pris l'eau dès le départ. J'écopais, puis je ramais, puis j'écopais encore. J'ai été emporté trop bas vers le sud, et j'ai atterri près de l'abbaye d'Ainay. Et pour vous répondre, oui, le bateau a à moitié coulé, mais j'étais déjà dans les roseaux le long de la berge et j'ai pu gagner la rive à pied ; j'ai laissé la barque aller là où le courant la portait et finir de couler un peu plus loin, je suppose.

— Je vois. Et ensuite, vous êtes reparti à pied vers le nord jusqu'à la porte Saint-Sébastien ?

— Oui, mais je n'avais pas la moindre idée que le baron des Adrets avait fait bivouaquer toute sa troupe à Bellecour ! Je ne suis pas allé bien loin avant d'être capturé. J'ai secoué la tête, tout étonnée.

— Ennemond ! Que s'est-il passé ?

— J'ai recommencé à me faire passer pour un mendiant quémandant un croûton de pain. Malheureusement ils m'ont pris pour un espion et m'ont alors battu. Je vous montrerai les marques quand nous irons nous coucher. »

Je lui ai souri. Il m'avait rapporté ce que lui avait dit Pontus pour me disculper de toute faute et apparemment ces paroles avaient fait effet : mon mari m'était revenu, vraiment revenu.

— Oui, ai-je dit, je vais préparer des cataplasmes de simples pour vos meurtrissures, mon cher Ennemond. Mais comment avez-vous fait pour leur échapper ?

— Ils m'ont laissé gisant au sol, et je me suis sauvé en rampant. Un peu plus tard, j'ai continué en boitant dans les rues sans fin. J'ai commencé à me sentir faiblir, et je crois que j'ai marché à quatre pattes plus que debout pour remonter la rue de la Fontaine. La porte Saint-Marcel était gardée et j'ai attendu en me reposant un peu. Le garde s'est mis à somnoler peu de temps après, et j'ai pu me faufiler de l'autre côté. La montée Saint-Sébastien m'a paru interminable, beaucoup plus longue que dans mon souvenir, et quand enfin je suis parvenu à la porte Saint-Sébastien, je suis simplement allé voir le garde en titubant et je lui ai demandé de me laisser passer. Je me sentais si mal, si fatigué, que même s'il devait me tuer ça m'était égal. Il m'a demandé pourquoi je voulais sortir, et je lui ai dit que j'avais été pris dans une échauffourée en ville et qu'il me fallait rentrer chez moi dans ma famille. Je lui ai dit que les soldats du baron m'avaient battu. Il m'a fait asseoir sur un banc dans la tour de guet et il m'a donné du pain, un verre d'eau et puis un peu de vin. Il était outré de la façon dont on m'avait traité et voulut m'aider. Je me suis reposé là un instant, puis je suis reparti vers le nord. Il devait être quatre heures ou quatre heures et demie du matin lorsque je me suis glissé dans un bosquet et que je me suis blotti dans des feuilles sèches que j'avais rassemblées autour de moi, m'adossant à un arbre. Ce n'était pas très confortable, mais j'ai pu dormir ainsi jusqu'à ce qu'il fasse grand jour.

— Et puis, comment êtes-vous arrivé jusqu'ici ?

— Un vieux roulier m'a gentiment laissé monter sur le bout de sa carriole. C'était plutôt lent, mais beaucoup mieux qu'à pied.

— Et Frontino ?

— Je l'avais laissé dans une écurie près de Bellecour et ce sont sûrement les huguenots qui l'ont, à présent.

— Quel dommage ! Il faisait presque partie de la famille ! J'espère en tout cas qu'ils le soigneront bien ! »

Ennemond a hoché la tête sans rien dire. Nous sommes allés nous coucher peu de temps après.

Finale

Mon pauvre mari s'est mis à se plaindre d'une douleur profonde et persistante dans la jambe droite, là où elle avait été si vilainement écrasée. Cela n'a fait qu'empirer au cours des mois suivants, et puis sa jambe s'est rapidement détériorée : la chair qui s'était régénérée autour de l'os écrasé a commencé à s'ulcérer. Nous avons appelé des médecins, mais ils ont été tout aussi impuissants que leurs remèdes. En l'espace de six semaines, l'os qui s'était ressoudé s'est retrouvé tout rongé et Ennemond est devenu trop faible pour marcher, même avec deux béquilles. Il s'est mis à se plaindre d'autres douleurs un peu partout dans son corps. Une excroissance étrange est apparue sur son cou, et a continué à grossir jusqu'à lui déformer complètement le cou et le bas du visage sur un côté. Je crois qu'il a compris qu'il était en train de mourir, tant il était tout le temps fatigué. Je dormais désormais sur un matelas à côté de notre lit, de façon à ne pas le secouer ou le bousculer par inadvertance. Un matin, il m'a appelée près de lui. « Louise, je veux vous dire combien je regrette toutes ces choses … »

— Je sais, Ennemond, ne vous inquiétez pas, je sais ce que vous voulez dire.

— Mais il faut que je vous le dise, Louise. Je n'ai jamais cessé de vous aimer, voyez-vous, mais le problème, c'est que je n'ai jamais pu vous comprendre ; je crois que je n'aurais pas dû vous épouser. Vous m'êtes tellement supérieure ; vous avez toujours été comme une étoile brillant dans les cieux, et moi je n'étais qu'une simple motte de terre qui levait les yeux vers vous. Et quand je suis entré dans la chambre et que je vous ai vue avec votre robe chiffonnée, vos cheveux défaits et Magny qui refermait sa braguette, je n'ai pu qu'en conclure que vous aviez couché avec lui… » Il s'est interrompu et a fermé les yeux, la colère et l'émotion d'alors le submergeant à nouveau. « Tout le monde semblait être du même avis et je fus couvert de ridicule. J'étais si blessé et si furieux que je n'ai pas réfléchi et pendant des années et des années, j'ai été incapable de réfléchir. Personne n'essaya de me parler de tout cela, c'était nos affaires privées, seule vous avez essayé, mais je vous ai repoussée. Finalement, Pontus m'a dit qu'il savait que vous étiez innocente, que vous lui aviez tout expliqué, et qu'il ferait tout en son pouvoir pour nous sauver tous les deux. Et là, j'ai enfin pu le croire, puisqu'il était votre confesseur, après tout. Si seulement vous pouviez me pardonner, Louise. »

J'étais à genoux près de lui. « Non seulement je vous pardonne, mais moi aussi je n'ai jamais cessé de vous aimer. Qu'il est étrange de voir quelle infinité de malheur ce petit homme nous a causé ! Mais je crois savoir qu'il est mort, Ennemond. Peletier m'a écrit qu'il était mort à Paris. Au moins, plus aucun poème ne sortira de sa plume à présent. » Les paupières tuméfiées d'Ennemond étaient fermées, mais je savais qu'il était éveillé. « Mon cher, ai-je dit, je dois faire chercher Messire Chardon. Il faut vous confesser. »

Il a brièvement ouvert les yeux et un sourire est passé sur son visage. « Toujours en train d'essayer de me faire voir un prêtre, Louise ! Très bien, envoyez Jacquesme le chercher. » C'est alors que j'ai compris qu'il était vraiment en train de mourir.

Il fut enterré de nuit, avec seuls le curé Chardon, le bedeau, et moi pour l'accompagner. La messe m'est apparue comme une formalité et l'homélie puérile. Eh bien, au moins mon pauvre homme était délivré de ses douleurs et reposait dans la paix éternelle.

Maintenant, j'étais tout à fait seule. Certes, Ennemond avait rarement été avec moi dans la maison de Parcieu, mais j'avais toujours su qu'il était là, quelque part, là-bas, jamais bien loin. Ce maigre réconfort avait désormais disparu. Qu'il est étrange de voir les tours que nous joue notre esprit, surtout pendant les premières semaines de deuil. Un volet claque, un craquement se fait entendre dans la maison, et tout de suite je pense, mais pour un instant seulement : « C'est lui ! Il va rentrer, il sera là dans une minute. » Une fois, alors que j'étais assise à la table de la cuisine, Jacquesme est arrivé par la porte de derrière et il a dû trébucher, car il y avait quelque chose d'irrégulier dans le bruit de ses pas sur le perron. Je me suis levée d'un bond en criant

« Ennemond ! » Bien entendu, je me suis aussitôt reprise. Alors l'angoisse d'avoir compris qu'il ne reviendrait jamais m'a envahi l'âme.

Dans ma solitude, j'ai beaucoup réfléchi à ma vie pour essayer d'en trouver le sens. Il semble que je sois née pour transgresser toutes les règles. Comme je n'ai jamais vraiment connu ma mère et que mon père et mon frère m'ont élevée, ma conception du monde n'est pas typiquement féminine. François n'a jamais mis en doute le fait que je puisse apprendre les arts qu'il pratiquait avec tant de plaisir, et grâce à sa confiance en moi, je n'ai jamais eu aucune raison de douter de mes capacités en la matière.

Je suis néanmoins restée femme à part entière, avec tous les appétits et les désirs que cela suggère, tout en fonctionnant avec efficacité dans le monde des hommes. J'ai toujours été beaucoup plus à l'aise avec les hommes qu'avec les femmes - à l'exception de Pernette et Clémence. Je comprenais les hommes, et, en les traitant comme mes égaux, je m'attendais à être comprise et à être traitée de la même façon. Cela m'a poussée à commettre un certain nombre d'erreurs fatales, car je n'étais pas assez consciente des conventions régissant les conduites masculines et féminines.

Certaines de ces conventions restent pour moi une énigme jusqu'à ce jour. Les femmes sont censées minauder et se tenir en retrait, faire semblant d'être inférieures mentalement et physiquement, laisser toujours l'homme mener. Je ne me suis jamais sentie inférieure, ni physiquement, ni mentalement : pourquoi donc devrais-je faire semblant ? J'avais appris de mon père et de mon frère que la vertu voulait qu'on se montrât franc, direct, et qu'on mît le meilleur de ses forces dans tout ce qu'on entreprenait. Et je me suis retrouvée jeune fille se battant en armure comme un homme, et de plus, gagnant ! J'ai souvent pensé que si l'on avait accepté le fait que Jeanne d'Arc fut un chevalier, c'était parce que sa situation procédait d'un ordre divin. Mais la mienne n'avait rien de divin ! Un grand nombre des hommes que j'ai affrontés dans les lices se sont sentis décontenancés et menacés : la réaction de Philibert, à cet égard, fut tout à fait typique. Mes joutes et mes combats à l'épée constituent ma première erreur.

De plus, en tant que jeune fille appartenant à la classe des artisans, puis en tant que femme mûre, j'ai hardiment organisé une sorte de cercle littéraire où j'invitais aussi bien des visiteurs de marque que des célébrités locales et où je recevais un nombre d'hommes issus de la noblesse ou de la haute bourgeoisie. Il n'y avait que peu de femmes présentes et parfois même aucune. J'ai très bien compris le ressentiment et l'irritation que je provoquais ainsi chez certains membres des classes supérieures. Les gens de la petite bourgeoisie et des classes inférieures sont censés avoir conscience de leur place et y rester. J'ai également provoqué la jalousie, et peut-être la haine, des épouses de ces messieurs qui venaient régulièrement à mes soirées - épouses qui auraient pu être là si elles l'avaient souhaité…. Mes activités de chef de file littéraire à Lyon constituent mes deuxième et troisième erreurs.

J'ai osé publier mes travaux, et, comme le reste de mon comportement, mes écrits sont trop directs. J'y exprime ma féminité, mes sentiments et ma sensualité tout aussi ouvertement que mes homologues masculins expriment leurs appétits et leurs frustrations. Cela non plus n'est pas acceptable pour une femme. C'est l'erreur numéro quatre.

À l'époque, je ne comprenais que vaguement qu'en me conduisant ainsi je me lançais en terrain inexploré jusque là par le sexe dit faible ! En essayant de me libérer des chaînes invisibles que les conventions sociales nous imposent, je ne réussis qu'à me faire cataloguer de « courtisane » ou, pour reprendre les mots de Calvin, de *plebeia meretrix*, c'est-à-dire de vulgaire prostituée. L'arme la plus efficace qu'a la société pour punir la femme qui se rebelle, c'est de la traiter en paria, en méprisable catin, et de la rejeter.

Peut-être ma pire erreur - mais elle venait de tout ce que je viens de dire sur mon éducation et mon caractère - a-t-elle été de me conduire comme je l'ai fait avec Olivier de Magny. Je me souviens de lui avoir dit, le soir où j'ai fait sa connaissance, que je le trouvais beau. Il a manifestement pris cela comme la première manœuvre d'un long jeu de séduction. J'ai certes été vite consciente de ses tentatives d'avances, et pourtant je n'ai pas réagi, je ne lui ai rien dit pour le dissuader. J'ai considéré tout cela comme quelque chose d'insignifiant, de charmant, et de presque drôle. Encore une fois, il s'agit là d'une grave faute de jugement, comme Antoine de Baïf me l'a dit plus tard. Magny était amoureux de moi, et le soir où il a tenté de me violer, il croyait sincèrement que j'avais volontairement excité son désir tout au long de ces nombreuses soirées, et que je venais de l'inviter à me suivre à l'étage. Si l'on s'en tient à un point de vue masculin de ce que constitue le comportement féminin typique, et en tout cas si l'on considère celui d'Ennemond, il est possible que je l'aie « aguiché ». Mais pour ce qui est de mon point de vue, je me comportais avec lui de façon amicale, jamais coquette. J'ai fait de mon mieux pour ignorer ses avances, aussi indésirables que gênantes, et j'ai vraiment cru que mon indifférence suffirait à le décourager. Mais Magny analysait le moindre de mes gestes, la moindre de mes paroles, le plus léger effleurement, pour y déceler des signes d'encouragement. C'était à moi, de comprendre ce qui se passait et de déchiffrer les signes qu'il m'envoyait. J'aurais dû réagir en lui disant sans détour que ses attentions ne m'agréaient pas. Et donc, par omission, par négligence, aveuglement et présomption, j'ai précipité le désastre. Enfin la faillite d'Ennemond, la perte de la corderie et de sa maison, son exil, et, pire encore, la perte du respect que lui témoignaient ses ouvriers et la communauté lyonnaise en général, tout cela a causé sa détérioration morale et corporelle et sans doute aussi sa mort prématurée.

En comparaison des ennuis dans lesquels Ennemond s'est débattu, j'ai eu de la chance. J'ai pu publier une petite partie de mes écrits, et ceux-ci ont, après tout, été très bien reçus par le public. L'époque de mes soirées fut l'apogée de ma vie, et, pendant un temps, j'ai eu le plaisir de fréquenter quelques-uns des esprits les plus brillants, des artistes les plus sensibles et les plus doués de notre époque, et de jouir de leur respect. J'ai eu quelques années de bonheur tranquille avec un mari qui m'aimait. Et même maintenant, je garde des propriétés et j'ai une vie qui, à défaut d'être épanouissante, est en tout cas utile. Comme il est étrange de constater que ce que j'ai désiré le plus ardemment, à savoir l'amour de l'homme que j'avais choisi, Pontus (qui, en un sens, est « devenu » Philibert), n'a jamais connu le moindre début de réalisation. Quant à ma réputation, à cause des mes erreurs de jugement et de la réaction brutale de notre société, j'ai bien peur qu'elle ne soit détruite à jamais.

J'ai écrit à Pontus et j'ai été soulagée de consigner tout cela noir sur blanc pour l'envoyer à un ami et, pour ainsi dire, le seul qui me reste. Puis j'ai vaqué à mes occupations quotidiennes, portant à manger à des familles pauvres, rendant visite aux malades et instruisant les filles de mes voisins. J'étais fière de leurs progrès : elles savaient maintenant lire et nous pouvions ainsi discuter de ce qu'elles avaient lu la veille au soir, au lieu de passer notre peu de temps à déchiffrer laborieusement ces textes, ce qui limitait nos discussions à quelques notions de base.

C'était environ dix jours après que j'ai expédié ma lettre à Pontus, que j'ai entendu le claquement de sabots arrivant au trot près de la maison. Le cavalier est d'abord allé jusqu'à l'enclos, puis, quelques instants plus tard, j'ai entendu de grands pas s'approcher de la porte. Avant même d'ouvrir, j'ai su que c'était mon bien-aimé Pontus. Il m'a prise dans ses bras et il nous a enveloppés tous les deux de sa grande cape. Je me suis agrippée à lui, absorbant sa chaleur et sa force, jusqu'à ce que je me rende compte qu'il tremblait, tout comme moi-même d'ailleurs. Quand je me suis détachée de lui et que j'ai reculé d'un pas, j'ai vu qu'il pleurait. J'ai tout naturellement levé le bras pour essuyer ses larmes du bout des doigts, puis j'ai pris sa cape et l'ai posée sur une des chaises. « Venez, mon cher Pontus. Asseyons-nous là et parlons un peu. Vous m'avez toujours comprise sans mot dire. Vos paroissiens ont eu beaucoup de chance d'avoir un prêtre aussi sensible ! »

Il a semblé se raidir, comme si, involontairement, je lui avait rappelé son sacerdoce. J'étudiais Pontus de près : ses cheveux, naturellement ondulés, étaient devenus blancs aux tempes et d'un gris métallique sur le haut de la tête ; les années avaient aussi creusé de profonds sillons dans ses joues et sur son front. Mais il était toujours, maintenant peut-être plus que jamais, un homme d'allure imposante, grand, se tenant bien droit, pourvu d'un maintien très noble, et son visage trahissait un profond raffinement spirituel. Il me dit que la famille royale lui avait signifié l'ordre de venir à Paris pour y devenir leur chapelain, et il m'a suppliée de quitter Parcieu pour l'accompagner. J'ai été touchée de voir qu'il me voulait près de lui, mais j'ai essayé de le raisonner : qu'allais-je donc faire dans cette ville chaotique et grouillante qui m'était si totalement étrangère ? Et comment ma présence à ses côtés, allait-elle affecter sa réputation ? Tous ceux qui découvriraient que la « Belle Cordière » vivait à Paris aux frais du protonotaire apostolique supposeraient aussitôt qu'elle était sa maîtresse. Le fait d'avoir une maîtresse ne provoquerait pas en soi un scandale, mais le fait d'avoir cette maîtresse-là en causerait certainement un. J'ai donc refusé sa proposition - à regret. Il a paru anéanti.

Il s'est mis à évoquer ce jour radieux du printemps de nos vies, il y a de cela tant d'années, où nous avions ensemble lu Platon dans le jardin de l'église Saint-Bonaventure. Il m'a alors avoué avec un sourire mélancolique, que, plus que tout au monde, à cette époque-là, il avait souhaité m'épouser. Il était prêt à abandonner sur-le-champ sa vocation religieuse. Mais il avait commis la faute de confesser ce souhait au chanoine d'Albon qui en avait informé son père. Son départ pour Paris lui avait été imposé, et il en avait été complètement déchiré.

Son aveu m'a coupé le souffle, et, pendant un long moment, j'ai été incapable de parler. Après une gorgée de vin, je lui ai dit, en secouant la tête de regret, que j'avais éprouvé exactement les mêmes sentiments à son égard. Combien je regrettais à présent de ne pas le lui avoir dit alors ! Nous nous sommes longuement contemplés, et puis il m'a révélé que j'avais été, et que j'étais toujours, sa Pasithée, la bien-aimée inaccessible, de « haute naissance », qu'il avait chantée d'une façon si poignante dans ses *Erreurs amoureuses* et ses deux livres du *Solitaire*. « Pour moi, Louise, vous êtes plus que de haute naissance. Vous êtes digne d'être la philosophe-reine ! » Je lui ai alors avoué que si j'avais aimé Philibert du Peyrat, c'était surtout parce que quelque chose en cet homme m'avait fait penser à lui, Pontus de Tyard.

Un souvenir poignant m'est alors revenu, et je me suis écriée : « Pontus ! Le soir où vous nous avez donné lecture de vos poèmes dans notre jardin, et que vous avez été au bord de l'effondrement - c'était pour moi que vous lisiez ! Et j'étais trop aveugle pour m'en rendre compte ! Je me souviens que vous avez dit que votre bien-aimée était mariée et qu'elle était chaste… et que de toute façon vous ne pouviez pas briser vos vœux - et puis vous avez promis de me parler si vous vous sentiez un jour désespéré. Mais vous ne l'avez jamais fait. »

Il a rejeté sa tête en arrière, et il a souri en se rappelant cette soirée et l'estrade dans le jardin. « Vous m'avez étreint et embrassé avec tant de chaleur que j'ai dû faire de mon mieux pour me maîtriser. Je vous ai repoussée en songeant amèrement que je venais juste de lire un sonnet où je parlais de détourner mon regard de celle que j'aimais et où elle interprétait mon geste comme un manque d'amour ; et c'est exactement ce que vous avez cru, n'est-ce pas ? »

— Oui, Pontus, j'ai cru que vous vouliez que je reste à distance parce que vous étiez amoureux d'une femme de Mâcon ou d'ailleurs, une femme que vous appeliez Pasithée, et que vous ne vouliez pas vous laisser tenter par quelqu'un comme moi ! Ce que nous pouvons être bêtes, mon cher. Nous ne nous permettons jamais d'exprimer nos pensées et nos sentiments réels au moment où il le faudrait… et cela mène à des années, des décennies, une vie entière de vaines souffrances.

Une grimace de douleur traversa le visage de Pontus. « Oui, tout cela fut en vain, Louise. Et nous sommes à présent empêtrés dans les rets que la vie a tissé autour de nous pour mieux nous enserrer. Tout nous sépare : les choix que nous avons faits, la mort, la guerre, la maladie et, bien sûr, le devoir. Impossible de revenir en arrière. Mais il se peut qu'il y ait là-haut un Dieu compatissant qui nous laissera démêler tout cela dans une autre vie… »

Le crépuscule était là et Pontus se devait de sauver les apparences et de retourner avant la nuit chez le curé Chardon. Nous étions en train de sortir de la maison lorsque Pontus m'a demandé, avec une timidité charmante : « Puis-je… puis-je vous embrasser, Louise ? » L'étreinte qui suivit fut l'une des plus ardentes de ma vie, chacun de nous exprimant avec son corps toute la faim, tout le désir, tout le désespoir que nous éprouvions. Mais il fallait que je me dégage. Pontus devait inévitablement s'en retourner à Parcieu et reprendre sa vie de service.

Cette rencontre date déjà de plusieurs mois. Je vois que je dois aller à nouveau à Lyon pour me réapprovisionner et pour essayer de dénicher quelque chose d'intéressant à lire pour les demoiselles Villard. On m'a mise en garde contre la peste, particulièrement virulente en ce moment, et on m'a dit qu'il vaudrait mieux que je ne m'approche pas de la ville. Mais j'y ai déjà fait plusieurs allées et venues sans problème et si je devais l'attraper cette fois, eh bien, qu'il en soit ainsi. Mes mémoires, pour ce qu'ils valent, sont à jour. Je continue à me demander, pleine d'un espoir fou, s'il n'y aurait pas un moyen pour que Pontus et moi puissions être ensemble sans que cela crée de scandale, s'il n'existe pas pour nous un lieu de bonheur. Nous n'avons guère plus que quarante ans, après tout ! Je lui ai promis que je lui écrirais, et il faut que je le fasse sous peu. Quoi qu'il arrive, je ne peux perdre le contact avec mon premier amour, car, en dépit de tout bon sens, je dois avouer que je suis toujours amoureuse de lui. Oui, je vais lui écrire, dès que je serai de retour de Lyon …

FIN

Tu fais retourner l'homme à la poussière [...]
Oui, mille ans, à tes yeux,
sont comme hier, un jour qui s'en va,
comme une heure de la nuit.
Tu balayes les hommes, pareils au sommeil
qui au matin passe comme de l'herbe ;
elle fleurit le matin, puis elle passe ;
elle se fane sur le soir, elle est sèche.

(Psaume 90, 3-6)

Appendice

Ecrire un roman historique présuppose quelques choix difficiles : doit-on rester scrupuleusement fidèle aux faits tels qu'on les connaît, ou peut-on les rajuster selon les exigences de la trame ? Dans ce roman, j'ai choisi de rester fidèle aux faits à une exception près : la date de l'attaque montée par la Sainte Ligue ou par ses alliés contre la propriété des Tyard à Bissy-sur-Fley. J'ai avancé cet événement de huit ans pour des raisons dramatiques. Le fait que cette propriété fut pillée et brûlée reste indiscutable. A part cela, j'ai dû choisir mes « faits » parmi les opinions des critiques littéraires et des historiens. Par exemple, j'ai choisi d'accepter l'opinion de Charles Boy quant à la date de la naissance de Louise Labé. Personne ne sait au juste quand elle est née, et la date 1520 proposé par M. Boy m'a paru commode, simple, et aussi logique que n'importe quelle autre.

* * * *

La présentation que je fais du collège mixte de la Trinité n'est pas le produit de mon imagination, mais est tirée de l'œuvre de Karine Berriot, Louise Labé : *la Belle Rebelle et le François nouveau*, Paris, Editions du Seuil, 1985. Dans ce livre, Karine Berriot nous explique que « Pierre Labé se chargeait d'aller quêter les dons des paroissiens. Fait plus remarquable et significatif de la part d'un illettré, il contribua également à la fondation du collège mixte de la Trinité, où furent mis en application les grands principes de la pédagogie et de la morale humaniste : les enfants de milieu modeste y furent admis au même titre que ceux de la bourgeoisie et de l'aristocratie... Il est clair qu'il fit le nécessaire pour que Louise, probablement la plus douée de ses enfants, pût accéder aux privilèges du savoir, et notamment à la maîtrise du langage, du beau parler et du bien-écrire par quoi les classes dominantes exercent la maîtrise de l'influence et du prestige. » (p. 44)

« En l'absence de tout renseignement précis concernant sa formation, nous pouvons supposer qu'elle bénéficia des leçons du collège mixte de la Trinité, ou encore d'un enseignement particulier dispensé par quelques-uns des bons maîtres que compta cette institution. » (pp. 45-46)

J'ai choisi de présenter Olivier de Magny sous un jour plutôt négatif. Ce choix m'était presque imposé par le dégoût inspiré par un individu capable d'écrire l'ode « A Sire Aymon ». C'était, pour dire le moins, un cas de goujaterie flagrante chez un homme qui avait joui de l'hospitalité de Louise. Tenant compte aussi de son plagiat du sonnet « O beaux yeux bruns » de Louise, j'ai décidé de peindre le portrait que le lecteur trouve dans ce livre. Quant à l'originalité et à la qualité de son œuvre, voici ce qu'en disent quelques érudits :

Joseph Vianey, dans Le *Pétrarquisme en France au XVIe siècle*, nous explique que : « Nulle part peut-être il n'y a moins d'originalité que dans les *Amours* d'Olivier de Magny, qui parurent en 1553, un an après ceux de Ronsard et de Baïf. Parmi les pétrarquistes français de cette époque, il en est qui traduisent parfois leurs modèles plus servilement, mais il n'en est pas un, je crois, qui ait plus besoin d'avoir des modèles pour composer ses vers. Son recueil eut cependant du succès […]. En effet, toujours docile à se plier au vent qui soufflait, Magny était tout bembiste dans ses *Amours*, comme il devait devenir surtout quattrocentiste dans ses *Souspirs* […]. Sept de ses sonnets sont pris plus ou moins littéralement, comme l'a montré M. Torraca, à Sannazar, cet autre Bembo ; - huit autres sont imités de sonnets de Bernardino Tomitano […] ; - sept autres de Pétrarque. - Les autres sont probablement tirés de *canzonieri* italiens de l'époque bembiste, et il n'y aurait pas grand profit, je crois, à chercher leurs originaux ceux dont on connaît la source suffisent à prouver que Magny est un simple imitateur et que le succès de ses *Amours* s'explique par l'estime où la France en 1553 tenait tout ce qui était dans la manière bembiste. » (pp. 162-164)

Dans l'édition des Textes littéraires français des *Amours,* Olivier de Magny, *Les cent deux sonnets des amours de 1553*, (édition critique par Mark S. Whitney, Genève, Librairie Droz, 1970) on trouve : « En 1553, date de la première édition des *Amours*, le pétrarquisme en France touchait à son apogée. Les *canzonieri* français se multipliaient rapidement […]. Tous ces recueils, comme beaucoup d'autres de l'époque, sentaient fort leurs origines pétrarquistes. Celui de Magny est loin de faire exception à la règle.[1] L'éditeur, David Wilken, des *Souspirs* d'Olivier de Magny (Librairie Droz, 1978) note : « Il est vrai que l'on trouve dans les *Souspirs* tous les thèmes rabâchés des poètes pétrarquisants […]. Une bonne partie de ces conventions s'explique par le fait que la moitié des *Souspirs* sont entièrement ou partiellement traduits. » (p. 11)

* * * *

J'ai choisi « Messire » comme titre des prêtres dans ce livre. Bien que cet usage puisse paraître quelque peu guindé, à l'époque on n'appelait « Père » que les membres des ordres religieux. On appelait « Messire » les membres du clergé séculier.

* * * *

Pour terminer, je tiens à remercier deux amis et une institution : Ralph Freedman, qui a eu la patience de lire ce roman pendant la période de sa création, qui m'a prodigué son avis franc et ses conseils précieux quant à la description de mes personnages, à leurs circonstances, à l'histoire, et même à la syntaxe. Myriam Gatier, traductrice par excellence, a travaillé avec beaucoup de patience pour transformer mon anglais en un français élégant et souple. Elle m'a aussi aidée à clarifier mes idées, à préciser mes portraits. Le *Hambidge Center for Creative Arts and Sciences* a été pour moi le lieu idéal pour concevoir et commencer ce livre.

---

1 On trouve beaucoup de mélanges et de réminiscences pétrarquistes dans *les Amours* : I, II, VI, VIII, XXV, XXVII, XLII, LXVI, LXX, LXXIV, LXXVII, LXXXIII, LXXXVIII et passim. Magny, en outre, traduit ou imite plusieurs poèmes célèbres de Pétrarque [voir, par exemple, les sonnets suivants : X, XX, XXIII, XXX, XXXI, XXXVIII, XLI, LI, LXI, LXIII, LXXVI, LXXXVI, XC, XCI, XCIX, CI et passim].) Les autres modèles et analogues italiens sont aussi très nombreux. " (p. 9)

Chronologie

1496 Naissance de Clément Marot

1501 Naissance de Maurice Scève

1510 Naissance d'Ennemond Perrin

1515 Pierre Charly, dit Labé, épouse Étiennette, en secondes noces, au mois de janvier ; François Labé naît en décembre cette même année

1520 Naissance de Louise Charly, dite Labé ; naissance de Pernette du Guillet

1521 Naissance de Pontus de Tyard

1522 Mort d'Étiennette Labé (deuxième femme de Pierre Labé)

1529 Naissance d'Olivier de Magny

1532 Louise commence à s'exercer dans les arts militaires

1535 Louise est inscrite au Collège mixte de la Trinité où elle fait la connaissance de Pernette et de Pontus

1536 Louise rencontre Philibert du Peyrat ; récital du Collège mixte de la Trinité : elle fait la connaissance, entre autres, de Scève et de Marot ; Pontus part pour Paris ; Louise commence à prendre des leçons avec Scève

1538 Pernette épouse Antoine du Guillet

1541 Marot retourne à Lyon et revoit Louise ; Pontus revient à Lyon en tant que chanoine de la cathédrale Saint-Jean ; Calvin s'établit à Genève avec ses adeptes

1542 Louise prend part à une joute devant le roi François Ier et le dauphin Henri ; avec son frère François, elle va combattre au siège de Perpignan

1544 Louise épouse Ennemond Perrin ; Clément Marot meurt ; Maurice Scève publie *Délie*

1545 Mort de Pernette du Guillet ; sa poésie est publiée par Antoine du Guillet ; début du concile de Trente

1546 Mort de Martin Luther ; Étienne Dolet est pendu et brûlé à Paris

1547 Philibert de Vienne fait paraître *Le Philosophe de court*, un texte misogyne dans lequel il s'en prend à Louise Labé (la « Cordière de Lyon ») qu'il accuse d'être une courtisane

1548 Entrée triomphale à Lyon du nouveau roi Henri II et de sa femme Catherine de Médicis : les décors sont conçus par Maurice Scève ; Louise refuse de participer

1549 Mort de Marguerite de Navarre ; Joachim du Bellay publie sa *Défense et illustration de la langue française* ; Pontus de Tyard publie ses *Erreurs amoureuses*

1551 Pierre Labé meurt ; Louise et Ennemond achètent une maison rue Confort ; cinq huguenots périssent à Lyon sur le bûcher

1551-52 Le scandale Jean Yvard éclate à Genève avec des répercussions à Lyon : Louise Labé est traitée de courtisane par association avec Antonia Yvard, dont elle est cousine ; Pontus de Tyard fait paraître *Solitaire Premier* chez l'éditeur Jean de Tournes

1553 Louise demande le privilège royal de faire imprimer sa poésie ; mort de François Rabelais ; Olivier de Magny publie *Les Amours* ; Calvin fait périr Servet sur le bûcher après l'avoir condamné pour hérésie

1554 Louise obtient le privilège royal de publier ; Olivier de Magny, en chemin pour Rome, s'arrête à Lyon

1555   Louise Labé publie ses *Œuvres* chez Jean de Tournes ; la lettre qui les dédie à Clémence de Bourges est datée du 24 juillet ; la parution est datée du 12 août ; Pontus publie son *Solitaire Second*, également chez Jean de Tournes

1556   Deuxième et troisième éditions des *Œuvres* de Louise ; Magny attaque Louise ; Philippe II monte sur le trône d'Espagne

1557   Chanson anonyme de « La Belle cordière» ; les notables et les marchands de Lyon sont soumis à de nouveaux impôts ; ruine financière d'Ennemond Perrin ; la France déclare la guerre à Philippe II

1558   Louise et Ennemond se réfugient à Parcieu

1559   Mort par accident du roi Henri II ; son fils François II monte sur le trône ; le nombre de convertis au calvinisme atteint un tiers de la population de Lyon

1560   Mort de Maurice Scève ; mort de Joachim du Bellay ; mort de François II ; son jeune frère Charles IX devient roi et sa mère Catherine de Médicis régente

1561   Mort de Clémence de Bourges ; Jean Calvin, dans une lettre où il attaque le chanoine Gabriel de Saconay, mentionne Louise qu'il traite de *plebeia meretrix* - vulgaire prostituée ; émeute de la Fête-Dieu à Lyon au cours de laquelle des calvinistes sont massacrés ; Barthélemy Aneau y est également tué en tant que sympathisant des calvinistes

1562   Première guerre de religion ; Lyon est prise et occupée en avril par le baron des Adrets et son armée de huguenots

1563   L'occupation de Lyon par les huguenots prend fin en juillet ou en août, au bout de quinze mois ; fin du concile de Trente

1564   Mort de Calvin et de Michel-Ange ; naissance de Shakespeare ; la peste noire s'abat sur Lyon

1565   Mort d'Ennemond Perrin ; Louise Labé dicte ses dernières volontés et son testament le 28 avril en présence de Thomas Fortini

1566   Louise Labé meurt de la peste en avril ; elle est enterrée à Parcieu ; Thomas Fortini lui fait tailler une pierre tombale qu'on installe le 30 août

1565-78 Pontus de Tyard à Paris en tant qu'aumônier du roi Henri III ; il est consacré évêque de Chalon-sur-Saône en 1578

Bibliographie

Ouvrages généraux

Archives municipales de Lyon, *Le plan de Lyon vers 1550*, préfacé par Michel Noir, édition critique, Lyon, Archives municipales, 1990.

P. Ardouin, *Maurice Scève, Pernette du Guillet, Louise Labé : l'amour à Lyon au temps de la Renaissance*, Paris, A. G. Nizet, 1981.

J. Aynard, *Les poètes lyonnais, précurseurs de la Pléiade : Maurice Scève, Louise Labé, Pernette du Guillet*, réimpression de l'édition de Paris, 1924, Genève, Slatkine, 1969.

R. Barber et J. Barker, *Tournaments : jousts, chivalry, and pageants in the Middle Ages*, New York, Weidenfeld & Nicolson, 1989.

G. Blazy (sous la direction de), *Le musée des Tissus de Lyon : guide des collections*, Lyon, Editions Lyonnaises d'Art et d'Histoire, 1998.

F. Dobbins, *Music in Renaissance Lyons*, Oxford : Clarendon Press ; New York, Oxford University Press, 1992.

R. Gascon, *Grand commerce et vie urbaine au XVIe Siècle : Lyon et ses marchands (environs de 1520-environs de 1580)*, 2 vol. Paris, S.E.V.P.E.N., 1971.

N. Gonthier, *Sites et monuments historiques de Lyon*, photos de Bernard Schreier, Lyon, L'Hermès, 1985.

P. Hoffman, *Church and community in the Diocese of Lyon, 1500-1789*, New Haven, Yale University Press, 1984.

R. Horrox, *The Black Death*, Manchester and New York, Manchester University Press, 1994.

A. Kleinclausz (sous la direction de), *Lyon, des origines à nos jours, la formation de la cité*, Lyon, P. Masson, 1925.

A. Steyert, *Nouvelle histoire de Lyon et des provinces de Lyonnais, Forez, Beaujolais, Franc-Lyonnais et Dombe*s, 4 vol. Lyon, Bernoux et Cumin, 1895-1939.

J. Wadsworth, *Lyons, 1473-1503; the beginnings of cosmopolitanism*, Cambridge, Mass., Mediaeval Academy of America, 1962.

A propos de Louise Labé

L. Labé, *Œuvres de Louise Labé*, publiées par Charles Boy, 2 vol. Paris, A. Lemerre, 1887.

L. Labé, *Louise Labé* ; un tableau synoptique de la vie et des œuvres de Louise Labé et des événements artistiques, littéraires et historiques de son époque : une suite iconographique accompagnée d'un commentaire sur Louise Labé et son temps, un choix de jugements, les œuvres complètes de Louise Labé, une bibliographie, glossaire, et une étude sur l'écrivain par Gérard Guillot, Paris, Seghers, 1962.

D. Baker, *Subject of desire: Petrarchan poetics and the female voice in Louise Labé*, with a foreword by Tom Conley, West Lafayette, Ind., Purdue University Press, 1996.

K. Berriot, *Louise Labé : la belle rebelle et le françois nouveau ; essai ; suivi des œuvres complètes*, Paris, Seuil, 1985.

K. Cameron, *Louise Labé : Renaissance poet and feminist*, N. Y., Berg, 1990.

D. O'Connor, *Louise Labé, sa vie et son œuvre* (réimpression de l'éd. de Paris, 1926), Genève, Slatkine, 1972.

F. Pedron, *Louise Labé, la femme d'amour*, Paris, Fayard, 1984.

F. Rigolot, *Louise Labé Lyonnaise, ou, la Renaissance au féminin*, Paris, H. Champion, 1997.

A propos de Pernette du Guillet

P. du Guillet, *Poésies*, Genève, Slatkine, 1970.

P. du Guillet, *Rymes*, édition critique, avec une introduction et des notes par Victor Graham, Genève, Droz, 1968.

A propos d'Olivier de Magny

O. de Magny, *Cent deux sonnets des amours de 1553*, édition critique par Mark S. Whitney, Genève, Droz, 1970.

O. de Magny, *Gayetez (recueil de poésie)*, publiées par Alistaire R. MacKay, Genève, Droz, 1968.

O. de Magny, *Odes amoureuses de 1559, avec une introd., des notes et un glossaire* par Mark S. Whitney, Genève, Droz. 1964.

O. de Magny, *Souspirs*, édition critique par David Wilkin, Genève, Droz, 1978.

A propos de Clément Marot

C. Marot, *Adolescence clémentine ; L'Enfer ; Déploration de Florimond Robertet ; Quatorze Psaumes*, édition présentée, établie et annotée par Frank Lestringant, Paris, Gallimard, 1987.

C. Marot, *Aulcuns pseaulmes et cantiques mys en chant. A Strasburg, 1539*, réimpression phototypographique précédée d'un avant-propos par D.Delétra, Genève, A. Jullien, 1919.

C. Marot, *Œuvres complètes*, édition critique par C. A. Mayer, Genève, Slatkine, 1978.

C. Marot, *Œuvres poétiques complètes*, édition critique « établie, présentée et annotée avec variantes par Gérard Defaux », 2 vol. Paris, Bordas, 1990.

C. Marot, *Psaumes en vers français : avec leurs mélodies : Clément Marot et Théodore de Bèze*, fac-similé de l'édition genevoise par Michel Blanchier, 1562, Genève, Droz, 1986.

A propos de Maurice Scève

M. Scève, *Œuvres complètes*, texte établi et annoté par Pascal Quignard, Paris, Mercure de France, 1974.

M. Scève, *Œuvres poétiques complètes : Délie, La saulsaye, Le microcosme, Arion et poésies diverses*, réunies pour la première fois par Bertrand Guégan et publiées avec une introduction, un glossaire, des notes et une bibliographie, Paris, Garnier, 1927.

M. Scève, *Maurice Scève,* un tableau synoptique de la vie et des œuvres de Maurice Scève et des événements artistiques, littéraires et historiques de son époque : une suite iconographique accompagnée d'un commentaire sur Maurice Scève et son temps, une étude sur l'écrivain par Jean-Pierre Attal, un choix de jugements, un choix de textes de Maurice Scève, un glossaire, une bibliographie, Paris, Seghers, 1963.

M. Scève, *The entry of Henri II into Lyon : September 1548,* a facsimile with an introd. by Richard Cooper, Binghamton, N. N., Medieval & Renaissance Texts & Studies, 1996.

M. Scève, *Microcosme,* texte établi et commenté par Enzo Giudici, Cassino, Editrici Garigliano ; Paris, Librairie Philosophique Perrin, 1976.

V. Saulnier, *Maurice Scève,* ca. 1500-1560, 2 vol. Paris, Klincksieck, 1948-49.

A propose de Pontus de Tyard

P. de Tyard, *Œuvres poétiques,* avec une notice biographique et des notes par C. Marty-Laveaux ; réimpression photomécanique de l'édition Lemerre de 1875, Genève, Slatkine, 1965.

P. de Tyard, *Œuvres poétiques complètes*, édition critique avec introd. et commentaire par John C. Lapp, Paris, Didier, 1966.

P. de Tyard, *Erreurs amoureuses*, édition critique avec une introd. et des notes par John A. McClelland, Genève, Droz, 1967.

P. de Tyard, *Solitaire second*, édition critique par Cathy M. Yandell, Genève, Droz, 1980.

Table des matières

Achevé d'imprimer: septembre 2002
Dépôt légal: 3^{éme} trimestre 2002
Imprimé en U.E., sur les presses de **beta**